Das Buch

England 1945: Auf dem Anwesen von Yew Tree Manor liegt die junge Hausherrin Evelyn Hilton in den Wehen. Die komplizierte Geburt bringt ihren Arzt an seine Grenzen, verzweifelt ruft er die Hebamme Tessa James zuhilfe. Evelyn stirbt, und Tessa wird die Schuld gegeben. Als ihr der Prozess gemacht wird, sind ihre Tochter Bella und deren kleiner Sohn dem Zorn des Witwers Wilfred Hilton ausgesetzt, der die beiden um jeden Preis aus deren Haus vertreiben will. Eine folgenschwere Entscheidung.

1969: Während einer Silvesterfeier verschwindet die sechsjährige Alice Hilton spurlos aus Yew Tree Manor – und taucht nie wieder auf. Wieder richtet sich der Zorn der Hiltons gegen die Familie James. Ein Netz aus Lügen und Intrigen zieht den Graben zwischen den beiden Familien immer tiefer und kostet mehr als einen Menschen das Leben.

2017: Als erneut ein Mädchen auf dem Anwesen von Yew Tree Manor verschwindet, weiß Willow James, dass sie das Geheimnis der Hebamme, ihrer Ururgroßmutter, lüften muss, damit sich die Geschichte nicht auf grausamste Art wiederholt.

Die Autorin

Emily Gunnis arbeitete lange beim Fernsehen, unter anderem als erfolgreiche Drehbuchautorin. Die Tochter der internationalen Bestsellerautorin Penny Vincenzi lebt mit ihrer Familie im südenglischen Sussex. Ebenfalls bei Heyne erschienen sind ihre Romane »Das Haus der Verlassenen« und »Die verlorene Frau«.

EMILY GUNNIS

Das Geheimnis *des* Mädchens

ROMAN

Aus dem Englischen
von Carola Fischer

WILHELM HEYNE VERLAG
MÜNCHEN

Penguin Random House Verlagsgruppe FSC® N001967

Vollständige Taschenbuchausgabe 03/2024
Copyright © 2021 by Emily Gunnis Ltd.
Copyright © 2022 der deutschsprachigen Ausgabe
by Wilhelm Heyne Verlag, München,
in der Penguin Random House Verlagsgruppe GmbH,
Neumarkter Str. 28, 81673 München
Redaktion: Antje Steinhäuser
Umschlaggestaltung: t.mutzenbach design, München,
unter Verwendung von Jaroslaw Blaminsky/Trevillion Images
und Helen Hotson, Konmac, brickrena, Anne Powell,
Jane Biriukova, PJ photography/shutterstock.com
Satz: Leingärtner, Nabburg
Druck und Bindung: Nørhaven, Viborg
Printed in Denmark
ISBN: 978-3-453-42768-6

www.heyne.de

Für Grace und Eleanor – meine Inspiration

Yew Tree Manor

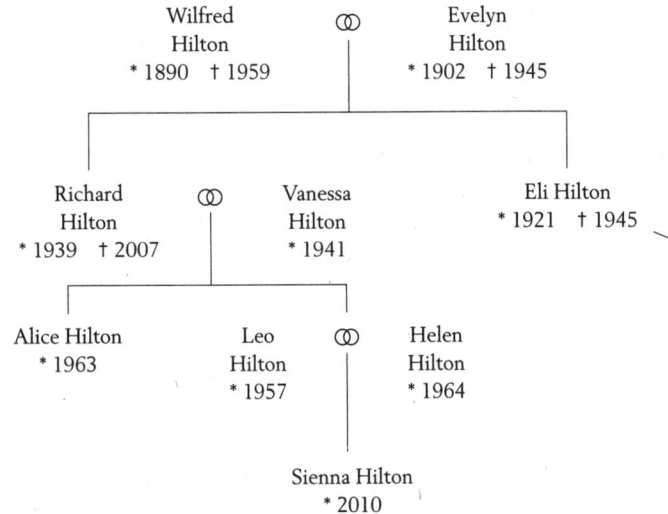

Wilfred Hilton * 1890 † 1959 ⓍⓍ Evelyn Hilton * 1902 † 1945

Richard Hilton * 1939 † 2007 ⓍⓍ Vanessa Hilton * 1941

Eli Hilton * 1921 † 1945

Alice Hilton * 1963

Leo Hilton * 1957 ⓍⓍ Helen Hilton * 1964

Sienna Hilton * 2010

Das Pfarrhaus

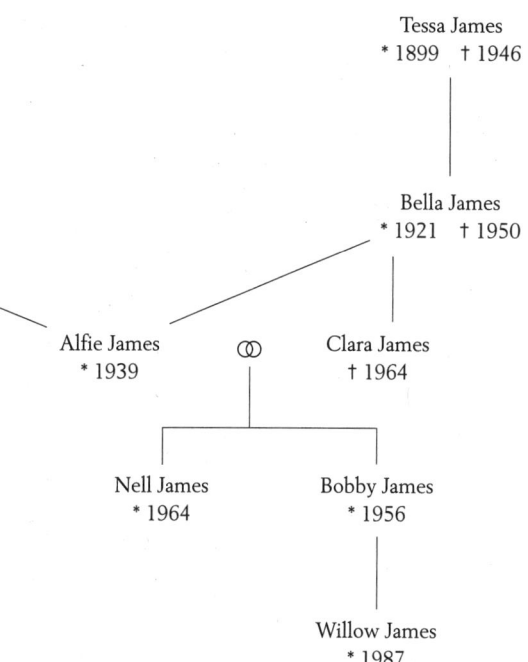

Tessa James
* 1899   † 1946

Bella James
* 1921   † 1950

Alfie James
* 1939

⊙⊙

Clara James
† 1964

Nell James
* 1964

Bobby James
* 1956

Willow James
* 1987

*Niemand schadet dem katholischen Glauben mehr
als die Hebammen.*

JAKOB SPRENGER, *MALLEUS MALEFICARUM
(DER HEXENHAMMER,* 1486)

*Wen jemand liebt, der ist nicht tot
Denn Liebe ist Unsterblichkeit*

EMILY DICKINSON

Prolog

Montag, 8. Januar 1945, Kingston near Lewes, East Sussex

»Sie sind schon hier.« Tessa James blickte aus dem Schlafzimmerfenster, als zwei Polizeiwagen vor dem alten Pfarrhaus hielten, in dem sie lebte. Das grelle Scheinwerferlicht ließ sie zusammenzucken. Sie wandte sich ab und eilte zu ihrem Enkel zurück, der vor Furcht zitternd auf dem Treppenabsatz hockte.

»Baba, ich habe Angst. Ich will nicht allein im Dunkeln bleiben.« Die Augen des kleinen Jungen, so eisblau wie die der ganzen Familie James, starrten sie an, und sein durchdringender Blick gab ihr das Gefühl, er bohre sich direkt durch sie hindurch.

Schnell ergriff er die Hand seiner Großmutter, als sie die oberste Treppenstufe anhob und darunter ein kleiner Raum unterhalb der Treppe zum Vorschein kam. Ein Priesterversteck, ein sogenanntes Priesterloch, gerade groß genug, dass eine Matratze und einige wenige andere Habseligkeiten hineinpassten. Tessa hatte es rein zufällig entdeckt, als sie vor mehr als zwei Jahrzehnten, damals war sie mit Alfies Mutter schwanger gewesen, in das nahezu baufällige Cottage gezogen war.

»Kletter hinein, beeil dich«, drängte sie.

Er wusste, dass er keine andere Wahl hatte, daher krabbelte der kleine Junge widerstrebend in den Geheimraum, sah sich aber sofort nach ihr um. Schwarzes Haar umspielte seine Wangen, über die jetzt Tränen liefen.

»Alfie, hör mir zu, du darfst nur herauskommen, wenn es absolut sein muss. Ansonsten bleib im Versteck. Du hast genügend Vorräte für fünf Tage. Ich habe deiner Mama ein Eiltelegramm geschickt. Sie weiß, dass du hier drinnen bist, und wird vorher da sein, vielleicht schon morgen.«

»Was ist, wenn sie nicht kommt? Was mache ich dann?« Er fing an zu schluchzen.

»Sie wird kommen, Alfie.« Tessa wischte ihm die Tränen aus dem Gesicht. Sie musste dringend die Klappe des Geheimraums schließen, bevor die Polizei ins Haus gestürzt kam und den verborgenen Einstieg sah. Da Alfies Mutter fern von zu Hause in Portsmouth als Dienstmädchen arbeitete, würde Wilfred Hilton nicht zögern, den kleinen Jungen – seinen unehelichen Enkelsohn – außer Landes zu schicken, und wahrscheinlich würde man ihn nie wiedersehen oder auch nur von ihm hören.

»Versprichst du es mir, Baba? Ich weiß, dass du deine Versprechen immer hältst.« Die Tränen hatten dunkle Spuren auf seinen Wangen hinterlassen, so schmutzig war er vom nachmittäglichen Spielen draußen auf den Feldern geworden. Er war ins Haus gerannt, um dem Regen zu entkommen, ungefähr zu der Zeit, als Sally, das Dienstmädchen der Hiltons, vollkommen durchnässt an die Tür des alten Pfarrhauses gehämmert hatte.

»Sie müssen kommen, Mrs. James«, hatte sie gesagt, mit angsterfülltem Blick und keuchendem Atem, nachdem sie durch den Wald gelaufen war, der Yew Tree Manor und das Pfarrhaus miteinander verband. »Mrs. Hilton liegt in den Wehen, und das Baby steckt fest. Der Doktor sagt, dass es stirbt, wenn es nicht bald zur Welt kommt. Er hat mir befohlen, Sie zu holen. Er weiß nicht, was er tun soll.«

Ihr Magen verkrampfte sich bei dem Gedanken, dass Evelyn Hilton wegen Dr. Jenkins so viel Leid ertragen musste. »Sally, du weißt, dass Mr. Hilton mir verboten hat, mich seiner Frau zu nähern. Ich habe Mrs. Hilton während der Schwangerschaft nicht betreut. Es ist Aufgabe des Arztes, das Kind sicher auf die Welt zu holen.« Mühsam hielt sie die Tränen zurück und versuchte, dem Dienstmädchen die Tür vor der Nase zuzumachen.

»Bitte, der Doktor hat mich angefleht, Sie zu holen«, sagte Sally. »Er wird Mr. Hilton sagen, dass er um Ihr Kommen gebeten hat, und sämtliche Verantwortung auf sich nehmen, das hat er versprochen. Bitte, Mrs. James, alles ist voller Blut. Er hat gesagt, dass nur Sie allein die Mutter retten können. Sie werden beide sterben, wenn Sie nicht helfen. Ich dachte, ich könnte ihr Wehgeschrei nicht mehr ertragen, aber jetzt ist sie so schrecklich still, und das ist noch schlimmer.«

»Wo ist Mr. Hilton?«, wollte Tessa wissen.

»Er ist weggefahren, nachdem Sie beide sich über Ihr Mietverhältnis für das Pfarrhaus gestritten hatten. Wissen Sie, heute Morgen kam ein Telegramm mit der Nachricht, dass Master Eli an der Front gefallen ist. Mrs. Hilton hat völlig die Fassung verloren. Kurz nachdem er weg war, haben bei ihr die Wehen eingesetzt. Ich habe Dr. Jenkins angerufen, so wie es mir aufgetragen war, aber das Baby liegt in Steißlage, und damit hat der Doktor nicht gerechnet. Er brüllt mich ständig an, ich solle endlich den Master finden. Überall im Dorf habe ich nach ihm gesucht – im Pub, dem Rose-and-Crown, und auch bei den Ställen. Wirklich, ich habe alles abgesucht, aber er ist wie vom Erdboden verschluckt.« In ihrer Verzweiflung fing Sally an zu weinen. »Bitte, Mrs. James, Sie dürfen sie nicht sterben lassen. Bitte!« Sie packte Tessas Arm und zog sie Richtung Tür. »Richard ist erst sechs, er wird ohne Mutter aufwachsen müssen.«

Eli Hilton war tot. Tessa konnte es nicht fassen. Bellas große Liebe und Alfies Vater war in einem Krieg gestorben, der schon beinahe vorüber war. Sie war dabei gewesen, als Eli zur Welt gekommen war, und kurz darauf hatte sie ihr eigenes Kind geboren, Bella. Die beiden waren ihr ganzes Leben lang unzertrennlich gewesen. Eli war wie ein Sohn für sie. Während das Dienstmädchen im Regen stand und sie anstarrte, versagte Tessa beinahe der Atem. Doch es blieb keine Zeit für Erwiderungen, für Weinen und lautes Klagen. Sie wurde gebraucht.

»Alfie, bleib hier im Warmen und leg Holz im Ofen nach«, hatte sie noch gesagt, bevor sie ihre schweren schwarzen Stiefel angezogen hatte und in den Sturm hinausgegangen war.

Tessa hatte Evelyns ältere Kinder sicher auf die Welt geholt – Eli und seinen jüngeren Bruder Richard –, doch beides waren komplizierte Entbindungen gewesen. Bei Evelyn schienen die Wehen kein Ende zu nehmen. Sie war sehr klein, ihr Geburtskanal war eng, und ihre Betreuung erforderte eine Menge Geduld, die Dr. Jenkins fehlte, da war sich Tessa sicher. Evelyn musste während der Wehen in Bewegung bleiben, sie hatte ihre ersten beiden Kinder im Vierfüßlerstand auf dem Fußboden ihres Schlafzimmers in Yew Tree Manor geboren. Doch bei Dr. Jenkins, so befürchtete Tessa, würde Evelyn auf dem Rücken im Bett liegen müssen, mit den Beinen in hochgestellten Halterungen, und er würde versuchen, das Baby mit einer Geburtszange aus dem Bauch der Mutter herauszuziehen.

Während Sally und sie vom Waldrand über den gepflasterten Fahrweg zu dem imposanten georgianischen Herrenhaus liefen, dachte Tessa voller Traurigkeit an ihre Auseinandersetzung mit Wilfred Hilton an diesem Morgen zurück. »Ich will, dass Sie und der kleine Bastard meinen Grund und Boden verlassen«, hatte er ihr mitgeteilt. »Sie bringen Schande über unsere Kirche und ebenso über meine Familie. Ich sehe doch, dass Sie versuchen, diese Frauen zu verstecken, deren Fehlgeburten Sie einleiten. Oder glauben Sie etwa, nur weil Sie sie mitten in der Nacht herbringen, würde ich es nicht merken? Sie sind verabscheuungswürdig, Mrs. James, mit Ihren Geheimnissen, Ihren Kräutern und Naturmittelchen. Wir brauchen richtige Ärzte wie Dr. Jenkins, keine gotteslästerlichen Wunderheilerinnen wie Sie, deren Hass auf ordentliche ärztliche Behandlungen wie ein bösartiges Geschwür in unserer Gemeinde wuchert.«

Seit Tessa Hebamme geworden war, hatten Frauen sie gefragt, wie sie die Babys in ihrem Mutterleib loswerden konnten. Sie hatte immer voller Mitgefühl zugehört, aber ihr war bewusst, dass dieses Ansinnen verboten war: Menschen, die eine Abtreibung vornahmen, wurden mit Gefängnis bestraft. Doch viel mehr als das Gesetz schreckte ihr innerster Instinkt sie ab – sie wollte sich der Rettung des noch ungeborenen Lebens widmen, nicht diesem ein Ende setzen. Deshalb bot sie den Schwangeren Trost an. Sie hörte zu und maßte sich kein Urteil an, denn sie wusste, dass eine Frau ihre Gründe hatte, warum sie kein weiteres Kind bekommen wollte. Vielleicht hatte sie schon zu viele Mäuler zu stopfen, oder sie war so erschöpft von den früheren Entbindungen, dass sie ahnte, bei der nächsten sterben zu müssen – und wer kümmerte sich dann um ihre anderen Kinder? Diesen Schwangeren gab Tessa Kräuter, die die Monatsblutungen auslösen sollten, aber meistens nicht wirkten. Einige Frauen waren so verzweifelt, dass sie drohten, sich umzubringen. Sie bereiteten Tessa am meisten Sorgen. Wenn sie ihnen ihre Hilfe verweigerte, würden sie Bleiche trinken oder selbst versuchen, einen Abgang herbeizuführen, mit einer spitzen Näh- oder einer gebogenen

Häkelnadel oder mit irgendeinem anderen Hilfsmittel, was oft schreckliche Konsequenzen nach sich zog. Die Welt gehörte den Männern, und nur wenige wussten, welche Schmerzen eine Frau für deren Vergnügen litt.

»Und was hat man Dr. Jenkins an der Universität beigebracht?«, hatte sie im Streit mit Wilfred Hilton erwidert. »Wie viele Babys hat er schon auf die Welt geholt? Im Medizinstudium lernt man nicht, wie man Schwangere beruhigt, eine junge Mutter zum Beispiel, beinahe selbst noch ein Kind, für die die Geburtswehen Todesqualen bedeuten. Oder eine Frau, die nicht entbinden kann, weil ihr Geburtskanal zu eng ist. Was rät man einer Frau, deren Ehemann eine Woche nach der Geburt wieder sein Vergnügen haben will?«

»Sie sollten sich schämen, Mrs. James. Mit Ihrem Gerede haben Sie die Frauen in unserem Dorf verhext. Ich will, dass Sie morgen fort sind.«

Es war der Gedanke an die starken Blutungen, der Tessa zur Eile antrieb, als sie durchs Haus und die Treppe hinauf zu Evelyns Schlafzimmer lief. Das Baby lag in Steißlage, Evelyn war geschwächt durch den Blutverlust und wahrscheinlich nicht in der Lage zu pressen. Wie auch immer Tessa zu Wilfred Hilton stand, sie musste versuchen, ihrer Freundin zu helfen.

Doch der Anblick, der sie beim Betreten des Schlafzimmers erwartete, war schlimmer als ihre düstersten Vorahnungen. In ihren dreißig Jahren als Hebamme hatte sie noch nie so viel Blut gesehen. Die weißen Bettlaken und Evelyns elfenbeinfarbenes Nachthemd waren tiefrot gefärbt. Evelyn befand sich in der Mitte des Himmelbetts mit den vier Pfosten, blass und leblos, die Beine in Halterungen hochgelegt, während der Arzt sich mühte und an den Beinchen des Babys zog, dessen Köpfchen sich noch im Mutterleib befand.

»Um Himmels willen, tun Sie etwas!«, schrie Dr. Jenkins, als er Tessa erblickte. »Die Schultern stecken fest, ich kann das Baby nicht herausholen. Einen Dammschnitt habe ich schon gemacht, aber es kommt immer noch nicht.« Wütend funkelte er sie an, während er vor Anstrengung keuchte, die Arme bis zu den Ellbogen mit Blut verschmiert.

Tessa stürzte zu Evelyn und hob sacht ihre Beine aus den Halterungen. Ein Blick auf sie und das viele Blut hatte genügt, um zu wissen, dass sie die Freundin nicht mehr retten konnte. Doch die Beinchen des Babys bewegten sich, für das Kind bestand noch Hoffnung. Schnell tastete Tessa Evelyns Unterleib nach den Schultern des Babys ab und drückte dann fest auf den Bereich knapp über den Beckenknochen.

»Was machen Sie da?«, keuchte der Arzt schweißgebadet mit noch immer tiefrotem Gesicht.

»Ich verrücke die Schultern des Babys«, erwiderte Tessa. »Helfen Sie mir, Evelyn in den Vierfüßlerstand zu bringen.«

Der Arzt schrie sie mit weit aufgerissenen Augen an: »Das werde ich nicht! Ich will nichts mehr damit zu tun haben!« Er nahm seine Tasche und verließ eilig das Zimmer, das weiße Hemd über und über mit Evelyns Blut bespritzt.

Tessa blickte ihm nach und wusste, was sein Weggehen bedeutete: Er würde sie für sein Tun verantwortlich machen, und das wäre das Ende ihrer Arbeit als Hebamme. Sie sah zu Evelyn und dann zu Sally, die im Flur kauerte und leise weinte.

»Hilf mir!«, fuhr sie das vor Angst erstarrte Mädchen an. »Sally, du hast mich gebeten zu kommen. Bitte, Mrs. Hilton braucht dich jetzt.«

Sally richtete die Augen auf Tessa, dann nickte sie und kam zu ihr.

Zusammen änderten sie vorsichtig Evelyns Lage, dann griff

Tessa in den Mutterleib, und unter großen Mühen gelang es ihr, das Baby herumzudrehen.

»Pressen, Evelyn«, flüsterte sie ihrer Freundin ins Ohr, als die nächste Wehe kam. Mit letzter Kraft presste Evelyn, während Tessa so fest zog, wie sie konnte. Dann war das Baby draußen: ein wunderhübsches kleines Mädchen, dessen schmaler Körper weiß und dessen knospenförmige Lippen tiefblau waren.

Lange Minuten vergingen, in denen Sally schluchzend in der Ecke hockte, während Tessa auf dem Boden saß, wo sie ihren Atem in den kleinen Mund des Babys blies und sanft sein Bäuchlein rieb, in dem verzweifelten Versuch, das Kind wiederzubeleben. Schließlich gab sie auf. Als sie den Kopf hob, sah sie, dass Evelyn nicht mehr atmete.

Tessa wusste nicht mehr genau, wann Wilfred Hilton mit dem Arzt im Gefolge ins Zimmer gekommen war, aber niemand schrie oder tobte. Er ignorierte sie völlig, während er langsam zu seiner Frau hinüberging, erst auf ihr Porzellangesicht und dann auf sein lebloses Kind blickte, bevor er das Laken über Evelyns Kopf zog. Zitternd erhob sich Tessa und legte das tote Baby in das Bettchen neben der Tür.

»Was macht Tessa James hier, Dr. Jenkins?«

»Sie ist gewaltsam hier eingedrungen, Mr. Hilton. Als ich ging, waren Mrs. Hilton und das Baby noch am Leben«, antwortete der Arzt.

»Sally, ruf die Polizei«, befahl Hilton.

Tiefe Angst beschlich Tessa. Ihr einziger Gedanke galt Alfie, Wilfred Hiltons verstoßenem Enkelsohn, der allein im Pfarrhaus vor dem Feuer saß. Hilton würde alles dafür tun, das Kind loszuwerden.

»Bleiben Sie hier, Mrs. James!«, rief er, doch sie wusste, was sie zu tun hatte. Eilig drängte sie sich an den Männern vorbei und lief die Treppe hinunter nach draußen. Immer weiter rannte sie, bis sie die Post im Dorfkern von Kingston erreicht hatte. Ihre Kleidung und ihre Hände waren noch voller Blutflecken, als sie ein Eiltelegramm an ihre Tochter in Portsmouth aufgab.

Meine geliebte Bella. Komm sofort nach Hause. Alfie wartet an unserem geheimen Ort auf dich. Küsse. Mama.

Auf zittrigen Beinen war sie nach Hause geeilt, wo Alfie tief schlafend vor dem Kamin gelegen hatte.

Bum, bum, bum. »Polizei, öffnen Sie die Tür!«

»Baba, wenn du es mir versprichst, glaube ich dir«, sagte der kleine Junge, als er mit flehentlichem Blick aus dem Geheimversteck zu ihr aufsah.

Tessa zögerte, aus Angst, dass dieses Versprechen eine Lüge wäre, doch es war schlimmer, viel schlimmer, einen sechsjährigen Junge tagelang im Dunkeln zurückzulassen, allein mit seiner Furcht, dass niemand ihn holen kommen würde.

»Ich verspreche es«, sagte sie schließlich und beschloss, Alfies Aufenthaltsort der Polizei mitzuteilen, sollte Bella nicht in den nächsten fünf Tagen nach Kingston zurückkehren. Jeder weitere Tag wäre sein Todesurteil. Sie würde alles in ihrer Macht Stehende tun, um dem Jungen eine Kindheit im Waisenhaus zu ersparen – wohin ihn Wilfred Hilton zweifellos bringen wollte –, aber sie würde nicht sein Leben aufs Spiel setzen.

Tessa beugte sich vor und nahm sein kleines Gesicht in ihre Hände. »Alfie, wenn man dich entdeckt, werden sie dich mitnehmen. Und Wilfred Hilton wird dafür sorgen, dass dein Name geändert wird, dann kann Mama dich nicht finden. Das hier ist unsere einzige Hoffnung.«

Bum, bum, bum. »Wir wissen, dass Sie da drinnen sind, Mrs. James. Machen Sie auf!«

»Mein Liebling, du musst sehr tapfer sein. Nimm den Schlüssel und sperr von innen ab.« Sie reichte ihm den Schlüssel mit dem eingravierten Weidenbaum in der Reide, den sie immer um den Hals trug. »Wenn nötig, kannst du aufschließen und herauskommen, aber versuch es zu vermeiden«, fügte sie mit Nachdruck hinzu.

Langsam ließ sie die Klappe in der Öffnung zu dem kleinen Raum herunter und dachte an den Tag, als sie ihn entdeckt hatte. Sie hatte vorgehabt, die dunkle Mahagonitreppe zu lackieren und war gerade dabei, mit kräftigen Bewegungen die oberste Stufe abzuschmirgeln, als es klick machte und ein Sprungfedermechanismus sie öffnete. Sie hatte eine Kerze geholt und war hineingeklettert. Es war nur ein kleiner Raum, kaum groß genug, um sich hinzulegen, dennoch fühlte er sich nicht klaustrophobisch an. Am Ende gab es ein kleines Fenster aus blauen Glasbausteinen, die gleiche leuchtende Farbe wie Alfies und Bellas Augen. Man hatte den Eindruck, sich in einem Baumhaus, einer Höhle, einer Zufluchtsstätte zu befinden. Als Hebamme war ihr sofort in den Sinn gekommen, dass dieser Ort für Frauen als Versteck dienen konnte, während sie sich von den Verheerungen einer Geburt oder Fehlgeburt erholten. Frauen, denen es nicht möglich war, zu ihren schamerfüllten Familien oder gewalttätigen Ehemännern zurückzukehren.

Bum, bum, bum. »Öffnen Sie die Tür, Mrs. James, oder wir brechen sie auf. Sie haben zehn Sekunden. Zehn …«

Während dem erst sechsjährigen Jungen Tränen über die bleichen Wangen liefen, sprach Tessa mit ernster Stimme.

»Du bist ein echter James, Alfie. Ich liebe dich. Du musst stark sein.«

Der kleine Junge sah sie an, und plötzlich, wie aus dem Nichts, besiegte eine innere Kraft seine Angst, und seine zarte Gestalt schien die Verzweiflung abzuschütteln. Mut und Vertrauen stützten ihn, als er sich aufrecht setzte und seine geliebte Großmutter allmählich losließ.

»Liebst du mich mehr als alle Sterne?«, fragte er leise und wischte sich mit dem Ärmel die Tränen fort.

»Fünf ...«

»Mehr als alle Sterne und den Mond. Halt durch, Mama ist schon unterwegs. Und verhalt dich still, mein Liebling.« Sie bedeckte sein Gesicht mit Küssen, den salzigen Geschmack seiner Tränen auf ihren Lippen.

Bum, bum, bum.

»Ich komme!«, stieß sie laut aus. Sie schloss die Öffnung zum Priesterversteck und wartete, bis der Junge den Schlüssel im Schloss herumgedreht hatte. *Klick.*

»Drei ...«

»Ich komme schon. Bitte brechen Sie nicht meine Tür auf!«, rief sie.

»Zwei ...«

Es war nicht einmal eine Stunde her, seit sie an Evelyns Bett gestanden hatte und ihre Freundin vor ihren Augen verblutet war. Seit sie Evelyns lebloses Baby in das Bettchen neben der Tür gelegt hatte.

»Eins!«

Sie öffnete die Haustür und wurde sofort vom grellen Scheinwerferlicht der zwei Polizeiwagen geblendet, als vier Beamte an ihr vorbei in die kleine, nur vom Kaminfeuer erleuchtete Küche stürmten.

»Tessa James, ich verhafte Sie wegen des Verdachts der Körperverletzung mit Todesfolge von Evelyn Hilton. Sie haben das Recht zu schweigen. Alles, was Sie sagen, kann vor Gericht gegen Sie verwendet werden.«

»Wo ist der Junge?«, fragte einer der Beamten, als seine Kollegen an ihnen vorbei in Richtung Treppe gingen.

»Bei seiner Mutter«, antwortete Tessa leise.

»Wir haben Anweisung, ihn zu seinem Vormund zu bringen, Wilfred Hilton«, sagte der Mann barsch.

»Nun, daraus wird nichts. Er ist fort«, entgegnete Tessa.

»Wann war das? Es ist uns bekannt, dass Ihre Tochter in Portsmouth arbeitet. Wie haben Sie den Jungen so schnell dort hingebracht?«

»Keine Spur von ihm.« Ein zweiter Polizist tauchte, atemlos von der Hausdurchsuchung, neben ihnen auf.

»Ich habe ihn in den Zug gesetzt.«

»Er ist sechs Jahre alt.« Der Beamte, er hatte einen Schnurrbart und roch nach Knoblauch, beugte sich vor und fixierte sie mit scharfem Blick. »Sie lügen uns an, Mrs. James. Er ist hier.« Er wandte sich an den anderen Polizisten. »Nehmt sie mit auf die Wache und sperrt sie über Nacht in eine Zelle, ich verhöre sie morgen früh. Wenn es sein muss, warte ich hier die ganze Nacht darauf, dass das Kind aus seinem Versteck kriecht.«

Vor Schock und Erschöpfung gaben ihre Beine nach, als Tessa zum letzten Mal, das wusste sie, über die Schwelle ihres geliebten Heims trat. Das Wort von Dr. Jenkins stand gegen ihres, und Wilfred Hilton würde die Version des Arztes mit Begeisterung stützen. Sie würde nie wieder in das alte Pfarrhaus zurückkehren.

Alfie lauschte stumm und verängstigt, als der Polizeiwagen mit seiner Großmutter wegfuhr. Stundenlang saß er im Dunkeln und wagte kaum zu atmen, während im Haus noch Polizisten umherwanderten, laut seinen Namen riefen, auf den Boden stampften und gegen die Wände hämmerten, bis sie schließlich verstummten.

Doch Alfie blieb still, denn ein Blick durch das kleine Glasbausteinfenster in seinem Geheimversteck verriet ihm, dass draußen immer noch ein Polizeiwagen parkte.

Er lag im Dunkeln und dachte an seine Mutter. Als die Sonne aufging, stellte er sich vor, wie das Telegramm von Baba an seine Mama auf holprigen Straßen die Strecke von Kingston nach Portsmouth zurücklegte, und er betete inbrünstig, dass sie zu ihm kommen würde, bevor eine weitere lange, Furcht einflößende Nacht anbrach.

Kapitel eins

VANESSA

Donnerstag, 21. Dezember 2017

Vanessa Hilton stand an der Mündung des Waldes, der Yew Tree Manor und das Pfarrhaus miteinander verband, und blickte über die Felder zu dem baufälligen Haus, das an diesem Wintermorgen in der funkelnden Sonne lag.

Die Baufirma hatte das Gebäude schon mit rot-weißem Band abgesperrt. Daneben stand ein großer gelber Kran, zusammen mit einer Abrissbirne – bereit, die Mauern des denkmalgeschützten alten Pfarrhauses einzureißen, wofür ihrem Sohn Leo aber bislang noch die Genehmigung fehlte.

Vanessa erkannte einige Männer mit Schutzhelmen und Klemmbrettern, die auf das Dach zeigten und ums Haus herumgingen, offenbar damit beschäftigt, den Abriss zu planen. Das Pfarrhaus stand im Zentrum des Geländes, auf dem zehn neue Einzelhäuser entstehen sollten, hatte Leo ihr erklärt. Zweifellos würden alle dabei viel Geld verdienen, aber sie konnte sich nicht erinnern, ihre Zustimmung zu diesem Vorhaben gegeben zu haben. Nun, vielleicht war sie gefragt worden und hatte es nur vergessen. Für sie sahen die Bauunternehmer aus wie Haie, die ihre Beute umkreisen. Ihre unbändige Gier, das alte Haus dem Erdboden gleichzumachen, war deutlich wahrnehmbar.

Vanessa blickte auf ihre durchnässten schwarzen Lederschuhe und bemerkte, dass ihre Füße taub geworden waren. Sie trug nicht das richtige Schuhwerk für einen Spaziergang durch Wald und Felder, und sie konnte sich nicht erinnern, warum sie aus dem Haus gegangen war. Vielleicht hatte sie nur ihre Enkelin Sienna sehen wollen. Oder sie war vor den Männern im Haus geflüchtet, die sämtliche Besitztümer ihres Lebens zusammenpackten.

Sie war diese ständige Suche nach der Erinnerung leid. Der Arzt hatte ihr geraten, geduldig mit sich selbst zu sein. Er hatte gesagt, dass es ihr schwerer fallen würde, sich an die Namen von Menschen zu erinnern, oder an Worte, die ihr auf der Zungenspitze lagen, dass sie aber die ferne Vergangenheit klar im Gedächtnis behalten würde. Was sie vergessen wollte, blieb bei ihr, was sie festhalten wollte, entglitt ihr.

Vermutlich hatte sie mit ihrer Familie über den Grundstücksverkauf gesprochen, aber sie konnte sich nicht an das Gespräch erinnern, nur an das ungute Gefühl, dass alles ohne ihr Zutun geschah, wie bei Ebbe zog sich das Wasser zurück, und sie konnte es nicht aufhalten. Gespräche, in denen sie nicht das Sagen hatte, Umzugsleute, die kamen und gingen, Architekten voller neuer Ideen, die in der Küche Besprechungen abhielten. Ein Gefühl der Machtlosigkeit und Besorgnis folgte ihr wie ein Schatten, begann jeden Tag mit einem nagenden Unbehagen und drang peu à peu in jeden Winkel ihres Inneren vor, sodass sie beim Zubettgehen kaum noch Luft bekam aus Angst vor dem, woran sie sich nicht erinnern konnte. Sie musste ausziehen, das wusste sie. Aber sie konnte sich nicht erinnern, warum.

»Mum! Bist du da draußen?« Sie hörte Leo nach ihr rufen, beschloss aber, ihn zu ignorieren. Das Haus war so voll, es herrschte reges Treiben, Menschen eilten geschäftig hin und her und bereiteten ihren Umzug vor. Sie kam sich wie Ungeziefer vor, das mit dem Besen nach draußen gekehrt wurde. Nach außen hin waren alle nett und höflich zu ihr, ständig wurde ihr Tee angeboten, doch es war offensichtlich, dass man sie und ihr sämtliches Hab und Gut so rasch und sicher wie nur möglich loswerden wollte. Immer wieder fragte sie Leo, wohin sie zogen, aber sie konnte sich nie an seine Antwort erinnern.

Sie drehte sich um und nahm den Weg zurück durch den Wald. Über ihrem Kopf wölbten sich die Bäume zu einem Bogen. Unter diesen Eschen musste Alice hindurchgegangen sein in der Nacht, als sie verschwand. An kalten, windigen Tagen wie heute raschelten die Bäume immer, als ob sie flüstern würden. Als versuchten sie, ihr etwas mitzuteilen. Wenn sie sie nur fragen könnte, was sie von ihrer Tochter gesehen hatten in jener Nacht. Wohin sie gegangen war, als sie im Schnee fortlief. Sicher hatten sie beobachtet, wie sie dem Nachbarssohn Bobby begegnet war, dem letzten Menschen, der Alice gesehen hatte. Bobby James. Selbst jetzt, wo ihr Gedächtnis ständig in dichtem Nebel lag, war sie sicher, dass sie diesen Namen und dieses Gesicht niemals vergessen würde.

Was war danach mit Alice passiert? Fast fünfzig Jahre später war sie der Lösung des Rätsels keinen Schritt näher gekommen. Sie wusste nur, was der Junge der Polizei berichtet hatte: dass ihre sechsjährige Tochter ihrem jungen Hund in Richtung Pfarrhaus hinterhergelaufen war. Und nie wieder gesehen wurde.

Vanessa drehte sich noch einmal zu dem alten Haus um, möglicherweise zum letzten Mal. Ihr fiel ein, dass die Planungsbesprechung am nächsten Tag stattfinden sollte – am Morgen hatte Leo davon gesprochen –, und wenn sie grünes Licht erhielten, das wusste sie, würde der Bauträger keine Zeit vergeuden und das Gebäude sofort abreißen.

Im Licht der Morgensonne hatte sie auf das heruntergekommene Gebäude hinuntergeschaut und bezweifelt, dass es viel Kraft benötigen würde. Seit der Nacht von Alfie James' Unfall hatte niemand mehr im Pfarrhaus gewohnt – die gleiche Nacht, in der auch Alice verschwunden war. Das war vor beinahe fünfzig Jahren gewesen, und im Laufe der Zeit war das einst hübsche Cottage allmählich zur Ruine verfallen. Jetzt zog es nur noch Teenager und Umherziehende an, die sich im leeren Erdgeschoss um ein Lagerfeuer zusammendrängten, denn die eingeschlagenen Fenster und die kaputte Haustür boten wenig Schutz vor Wind oder Regen.

Sie selbst hatte das Haus schon seit Jahrzehnten nicht mehr betreten; es brachte zu viele Erinnerungen an eine Nacht zurück, die sie ihr Leben lang zu vergessen suchte. In den ersten zehn Jahren, nachdem Alice vermisst wurde, ging sie immer wieder jede Sekunde vor dem Verschwinden ihrer Tochter in Gedanken durch: was sie nicht gesehen oder nicht bemerkt hatte; was sie zu tun versäumt hatte, um für ihre Sicherheit zu sorgen. Mit der Zeit hatte es sie langsam verrückt gemacht. Jetzt konnte sie es nicht mehr ertragen, daran zu denken. Sie hatte aufgehört, sich zu quälen. Stattdessen hatte sie beschlossen, die Erinnerung an Alice auf dem Grundstück von Yew Tree Manor aufrechtzuerhalten. Auf ihren langen Spaziergängen stellte sie sich das kleine Mädchen vor, das in seinem roten Lieblingsmantel vor ihr herlief und endlose Fragen stellte, während sie lachte und hüpfte. Tief in ihrem Herzen fühlte sie, dass Alice noch lebte, irgendwo, in einer anderen Welt, an einem anderen Ort. Nur dass Vanessa diesen Ort nicht besuchen durfte. Noch nicht.

Das Pfarrhaus wurde abgerissen, darüber sollte sie genauso froh sein wie Leo. Das Haus war eine stete Erinnerung an die Familie James, die zum Ende des Ersten Weltkriegs in ihr

Leben getreten und mit der ihre Familie seitdem durch viele Tragödien unauflösbar verbunden war.

Doch aus irgendeinem Grund stimmte der Gedanke an den Abriss des Hauses sie traurig, auch wenn sie es sich nicht recht erklären konnte. Es war der prägende Stempel für den Verlauf der Zeit, ein Pflaster, das abgerissen wurde, die Welt drehte sich weiter, während sie in der Vergangenheit erstarrt zurückblieb.

Als sie die andere Seite des Waldes erreichte, kam Yew Tree Manor in Sicht, und Sienna, ihre siebenjährige Enkelin, sauste auf ihrem roten Fahrrad auf sie zu. Sie war Alice so ähnlich, es war kaum auszuhalten. Nicht nur die blonden Locken, sondern ihre Unerschrockenheit und Neugier, das schelmische Funkeln in ihren grünen Augen.

»Hallo, Grandma«, rief sie. »Daddy hat dich gesucht.«

»Hat er das?«, fragte Vanessa. »Sei vorsichtig, mein Schatz, es ist glatt. Und hast du heute keine Schule?«

»Doch, Mummy zieht sich gerade an«, erwiderte das kleine Mädchen, während sie schon den Weg zum Haus hinunterfuhr.

Vanessa stieß einen tiefen Seufzer aus und fühlte sich plötzlich sehr müde. Ihre Beine waren schwer, sie war wohl zu lange draußen gewesen, deshalb begab sie sich zurück zum Haus. Als sie gerade eingetreten war und ihre Handschuhe ablegte, hörte sie Leo in seinem Arbeitszimmer mit leiser Stimme telefonieren.

Kurz darauf kam sie an dem antiken goldenen Spiegel vorbei, der von der Wand abgeschraubt worden war und nun aufrecht zu ihren Füßen stand, und erkannte, dass die ältere Dame mit den gebeugten Schultern, der zerbrechlichen Statur und dem dünnen hellgrauen Haar sie selbst war. Sie blieb stehen und wandte das Gesicht ihrem Spiegelbild zu, obwohl sie am liebsten fortgerannt wäre.

Auch als junge Frau war sie keine klassische Schönheit gewesen, aber sie war gut darin, das Beste aus sich zu machen: Sie hatte feine Gesichtszüge und ein breites Lächeln, das sie nie im Stich ließ, wenn es um die Erfüllung ihrer Wünsche ging. Megawatt, hatte Richard es genannt. Ihm war jedes Mal das Herz stehen geblieben, wie bei einem Blitzschlag, hatte er ihr bei ihrer ersten Begegnung gestanden.

Groß war sie schon immer gewesen, ihr Vater hatte ihr den Spitznamen »Bohnenstange« gegeben, wegen ihrer langen, sonnengebräunten Arme und Beine, die sie fest um seinen Rücken geschlungen hatte, wenn er sie auf langen Spaziergängen huckepack trug. Seiner Zuneigung und seinem Interesse an ihr, seinem einzigen Kind, verdankte sie ein unerschütterliches Selbstbewusstsein und eine schier unerschöpfliche positive Energie, die nie versiegt war – bis zu der Nacht, in der Alice verschwand.

Ihr dickes, langes blondes Haar war jetzt dünn, fast weiß und auf Kinnlänge geschnitten, um den spärlichen Eindruck zu kaschieren. Ihre Haut war blass, beinahe durchsichtig, und ihre Schlüsselbeine zeichneten sich unter ihrer Bluse ab. Sie starrte in den Spiegel, ihre grünen Augen erwiderten ihren finsteren Blick. In ihrer Jugend waren sie mit funkelnden Smaragden verglichen worden, doch jetzt glichen sie mehr trüben Bierflaschen. Das Alter ist grausam, Vanessa, hatte ihre Mutter sie gewarnt. Als junge Frau war es ihr so weit entfernt erschienen wie ein fremder Stern, doch jetzt war es plötzlich bei ihr angekommen.

»Die Planungsbesprechung ist morgen. Danke, ja, ich melde mich, sobald ich etwas höre. Nein, ich gehe nicht davon aus, dass es Probleme geben wird. Der Leiter der Planungsabteilung will wohl zustimmen, das heißt, es ist so gut wie getan.« Durch die halb offene Tür konnte Vanessa den Stress in der Stimme ihres Sohnes hören.

Er bemerkte sie, wenige Sekunden später hatte er das Telefonat beendet und kam, nervös und stirnrunzelnd, zu ihr in den Flur. »Geht es dir gut, Mum?«

»Mir geht's gut, Liebling, danke.« Sie zog ihre Jacke aus. Der Garderobenständer war voller Kleidungsstücke, und als sie ihre Jacke aufhängte, fiel etwas anderes herunter.

»Das Ding wird bald umkippen«, seufzte sie. »Es wäre schön, wenn Helen ab und an aufräumen könnte.«

»Entschuldige, Mum, ich mache das.« Leo bückte sich, um den Mantel zu seinen Füßen aufzuheben.

»Du hast genug zu tun«, sagte Vanessa. »Ich weiß nicht, wie du das alles schaffst, wirklich nicht.«

»Ich komme zurecht, Mum.« Sein Blick verdüsterte sich kaum merklich. »Wo bist du hingegangen? Du warst eine Ewigkeit weg. Ich bin dir bis zum Waldrand nach, aber ich konnte dich nirgends entdecken.«

Vanessa lächelte ihn an. Leo war groß, wie sein Vater, und obwohl er stramm auf die sechzig zuging, hatte er noch den ganzen Kopf voller dichter blonder Haare, die ihm nun in die Stirn vor die zurücklächelnden grünen Augen fielen. Er hatte Richards robustes, attraktives Aussehen und wettergegerbte Haut von einem Leben an der frischen Luft, doch da endete die Ähnlichkeit zwischen Vater und Sohn auch schon. Richard war ein ungeheuer selbstsicherer Mann gewesen, ein grimmiger Bulle, der das Leben bei den Hörnern packte und wenig Rücksicht auf das Chaos nahm, das er hinterließ. Leo andererseits machte sich immerzu Sorgen, zerbrach sich den Kopf, was andere – meist sein Vater – wohl von ihm dachten, und nahm sich alles zu Herzen. Den größten Teil seines Erwachsenenlebens hatte er damit zugebracht, das heillose Durcheinander zu entwirren, das Richard angerichtet hatte, doch seit Kurzem wusste sie, dass er das Ende der Fahnenstange erreicht hatte. Zu verkaufen war jetzt die einzige Wahl und ließ ihn mit einem Gefühl des Scheiterns zurück.

»Ich wollte nur allein sein«, sagte Vanessa. »Du solltest dir nicht so viele Sorgen um mich machen. Du hast genug zu tun, du machst dich noch kaputt.«

»Mir geht's gut. Heute findet noch ein letztes Treffen im Dorfgemeinschaftshaus statt, und ich wollte sichergehen, dass mit dir alles okay ist, bevor ich gehe.«

Vanessas Blick wanderte durch den Flur: der überladene Garderobenständer, unzählige dreckverkrustete Wanderschuhe, der Haufen aus Hundeleinen, Mützen und Handschuhen auf dem schmutzigen schwarz-weißen Fliesenboden. Leo arbeitete unentwegt, entweder auf dem Hof oder in endlosen Sitzungen mit Architekten und Mitarbeitern des Bauamts. Seine Frau Helen hingegen schien den ganzen Tag umherzuflattern wie ein Vogel mit einem gebrochenen Flügel. Sie zog Aufmerksamkeit auf sich, indem sie Wirbel machte, wo ihre Einmischung nicht gebraucht wurde, wohingegen sie ihre eigentlichen Aufgaben vollkommen ignorierte. Im Haus herrschte immer schreckliche Unordnung, und seine Instandhaltung wurde vernachlässigt. Helen kochte für Sienna, aber nur selten für Leo. Und während Sienna makellos sauber war, sah Leo immer ein wenig verlottert aus. Helen kommandierte Siennas Leben wie der Kapitän eines Marineschiffs, aber Yew Tree Manor, das Haus, um das sich Vanessa ihr Leben lang mit viel Liebe und Mühe gekümmert hatte, schien ihr nichts zu bedeuten. Jeden Tag schmerzte es Vanessa aufs Neue, dass Helen es offensichtlich kaum erwarten konnte, es loszuwerden, um an den Verkaufserlös heranzukommen.

Als hätten Vanessas Gedanken sie herbeigezaubert, erschien Helen im Flur, und sie fuhr zusammen.

»Hallo, Vanessa«, begrüßte ihre Schwiegertochter sie freundlich. »Entschuldige, ich wollte dich nicht erschrecken.« Ihr Blick fiel auf Vanessas Schuhe. »Ach du liebe Güte, du bist ja ganz durchnässt. Sicher ist dir eiskalt. Leo hat den Kamin im Wohnzimmer angemacht, wenn du dich aufwärmen möchtest.«

»Okay, danke.«

Vanessa sah Helen ein Moment zu lang an, als würde sie nach etwas suchen, einen Hinweis darauf, was sich wirklich hinter diesen durchdringenden blauen Augen verbarg. Sie sollte sich nicht unbehaglich fühlen, aber sie erinnerte Vanessa an die Maus, die es sich für den größten Teil des Jahres angewöhnt hatte, jeden Abend in ihre Küche zu kommen. Dort saß sie in der Ecke und schaute mit ihr Fernsehen, leistete ihr Gesellschaft, bis sie eines Abends so plötzlich verschwand, wie sie gekommen war. Sie hatte so getan, als würde sie auf den Bildschirm schauen, aber in Wahrheit hatte sie das Tierchen beobachtet und versucht, aus ihm schlau zu werden. Es sah so lieb und unschuldig aus, dennoch war es ständig nervös, bereit loszusausen, mit zuckenden Schnurrhaaren. Bei Helens Mausgesicht und ihrer nervösen Art war es schwer, keine Vergleiche zu ziehen.

Vanessa war sich nie richtig sicher gewesen, was Leo an Helen fand. Nicht, dass sie sie nicht mochte, aber sie wurde nicht recht warm mit ihr. Helen zeigte nie ihr wahres Gesicht, sie schien sich vor ihrem eigenen Schatten zu fürchten. Leo hätte jedes Mädchen heiraten können – alle, mit denen er sprach, schienen in seiner Gegenwart dahinzuschmelzen, und so, wie sich Vanessas Freundinnen nach ihm erkundigten, hätte wohl jede ihrer Töchter die Gelegenheit am Schopfe gepackt, ihn zu erobern – doch er hatte Helen gewählt, an der es zwar nicht viel auszusetzen gab, die jedoch im Gespräch kaum ihre Meinung behaupten konnte. Jetzt war Helen dreiundfünfzig und hatte immer noch diese kindliche Art an sich, in mancher Hinsicht schien sie verletzbarer als Sienna, mit der Helen ganz unerwartet mit Mitte vierzig schwanger geworden war. Sie hatte das verzweifelte Bedürfnis zu gefallen, ein unbeirrtes Lächeln auf den Lippen, das nie ihre traurigen Augen erreichte.

»Hast du Sienna draußen gesehen?«, fragte Helen, als sie ins Wohnzimmer ging und Vanessa ihr folgte. Helen trat zum Fenster, wo sie auf einem Couchtisch in der Ecke völlig unnütz Zeitschriften von rechts nach links räumte. Von einem unordentlichen Stapel auf einen anderen, dachte Vanessa.

»Ja, sie hat viel Spaß beim Radfahren. Aber ihr müsst los zur Schule, nicht wahr?«, fragte Vanessa und sah auf ihre Armbanduhr.

»Ich denke, Leo bringt sie auf dem Weg zu seiner Besprechung hin«, antwortete Helen.

»Vielleicht solltest du sie hinbringen, Helen. Leo wirkt sehr gestresst. Sein Arbeitspensum scheint nie weniger zu werden.«

Helen lächelte schwach und begann, die im Zimmer verstreuten Siebensachen ihrer Tochter einzusammeln und in ihrem Rucksack zu verstauen. Sienna schien das Einzige zu sein, was Helen interessierte. Nur selten ging sie unter Leute oder traf Freundinnen; nie luden Leo und sie jemanden zum Abendessen bei ihnen zu Hause ein oder gingen in den Pub. Ihre Welt drehte sich um Siennas Nachmittagsaktivitäten, Verabredungen zum Spielen und Hausaufgaben. Sie umkreiste ihre Tochter wie ein scharfäugiger Habicht und gab jedes Quäntchen Energie an sie weiter. Kein einziger von Siennas Gedanken war Helen unbekannt. Auch die meisten Nächte blieb Helen bei ihr, und Leo schlief allein. Richard wäre nicht einmal für eine Nacht damit einverstanden gewesen, ganz zu schweigen von sieben Jahren. Vielleicht war es eine Generationenfrage, aber es ging schon so, seit Sienna ein Baby war. Vanessa hatte sich oft gefragt, ob das der Grund für Leos leicht distanziertes Verhältnis zu seiner Tochter war: Sienna liebte ihren Vater abgöttisch, aber er war stets etwas zurückhaltend ihr gegenüber. Vielleicht hatte er das Gefühl, dass sie sich zwischen ihn und Helen gedrängt hatte. Er hatte immer klargemacht, dass er keine Kinder wollte, und dann hatte Helen mit fünfundvierzig plötzlich ihre Schwangerschaft verkündet. Leo war nicht unfreundlich zu Sienna, ganz und gar nicht, aber er spielte nur selten mit ihr, er schien nicht wahnsinnig entzückt von seiner Tochter und kümmerte sich auch nicht so viel um sie wie Richard damals um Alice. Andererseits war Helen so überfürsorglich, dass Leo kaum Gelegenheit hatte, mit Sienna allein zu sein.

In düsteren Momenten erkannte Vanessa, dass Eifersucht die Quelle für ihre Verärgerung über Helens obsessiven Umgang mit Sienna war. Sie hatte angenommen, dass Alice und sie eine wunderbare Beziehung gehabt hatten, aber Tatsache war, dass Helen Sienna niemals verlieren würde. Nie und nimmer. Dafür würde sie das Kind nie lange genug aus den Augen lassen. Doch vielleicht lag Helens überbehütende Art in Alices Verschwinden begründet. Helen sah an Vanessa, was der Verlust eines Kindes mit einer Mutter machte. Unbestreitbar waren bei ihnen allen in Yew Tree Manor die Nachwirkungen des Verlusts von Alice spürbar, bis zum heutigen Tag, obwohl inzwischen beinahe fünfzig Jahre vergangen waren.

»Hattest du einen schönen Spaziergang?« Mit ihrer Frage holte Helen Vanessa in die Gegenwart zurück, während sie durch das Fenster Sienna hinterherschaute.

»Ja. Ich bin zum Pfarrhaus gelaufen. Wie es aussieht, steht alles bereit, um es abzureißen.«

Langsam wandte sich Helen zu ihrer Schwiegermutter um. Sie errötete, sagte aber kein Wort.

»Es ist eine merkwürdige Vorstellung, dass diese kalte, leere Hülle eines Hauses früher einmal voller Leben war. Ich habe keine Ahnung, was aus der Familie James geworden ist – Nell und Bobby, stimmt's? Weißt du es, Leo?«

»Was, Mum?« Leo stand in der Tür und runzelte die Stirn. »Hast du meine Autoschlüssel gesehen, Helen?«

Helen hatte ihren Blick immer noch auf Vanessa geheftet. »Hm, ich glaube, sie liegen auf dem Esstisch.«

»Schau mal unter dem Stapel Unterlagen und Zeitungen nach«, riet Vanessa. »Es würde mich nicht wundern, wenn Bobby James im Gefängnis säße. Schrecklicher Junge, er hat den Kuhstall in Brand gesteckt. Erinnerst du dich, Leo?«

»Hm, ja, vage.« Leo sah zu Helen, die ihnen den Rücken zugewandt hatte.

»Vage? Ich werde das nie vergessen. Er war fest entschlossen, die Kühe bei lebendigem Leib zu verbrennen, wirklich. Richard ist gerade noch rechtzeitig gekommen.« Vanessas Miene hatte sich verfinstert. »Wohin gehst du?«

»Hab ich dir schon gesagt, Mum, zur letzten Besprechung im Dorfgemeinschaftshaus. Morgen ist der Tag der Entscheidung.«

Helen ging mit Siennas Rucksack in der Hand an ihnen vorbei.

»Warum überlässt du es nicht Helen, Sienna zur Schule zu bringen?«, fragte Vanessa Leo. »Ich mach uns schnell ein paar Spiegeleier.«

»Ich esse nach der Besprechung etwas, Mum. Helen, könntest du Mum Frühstück machen? Ich muss jetzt los, sonst komme ich zu spät.« Endlich fand er seine Autoschlüssel und verließ eilig das Zimmer.

Kurz darauf kam Sienna hereingelaufen. »Bye, Granny!«, sagte sie und warf sich ihrer Großmutter mit vor Kälte geröteten Wangen in die Arme.

»Bye, Liebling, hab einen wunderschönen Tag.«

»Ich sehe dich bei der Besprechung, Helen«, rief Leo durchs Haus. »Ich halte dir einen Platz frei.«

Vanessa blickte zu ihrer Schwiegertochter, die anscheinend in einer ihrer Stimmungen versunken war. Sie blieb nicht gern in Helens Nähe, wenn diese schweigsam und grüblerisch war; dann wurde sie misstrauisch, was wohl unter der Oberfläche in ihr vorgehen mochte. Vanessa war stets bewusst, dass sie Helen nicht richtig vertraute, doch da sie den Grund dafür selbst nicht kannte, fühlte sie sich schuldig und innerlich leer. »Ich werde mich ein wenig hinlegen«, sagte Vanessa. »Ich bin weiter gelaufen, als ich eigentlich wollte.«

Am Fuße der riesigen geschwungenen Treppe, die sich zum Dachgeschoss hinaufwand, blieb sie stehen. Das große georgianische Herrenhaus machte einen vernachlässigten Eindruck. Vom Rahmen des Fensters, neben dem sie stand, blätterte die Farbe ab, der Teppich auf den Treppenstufen war verblichen und abgewetzt, und einige der Fliesen unter ihren Füßen hatten Sprünge. Die Heizung war ausnahmslos auf niedrigster Stufe eingeschaltet, wenn überhaupt, sodass es immerzu kalt im Haus war.

Langsam ging sie die Treppe hinauf, jede Stufe war mit Büchern, Kleidungsstücken und Zeitungen verstellt. Ihr Blick wanderte zur Wand, von der sich schon die Tapete löste, über die großen Kunstwerke und imposanten Spiegel, bis sie oben ankam, wo ein Foto von Richard und Leo gegen die Wand gelehnt stand. Es war eine Schwarz-Weiß-Aufnahme der beiden auf einem Traktor, und sie konnte sich noch genau an diesen Tag erinnern. Ein heißer Julinachmittag, Leo war etwa fünf Jahre alt gewesen, und Richard hatte ihn auf seine Knie gesetzt, damit er den Traktor lenken konnte. Leo hatte die ganze Zeit über geweint, und Richard war so ungeduldig mit ihm geworden, dass er ihm letztlich eine Ohrfeige gegeben hatte. Damals war sie mit Alice schwanger gewesen, und da Richard wochenlang Heu von den Wiesen erntete, hatte sie beschlossen, ein Picknick vorzubereiten und ihn in seiner Mittagspause zu besuchen. Leo hatte nicht mitkommen wollen, und sie hatte gewusst, dass dieser Ausflug in Tränen enden würde, aber sie machte sich dennoch auf, denn sie war einsam: das Los der Frau eines Landwirts.

Wie auch sie, hasste Leo das Leben auf dem Hof. Doch anders als sie versuchte er diese Tatsache nicht zu verstecken. Er heulte, wenn er hinfiel, er brüllte, wenn eines der Tiere ihn über den Hof jagte oder wenn er sich die Hände dreckig machte. Alice, ganz im Gegensatz dazu, liebte das Landleben ebenso sehr wie ihr Vater. Je schreckenerregender die Erfahrung, umso besser. Die beiden vergötterten sich, und Alice vergoss heiße Tränen, wenn ihr Vater ohne sie auf Abenteuer auszog. Sobald sie laufen konnte, folgte sie ihm überallhin, und wenn sie auf seinen Schultern sitzend vom Füttern der Kühe oder vom Ausbessern des Zauns zurückkam, war sie so schmutzverkrustet, dass Vanessa kaum ihr Gesicht erkennen konnte.

»Noch mal, Daddy!« war ihr Motto, wenn er sie in die Luft warf, auf eine hohe Mauer setzte oder über einen Graben springen ließ, wo sie unweigerlich hinfallen und sich wehtun würde. Während Vanessa entsetzt zurückwich, hatte Alice sich schon nach wenigen Augenblicken den Staub abgeklopft und streckte erneut die Arme aus. »Noch mal, Daddy!«

Vanessa erreichte die Tür zu ihrem Schlafzimmer, und wie immer blieb sie stehen, um sich das Porträt von Alice anzusehen. Eine Auftragsarbeit, die ihre Tochter in dem roten Kleid zeigte, das sie auch am Abend ihres Verschwindens getragen hatte.

»Mummy, warum kann ich nicht meine Latzhose anbehalten?«, fragte ein helles Stimmchen. Vanessa blickte in die grünen Augen ihrer kleinen Tochter, die sie fragend anschauten, als sie über den Flur auf sie zukam. In einer Hand schleppte Alice das rote Kleid und in der anderen eines aus blauem Satinstoff, angezogen war sie mit einer Latzhose, die vom Spielen draußen im Schnee schmutzig und nass war. Um den Mund hatte sie Flecken, die wie von Schokoladenkuchen aussahen, und ihre Wangen und Fingerspitzen waren gerötet, seit sie ins warme Haus gekommen war. Vanessa nahm die kalten Hände ihrer Tochter und drückte sie fest, rieb sie aneinander, um sie zu wärmen. Alices Silberarmband, das sie ihr zu Weihnachten geschenkt hatte, mit der Initiale »A« als Anhänger, glänzte im Licht.

Vanessa betrat ihr Schlafzimmer, ging langsam zum Fenster und schaute auf die Auffahrt zum Haus hinunter. Sienna winkte ihr vom Autofenster aus zu. Vanessa winkte zurück, während der Wagen um die Ecke bog und außer Sichtweite verschwand, das Gesicht des kleinen Mädchens noch klar vor ihrem geistigen Auge.

Genau wie Alice, dachte sie. Sie war Alice so ähnlich, es war kaum zu ertragen.

Kapitel zwei

WILLOW

Donnerstag, 21. Dezember 2017

Ihre Stiefelabsätze hallten laut, als Willow James die Holzstufen hinaufstieg und über die Bühne des Dorfgemeinschaftshauses von Kingston ging, dem Austragungsort Hunderter Krippenspiele, Sommerfeste und Bingo-Abende.

Nachdem sie ihre Notizen auf dem Pult abgelegt hatte, verbarg sie die zitternden Hände hinter dem Rücken und sah hinunter auf das Meer von Gesichtern, die sie erwartungsvoll anblickten. Plötzlich war sie unsicher wegen ihres Outfits, denn sie hatte sich schicker angezogen als üblich: ein neu erworbener marineblauer Blazer und eine weiße Bluse von Zara, Skinny Jeans und braune Stiefel. Die zum Stufenbob geschnittenen Haare hatte sie sorgsam geföhnt, ihren Lieblingslippenstift von Chanel im Nude-Farbton und Lidschatten in rauchigen Grautönen als Kontrast zu ihren eisblauen Augen aufgetragen. Doch jetzt sorgte sie sich, sie könnte zu formell wirken. Bei den letzten Besprechungen mit den Dorfbewohnern war sie immer bewusst leger gekleidet gewesen, um nicht zu geschäftsmäßig rüberzukommen, doch die letzte Präsentation auf der Bühne heute rechtfertigte ihrer Meinung nach etwas Kriegsbemalung.

Der Hausmeister hatte ihr stolz erzählt, dass er als Vorbereitung für die heutige Veranstaltung über einhundert Stühle aufgestellt hatte, die jetzt alle schon besetzt waren, und immer noch drängten Neuankömmlinge durch die Tür. Peter, ein freundlich aussehender Mann mit weißem Haar und lächelnden Augen, hatte ihr auch verraten, dass er die Stellung des Hausmeisters seit fast vierzig Jahren innehatte.

Während sie auf der Bühne wartete, dass die Kakofonie von Stimmen abebbte, suchte sie das Publikum nach bekannten Gesichtern ab und entdeckte ihren Chef, Mike Scott, den Kopf über sein Handy gebeugt. Ihr Kunde, Leo Hilton – mit dem sie seit über einem Jahr an den Plänen für die fünf Millionen teure Wohnsiedlung arbeiteten –, war gerade eingetreten und lief nun den Gang entlang, um sich neben Mike zu setzen. Willows Chef war wie üblich frisch rasiert und in einen schwarzen Rollkragenpullover, sein Markenzeichen, Jeans und einen langen schwarzen Mantel gekleidet. Leo hingegen trug eine gewachste Barbourjacke, schlammverkrustete Halbstiefel und eine Baseballkappe. Der Platz auf der anderen Seite neben Leo war frei, Willow nahm an, dass er ihn für seine Ehefrau reserviert hatte. Sie hatte Helen nur ein paarmal kurz getroffen, eine stille Frau mit feinen Gesichtszügen, die nicht maßgeblich an dem Projekt beteiligt war.

Zwei Reihen dahinter saß Willows Freund Charlie mit seinen Eltern Lydia und John. Stolz strahlten sie sie an, während sie angeregt mit Freunden und Nachbarn aus Kingston plauderten, wo sie schon seit über zehn Jahren lebten. John zwinkerte ihr aufmunternd zu, und Lydia winkte vergnügt.

Schließlich herrschte Ruhe im Saal, mit Ausnahme eines kleinen schreienden Kindes hinten im Raum. Willow atmete tief durch und zwang sich zu einem Lächeln. »Hallo zusammen, und danke, dass Sie alle gekommen sind«, begann sie. Obwohl sie sich zum Mikrofon beugte, drang ihre Stimme in dem vollen Raum kaum durch.

»Wir können Sie nicht hören«, rief eine männliche Stimme von hinten, während sich unter den Dorfbewohnern erneutes Gemurmel erhob. Willow spürte, wie sie rot wurde, und ihre Nervosität wuchs, als ihr Blick dem von Mike begegnete, der sie von seinem Platz aus stirnrunzelnd betrachtete.

Sie machte sich an dem Mikrofon zu schaffen, tippte es vergeblich an, bis Leo mit einem Satz auf die Bühne sprang, sodass ihm die blonden Strähnen unter der Kappe ins Gesicht fielen, und das Gerät einschaltete.

»Bitte schön.« Er zwinkerte ihr zu.

»Oh, danke, Leo«, sagte Willow, als ein schriller Ton aus dem Mikrofon erklang.

Sie bemerkte, dass einige Frauen in den vorderen Reihen ihn bewundernd anblickten, als er mit einem kühnen Sprung in den Saal auf seinen Platz zurückkehrte. Bei jeder ihrer Begegnungen schien er eine – auf Frauen und Männer gleichermaßen – außergewöhnliche Wirkung auszuüben. Er strahlte Charme aus, aber nicht auf offensichtliche Weise: Herzlich, freundlich und liebenswürdig erinnerte er sich häufig an kleine Details aus dem Leben der Menschen, die er traf. Auch sprach er sehr offen über seine eigenen Fehler – dass er chaotisch, zerstreut und vergesslich war –, aber er scheute keine Mühe, um anderen zu helfen. Er musste dringend zum Friseur, und seine Kleidung wirkte häufig abgetragen, aber er sah extrem gut aus und erinnerte Willow an die Cowboys in den Western, die ihr Vater früher geschaut hatte. Sienna liebte ihren Vater zweifellos innig, obwohl Leo ihr keine große Zuneigung entgegenzubringen schien. Zwar war er nie böse zu ihr, aber wenn sie in einer Besprechung auf seinen Schoß kletterte und Fragen stellte, beachtete er sie kaum, und wenn sie ihn bei Besuchen auf einer der Baustellen begleitete, schickte er sie alsbald ins Haus zurück. Aber was wusste sie schon, dachte Willow. Ihre Beziehung zu ihrem Vater war nicht gerade preisverdächtig, im Grunde konnte sie sich keine Meinung erlauben.

Willow holte tief Luft und begann erneut ihre Ansprache. »Guten Morgen, ich danke Ihnen, dass Sie alle an diesem kalten Dezembermorgen hierhergekommen sind.« Ihre Stimme dröhnte, als das Mikrofon endlich ansprang. »In diesem Dorf, Kingston, das ich im vergangenen Jahr sehr gut kennengelernt habe, herrscht ein wundervoller Gemeinschaftssinn. Und dass sich so viele von Ihnen heute hinausgewagt haben, um das fertige Modell unseres aufregenden Bauvorhabens zu sehen, das wir morgen dem Bauamt präsentieren werden, ist ein weiterer Beweis dafür.«

Noch einmal atmete sie tief durch und schaute ins Publikum, wo sie die Blicke mehrerer Einheimischer auffing, mit denen sie im vergangenen Jahr zusammengearbeitet hatte. Sie hatte diesen Menschen zugehört und ihre Sorgen wegen eines erhöhten Verkehrsaufkommens durch die Neubausiedlung beschwichtigt; sie hatte sich mit ihnen zum Kaffee getroffen und ihre Befürchtungen wegen des Verlusts des Dorfgemeinschaftshauses zerstreut; und sie hatte alle Fragen und Zweifel zur Bauweise der Siedlung dem Natur- und Denkmalschutzbeauftragten in Brighton vorgetragen – zu dem sie ein enges Vertrauensverhältnis entwickelt hatte –, um verschiedene Kompromisse zu erzielen, die allen Beteiligten zusagten.

»Inzwischen sind wir am Ende des Planungsprozesses angekommen, und Sie sollen wissen, wie dankbar wir Ihnen sind, die Sie sich an uns gewendet und mit uns zusammengearbeitet haben. Wir freuen uns über alle, die – neben Mr. Leo Hilton – die Zukunftsvision teilen, die uns bei Sussex Architecture antreibt, und auf deren Unterstützung wir für dieses nachhaltige, aufregende Projekt zählen können, von dem Kingston stark profitieren wird. Viele von Ihnen sind traurig, dass dieses wunderbare Gemeinschaftshaus und das alte Pfarrhaus durch neue Bauten ersetzt werden. Sie schätzen das Althergebrachte. Aber ich versichere Ihnen, wir haben aufmerksam zugehört und möchten Ihnen heute das zukünftige Gemeindezentrum, mitsamt einer Bücherei, präsentieren, das hoffentlich bald schon der Dorfmittelpunkt sein wird.«

Willow schaltete den Projektor ein und klickte auf das erste Bild. Sie hatte nur einen Monat für den Entwurf des gesamten Projekts benötigt, das zehn Einzelhäuser und das Gemeindezentrum als Herzstück umfasste. Doch danach hatte sie zwölf Monate lang kämpfen müssen, um dorthin zu gelangen, wo sie jetzt stand: Sie hatte Stellungnahmen eingesammelt, Gutachten angehäuft, die verschiedenen Referenten für ihre Pläne gewonnen, und sie hatte – das war die schwierigste Aufgabe von allen gewesen – die Einheimischen mit ins Boot geholt, damit sie keinen Einspruch gegen den Bauantrag erhoben, der, schon gestellt, in etwas mehr als vierundzwanzig Stunden genehmigt werden sollte.

»Könnte jemand bitte das Licht ausschalten? Danke, Peter – mein Held!«, sagte Willow, als Peter am anderen Saalende den Daumen in die Höhe reckte und den Raum in Dunkelheit tauchte. »Zu Weihnachten werde ich dir wohl einen roten Mantel besorgen müssen«, fügte sie hinzu, und das Publikum lächelte anerkennend.

Willow begann, über das Bild auf der Projektorleinwand zu sprechen – es zeigte die ersten Entwürfe auf einer Seite mit dem Titel »Yew Tree Estate: eine Version wird Wirklichkeit«. In Gedanken kehrte sie zu dem Tag zurück, als Mike sie in sein Büro gerufen und ihr die Leitung ihres ersten großen Projekts angeboten hatte. Seit fast fünf Jahren schon versuchte sie, sich im Job zu beweisen, die meiste Zeit hatte sie am Schreibtisch die Entwürfe anderer Architekten gezeichnet, nur selten war sie zu Baustellenvisiten oder Planungsbesprechungen geladen worden. Die ganze Zeit lang hatte sie den Wunsch gehabt, ihre eigenen Bauten zu entwerfen, und niemals die Gelegenheit dazu bekommen, nun übertrug man ihr plötzlich ein fünf Millionen Pfund teures Projekt von der ersten groben Skizze an.

»Nun, das wird keine leichte Aufgabe, Willow«, hatte Mike gesagt und sich zu ihr vorgebeugt. »Denn wir reißen nicht nur ein denkmalgeschütztes georgianisches Herrenhaus nieder, um Platz für die neuen Wohnhäuser zu schaffen, nein, auch das Dorfgemeinschaftshaus und weitere Bauten müssen weichen, um die Straßenführung zu optimieren.« Er hatte mit seinem Kugelschreiber so lange auf seine Schreibtischunterlage geklopft, bis das Papier Risse bekam. »Dieses Haus ist sehr wichtig für das Denkmalerhaltungsgebiet, doch es liegt mitten im Gelände, wir können nicht drumherum bauen. Es steht groß und imposant mitten im Dorf, und das Herz der Einheimischen hängt sehr daran. Du musst also ein neues Gebäude entwerfen, das besser aussieht als das derzeitige. Dann brauchen wir einen Denkmalschutzbeauftragten, der bestätigt, dass unser Entwurf das Gebiet sowohl verschönert als auch bewahrt, und außerdem noch Umweltschutzspezialisten, die offiziell erklären, wie grün die Gegend wird.«

Während Mike weitersprach, war allmählich die Erkenntnis in ihr erwacht, dass das Haus, von dem er sprach, das Herzstück dieses Projekts, ihr erschreckend vertraut war. In Windeseile hatte sich ihre Hochstimmung in Angst gewandelt, und ein brennendes Gefühl stieg ihr den Nacken hoch.

»Absolut entscheidend ist die Zustimmung aus der Bevölkerung, dass das existierende Gebäude ein Schandfleck ist. Hier kannst du zeigen, was du draufhast. Darüber hinaus musst du natürlich noch einen Baustatiker ausfindig machen, der das Haus für baufällig erklärt, das wird nicht einfach.«

»Du sprichst von Yew Tree Manor?«, fragte sie ihn mit weit aufgerissenen Augen.

»Ach, schön, du kennst es. Dann ist dir klar, womit wir es zu tun haben.« Mit beiden Händen strich er sich den langen Pony aus dem Gesicht und setzte sich im Stuhl zurück.

»Warum will Leo Hilton das Haus abreißen? Es ist seit Generationen im Besitz seiner Familie. Lebt seine Mutter noch?«, fragte Willow, unfähig, ihr Entsetzen zu verbergen.

Mikes Miene verfinsterte sich. »Ich denke, über Leo Hiltons Mutter sollten wir uns zu diesem Zeitpunkt nicht den Kopf zerbrechen. Er hat erwähnt, dass es ihr nicht gut geht und er mit allen Vollmachten ausgestattet ist. Das allein zählt. Du klingst, als würdest du die Familie kennen.«

»Oh, nein. Nein. Die Eltern meines Freundes leben in Kingston, sie haben Yew Tree Manor mal erwähnt. Die Familie Hilton ist dort gut bekannt.« Sie errötete.

»Ist doch toll, wenn deine Schwiegereltern in Kingston wohnen, dann können sie uns helfen, die Unterstützung der Einwohner zu bekommen. Aber wenn das Projekt ein Problem für dich ist, kann ich es Jim anbieten. Ich dachte, du wärst völlig aus dem Häuschen.«

Die Frage lag ihr auf der Zungenspitze, ob das alte Pfarrhaus, das Zuhause ihres Vaters in seinen ersten dreizehn Lebensjahren, auch abgerissen werden sollte, doch das hätte zu viel Argwohn geweckt. Sie würde es schon bald herausfinden. Einen Moment lang überlegte sie, ob Leo Hilton sich im Büro direkt nach ihr erkundigt hatte, aber sie war sich nicht sicher, ob er überhaupt von ihrer Existenz wusste, geschweige denn von ihrem Job. Und selbst wenn, warum sollte er den Kontakt zu ihr suchen?

Während ihr Chef sie mit zusammengekniffenen Augen durchdringend ansah, und seine Finger auf dem Stuhl klopften, sehnte sie sich mit jeder Faser ihres Herzens danach, das Projekt abzulehnen. Ihre Gedanken rasten angesichts der Situation, die sich ihr bot: eine Chance, sich nach den Jahren des Studiums, in denen sie Schulden angehäuft hatte, zu beweisen. Selbst als sie endlich ihren Abschluss in Architektur in der Tasche gehabt hatte, war es schwierig gewesen, in einer von Männern dominierten Welt ernst genommen zu werden. Jetzt wurde ihr plötzlich ein Projekt auf dem Silbertablett serviert, von dem sie zu Beginn ihrer Berufszeit nur hatte träumen können, aber mit dem Haken, dass sie mit den Hiltons arbeiten musste – der Familie, die das Leben ihres Vaters zerstört hatte.

»Ich *bin* völlig aus dem Häuschen, danke dir, Mike«, sagte sie schließlich. »Ich glaube, ich bin nur gerade etwas überwältigt. Das kam ziemlich unerwartet.«

»Stimmt«, bemerkte er nachdenklich. »Nun, das Angebot sollte nicht so unerwartet für dich kommen. Du hast hart gearbeitet, Willow, und wir denken, dass du dieser Aufgabe gewachsen bist, aber wenn nicht, dann sag es mir gleich.«

»Ich bin der Sache gewachsen, absolut«, hatte sie erwidert und in Gedanken das Gespräch, das sie mit ihrem Vater würde führen müssen, beiseitegeschoben. Ein Gespräch, das sie ein Jahr später immer noch nicht geführt hatte – und jetzt, wo das Projekt beinahe abgeschlossen war, hoffte sie, es gänzlich vermeiden zu können.

Doch während es ihr gelungen war, ihren Vater vollends aus ihren Gedanken zu verbannen, hatte sich jemand anderes hineingeschlichen.

Das große ungelöste Geheimnis um die vermisste Alice Hilton, hatten die Zeitungen damals getitelt. Die sechsjährige Alice, Leo Hiltons kleine Schwester, die sich im Jahr 1969 von der Silvesterparty ihrer Eltern in Yew Tree Manor fortgestohlen hatte. Ein kleines Mädchen, das seinen jungen Hund im Schnee gesucht hatte und vor seinem Verschwinden in dieser Nacht einem älteren Jungen begegnet war – Bobby James, Willows Vater.

Unzählige Male hatte er der Polizei gegenüber erklärt, dass er nicht wisse, was mit Alice passiert sei, doch man fand sein Taschentuch voller Blutflecken, und auch heute noch, beinahe fünfzig Jahre später, hegte die Polizei – und Vanessa Hilton – den Verdacht, dass er etwas mit Alices Verschwinden zu tun hatte. Im Laufe der Jahre hatte Willow herausgefunden, dass ihr Vater der Polizei zu jener Zeit kein Unbekannter gewesen war, er hatte bereits Schwierigkeiten bekommen, weil er den Kuhstall der Hiltons in Brand gesteckt haben sollte. Sie glaubte an einen Unfall, doch Bobby, zu einer Erklärung gedrängt, hatte dichtgemacht, wie immer.

Die Polizei hatte drei Tage und Nächte lang versucht, ein Geständnis zu erpressen, bis er schließlich ausrastete, auf den Beamten losging, der ihn verhörte, und einen Stuhl gegen das Fenster des Verhörraums schleuderte. Danach wurde er in eine Jugendstrafanstalt geschickt, wo er täglich von Wächtern und Mitinsassen verprügelt und misshandelt wurde, bis man ihn drei Jahre später endlich entließ.

Die Szene auf der Polizeiwache hatte Willow so klar vor Augen, als wäre sie selbst dabei gewesen. Sie wusste, dass ihr Vater Alice nichts angetan hatte, aber wenn er hartnäckig schwieg und jedes Wort verweigerte, konnte sein Schweigen leicht als Schuldeingeständnis interpretiert werden. In jungen Jahren hatte auch sie unzählige Male mit diesem Charakterzug zu kämpfen gehabt, wenn ihr Vater es rundheraus ablehnte, über die Vergangenheit zu sprechen, egal, wie sehr sie ihn auch darum bat. Irgendwann hatte sie es aufgegeben.

Letztlich hatte diese tiefe Frustration über seine Unfähigkeit, ihr etwas von seinem früheren Leben zu erzählen, sie dazu gebracht, das Yew-Tree-Projekt anzunehmen. Vielleicht würde sie durch ihre Arbeit für die Hiltons endlich etwas über seine Kindheit im Pfarrhaus erfahren, über Leo und Alice und all das, worüber er schwieg. Nachdem es in ihrem Leben jahrelang nur Geheimnisse gegeben hatte, war die Gelegenheit zu verlockend, als dass sie sie hätte ausschlagen können.

Doch sobald sie ihre Einwilligung gegeben hatte, fing Alice Hilton an, sie in ihren Träumen zu verfolgen. Immer in dem roten Kleid, das sie laut den Zeitungsberichten in der Nacht ihres Verschwindens getragen hatte. Die verschwundene Alice war bald ein ständiger Teil von Willows Leben. Inzwischen wäre sie eine vierundfünfzigjährige Frau, doch ihr Verschwinden hatte sie als sechsjähriges Mädchen im roten Kleid in der Zeit erstarren lassen. Bei Ortsbegehungen, wenn sie in Yew Tree Manor die Baupläne überprüften, kam regelmäßig Leo Hiltons Tochter Sienna aus dem Haus gelaufen. Sie war das Ebenbild von Alices Porträt in der Eingangshalle, und Willow überlief jedes Mal eine Gänsehaut, während sie sich zwingen musste, das kleine Mädchen nicht zu sehr anzustarren.

Plötzlich fiel krachend die Tür ins Schloss. Helen, die jetzt hinten im Raum stand, wurde tiefrot, als sich alle nach ihr umdrehten. Suchend blickte sie sich nach Leo um, der ihr zuwinkte, dann bahnte sie sich, Entschuldigungen murmelnd, einen Weg durch die Stuhlreihen zu ihrem Mann.

»Vielleicht haben einige von Ihnen es schon bemerkt«, fuhr

Willow fort, um die Aufmerksamkeit von Helen abzulenken, die sich endlich gesetzt hatte, »wir haben heute ein wunderschönes Modell der Yew-Tree-Siedlung mitgebracht, das Sie hoffentlich mit Vergnügen in Augenschein nehmen werden. Peter hat freundlicherweise für Tee und Mince Pies gesorgt. Bitte bedienen Sie sich! Und sollten Sie im Vorfeld der Planungsbesprechung morgen noch Fragen haben, werden wir diese selbstverständlich gern beantworten. Noch einmal herzlichen Dank, dass Sie uns Ihre Zeit schenken.«

Sie lächelte, während das Publikum zu klatschen begann, und ging dann von der Bühne hinunter zu Leo und Mike. Leo legte seinen Arm um ihre Schulter und drückte sie sanft.

»Wunderbare Vorstellung, ganz toll gemacht, Willow«, sagte er. »Ich glaube nicht, dass wir jemals eine so große Beteiligung hatten, nicht einmal, als Alan Titchmarch hier war, um sein neuestes Buch zu signieren. Du kannst sehr stolz auf dich sein, meinst du nicht auch, Helen?«

Willow spürte Helens eisblaue Augen auf sich, die überhaupt nicht zu ihrer mäuschenhaften Erscheinung passten. Überhaupt hatte sie nie recht gewusst, was sie von Leos Frau halten sollte. Die wenigen Male, die sie ihr bei Besprechungen in Yew Tree Manor begegnet war, hatte Helen sich sehr freundlich verhalten, jedoch immer Distanz gewahrt. Es konnte Einbildung sein, doch Willow hatte das Gefühl, dass Helen den Raum verließ, sobald sie eintrat.

»Ja, sicherlich.« Helen hatte ihren Blick weiter auf Willow geheftet. »Sie haben das Unmögliche vollbracht.«

»Vielen Dank«, erwiderte Willow und sann über Helens Wortwahl nach.

Leo war bereits von fünf oder sechs Dorfbewohnern umlagert, die mit ihm sprechen wollten. Er wandte sich der lächelnden Gruppe mit den heißen Getränken in den Händen zu. »Martha, wie schön, dass du kommen konntest, wo du doch gerade erst aus dem Urlaub zurückgekehrt bist. Du siehst blendend aus! Hallo, Jim, wie geht es deinem Rücken?«

»Möchten Sie eine Tasse Tee, Helen?«, fragte Willow.

»O ja, bitte.« Helen warf einen Blick über die Schulter zum Eingang, als suche sie nach jemandem, oder möglicherweise nach einem Fluchtweg. Willow vermutete, dass Helen nicht lange genug bleiben würde, um den Tee zu trinken, den Willow ihr besorgen wollte, dennoch lächelte sie warm, bevor sie sich abwandte.

Als sie an der Teestation stand, beobachtete sie, wie Leo Hof hielt. Seine große Beliebtheit in Kingston hatte Willow die Arbeit sehr erleichtert, obwohl sie in anderer Hinsicht ihre Gefühle von Verrat und Treulosigkeit verstärkt hatte.

Ihr Vater sprach nur äußerst selten von den Hiltons, daher wusste sie nicht, wie er zu Alices älterem Bruder stand. Sie durchforstete ihr Gedächtnis und erinnerte sich, dass Leos Name einmal in Zusammenhang mit dem Brand im Kuhstall von Yew Tree gefallen war, nicht lange, bevor Alice verschwand.

In Wirklichkeit hatte Leo Hilton den Brand verursacht, hatte ihr Vater erzählt, aber Richard, Leos Vater, hatte Bobby gebeten, die Schuld auf sich zu nehmen. Bis zu diesem Moment hatte Bobby noch nie in seinem Leben gelogen, aber das war der Beginn seines Untergangs. Seine erste Begegnung mit der Polizei, die seinen Charakter für immer verderben sollte. Es war ein Augenblick, der alles veränderte.

Willow wusste nicht, wie sie über Leo Hilton denken sollte oder ob er wirklich das Feuer gelegt hatte, das man später ihrem Vater anlastete. Die meiste Zeit hatte sie die Zusammenarbeit mit Leo genossen, im Umgang mit anderen bemühte er sich um Bodenständigkeit, obwohl ihm halb Kingston gehörte, doch hin und wieder hatte sie auch eine andere Seite an ihm aufblitzen gesehen. Eine Reizbarkeit, die nur gelegentlich an die Oberfläche trat, wenn etwas nicht nach seinem Willen lief.

Während sie an der Teestation hantierte, beobachtete Willow, dass Helen schweigend an der Seite ihres Mannes stand. Ihre Ehe wirkte nicht besonders liebevoll. Sie gingen sehr zivilisiert miteinander um, aber ihr Austausch war überwiegend zweckmäßig, fast jedes Gespräch drehte sich um Sienna. Nur selten lächelte Helen Leo an, und wenn doch, schien es gezwungen, nie erreichte das Lächeln ihre eindrucksvollen blauen Augen.

»Bitte sehr, Helen.« Willow reichte ihr eine Tasse Tee.

In Helens Augen schienen Tränen zu glitzern, und das Blau wirkte noch intensiver, als sie den Tee ohne ein Wort entgegennahm.

Plötzlich stand Mike neben ihr und wandte sich strahlend an Helen. »Entschuldigung, wenn ich störe. Willow, der Bauträger hat sich gemeldet. Wir müssen heute noch den Vertrag unterzeichnen, deshalb fahre ich jetzt gleich mit Leo und Helen ins Büro. Könntest du hier die Stellung halten?«

Willow lachte über die Bitte ihres Chefs, bevor ihr bewusst wurde, dass er sie allen Ernstes allein in der Höhle des Löwen zurücklassen wollte. »Hm, das sind ganz schön viele Leute hier, Mike.« Sie versuchte, den Schock zu verarbeiten, als Helen nervös lächelte und zu ihrem Mann hinüberging.

»Das weiß ich, aber Leo verlässt morgen das Land, und er muss noch einen weiteren Vorschlag für uns diskutieren. Das hier ist absolut dein Verdienst. Alle fressen dir aus der Hand, Willow. Ich hätte mir kein besseres Ergebnis wünschen können. Und mach dir keine Sorgen, Kellie ist schon auf dem Weg. Sie hilft dir, das Modell ins Büro zurückzubringen.«

Willow sah, wie Helen und Leo ein paar Worte miteinander wechselten, dann drehte Helen sich um und verließ den Saal. Helens offensichtliche Erregtheit lenkte Willow ab, und sie hatte Mühe, sich auf Mike zu konzentrieren.

»Kellie? Sie hat doch schon genug zu tun. Das geht schon, Charlie ist hier, er kann mir helfen.« Sie stellte sich Kellie vor, die sehr freimütige Büroleiterin, wie diese auf die Bitte hin, nach Kingston zu fahren anstatt die Stapel auf ihrem Schreibtisch abzuarbeiten, in lautes Zetern ausbrach.

»Willow, darf ich kurz unterbrechen, ich würde Ihnen gern meine Frau Dorothy vorstellen.«

Zögernd wandte sie ihre Aufmerksamkeit von Mike ab, hin zu Peter, der zusammen mit einer ungefähr siebzigjährigen Frau hinter ihr stand. Ihre freundlichen Augen lächelten, ihre grauen Haare waren auf Kinnlänge geschnitten, und sie war in einen beigen Kaschmirpullover und einen grauen Wollmantel gekleidet.

»Guten Tag«, begrüßte Willow sie herzlich und runzelte die Stirn, als Mike Leo fortführte. Der drehte sich um und winkte ihr fröhlich zu. Offenbar nahm er überhaupt nicht wahr, wie nervös Willow war.

»Tolle Präsentation«, sagte Dorothy. »Es ist Ihnen wirklich hervorragend gelungen, die Bedenken von uns Dörflern zu zerstreuen und uns zu beruhigen.« Willow fiel auf, dass die Frau zur Tür sah, wo Helen gerade nach draußen verschwand.

Aus irgendeinem Grund hatten Helens Kummer und Mikes Bemerkung, das ganze Dorf würde ihr aus der Hand fressen, sie aus dem Gleichgewicht gebracht. Panik stieg in ihr auf, als sie sich in dem vollen Saal umblickte, als wüssten all diese Menschen etwas, das ihr verborgen geblieben war. Auch Mikes Verhalten ihr gegenüber hatte sich verändert:

Die Wärme war verschwunden, die Fassade bröckelte, jetzt, wo der Deal unter Dach und Fach schien.

»Willow? Geht es Ihnen gut?«, fragte Peter und zog ihre Aufmerksamkeit wieder auf sich.

»Entschuldigung, ja, sehr schön, Sie kennenzulernen, Dorothy.« Sie nahm ihre Hand und schüttelte sie.

»Gleichfalls, Willow. Wir leben seit über fünfzig Jahren hier und kennen die Hiltons gut, deshalb wollten wir keinen Ärger machen. Aber es war schwer, sich keine Sorgen um die Baupläne zu machen, wenn sie so große Veränderungen mit sich bringen. Wie gut, dass Ihre Schwiegereltern im Dorf wohnen und sich für Sie einsetzen konnten.«

Leo und Mike gingen gerade aus dem Saal, und Willows Blick folgte ihnen gebannt, bis sie den Kopf schließlich wieder in Dorothys Richtung drehte. Plötzlich hatte sie das Gefühl, Charlies Familie beschützen zu müssen und den paranoiden Gedanken, dass Mike sie benutzt hatte. »Nun, wir sind nicht verheiratet, aber es stimmt, die Familie meines Freundes war mir eine große Stütze.«

»Also, Charlie ist ein sehr liebenswerter Kerl, lassen Sie ihn nicht entwischen!« Dorothy sah zu ihrem Mann, der gerade einen großen Bissen Mince Pie genommen hatte und enthusiastisch nickte. Dorothy schien Willow eine ziemlich dominante Person zu sein, zweifellos hing der Segen in ihrem Heim von ihrem Wohlergehen ab.

»Eine Frage hätte ich noch«, fuhr Dorothy fort. »Wir haben uns gefragt, was mit dem kleinen Friedhof beim Pfarrhaus passiert ist?«

Willow spürte, wie sich ihr Magen zusammenkrampfte. »Dem Friedhof?« Sie versuchte ihre Überraschung zu verbergen.

»Genau. Wir wohnen in Yew Tree Cottage, das wissen Sie

ja. Von dort aus kann man das Pfarrhaus sehen, und uns ist aufgefallen, dass der Friedhof kürzlich mit Rasen besät wurde. Wann hat Leo die Gräber ausheben lassen?« Gespannt wartete Dorothy auf eine Antwort.

»Hm«, versuchte Willow Zeit zu schinden. Ihr Herz raste. »Ich glaube, das war alles bereits erledigt, als wir dazugekommen sind.«

»Aha, verstehe. Ich hätte das für einen langwierigen Prozess gehalten, aber vielleicht liege ich da falsch. Möglicherweise war es kein offizieller Friedhof, aber es gab dort mehrere Grabsteine, das ist sicher. Es könnte eine Art Erinnerungsort gewesen sein.«

Willow zwang sich zu einem Lächeln, während Angst und Sorge sekündlich in ihr wuchsen.

»Wir sind sehr froh, dass Sie dieses Bauprojekt betreuen«, sprach Dorothy weiter. »Bevor Sie dabei waren, herrschte ein allgemeines Misstrauen, aber Sie haben die Zukunft in schillernden Farben gemalt und so ganz allein die Gemeinde überzeugt. Ich meine, es ist ja schön und gut, wenn jemand die positiven Aspekte hervorhebt und vorrechnet, dass die Gemeinde mehr Geld einnehmen wird, die Straßen ausgebessert werden, all diese großen Gesten. Aber erst wenn man ein Modell sieht, so wie Ihres dort drüben, oder die Baupläne, die dem Gemeinderat vorgelegt werden, glaubt man, dass wir alle nicht sehr viel schlechter dran sein werden als zuvor.«

Willow bemerkte, dass ein anderes Paar sich zu ihnen gesellt hatte und darauf wartete, dass sie ihre Unterhaltung mit Peter und Dorothy beendete.

»Willow, tut mir leid, wenn ich so dazwischenplatze, aber könnten Sie uns bitte den Grundriss der Gemeindebücherei erläutern?«

»Natürlich, gern. Entschuldigen Sie mich bitte, Dorothy«, sagte Willow und wandte sich dem Modell der Yew-Tree-Siedlung zu, das Dorothy lobend erwähnt hatte. Alle im Saal schienen sich für die Skulptur aus Pappkarton zu interessieren, den Entwurf, für den sie ein ganzes Jahr lang gekämpft, für den sie ihre Karriere aufs Spiel gesetzt hatte. *Alle fressen dir aus der Hand.* Mikes Worte, scheinbar ein Kompliment, hatten etwas Arrogantes an sich. Sie waren respektlos, ihr und den Menschen, die ihr vertrauten, gegenüber. Das brennende Gefühl, das ihr den Rücken hinauf bis in den Nacken kroch, wurde stärker.

Während sie ihre Konzentration auf das Architekturmodell lenkte, kamen ihr nach und nach wieder Gespräche mit ihrem Chef in den Sinn, bei denen sie sich unbehaglich gefühlt hatte, etwa, als er sie gefragt hatte, ob sie auch etwas tun würde, was moralisch nicht einwandfrei war. Er hatte es als eine Sicht aus einer anderen Perspektive beschrieben, als Strategien, die man im Sinne des Kunden ergriff, eine Haltung, bei der man keine Schwäche zeigte, das Spiel spielte. Und sie hatte mitgespielt und alles getan, was nötig war, um die Baugenehmigung zu erhalten und den Deal festzuzurren. Damit sie ernst genommen wurde in einer Männerdomäne.

Um das Modell standen jetzt zwei Dutzend Menschen mit Mince Pies und Heißgetränken herum und blickten sie erwartungsvoll an. Willow musterte die Miniaturgebäude und stellte sich vor, es würde zu schneien anfangen. Langsam begannen die Pappfiguren, die in der Bücherei und dem Gemeindezentrum ein und aus gingen, sich zu bewegen, und auf der anderen Seite der Siedlung trat ein kleines Mädchen in einem roten Kleid aus Yew Tree Manor heraus. Gebannt folgte Willow der kleinen Figur, die winzige Fußspuren im frisch gefallenen Schnee hinterließ und in Richtung der großen Eiche ging, wo Willows Vater am Silvesterabend 1969 auf Alice Hilton getroffen war.

Geschirrgeklapper und Stimmengewirr verblassten zu dumpfem Schweigen, als Willow beobachtete, wie das kleine Mädchen den Waldrand erreichte und dann verschwand. Ihr Atem ging schneller, und die Wände des Gemeinschaftshauses drohten sie unter sich zu begraben.

Denn obwohl der Bebauungsplan für Yew Tree Estate so gut wie beschlossen war, womit wahrscheinlich auch das Pfarrhaus zum Abriss stand, würde sie diese Nacht nie aus ihrem Leben verbannen können. Die Arbeit an dem Projekt hatte ihr nicht geholfen, mehr über das Schicksal ihres Vaters und seiner Schwester Nell herauszufinden. Stattdessen fühlte sie sich schuldig, weil sie ihren Vater hinterging, und rückblickend war sie nicht stolz darauf, dass sie ihm so viel verschwiegen hatte.

Ihr Vater hatte recht gehabt: Sie hätte die Vergangenheit ruhen lassen sollen.

Sie spielte mit dem Feuer.

Yew Tree Manor, und die kleine Alice, hielten sie wie in einen Schraubstock geklemmt fest und würden sie nicht wieder loslassen.

Kapitel drei

NELL

Dezember 1969

»Steh auf, Nell James«, flüsterte Bobby und rüttelte seine kleine Schwester wach. »Zeit zum Melken.«

»Es ist mitten in der Nacht.«

»Stimmt nicht, es ist fünf Uhr morgens. Möchtest du mitkommen oder lieber im Bett bleiben?«

»Ich komm schon. Geh nicht ohne mich, Bobby«, sagte Nell, schlug den Quilt zur Seite und gähnte laut.

Bobby lächelte seine putzige kleine Schwester an. Ihre blauen Augen blickten geradewegs durch ihn hindurch, sie hatte das kastanienbraune Haar ihrer Mutter, eine Stupsnase voller Sommersprossen, und ihre Wangen waren frisch gerötet vom Aufwachen. Bobby nahm ihre Latzhose, einen Pullover und dicke Socken, die über dem schmiedeeisernen Bettende hingen, und legte alles neben sie.

»Ich habe geträumt, dass Molly ihre Babys bekommt, und sie haben mir das Ohr geleckt«, erzählte Nell, während sie sich die Augen rieb. »Glaubst du, dass sie bald zur Welt kommen, Bobby?«

»Du bist völlig besessen von diesen Welpen, und sie sind noch nicht einmal geboren.« Er lächelte.

»Ich wünschte, Dad würde Molly erlauben, drinnen beim Feuer zu bleiben. Die armen Babys können doch nicht bei

Schnee und Eis im Stall geboren werden, sie werden sterben.«

»Also, Dad hat gerade eine Menge Sorgen, Nell. Die Welpen stehen da nicht unbedingt ganz oben auf der Liste.« Bobby stieß einen tiefen Seufzer aus. »Zieh dich schnell an, draußen ist es bitterkalt. Der Boden ist gefroren.«

Nell warf ihrem Bruder einen Blick zu. Er wirkte traurig, wie immer, wenn ihr Vater gereizter Stimmung war. »Ich habe gehört, was Dad gestern zu dir gesagt hat, Bobby.« Ihre Augen waren weit aufgerissen. »Über die Polizei. Was ist da los?«

Bobby senkte den Kopf. Nell wusste, dass er beunruhigt war. Sie wusste immer, wie er sich fühlte.

»Es hat gebrannt, im Stall der Hiltons.« Als er aufsah, stand Nell Panik ins Gesicht geschrieben. »Es ist in Ordnung, Nell. Das war ein Unfall. Richard hat den Brand gelöscht, kein Tier wurde verletzt.«

»Was meinst du damit, ein Unfall? Was ist passiert?« Nell stiegen Tränen in die Augen.

Eine ganze Weile schwieg Bobby, er zögerte, ihr die Wahrheit zu sagen. »Sie haben altes Holz angezündet. Das Feuer war zu nah am Stalltor, einige Heuballen fingen Feuer und brannten sofort lichterloh. Zum Glück habe ich das vom Feld aus beobachtet und bin zum Haus gerannt, um Alarm zu schlagen. So konnte Richard den Brand löschen.«

Nells Miene verfinsterte sich, als Bobby sich zum Gehen wendete. »Aber warum will die Polizei dann mit dir reden?«

»Weil der Stall arg beschädigt ist. Richard will von seiner Versicherung Schadensersatz fordern, deshalb musste ich sagen, ich hätte das Feuer gelegt.«

»Was ist das, Schadensersatz?« Nell tat sich schwer mit dem Wort.

»Sieh mal, Nell, das ist nichts, worüber du dir Sorgen machen musst.« Bobby zog Nell die dicken Wollsocken an.

»Aber warum will Richard, dass du die Schuld auf dich nimmst? Das hättest du nicht tun sollen, Bobby, du darfst niemanden anlügen. Besonders nicht die Polizei.« Wieder riss sie die Augen auf. »Wer hat das Feuer gelegt?«

»Leo, aber es war keine Absicht, manchmal denkt er einfach nicht nach. Richard war sehr streng mit ihm«, sagte Bobby leise, gedankenversunken.

Er sieht traurig aus, dachte Nell.

»Alice hat erzählt, dass er Leo mit einem Gürtel verprügelt. Ich mag Richard nicht. Du solltest ihm nicht trauen. Er wird uns unser Haus wegnehmen.«

»Woher weißt du davon?« Bobby blickte seine Schwester finster an.

»Ich habe gehört, wie Dad mit dem Mann im Anzug gesprochen hat, der gestern hier war. Du hast gearbeitet, und Dad dachte, ich würde schlafen. Der Mann hat gesagt, dass Richard das alte Pfarrhaus abreißen und neue Häuser bauen will. Er hat schon das ganze Land verkauft.«

»Ja, also, Richard hat mir versichert, dass er sich um eine Lösung für uns bemüht, wenn das Geschäft zustande kommt.«

»Aber es ist nicht sein Haus, das er abreißen will. Es ist Dads Haus. Sein Vater hat es ihm vererbt, sagt Dad.«

»So einfach ist das nicht, Nell. Du bist noch zu klein, um das zu verstehen.«

»Bin ich nicht. Ich mag Richard nicht. Du solltest ihm nicht trauen, Bobby, er ist böse und gemein zu Leo.«

»Na ja, immerhin ist er nett zu deiner Freundin Alice. Komm, du musst dich anziehen. Und frag Dad nicht nach dem Haus. Er hat heute keine gute Laune.«

»Aber wo werden wir wohnen, Bobby?«

»Uns fällt schon was ein, Nell. Fang nicht an zu weinen. Und erwähn bloß die Hundebabys nicht.«

»Och, Bobby, glaubst du wirklich, dass sie im Stall bleiben müssen?« Nell schien den drohenden Verlust ihres Zuhauses schon wieder vergessen zu haben. »Meinst du, ich darf zuschauen, wenn sie auf die Welt kommen, so wie bei den Kühen? Ich hoffe wirklich, dass sie überleben, zumindest zwei von ihnen, dann kann ich einen haben, und Alice bekommt den anderen. Ihre Mummy hat es ihr erlaubt. Alice hat sich noch nicht für einen Namen entschieden, aber meiner wird auf jeden Fall Snowy heißen.«

»Du redest wirklich mehr als jeder andere, den ich kenne, Nell James«, sagte Bobby. »Du redest im Schlaf, du redest beim Essen, du redest selbst dann, wenn du weinst.«

»Ich rede halt gern. Woher sollen die Leute sonst wissen, was du denkst?« Nell blickte ihren Bruder mit zusammengekniffenen Augen ernst an.

»Na, du könntest hin und wieder einmal eine Pause machen und zuerst darüber nachdenken, was du sagen willst. Du kannst Dinge nicht ungesagt machen, weißt du. Manchmal muss man vorsichtig sein, besonders jetzt, bei allem, was gerade los ist. Wir wissen nicht, wem wir trauen können.«

Nell begann ihre zerzausten Haare zu bürsten, die immer so aussahen, als wäre sie einen Hang hinuntergekugelt und hätte jeden Zweig auf ihrem Weg mitgenommen. »Ich vertraue Alice, sie ist meine beste Freundin. Ihr erzähle ich alles.«

»Nun ja, sie ist Richards Tochter, also mach das im Moment lieber nicht.«

Wieder füllten sich Nells Augen mit Tränen.

»Ach, Nell, reg dich nicht auf. Komm schon, beeil dich, du weißt, Dad wird mürrisch, wenn er auf uns warten muss.«

Mit müden Beinen stieg Nell in ihre Latzhose und zog sich den Wollpullover, den ihre Mutter für Bobby gestrickt hatte, über den Kopf. Als sie aus dem Fenster blickte, sah sie nichts als die schwarze Winterdämmerung, doch die vertrauten Geräusche des Pfarrhauses malten ein eindrucksvolles Bild des Lebens draußen auf dem Hof: Scharren, als das Melkgatter über den Steinfußboden des Stalls gezogen wurde, ihr Vater, der den Kühen aufs Hinterteil schlug und Anweisungen brüllte, das protestierende Muhen der Kühe, als er sie in den Melkstand trieb.

»Komm, Dad hat Porridge gemacht.« Bobby polterte die Treppe hinunter.

Während Nell sich die Augen rieb und versuchte, die noch vom Schlaf herrührende Benommenheit zu vertreiben, hörte sie, wie das Cottage zum Leben erwachte: das klirrende Steingutgeschirr, als Bobby den Tisch deckte, den pfeifenden Kessel auf dem Herd, die zuknallende Haustür, als ihr Vater hereinkam und sich mit Bobby in der Küche unterhielt.

»Nell hat gehört, wie du mit dem Anwalt über das Haus gesprochen hast. Wo sollen wir hin, wenn man uns rauswirft?«, fragte Bobby leise.

»Wir gehen nirgends hin«, erwiderte ihr Vater barsch.

»Soll ich versuchen, mit Richard zu reden?«, bot Bobby an. »Wir könnten etwas anderes mieten. Er besitzt noch mehr Häuser im Dorf.«

»Nein! Das ist mein Zuhause, ich bin hier aufgewachsen. Wilfred Hilton hat es mir in seinem Testament vermacht, und wir gehen hier nicht weg, nur über meine Leiche. Du hast keine Ahnung, wozu diese Familie fähig ist. Es würde mich nicht wundern, wenn Richard sein Vieh absichtlich in die Nähe unserer Weide getrieben hat, damit unsere Herde sich infiziert.« Nell hörte den Zorn in der Stimme ihres Vaters.

»Was meinst du damit, er hat unsere Herde infiziert?«
Bobby klang nervös.

»Bessie frisst nicht, und ihre Lymphknoten sind geschwollen. Ich muss den Tierarzt rufen und sie vom Rest der Herde trennen.«

»Sie haben uns mit Tuberkulose angesteckt? Weiß Richard davon?«

»Ja, er weiß es.« Die Stimme ihres Vaters war grimmig, und sie verspürte den unbändigen Drang, ihn zu trösten.

»Was ist, wenn wir die ganze Herde töten müssen? Dann haben wir nichts mehr.«

Nell kam die Treppe heruntergelaufen und schlang ihre Arme um ihren Vater. »Guten Morgen, Daddy.«

»Guten Morgen, Nell«, erwiderte Alfie James und blickte seine Tochter liebevoll an.

»Daddy, darf Molly ihre Babys hier drinnen am Kaminfeuer bekommen? Es ist so kalt im Stall. Bitte, Dad, bitte.« Nell standen Tränen in den Augen, die ihr gleich über die Wangen kullern würden.

»Ein Haus ist kein Platz für Hunde. Im Stall hat sie es gut, dort ist es warm genug«, antwortete Alfie entschieden.

»Aber es schneit, und die Kleinen haben kein Fell, wenn sie geboren werden. Sie haben nicht einmal die Augen offen. Bestimmt haben sie Angst und frieren schrecklich.« Nells Stimme begann vor Erregung zu zittern.

»Nell, hör auf«, fuhr Bobby sie an. »Sie hat ihre Jungen noch nicht einmal zur Welt gebracht. Ich habe dich doch gebeten, gar nicht davon anzufangen.«

»Aber bei Alice dürfen die Hunde ins Haus.« Nells Wangen glühten, denn sie wusste, dass die Erwähnung ihrer Freundin einen empfindlichen Nerv traf.

»Nun, sie haben mehr Platz als wir«, murmelte ihr Dad.

Nell setzte sich an den Tisch, und während sie sich mit dem Ärmel die Tränen abwischte und auf das heiße Porridge vor sich pustete, wanderte ihr Blick durch das Pfarrhaus. Obgleich es für sie der schönste Ort auf der Welt war, fehlte dem Haus die Wärme, die sie beim Betreten von Alices Zuhause spürte. Trotz des Feuers im Kamin war es immer etwas kalt, und es fehlten die Blumen, Teppiche und Kissen, die Alices Heim so gemütlich machten. Zwar waren sie in der glücklichen Lage, dass ihre Speisekammer stets gut gefüllt war, aber in Yew Tree Manor gab es Kuchen und Gebäck und eine Teekanne mit einem Teewärmer darauf. Überall kleine Sprenkel des Glücks: Bilder und Zierrat, und der Duft von Parfüm in der Luft, wo Alices Mutter entlangging. In ihrem Haushalt war Nell die einzige weibliche Person, und sie war noch nicht groß genug, um wie eine Mutter ein behagliches Heim zu schaffen, wovon Jungs und Männer, mit ihren dreckigen Stiefeln und ihrer Unordnung, nicht die geringste Ahnung hatten.

Wenn Nell sich in ihrer Küche umblickte, stellte sie sich oft Alice vor, die zu Hause an dem großen Eichenesstisch saß, vor dem warmen Herd, und sich an ihre Mutter kuschelte, die ihr ein Buch vorlas. Der Duft von zischendem Brathähnchen oder einer Scheibe Rindfleisch hing in der Luft, und zwei dicke Labradore schliefen satt und zufrieden zu ihren Füßen.

Nell liebte ihre Familie, aber sie sehnte sich danach, das Mädchen auf dem Schoß von Alices Mutter zu sein. An ihre eigene Mutter konnte sie sich nicht erinnern, und ihr Vater sprach nicht viel von ihr. Nell wusste nur, dass sie kurz nach ihrer Geburt gestorben war. Sie verbrachte viel Zeit damit, sich das Bild von ihr über dem Kamin anzusehen, betrachtete ihre lächelnden Augen, ihr langes, gewelltes Haar und fragte sich, wie ihre Mutter gerochen oder geklungen hatte, wie es sich angefühlt hätte, sie zu umarmen, mit ihr zu spielen, sie zu trösten.

»Auch wenn unser Haus kleiner ist, mag ich es lieber«, sagte sie jetzt zu ihrem Vater. »Überall kann ich mich an glückliche Momente erinnern.« Sie kniff die Augen zusammen und deutete mit dem Zeigefinger durch den Raum, während in der Ecke das Kaminfeuer knisterte. »Ich kann sehen, wie Bobby da hinten mit mir tanzt und dort am Feuer mit mir kuschelt, und da drüben hast du mir eine Geschichte vorgelesen.« Sie fing wieder an zu weinen. »Ich liebe unser Haus. Ich will nicht wegziehen.«

»Reg dich nicht auf, Nell. Dein alter Vater ist eine Kämpfernatur.« Alfie zwinkerte ihr zu. »Mach mal eine Pause beim Reden, damit du Zeit hast, dein Porridge zu essen.« Er tat ihr einen Löffel Honig in die Schüssel. »Du brauchst viel Energie, wenn du Bobby helfen willst.«

»Darf ich Milch trinken?«, fragte Nell, als sie ihren kalten Toast mit Butter bestrich.

Alfies Lächeln erlosch. »Heute nicht, Nell. Wir sollten keine Milch trinken, bis wir sicher wissen, dass die Herde kein TBC hat. Auch die Milch von heute werden wir wegschütten müssen.«

Die Stimmung im Raum verdüsterte sich plötzlich, als Bobby ihn ungläubig ansah. »Dad, wir können doch nicht die ganze Milch wegschütten.«

Alfie stand auf und trank einen großen Schluck von seinem Tee. »Wir haben keine Wahl. Sie könnte verseucht sein. Nun mach aber mal schneller. Die Kühe melken sich nicht von allein.«

»Warum melken wir sie dann noch?«, fragte Nell mit düsterer Miene.

»Weil es ihnen wehtut, wenn wir es nicht machen. Kühe müssen zweimal täglich gemolken werden, unabhängig vom Wetter, an Geburtstagen oder Weihnachten. Davon wissen sie nichts, und es schert sie nicht. Hol das warme Wasser für ihre Euter, Bobby.«

Als Bobby den Wassereimer vom Herd hob, zog Nell Mantel und Schal an. Beißende Kälte empfing sie, als sie aus der Tür trat und im Licht des Sonnenaufgangs über die knackende Eisschicht, die den Boden bedeckte, zum Melkstand ging. Ganz hinten auf der Weide der Hiltons stand ein Bagger, wie ein Monster, das sich mit seinen gelben Zähnen jeden Moment auf sie stürzen könnte.

»Bobby, warum müssen wir die Kühe von ihren Kälbern trennen, sobald sie geboren werden?«, fragte sie.

»Weil keine Milch für uns bleibt, wenn die Kälber alles trinken.« Bobby blies warmen Atem in seine Hände und rieb sie aneinander.

»Ich mag es nicht, wenn wir die Kälber ihren Müttern wegnehmen müssen. Dann weinen sie. Lola hat versucht, ihr Kalb in den Brennnesseln zu verstecken, damit Dad es nicht fortbringen konnte.« Erneut zitterte Nells Stimme.

»Ja, das stimmt.« Bobby ging durch den Melkstand und begann, die Euter der Kühe zu säubern.

»Ist meine Mummy im Krankenhaus gestorben? Habe ich geweint, als sie mich ihr weggenommen haben?«, fragte Nell leise. Sie schlang die Arme um ihren Körper, um sich zu wärmen, als ihr wieder Tränen in die Augen traten.

»Das bezweifle ich, weil du sie nie kennengelernt hast. Fang nicht wieder an zu weinen, Nell, wir haben viel zu tun.« Bobby seufzte.

Nell schloss die Tür des Melkstands hinter ihnen. »Bobby, werden wir unser Zuhause verlieren?«

»Ich weiß es nicht. Nimm dir ein Tuch, Nell, wir müssen die Euter reinigen, bevor wir melken.«

»Wir werden aber trotzdem immer zusammenbleiben, nicht wahr?«, fragte sie beharrlich und ignorierte seine Bemühungen, sie zum Helfen zu bewegen.

»Ja, Nell. Sieh mal, wenn du mich nicht weitermachen lässt, musst du ins Haus zurückgehen.« Er betrachtete seine kleine Schwester. Ihre Augen funkelten im Licht der Petroleumlampe, ihre Füße versanken im Kuhmist, und ihr Atem ging stoßweise, während sie bewundernd zu ihm aufblickte.

Bobby widmete sich wieder seiner Aufgabe, und Nell ging zum Ende des Schuppens und pfiff vor sich hin. Einmal noch wandte sie sich um, um sicherzugehen, dass niemand sie beobachtete, dann stieß sie die Tür auf und trat in den nebligen Morgen hinaus. Der leichte Schnee knirschte unter ihren Stiefeln, als sie zum Gatter am Ende ihrer Wiese lief. In der Ferne erkannte sie den großen Weidenbaum nahe dem See, der an Yew Tree Manor und ans Pfarrhaus grenzte. Gerade ließen sich die Morgenvögel auf seinen Ästen nieder. Es war ihr Lieblingsbaum, der Ort, den sie aufsuchte, wenn sie Kummer hatte. Auf dem Weg dahin fiel ihr Blick auf die handgemeißelten Grabsteine und selbst geschnitzten Holzkreuze, die auf dem Gelände hinter dem Pfarrhaus verstreut standen.

Manchmal kam ihr der Gedanke, wie anders dieser Ort im Vergleich zum Kirchfriedhof war, mit seinen schönen schwarz-weißen Marmorgrabsteinen, den goldenen Inschriften und frischen Blumen, die die Besucher beim sonntäglichen Kirchgang mitbrachten. Die Gräber hier schienen Verstorbenen zu gehören, die dem Rest der Welt egal waren. Wie dieses Grab, das sie so faszinierte, nur ein Haufen Erde, der ganz mit Steinen bedeckt war. Bobby hatte ihr erzählt, dass dort eine Hexe begraben lag, die die Einheimischen vor mehreren Hundert Jahren im See von Yew Tree ertränkt hatten.

Kein Grabstein, auf dem ein Name eingemeißelt war, stattdessen nur ein Holzblock auf dem Steinhaufen, mit einem eingeschnitzten Weidenbaum. »Die Steine sollen sie davon abhalten, von den Toten zurückzukehren«, hatte Bobby ihr eines Sommerabends erklärt, und Nell hatte ihn mit großen Augen angesehen.

In jener Nacht konnte sie nicht schlafen. Sie malte sich aus, wie die Hexe wieder zum Leben erwachte und aus ihrem Grab kroch, Dornenzweige in den zerzausten schwarzen Haaren und Warzen auf der Nase. Sie flog auf einem Besen und bereitete in einem großen Kessel aus Froschschenkeln und Fledermausblut einen Zaubertrank. Die Vorstellung machte ihr Angst, aber Bobby beruhigte sie, dass Hexen nicht so waren, wie sie in Geschichten dargestellt wurden. Es waren weise Frauen, häufig Hebammen, die die Kirche damals wegen ihres Wissens umgebracht hatte.

Nell duckte sich unter dem Zaun hindurch, wo der Bagger sie lauernd beobachtete. Am Himmel ging die Sonne auf, als sie über den zerklüfteten Boden lief, den das Monster mit den gelben Zähnen aufgewühlt hatte. Es war anstrengend, die Torfhügel, die der Bagger ausgehoben hatte, hinauf- und wieder hinabzuklettern, und als sie sich dem Weidenbaum näherte, spiegelte sich in der Ferne ein Sonnenstrahl auf einer glänzenden Oberfläche wider.

Ihr Herz schlug schneller, und sie beschleunigte ihre Schritte, bis sie bei dem Baum angekommen war. Als sie den Blick senkte, entdeckte sie die Ecke einer Metalldose, die sie mit ihren behandschuhten Händen aus dem Schutt herausholte. Langsam drehte sie das Behältnis um. Es war aus Blech gefertigt, mit Beulen und Dellen – Spuren der Zeit. Auf der Vorderseite war, anscheinend mit einem Messer, ein Wort in das Metall eingeritzt: *Bella*. Nell zog ihre Handschuhe aus und wischte die restliche Erde von der Oberseite. Ein echter Schatz, dachte sie bei sich, bevor sie die Dose langsam aufmachte. Ein verzierter Schlüssel lag darin, auf dem Griff war ein Weidenbaum eingraviert.

»Nell?« Sie fuhr zusammen, als ihr Vater laut ihren Namen rief. Augenblicklich schloss sie die Dose und ließ sie in ihre Manteltasche gleiten. Dann rannte sie zurück zum Kuhstall, und ihr Herz hämmerte laut, während sie über den unebenen Erdboden stolperte.

»Nell! Diese Kühe sind voller Mist, wir brauchen noch mehr warmes Wasser. Hol welches aus dem Brunnen, und stell es auf den Herd.« Mit rotem Gesicht stand Alfie ganz hinten im Stall und hielt den Eimer für sie sichtbar in die Höhe. Als sie bei ihm war, drückte er ihn ihr unsanft in die Hände und schüttelte den Kopf.

»Bobby, kennst du jemanden mit dem Namen Bella?«, fragte sie keuchend, als sie an ihm vorbeieilte.

»Nein«, erwiderte er und setzte seine Arbeit fort, ohne sie anzusehen.

»Nell! Jetzt sofort!«, brüllte ihr Vater.

Bobby machte ein verärgertes Gesicht und tat so, als würde er seinem Vater salutieren, während Nell sich den Schal um den Hals wickelte, um ihr Kichern zu unterdrücken. Am Haus vorbei lief sie zum Brunnen, und ihre Fantasie begann Funken zu sprühen. Sie stellte sich diese Bella vor, der die Dose gehört hatte. Als sie am Brunnen war, hakte sie den Eimer in die Zugvorrichtung ein und ließ ihn langsam in das eiskalte Wasser hinab.

Eine glühende Wärme durchströmte sie, als sie mit der anderen Hand in ihre Manteltasche langte und ihre behandschuhten Finger die zerbeulte Schachtel umschlossen. Sie hatte das Gefühl, als hätte sie einen Geheimschlüssel zu einer Welt gefunden, die es erst noch zu entdecken galt.

Kapitel vier

BELLA

Montag, 15. Januar 1945

»Die Fahrkarten, bitte … die Fahrkarten, junge Frau!«

Bella schreckte aus dem Schlaf hoch, während der Zug auf den Schienen ratterte. Sie war entsetzt, dass sie eingenickt war, trotz der stechenden Schmerzen im Unterleib, die eingesetzt hatten, als sie sich in Portsmouth in den Waggon geschlichen hatte.

Bella wollte dem Schaffner gerade antworten, als eine neue Schmerzwelle über sie hinwegflutete und ihr den Atem nahm. Mit geschlossenen Augen betete sie, dass sie vorübergehen möge, als der Mann sich zu ihr herabbeugte und sein strenger Körpergeruch durch die muffige Uniform drang. In dem Moment drohte der Schmerz sie zu überwältigen.

»Was ist? Beeil dich, Mädchen«, fuhr er sie an, und ein Schweißtropfen fiel von seiner Stirn.

Bella blickte sich um, ihr verschlafenes Gehirn suchte nach einem Ausweg, nach irgendjemandem, der ihr helfen könnte. Es war ziemlich leicht gewesen, ungesehen in den Zug einzusteigen. Auf dem Bahnsteig in Portsmouth hatten dicht gedrängt verwundete Soldaten gestanden, die aus Frankreich zurückkehrten, und in der Menschenmenge hatte sie sich daran erinnert, wie sie Eli im Winter 1939 zum Abschied gewunken hatte, umgeben von lauter aufgeregten jungen Männern, die zu Abenteuern in ein fremdes Land aufbrachen. Als sie den Union Jack schwangen, ahnte niemand etwas von der Hölle auf Erden, die Eli später in seinen Briefen von der Front beschrieben hatte. Im Gegensatz dazu standen die Männer jetzt still und stumm da, mit blassen Gesichtern und dunklen Schatten unter den Augen, die ins Leere starrten. Einige stützten sich auf Krücken, da ihnen ein Bein amputiert worden war, andere hatten Arme in Schlingen, und etliche Erblindete waren fest durch ein Seil mit ihren Führern verbunden. Sie hatte sich unter eine Gruppe von ihnen gemischt, als sie in den Zug einstiegen, und sich dann in einer Ecke neben einem großen blonden jungen Mann versteckt, der sie an Eli erinnerte. Wenn sie doch nur mit ihm gesprochen hätte, dachte sie jetzt. Wenn sie nur wach geblieben wäre, hätte sie im Zug den Platz wechseln können, doch ihre Erschöpfung und das Schaukeln des Zuges waren ihr Untergang gewesen.

»Einen Moment, bitte«, sagte sie, als der Schmerz endlich nachließ und sie in ihrer zerschlissenen Stofftasche zu wühlen begann, die ihre sämtlichen Besitztümer enthielt: einen Wollschal, den ihre Mutter für sie gestrickt hatte, ein Foto von ihrem kleinen Jungen, Alfie, eine dünne Decke, die sie von ihrem Bett im Kaufmannshaus mitgenommen hatte, wo sie als Dienstmädchen arbeitete, ein kleines Kästchen mit einem Smaragdring, den Eli Hilton ihr am Abend, bevor er in den Krieg gezogen war, zum Zeichen der Verlobung gegeben hatte. Damals hatte sie noch nicht gewusst, dass sie bereits mit Alfie schwanger war.

Und ganz unten ihre leere Geldbörse und das Eiltelegramm ihrer Mutter, das die Haushälterin ihr mit einem selbstzufriedenen Grinsen im Gesicht und den Worten, sie solle sich sofort nach Hause zu Alfie aufmachen, ausgehändigt hatte. Mit Entsetzen hatte Bella auf das Datum geblickt, denn die

Haushälterin hatte sich eine Woche lang Zeit gelassen, bis sie ihr das Telegramm ausgehändigt hatte. Hatte Alfie sich die ganze Zeit über versteckt gehalten? Der Gedanke daran war ihr immer noch unerträglich, während der Zug quälend langsam durch die Landschaft zuckelte. Jede Sekunde der Fahrt zu ihrem Sohn fühlte sich wie eine Stunde an.

Schon bevor das Telegramm angekommen war, hatte sie sich furchtbare Sorgen um Alfie gemacht, seit die Zeitung vor der Tür des viktorianischen Stadthauses, ihrer Arbeitsstätte, gelegen hatte. Die Schlagzeile auf der Titelseite war ihr sofort ins Auge gesprungen: *Hebamme droht lebenslang Gefängnis wegen Totschlags*. Darunter eine Schwarz-Weiß-Fotografie ihrer geliebten Mutter.

Sofort hatte Bella ihren Arbeitgeber um einen freien Tag gebeten, denn wenn ihre Mutter nicht da war und Eli an der Front, würde Alfies Fürsorge in die Hände der Familie seines Vaters fallen, die die Gelegenheit nutzen würde, den Jungen fortzuschicken.

Doch die Haushälterin Mrs. Blackwood hatte ihre Bitte um einen freien Tag und einen Lohnvorschuss abgelehnt, sodass sie an jenem Abend voller Angst, was wohl mit ihrem kleinen Jungen würde, ins Bett gegangen war. Ohne Geld, ohne eine Möglichkeit, nach Hause zu kommen, blieb ihr nichts anderes übrig, als noch eine Woche auf ihren Lohn zu warten. Sieben qualvolle Tage folgten, in denen sie sich vorstellte, dass Alfie an irgendeinen Ort geschickt würde, wo sie ihn nie wiederfände – auch wenn sie noch erkennen sollte, dass sie sich die schockierende Wahrheit nicht in ihren schwärzesten Momenten hätte ausmalen können.

Auch wenn sie wusste, dass sie nicht da war, suchte sie weiter verängstigt nach der Fahrkarte. In dem brechend vollen Waggon war es heiß und stickig. Ihr war schwindelig und übel, als sie sich wieder dem Schaffner zuwandte, der vor Ärger hochrot geworden war, weil ein kleines Mädchen auf dem Platz gegenüber an seiner Uniformjacke zerrte.

»Tut mir leid. Ich kann die Karte einfach nicht finden«, sagte sie. »Ich bin sicher, dass ich sie dabeihatte. Sie muss mir aus der Hand gefallen sein, als ich eingenickt bin.« Sie blickte auf den Fußboden.

»Es ist gegen das Gesetz, einen Zug ohne gültige Fahrkarte zu besteigen. Bitte nehmen Sie Ihre Sachen, wir werden Sie an der nächsten Station hinausbegleiten«, erklärte der Schaffner in nüchternem Ton.

Wieder durchfuhr sie ein stechender Schmerz, stärker noch als der letzte. Tränen brannten in ihren Augen. Die ganze Nacht hatte sie wach gelegen und immerzu an Alfie gedacht, die Hände auf ihren Bauch gelegt, der sich allmählich von der Schwangerschaft rundete. Ihrer Monatsblutung zufolge musste sie jetzt im dritten Schwangerschaftsmonat sein.

Bei Anbruch der Dämmerung war sie aufgewacht und hatte schnell ein paar Scheiben Brot aus der Speisekammer stibitzt, als die Köchin gerade nicht hinsah, dann hatte sie sich auf den einstündigen Fußmarsch zum Bahnhof gemacht. Die Schmerzen hatten begonnen, als sie die viel befahrene Straße entlanggegangen war. Sie versuchte, sie zu ignorieren, als es ihr gelang, sich in den Waggon zu schmuggeln, aber die Krämpfe waren stärker geworden, während der Zug gemächlich dahinruckelte. Ihr war bewusst, dass sie eine Fehlgeburt haben würde. Sie konnte nur durchhalten und hoffen, dass sie es bis zum Pfarrhaus schaffte, bevor die Blutungen einsetzten. Mit aller Kraft verdrängte sie das Bild ihres hübschen Jungen allein in der Dunkelheit aus ihren Gedanken und konzentrierte ihre Kraft auf ihre Rückkehr nach Hause.

»Bitte werfen Sie mich nicht aus dem Zug, Sir, bitte«, flehte sie den Schaffner an. »Meine Mutter wohnt in Kingston, bitte lassen Sie mich bis dahin mitfahren. Ich würde alles dafür tun.« Tränen stiegen ihr in die Augen, sie schämte sich, dass sie den Mann so anbetteln musste.

»Machen Sie keine Szene, Miss. Raffen Sie sich auf, bevor ich Lust bekomme, die Polizei zu rufen. Die wartet dann am Bahnsteig auf Sie.«

Die Frau mit dem kleinen Mädchen auf dem Platz gegenüber beobachtete voller Sorge, wie Bella, erneut von Schmerzen überwältigt, die Zähne zusammenbiss, aufstand und sich zur Waggontür schleppte, wo zwei Soldaten rauchend auf dem Boden saßen und Karten spielten. »Wo sind wir?«, fragte diese die beiden.

»Wir fahren gerade in Falmer ein«, antwortete eine Frau mit einem Jungen an der Hand, die sich zum Aussteigen bereithielt.

»Was meinen Sie, wie lange braucht man zu Fuß von Falmer bis nach Kingston?«, fragte Bella nervös.

»Zu Fuß?« Die Frau runzelte die Stirn. »Das sind gut zwei Meilen über die Hügel, da laufen Sie bestimmt zwei Stunden.«

Bella schnappte nach Luft, als eine neue Schmerzwelle ihr den Atem nahm.

Die Frau sah Bella an und dann den Jungen, der sich hinter seiner Mutter versteckte. Sie machte einen ärmlichen Eindruck, ihre Kleidung war schäbig, ihre Stiefel abgetragen. Langsam langte sie mit einer Hand in ihre Manteltasche und holte einen Schilling hervor.

»Hier«, sagte sie. »Für den Bus. Ich kenne Sie, Sie sind die Tochter von Tessa James, nicht wahr?«

»Ich kann Ihr Geld nicht annehmen.«

»Ihre Mutter hat meinem kleinen Jungen das Leben gerettet«, sagte die Frau leise. »Es ist schrecklich, was ihr jetzt passiert ist. Sie hätte dieser Frau nie Schaden zugefügt, Tessa ist ein Engel.« Der Zug fuhr in den Bahnhof ein. »Sie müssen den Bus Nummer sechzehn nehmen, der fährt gleich vor dem Bahnhof ab. Viel Glück.«

»Mach schon, du dumme Nuss!«, brüllte der Schaffner, als wäre Bella ein streunender Hund. Als der Zug ratternd zum Halt kam, stolperte sie mit wackeligen Beinen auf den eiskalten, dunklen Bahnsteig. »Und komm mir bloß nicht wieder unter die Augen, sonst hetze ich dir die Bullen auf den Hals«, schrie er ihr vom Fenster aus hinterher, bevor er die Tür hinter ihr zuknallte.

Auf der Fahrt im Bus über die Landstraßen Richtung Kingston gelang es Bella, für kurze Zeit einzunicken, weil der Schmerz vorübergehend nachließ. Ihre Gedanken wanderten zu den Ereignissen im vergangenen Jahr zurück, seit sie ihre Mutter und Alfie zum letzten Mal gesehen hatte. Zu Hause war das Geld knapp gewesen, die Frauen, denen Tessa bei der Geburt ihrer Kinder beistand, waren ausnahmslos arm, sodass sie nur selten bezahlt wurde. In ihrer Verzweiflung hatte Bella sich auf eine Stelle als Küchenmädchen in Portsmouth beworben, um etwas zum Unterhalt beizutragen, während ihre Mutter sich um Alfie kümmerte. Nur solange, bis Eli aus dem Krieg zurückkehrte, hatte sie sich gesagt, dann könnten sie heiraten und würden eine richtige Familie sein.

Im Zug nach Portsmouth hatte sie die ganze Zeit über geweint, doch dann hatte sie sich zusammengenommen und schwer gearbeitet. Sie hatte sich an ihr neues Leben gewöhnt und sogar den Gerüchten der letzten Woche Glauben geschenkt, dass der Krieg vielleicht bald vorüber wäre. Eli würde nach Hause kommen, und sie drei könnten endlich zusammenleben. Dann kam der Morgen, an dem der Zeitungsartikel über die Verhaftung ihrer Mutter auf der Stufe gelegen hatte, die sie fegen sollte. Mit zitternden Händen hatte sie die Zeitung aufgehoben und ungläubig den Bericht gelesen.

Eine in Lewes ansässige Hebamme ist wegen Totschlags angeklagt worden, nachdem eine von ihr betreute Geburt mit dem tragischen Tod von Mutter und Kind endete.

Evelyn Hilton, zweiundvierzig, aus Kingston near Lewes, war gerade dabei, ihr drittes Kind, ein lang ersehntes Mädchen, zur Welt zu bringen, als das Unglück sie ereilte. Die Hebamme Tessa James übersah die Warnzeichen einer Steißgeburt, bis es zu spät war. Als die Zeit für Mutter und Kind knapp wurde, unterließ sie es, Mrs. Hiltons Hausarzt Dr. Jenkins zu rufen, sondern versuchte selbst, einen Dammschnitt vorzunehmen, wodurch die Schwangere viel Blut verlor. Der Eingriff kostete Mutter und Kind das Leben.

Chief Constable Payne von der Polizei in Lewes sagte heute Abend: ›In Verbindung mit dem Tod von Evelyn Hilton haben wir eine sechsundvierzigjährige Frau verhaftet. Die Anhörung vor Gericht findet morgen Nachmittag im Lewes Crown Court statt. Unsere Gedanken und unser tiefstes Mitgefühl sind bei dem Ehemann von Evelyn Hilton und dem jungen Sohn Richard, der sich an diesem Abend in der Obhut von Verwandten befindet.‹

Unsere Zeitung, *Sussex Argus*, hat mit Dr. Jenkins in seiner Praxis in Lewes gesprochen. ›Ich kann zum Fall von Tessa James keine Stellung nehmen, aber ich möchte sagen, dass die dadurch aufgezeigten Probleme höchst beunruhigend sind, wenn auch leider nicht neu. Ich bin der Meinung, dass das Tun von Hebammen strenger reglementiert werden sollte. Die Hebammenverordnung aus dem Jahr 1902 legt sehr genau dar, dass die Hilfe von Hebammen sich auf die Betreuung normaler Geburten beschränkt. Bei Komplikationen sind sie verpflichtet, die Betreuung einer in den Wehen liegenden Frau einem ordentlichen Arzt zu übertragen, und es ist ihnen untersagt, medizinische Instrumente wie etwa eine Geburtszange zu benutzen, für deren Gebrauch sie nicht ausgebildet sind. Der Tod von Mrs. Evelyn Hilton und ihrem Baby ist unfassbar tragisch, aber wenn diese Tragödie etwas Gutes an sich hat, dann vielleicht, dass nun noch strengere Maßnahmen ergriffen werden, um Derartiges in Zukunft zu verhindern.‹

Als die Haushälterin ihr das Telegramm ausgehändigt hatte, stand Bellas Entschluss augenblicklich fest. Sie hatte keine andere Wahl, als Mrs. Blackwood zu übergehen und sich direkt an den Hausherrn zu wenden. Auf ihrem Weg über den Flur überprüfte sie noch kurz ihr Aussehen im Spiegel. Ihr Gesicht war verweint, und sie hatte dunkle Ränder unter den Augen. Ihr langes schwarzes Haar, das sie zu einem Knoten zurückgesteckt hatte, betonte ihre blasse Haut, und als sie im Spiegel Alfies strahlende eisblaue Augen entdeckte, die ihr aus dem Dunkel des Priesterverstecks entgegenblickten, versuchte sie, Kraft aus diesem Moment zu ziehen. Dann klopfte sie an die Tür.

»Ah, Bella«, sagte Mr. Collins, als sie eintrat. Er kam zu ihr, unsicher auf den Beinen, sein Atem roch nach Whiskey, als er sie beinahe streifte und hinter ihr die Tür abschloss. »Was kann ich für dich tun? Hoffentlich erwartet Mrs. Blackwood nicht von mir, dass ich mich um die Personalangelegenheiten kümmere, dazu bin ich jetzt nicht in der Stimmung.«

Ihr Lächeln war höflich gewesen, während Übelkeit in ihr

aufstieg, als sein Lächeln ein wenig zu lang auf seinen Lippen verweilte. Etwas Spinat klebte ihm zwischen den Zähnen, und obwohl sein gelbliches Grinsen sie abstieß, konnte sie nicht wegsehen.

»Es tut mir sehr leid, dass ich Sie störe, Sir, aber, wissen Sie, mein Sohn lebt in meinem Heimatdorf, Kingston, bei meiner Mutter. Sie ist verhaftet worden, daher müsste ich für kurze Zeit nach Hause, um zu sehen, wo er jetzt bleiben kann.«

Bella ließ den Kopf hängen, denn sie wusste, was als Nächstes kam. Eine Träne entwich ihr und landete auf einem ihrer Schuhe. Ihr Blick fiel auf ihren gerundeten Bauch. Wusste der Mann überhaupt, was er ihr bereits angetan hatte? War ihm klar, dass sie sein Kind unter dem Herzen trug? Würde er sie auf die Straße setzen, sobald man ihr die Schwangerschaft ansah, wie all die anderen Mädchen vor ihr?

»Ich verstehe. Nun, erwartest du etwa von uns, dass wir dir deine Stelle hier freihalten? Das ist ziemlich viel verlangt. Doch wir werden uns schon arrangieren …«

Eine bereits vertraute Panik durchströmte sie, als er seinen Hosenschlitz öffnete, dann ihre Hand packte und sie in seine Unterhose presste. Sein fischiger Atem verursachte ihr Übelkeit. Sie schloss die Augen und flehte ihn an, aufzuhören, aber das schien ihn nur noch mehr zu erregen, und er stöhnte laut in ihr Ohr. Sie weinte leise und versuchte, ihren Arm wegzuziehen, doch er ohrfeigte sie und drückte sie fest gegen die Schreibtischkante, während sie ins Kaminfeuer starrte, bis er endlich ein tiefes, zufriedenes Stöhnen ausstieß. Kurz danach sackte er in seinem Lehnstuhl zusammen, schenkte sich einen weiteren Whiskey ein und sah sie unter schlürfenden Schlucken stumm an.

»Darf ich morgen fahren, Sir?«, fragte sie, während sie die Übelkeit unterdrückte und ihre Schürze glatt strich.

Er legte eine lange Pause ein, bis er ihr schließlich antwortete. »Du kannst zwei Tage haben, aber am Mittwoch um Mitternacht musst du zurück sein, oder du kannst gleich fortbleiben.« Verärgert starrte er sie an, als wäre sie ein schlechter Geschmack auf seiner Zunge. »Willst du dich nicht bei mir bedanken? Nicht viele Arbeitgeber sind so nachsichtig wie ich.«

»Vielen Dank, Mr. Collins«, erwiderte Bella gehorsam, bevor sie den langen, kalten Korridor entlang- und weiter die Treppe zu ihrer Kammer hinaufging, wo sie sich auf ihr Bett warf und ihre Tränen im Kopfkissen erstickte. Dort hatte sie der erste Krampf gepackt, und als sie mit den Fingern an ihrem Bein entlanggefahren war, hatte sie eine kleine Blutspur bemerkt.

»Kingston, Endstation, Kingston«, verkündete der Busfahrer, schaltete den Motor aus und blickte durch den Bus zu Bella. Sie stand auf und sah aus dem Fenster. Ein Stück die Straße hinunter befanden sich die Pforte und der Weg, die zu ihrem geliebten Zuhause führten. Nachdem sie dem Fahrer gedankt hatte, stieg sie aus und lief mit zitternden Beinen auf der schneebedeckten Straße zur Pforte. Sie schob den Riegel zurück und ging den verschneiten Weg bis zur Haustür des dunklen, kalten Cottages.

Bella steckte ihren Schlüssel ins Schloss und drehte ihn herum. Die Erinnerung an ihre Mutter, die mit Wiesenblumen im Arm in der Tür stand, war so lebendig, dass sie das Gefühl hatte, an ihr vorbeizugehen, als sie über die Schwelle trat. Langsam machte sie noch einen Schritt ins Haus, bevor sie die Tür hinter sich schloss.

»Alfie!«, rief sie atemlos, ihr Herz raste vor Angst.

Keine Erwiderung. In dem Moment nahm ihr eine neue Schmerzwelle den Atem, und ihr Herz stand still vor Entsetzen, als die Stimme ihres Kindes ausblieb. Sie hatte ihren kleinen Jungen im Stich gelassen, sie hatte zu lange gebraucht, und er hatte die Hoffnung verloren, dass sie zu ihm kommen würde. Er hatte sein Versteck verlassen, und Wilfred Hilton hatte ihn fortgebracht. Nun würde sie ihn niemals wiederfinden.

»Alfie!«, rief sie erneut, und Tränen rannen ihr übers Gesicht. Das eisige Schweigen in ihrem Zuhause, das sonst immer so viel Glück und Wärme ausstrahlte, erfüllte sie mit tiefer Traurigkeit, während sie sich nach irgendeinem Lebenszeichen umsah.

Unerbittlich kehrten die Schmerzen zurück, und sie wickelte sich in eine Decke, die ihre Mutter am Kamin liegen gelassen hatte. Sie rollte sich auf dem kalten Fußboden zusammen, vergrub die Fingernägel in den Armen und biss die Zähne zusammen. Die Krämpfe waren so stark, dass sie nicht wieder aufstehen konnte. Sie war gerade erst im dritten Schwangerschaftsmonat, doch die Wehen waren so schlimm wie bei Alfies Geburt. Hier in diesem Zimmer, mit Blumen auf dem Fensterbrett und Feuer im Kamin, hatte ihre Mutter ihre Hand gehalten und ihr ein Kissen unter den Kopf geschoben. Jetzt lag Bella allein, weinend da, während die Schmerzen unerträglich wurden, bis sie schließlich spürte, wie ein Blutschwall aus ihr heraus auf die Decke zwischen ihren Beinen strömte.

Einen Augenblick lang rührte sie sich nicht, erleichtert, dass das Schlimmste endlich vorüber war und ihre panische Atmung sich allmählich entspannte.

Nachdem sie glaubte, stundenlang in dieser Blutlache gelegen zu haben, bis sie vor Kälte ihren Körper nicht mehr spürte, bot sie schließlich alle verbliebenen Kräfte auf und erhob sich. Schwach und benommen von der erlittenen Qual legte sie die blutbefleckte Decke in einen Eimer neben der Hintertür.

»Mama?« Die Stimme war schwach, aber es war unverkennbar Alfie. Bella wirbelte herum und blickte auf die Holzstufen vor ihr. Sie hatte das Gefühl, jeden Moment in Ohnmacht zu fallen, dennoch zwang sie sich die Treppe hinauf, bis sie den Absatz erreichte. Sie beugte sich hinunter und versuchte, die Klappe zu öffnen. Sie war verschlossen.

Bella hielt den Atem an und biss sich fest auf die Lippe, damit sie nicht ohnmächtig wurde. Ihr kleiner Junge war immer noch da drinnen, in welcher Verfassung, das mochte sie sich gar nicht ausmalen. Sie fing an, mit der Faust auf die Öffnung des Priesterverstecks zu klopfen. »Alfie, Alfie, Liebling, bist du da drinnen?« Um nicht von Panik überwältigt zu werden, nagte sie weiterhin an ihrer Unterlippe.

»Alfie, Liebling, ich bin's, Mama, bitte mach auf, du jagst mir Angst ein. Ich bin allein, sonst ist niemand hier. Bitte, wenn du kannst, mach auf.«

Bella wandte sich ab, auf der Suche nach etwas, womit sie die Klappe aufbrechen könnte. Ihr Blick fiel auf das Kaminbesteck, doch als sie sich unter Qualen aufrichtete, um die Treppe hinunterzusteigen und es zu holen, erfüllte ein lautes klickendes Geräusch das Haus. Ganz langsam hob sich krächzend die Klappe des Priesterverstecks.

Bella drehte sich wieder um, und aus dem stockfinsteren Raum tauchte ein Paar freudige eisblaue Augen auf.

Kapitel fünf

VANESSA

Silvesterabend 1969

Vanessa Hilton stand am Fenster ihres Schlafzimmers in Yew Tree Manor und beobachtete, wie ihr Ehemann Lichterketten in den Lorbeerhecken befestigte, die die Auffahrt zum Haus säumten. Die Lämpchen flackerten im Dunkeln an und aus, und die verdrossenen Worte, die er seinem ihm behilflichen Sohn zurief, hallten über das gesamte Anwesen.

Sie blickte auf ihre Armbanduhr. Noch eine Stunde, bis die Gäste eintrafen, doch sie war bereits jetzt zutiefst erschöpft. Wochenlang hatten sich ihre Gedanken um jedes Detail dieser Silvesterfeier gedreht, und ihr kam es vor, als zögen sich die Vorbereitungen schon ein ganzes Jahrzehnt dahin. Doch auch wenn sie nichts dem Zufall überlassen hatte, war der Tag bisher eine Katastrophe gewesen, von dem Moment an, als Richard und sie nach unruhigem Schlaf aufgestanden waren, bis jetzt.

Die ganze Nacht hatte ein Schneesturm ums Haus getobt und die Hunde wach gehalten, die bis zum frühen Morgen gebellt hatten, und am Morgen hatten sie sich völlig kraftlos aus dem Bett erhoben. Schneemassen hatten den Weg zum Haus blockiert und die Zufahrt beinahe unpassierbar gemacht, bis Richard Peter, den Gärtner, gebeten hatte, eine Tonne Borke anliefern zu lassen, die den Matsch aufsog. Danach hatte er sich auf die Lichterketten konzentriert, die man am Abend zuvor in den Hecken befestigt hatte und die nun heruntergeweht oder gar zerbrochen waren. Schon mehrmals an diesem Tag war Vanessa kurz davor gewesen, die Feier abzusagen. Anscheinend tat Mutter Natur alles dafür, sie von dieser Veranstaltung abzubringen, die monatelang geradezu obsessiv ihre Gedanken in Beschlag genommen hatte.

Peng.

Die Gewehrschüsse waren den ganzen Tag über zu hören gewesen, jeder einzelne ließ sie bis ins Mark erschüttern. Gegen Mittag hatten Alfie und Bobby angefangen, ihre Herde zu schlachten. Bei einigen Tieren war Tuberkulose diagnostiziert worden, der Rest musste aus Vorsichtsgründen ebenfalls getötet werden. Der Zeitpunkt hätte nicht schlechter getroffen sein können, denn in dieser Woche war der Verkauf des Geländes rund um das Pfarrhaus als Bauland abgewickelt worden, und Richard hatte den Nachbarn den Räumungsbefehl ihres Zuhauses überbracht.

Peng, peng.

Vanessa zuckte zusammen, als es schwach an ihrer Schlafzimmertür klopfte. »Mrs. Hilton?« Als sie sich umdrehte, stand eine Kellnerin in einer weißen Schürze vor ihr. »Entschuldigen Sie, wenn ich störe, aber wir fragen uns, wann der Champagner geliefert wird.«

»Was meinen Sie? Der Champagner ist schon vor Stunden angekommen. Ich habe den Fahrer selbst gesehen. Er sollte längst im Keller auf Eis liegen.«

Vanessa schritt durch das Zimmer auf die junge Frau zu. Nervosität lag in ihren Augen.

»Es tut mir leid, Madam, aber als wir nach unten gingen, um ihn zu holen, war kein Champagner da. Wir haben auch schon nach Mr. Hilton gesucht, um ihn zu fragen.«

Vanessa sah zu dem bodenlangen roten Abendkleid, das an

ihrem Kleiderschrank hing, und schnürte ihren Morgenmantel enger um die Taille. »Gut, wir werden alle warmen Champagner trinken müssen, wenn er noch irgendwo in Kisten herumsteht. Warum hat mir niemand früher Bescheid gesagt?« Die Kellnerin eilte ihr hinterher, als Vanessa zur Treppe ging, wo die Kinderfrau mit Alices roten Schuhen in der Hand auf sie zukam.

»Dorothy, wissen Sie, wo Alice ist? Ich muss mich um den Champagner kümmern, es gibt da ein Problem, und sie sollte längst umgezogen sein.«

»Ja, Mrs. Hilton, sie ist im Gästezimmer – dort habe ich den Kindern ihre Kleidung für den Abend hingelegt. Sie ist gleich fertig.«

Vanessa bemerkte, wie müde die Kinderfrau aussah. Ihr schwarzes Haar war zu einem Pferdeschwanz zusammengenommen, und sie hatte auch noch ihre Schürze umgebunden, die mit Mehl bestäubt war, denn sie hatte den ganzen Nachmittag lang mit den Kindern gebacken, damit diese beschäftigt waren. Unübersehbar hatte Dorothy genug, trotz ihrer Bemühungen, immer fröhlich zu bleiben. Diese Party hatte alle bereits im Vorfeld erschöpft, vor allem Vanessa konnte es kaum abwarten, dass sie vorüber wäre.

Nachdem sie einen Blick in den Spiegel im Flur geworfen hatte, steckte sie einen ihrer Lockenwickler zurecht. Ihr Gesicht war vollständig geschminkt, sie trug sogar falsche Wimpern. Nun stand sie mit gespreizten Fingern auf den schmalen Hüften da, der glänzende blutrote Nagellack schimmerte im Licht des riesigen Weihnachtsbaums, der die Eingangshalle im Erdgeschoss schmückte.

»Da sind Sie ja, Miss Alice. Sollen wir Ihnen Ihr wunderschönes rotes Kleid anziehen?« Dorothy lächelte das kleine Mädchen an, das hinter seiner Mutter erschienen war. Die leicht geschwollenen und geröteten Augen ließen erkennen, dass Alice geweint hatte.

Sie zuckte die Achseln, und ein Hosenträger fiel von ihrer Schulter. »Ich hasse Kleider.« Verzweifelt blickte sie zu ihrer Mutter.

»Alice, dafür habe ich jetzt keine Zeit. Bitte, kannst du einmal tun, was man dir sagt?« Vanessa ging weiter zu der geschwungenen Treppe.

»Ich kann Snowy nirgends finden. Ich habe Angst, dass sie weggelaufen ist«, jammerte Alice, die von ihrem wenige Wochen alten Welpen sprach. Die junge Hündin lief häufig fort und war an Kälte gewöhnt, denn sie war mitten im Winter im Stall des Pfarrhauses geboren worden.

»Warum ziehst du nicht dein Kleid an, dann können wir uns in Mummys Zimmer gemeinsam fertig machen?« Vanessa versuchte vergeblich, ihre Verärgerung zu unterdrücken.

»Mein Bauch tut weh.« Alice schlang die Arme um ihren Körper und setzte sich auf den Treppenabsatz.

»Alice, bitte! Du hast einfach nur zu viele von den Keksen gegessen, die du heute Nachmittag mit Dorothy gebacken hast. Snowy ist wahrscheinlich in der Küche, auf der Suche nach einem Imbiss.« Vanessa wandte sich an die Kinderfrau. »Dorothy, verzeihen Sie, aber wissen Sie vielleicht, wo der Champagner ist? Ich kann kaum glauben, dass wir diese Party ein ganzes Jahr lang vorbereitet haben. Alles scheint ein schreckliches Chaos zu sein, und das nur wegen dieses verfluchten Sturms.« Die Kellnerin, die immer noch auf Anweisungen wartete, errötete und verschränkte nervös die Hände vor der Brust.

»Ich glaube, Mr. Hilton hat zu Peter gesagt, er solle ihn vor der Hintertür stehen lassen, weil es so kalt draußen ist«, erwiderte Dorothy.

Verärgert schüttelte Vanessa den Kopf. »Tja, es wäre hilfreich gewesen, wenn er das dem Service mitgeteilt hätte.« Sie wandte sich an die Kellnerin. »Bitte schauen Sie bei der Tür nach, ob dort der Champagner steht. Und sorgen Sie dafür, dass er so schnell wie möglich mit Eis gekühlt wird. Die Gäste werden in einer halben Stunde hier sein.« Die junge Frau entfernte sich rasch.

»Mrs. Hilton«, rief Dorothy noch. »Kann ich, wie besprochen, um sieben Uhr nach Hause gehen?«

Vanessa warf einen Blick auf ihre Armbanduhr: Es war bereits fünf vor sieben.

Es war alles andere als ideal, wenn Dorothy jetzt fortging. Leo war noch draußen vor dem Haus beschäftigt und musste sich umziehen, und Alice schmollte mal wieder.

»Könnten Sie bitte noch ein paar Minuten dableiben, bis Leo angezogen ist? Es gibt noch so viel zu regeln, und ich komme nicht hinterher.«

»Warum kann Dorothy nicht zu unserer Party kommen?«, fragte Alice ihre Mutter herausfordernd.

Vanessa und Dorothy tauschten einen Blick aus, der mehr als tausend Worte sprach.

»Dorothy ist müde, nachdem sie den ganzen Tag auf dich aufgepasst hat. Sie will gar nicht bei unserer albernen Party dabei sein.« Als ihr diese Worte über die Lippen kamen, hatte Vanessa ein schlechtes Gewissen, dass sie nicht einmal daran gedacht hatte, Dorothy einzuladen. Jetzt war es zu spät. Dorothy hatte kein passendes Kleid dabei, aber es war ein Versäumnis, und Vanessa fühlte sich unwohl.

»Die Feier ist für die schicken Freunde deiner Mummy«, sagte Dorothy, was Vanessa nicht unbedingt aus der Verlegenheit half.

»Du bist aber die Einzige, die sich wirklich etwas aus uns macht. Die anderen tun alle nur so.«

»Alice, sei nicht unhöflich. Wenn Sie noch ein bisschen bleiben könnten, Dorothy, ich schicke Leo sofort rein. Tut mir leid, dass ich Sie darum bitten muss.« Vanessa ging weg, ohne Dorothys Antwort abzuwarten.

In der Eingangshalle im Erdgeschoss zog Vanessa ihre Gummistiefel über die Strumpfhosen und hängte sich einen Fuchspelz über den seidenen Morgenmantel. Ein letztes Mal sah sie zu ihrer trotzigen Tochter, die noch oben an der Treppe stand, mit verschränkten Armen und den blonden strubbeligen Locken im Gesicht, und rief ihr zu: »Alice, in fünf Minuten bin ich zurück. Ich erwarte, dass du dann für das Fest umgezogen bist.«

»Machen Sie sich keine Sorgen, Mrs. Hilton, ich helfe ihr. Wir werden in null Komma nichts fertig sein, nicht wahr?« Freundlich lächelte Dorothy das Mädchen an, dessen grüne Augen schon wieder vor Tränen glänzten.

»Vielen Dank, Dorothy!«, rief Vanessa die Treppe hinauf. Mit schlechtem Gewissen eilte sie in die kalte Dezemberluft hinaus. Sobald ihre Tochter mit Dorothy allein war, das war ihr klar, würde sie die Kinderfrau drängen, draußen mit ihr nach ihrer jungen Hündin zu suchen. Es war ein Fehler gewesen, ihr dieses Haustier zu erlauben. Welpen verursachten immer Chaos, und das verdammte Tier hatte vor der Feier überall auf den neu verlegten Teppich gepinkelt.

Vanessa warf noch einen Blick über die Schulter auf die vollendete Kulisse für ihren großen Abend: die hohe Decke, die wie gemacht war für den eigens aus London hierher transportierten Weihnachtsbaum, die mit Stechpalmenzweigen und hundert roten Samtschleifen geschmückte geschwungene Treppe; die Eingangshalle, groß genug, dass ein Flügel für den Pianisten hineinpasste, der stimmungsvolle Lieder spielen sollte.

Der Verkauf des Ackerlands rund um das Pfarrhaus hatte

Richard die dringend benötigte Geldspritze gegeben, um ihren eigenen Hof am Laufen zu halten und das Haus zu renovieren. In den Jahren seit dem Tod von Wilfred Hilton war ihnen schmerzhaft bewusst geworden, dass Richards Vater eine stattliche Anzahl desaströser Geschäftsentscheidungen vor ihnen geheim gehalten hatte. Wilfred hatte einen teuren Geschmack gehabt – er begeisterte sich für Pferde, Autos und Frauen –, allerdings nur wenig Arbeitsmoral. Das Anwesen hatte er von seinem Vater geerbt, jedoch kein Interesse an dem Hof oder seiner Zukunft gezeigt und den größten Teil des Familienvermögens verschleudert. Hinterlassen hatte er nur einen Berg Schulden und gebrochene Herzen. Auch seinen einzigen verbleibenden Sohn Richard hatte er enttäuscht, weil er ihn die meiste Zeit seines Lebens vernachlässigt hatte. Aus diesem Grund war Wilfreds Abschiedsbrief, den er auf seinem Totenbett verfasst hatte, umso schmerzhafter für Richard.

November 1959

Lieber Richard,
ich weiß, dass wir nicht immer einer Meinung waren. Dass wir uns auseinandergelebt haben, bereitet mir großen Kummer, und genauso schmerzt es mich, dass ich das Kind deines Bruders Eli, Alfie James, im Stich gelassen habe. Du sollst wissen, dass ich es zutiefst bereue, nicht mehr für dich da gewesen zu sein, als deine Mutter verstarb und du erst sechs Jahre alt warst.

Nachdem deine Mutter unter solch furchtbaren Umständen dahingegangen war, wollte ich jemandem die Schuld an ihrem, und auch an Elis, Tod geben. Doch im Laufe meines Lebens ist meine Trauer abgeklungen, und ich blicke heute anders auf Evelyns Tod zurück. Auch meinen Umgang mit Tessa James bedauere ich sehr.

Viele Jahre lang hat mich der Gedanke gequält, was wohl aus Alfie geworden sei, und als er zu uns zurückkam, war das wie ein Zeichen Gottes für mich, eine Chance, meine Fehler wiedergutzumachen. Mir ist bewusst, dass ich dir etliche Schulden hinterlasse. Dennoch möchte ich dir mitteilen, dass ich unseren Familienanwalt informiert habe, dass das Pfarrhaus nach meinem Tod an Alfie geht und er über das Haus frei verfügen kann. Lange Zeit habe ich Alfies Geburtsrecht ignoriert, heute weiß ich, dass das falsch von mir war. Wir haben genug mit Yew Tree Manor, wir brauchen das Pfarrhaus nicht, wohingegen ihm der Hof alles bedeutet. Außerdem ist es ein geringer Preis im Vergleich zu dem, was ihm zustehen würde, wäre Eli nicht im Krieg gefallen. Bella und Eli waren verlobt, als er an die Front musste. Nach seinem Tod hat sie mir den Smaragdring meiner Großmutter zurückgegeben, den Eli ihr zur Verlobung geschenkt hat. Das zeugt von einer Charakterstärke, wie sie nur wenige Menschen besitzen. Hätte sie den Ring verkauft, wäre sie wahrscheinlich von der Armut verschont geblieben, die sie letztlich umgebracht hat.

Hoffentlich bist du mit dieser Entscheidung einverstanden. Für mich ist Alfie James ein höchst freundlicher und hart arbeitender junger Mann, und ich hoffe, dass ihr beide als Nachbarn miteinander auskommen werdet.

In Liebe und Bewunderung,
dein Vater Wilfred

Vanessa hatte den Brief gelesen, kurz bevor Richard ihn ins Feuer warf und ein heftiger Streit zwischen ihnen entbrannte, der Leo aufweckte. Die Familie James lastete schon viel zu lange wie ein Fluch auf ihrem Leben. Richard brüllte und wünschte sich, dass Alfie niemals geboren worden wäre. Als er endlich aus dem Zimmer stürmte, kam Leo mit einem Schwall an Fragen zu Bobby und Alfie James, denen es ihr irgendwie auszuweichen gelang.

Natürlich kannte sie den wahren Grund für Richards Zorn, die Zuneigung zwischen Wilfred und Alfie war schwer zu ignorieren gewesen. Wilfred hatte Richard immer vernachlässigt und seine Erziehung in die Hände von unzähligen Kindermädchen und Privatlehrern gegeben. Alfie hingegen war innigst von Mutter und Großmutter geliebt worden. Er war aus hartem Holz geschnitzt, und im Arbeitshaus hatte man ihn der Landwirtschaft zugewiesen, wo er sein Handwerk durch unermüdliche Plackerei erlernte, sodass er praktisch in der Lage war, die Yew Tree Farm allein zu betreiben, als er mit sechzehn vor ihrer Tür stand.

Richard hatte seinen Vater dafür gehasst, dass er einen anderen Jungen seinem eigenen Sohn vorgezogen hatte, und nun beobachtete Vanessa traurig, wie sich die Geschichte wiederholte. Die Traurigkeit in den Augen ihres Sohnes war nicht zu übersehen, wenn ihr Mann offen von Bobby schwärmte und für Leo nichts als Kritik übrig hatte.

»Um Himmels willen! Wo ist er jetzt schon wieder hin?«, rief ihr Ehemann am Ende der Auffahrt so laut, dass jeder es mitbekam.

»Richard, was ist los?« Rasch lief sie zu ihm hinüber.

»Dieser Junge ist nutzlos, völlig nutzlos. Er lebt in seiner eigenen Welt, ein verdammter Tagträumer.« Trotz der bitteren Kälte war Richards Gesicht rot vor Zorn.

»Ich bin sicher, dass er sich Mühe gibt«, erwiderte Vanessa. »Er ist schon seit Stunden hier draußen.«

»Na ja, allein wäre ich besser zurechtgekommen«, entgegnete Richard barsch.

Den ganzen Nachmittag lang hatte Leo versucht, seinem

Vater bei der Befestigung der Lichterketten entlang der Auffahrt zu helfen. Vanessa hatte ihnen vom Fenster aus zugesehen und war jedes Mal zusammengezuckt, wenn er etwas fallen ließ oder voller Nervosität falsch machte. Zweimal schon hatte Richard sich bei ihr erkundigt, wann Bobby kommen würde, um ihnen zu helfen, aber an diesem Tag war Bobby nicht abkömmlich. Alfie und er töteten ihre Kuhherde, die hallenden Gewehrschüsse hatten den ganzen Tag über an das Leid der Familie erinnert. Der Junge hatte Besseres zu tun als Richard beim Arrangieren seiner Partylichter zu helfen.

»Da bist du ja endlich«, fuhr Richard seinen Sohn an, als er vom Haus auf ihn zukam.

»Entschuldige, ich konnte die Sicherungen nicht finden«, sagte Leo leise.

»Was meinst du damit? Was hast du die ganze Zeit über getan? In Ordnung, dann gehe ich sie eben selbst holen, ja?«

Leo wurde tiefrot. »Es tut mir leid, ich habe überall nachgeschaut.«

»Ich gehe, Richard«, sagte Peter, der oben auf der Leiter stand. »Du willst die blauen Sicherungen, stimmt's?«

Vanessa blickte zu Leo, der den Kopf hängen ließ und sich auf die Lippe biss. Es war traurig, aber wahr: Leo war nicht praktisch veranlagt. Er hasste das Leben auf dem Hof. Innerhalb kürzester Zeit war ihm kalt, er wurde müde und gereizt. Er war groß und schlank, aber nicht körperlich stark, mit einem langen blonden Pony, hinter dem er sich versteckte, und einem Hang zum Tagträumen mit seinen Büchern, drinnen im Haus, am warmen Ofen.

Bobby James, Alfies Sohn, andererseits war unermüdlich, häufig sah man ihn noch lange nach Einbruch der Dunkelheit auf seinem Traktor, kaum je machte er eine Pause, um zu essen oder zu trinken. Oft unterhielten sich Richard und Bobby angeregt miteinander, und wenn der Junge die Arbeit für seinen eigenen Vater erledigt hatte, bat Richard ihn um Hilfe bei der Reparatur eines Zauns auf der Weide oder mit einem neugeborenen Kalb.

Vanessa zitterte vor Kälte, als endlich die Lichter in den Hecken ansprangen und für einen kurzen Moment den Weg vor ihr beleuchteten, bevor sie wieder mehrmals aufflackernd erloschen und die Umgebung in tiefe Dunkelheit hüllten.

»Das verdammte Ding hat schon wieder einen Kurzschluss«, knurrte Richard. Während er wütend auf die nicht funktionierende Lichterkette in seiner Hand blickte, wackelte er gefährlich auf der obersten Stufe der Trittleiter hin und her. Inzwischen wog er einige Kilo mehr als damals, als er als schlaksiger blutjunger Kerl Vanessa am Yew Tree Lake einen Heiratsantrag gemacht hatte, aber mit seinen ein Meter zweiundneunzig, olivfarbener Haut, braunen Augen und blonden Haaren war er unbestreitbar immer noch ein sehr gut aussehender Mann.

»Richard, Liebling.« Sie sah zu ihm hinauf. »Lass doch Peter die letzten Lichter anbringen. Du musst dich jetzt fertig machen.«

Eine unheimliche Ruhe hatte sich über das Anwesen gelegt, seit der Sturm darüber hinweggefegt war. Als würde er tief Atem holen, wäre aber noch nicht am Ende. Sie hatte gehört, dass der See zugefroren war und es noch mehr Schneestürme geben würde. Sie hatte keine Ahnung, ob die Feuerwerkskörper zünden würden, aber es war Peters Aufgabe, sie auf dem Steg für das Spektakel um Mitternacht bereitzulegen.

»Wir haben es schon fast geschafft, nur noch ein paar Minuten«, erwiderte Richard, ohne die Augen von seiner Arbeit zu nehmen.

Vanessa drehte sich wieder zum Haus um. Eine der Bedienungen lief in ihre Richtung, während auch Dorothy, bereits im Mantel, in atemloser Hast auf sie zukam.

»Ach, gut, Dorothy, dass Sie hier sind. Könnten Sie bitte Leo mit ins Haus nehmen und dafür sorgen, dass er sich umzieht?«

»Sie muss mich nicht umziehen, ich bin doch kein Baby«, sagte Leo beleidigt.

»Das habe ich nicht gesagt, Leo. Ich will nur, dass du fertig bist, wenn die Gäste in fünfzehn Minuten eintreffen!«

»Es tut mir leid, Mrs. Hilton. Ich muss wirklich los, meine Schwester trifft jeden Moment bei uns ein. Alice ist fertig, und Leos Kleidung habe ich nun auf sein Bett gelegt. Ich wünsche Ihnen eine wunderschöne Feier.«

»Ich wäre Ihnen sehr dankbar, wenn Sie noch etwas länger bleiben könnten, Dorothy.« Vanessa versuchte ihre unangebrachte Verärgerung zu unterdrücken. Die Kinderfrau war schon den ganzen Tag über bei ihnen gewesen, aber sie verfluchte sich, dass sie sie nicht rechtzeitig gebeten hatte, den Abend über dazubleiben. Sie brauchte jemanden, der Alice ins Bett brachte und aufpasste, dass Leo keinen Champagner trank. Sie hatte angenommen, dass Alice die ganze Zeit an ihrer Seite bleiben würde, während sie sich zurechtmachte, doch der Schneesturm und das damit verbundene Chaos hatten die Idee, dass alles wie am Schnürchen laufen würde, vollkommen zunichtegemacht. »Ich zahle Ihnen auch gern mehr dafür.«

»Sie ist nicht festlich angezogen, Mum, und sicher passt ihr auch keines deiner Abendkleider«, bemerkte Leo kichernd.

»Leo!« Vanessa rang nach Atem und funkelte ihren Sohn wütend an. Dorothy und Leo waren noch nie gut miteinander ausgekommen, denn Leo wollte seine Mutter, keine

Kinderfrau, und gab sich keine Mühe, das zu verbergen. Doch in letzter Zeit war sein Benehmen Dorothy gegenüber geradezu unflätig, und das war unverzeihlich.

»Es tut mir schrecklich leid, Dorothy. Ich werde mit Leo über sein Verhalten sprechen. Bitte, bleiben Sie da«, bat sie die Kinderfrau.

»Es tut mir leid, Mrs. Hilton.« Dorothy schürzte die Lippen. »Ich bin seit neun Uhr auf den Beinen, jetzt muss ich mich um den Hund kümmern und das Abendessen für Peter und meine Schwester kochen. Es wäre sehr schön, wenn Mr. Hilton auch Peter bald nach Hause gehen lassen würde. Ich hoffe sehr, dass Sie Ihren Abend genießen. Gute Nacht.«

Einen Moment lang war Vanessa von Alices Anblick abgelenkt, die in einem roten Kleid aus der Haustür hinaus über den Rasen in Richtung Baumhaus lief, das sich in einer großen Eiche am Anfang der Auffahrt zum Haus befand.

»Um Himmels willen, Alice ist rausgelaufen, um nach diesem kleinen Mistviech zu suchen. Sie wird sich den Tod holen, Dorothy.« Doch sie war fort, huschte bereits eilig zum Tor, als das kleine Mädchen in der Dunkelheit verschwand.

»Mr. Hilton, verzeihen Sie, wenn ich störe, aber anscheinend ist nur die Hälfte des bestellten Champagners geliefert worden.« Der Mann, einer der Kellner des Abends, stotterte leicht und hüpfte auf dem schneebedeckten Untergrund von einem Fuß auf den anderen.

»Meine Güte, sind Sie sicher?«, brüllte Richard von oben auf der Leiter.

»Ja, Sir. Es sollten zwanzig Kisten sein, und es sind definitiv nur zehn da.«

»Leo, könntest du bitte Alice suchen und sie ins Haus bringen? Dann ziehst du deinen Anzug an. Ich werde mit deinem

Vater über dein Benehmen Dorothy gegenüber sprechen – ich bin wirklich unglücklich darüber.«

»Als ob ihn das kümmern würde.« Leo warf ihr einen zornigen Blick zu.

Vanessa musterte ihren Sohn. Er war groß für seine zwölf Jahre und bereits ebenso gut aussehend wie sein Vater, doch in jeder anderen Hinsicht waren sie so unterschiedlich wie Tag und Nacht. »Leo, bitte such Alice und sag ihr, dass sie ins Haus gehen soll. Mir gefällt es nicht, wenn sie in ihrem Festkleid im Schnee herumläuft.«

»Sicher ist sie im Baumhaus und hält Ausschau nach Snowy«, murmelte Leo.

»Der junge Hund wird sterben, wenn er bei dieser Kälte draußen bleibt.« Richard sah stirnrunzelnd zu ihnen hinunter.

»Sag das bloß nicht Alice. Sie ist schon sauer auf mich. Sie hatte keine Lust, sich für die Feier umzuziehen, sie wollte ihre Latzhose anbehalten«, sagte Vanessa.

»Nun, lass sie einfach, Herrgott noch mal. Wir müssen uns um anderes kümmern. Leo muss mit dem Rad zum Pfarrhaus fahren und Bobby sagen, dass er mir helfen soll.«

»Er kann jetzt nicht mit dem Rad fahren! Die Straßen sind spiegelglatt, das ist zu gefährlich. Außerdem können wir Bobby heute nicht um Hilfe bitten, Alfie und er töten gerade ihre Herde. Warum kann Leo dir nicht helfen?«

»Weil er es vermasseln wird. Bobby muss das übernehmen, damit ich sicher sein kann, dass es richtig gemacht wird.«

Vanessa sah zu Leo, der bei den Worten seines Vaters sichtbar zusammengezuckt war.

»Wir könnten Peter bitten, ein wenig länger dazubleiben. Bobby können wir heute nicht darum bitten, das erscheint mir nicht richtig.«

»Vanessa, bitte schmettere nicht jeden meiner Vorschläge ab, nur dieses eine Mal nicht.«

Leo starrte sie wütend an, dann sagte er zu seinem Vater: »Ist in Ordnung, ich hole schnell mein Rad.«

Als er in der Dunkelheit hinauslief, stieß Vanessa einen tiefen Seufzer aus. »Ich muss jetzt Alice finden. Wahrscheinlich hat Leo recht. Sie wird im Baumhaus sitzen und schmollen.«

»Musst du dich nicht langsam anziehen, Vanessa?«, fragte Richard. »Einer von uns beiden sollte fertig sein, wenn die ersten Gäste ankommen. Lass Alice ein wenig in Ruhe. Sie kommt schon rein, wenn ihr zu kalt wird. Du machst zu viel Theater um sie.«

Vanessa hob den Blick zu ihrem Ehemann. Seine plötzlich düstere Stimmung machte sie nervös, aber angesichts der baldigen Ankunft von zweihundert Gästen hütete sie sich, noch etwas zu erwidern. Dennoch ermahnte sie ihr Instinkt, Alice ins Haus zu holen.

»Haben Sie eine Taschenlampe, Peter?«, fragte sie. »Verzeihung, ich weiß, dass Sie nach Hause müssen. Ich bin gleich wieder zurück.«

Der leidgeprüfte Gärtner nickte, griff in seine Werkzeugkiste, holte eine Taschenlampe hervor und reichte sie Vanessa. Als sie die Auffahrt hinunterging, gluckste der Boden unter ihren Füßen. Bei dem Gedanken, was der Matsch wohl mit Alices Schuhen gemacht hatte, zuckte sie zusammen.

Peng! Peng!

Sie blieb auf der Stelle stehen und drehte sich um. Richard ging mit dem Kellner zum Haus, als die Schüsse aus Alfie James' Gewehr durch die Nacht hallten.

»Es war ein langer Tag«, rief Peter ihr zu, als er ihren Blick bemerkte. »Machen Sie sich keine Sorgen, Mrs. Hilton. Sicher sind sie bald fertig im Pfarrhaus.«

Vanessa nickte und wandte ihre Aufmerksamkeit dem Baumhaus zu. Während sie darauf zulief, spürte sie ein tiefes Unbehagen in sich aufsteigen. Je näher sie kam, desto genauer erkannte sie, dass kein Schein einer Taschenlampe aus seinem Inneren drang.

Kapitel sechs

VANESSA

Donnerstag, 21. Dezember 2017

Vanessa Hilton stand am Fenster ihres Schlafzimmers und beobachtete, wie Umzugshelfer Kartons mit ihren Habseligkeiten aus dem Haus trugen. Sie verstand nicht, was vor sich ging. Vielleicht ließen Leo und Helen endlich die Wände streichen, es war schon sehr lange her, dass irgendetwas renoviert worden war.

Sie unterdrückte einige Tränen der Verwirrung und schaute zum See, während die Männer im Erdgeschoss einander Anweisungen zuriefen.

Das Haus war so voller Menschen gewesen, dass sie meinte, keine Kontrolle mehr über ihr Zuhause zu haben. Tauchtrupps der Polizei waren gekommen und hatten im See nach Alices Leiche gesucht, aber keine Spur von ihr gefunden. Es war das naheliegendste aller Szenarien: dass Alice dorthin gelaufen war, auf der Suche nach ihrem Hündchen, es vielleicht sogar im Wasser strampeln und untergehen gesehen hatte. Womöglich hatte sie laut in die Nacht hinausgerufen, um Hilfe gefleht, während das Haus vor Klaviermusik, Gästen und Leben pulsierte. Viel zu laut, um das Schreien eines kleinen Mädchens zu hören.

Ein Haus voller Leute, und sie hatte den einen Menschen vernachlässigt, um den sie sich hätte kümmern sollen. Unentwegt ging sie in Gedanken jedes Detail dieses Silvesterabends durch, die letzten Worte, die sie zu Alice gesagt hatte, die letzten Worte ihrer Tochter zu ihr. Wer hatte sie zuletzt gesehen? War es wirklich Bobby James gewesen? Warum hatte er nie gestanden? Fast fünfzig Jahre später war sie der Wahrheit noch keinen Schritt näher gekommen. Es war ihr nicht gelungen, die Leiche ihrer Tochter zu finden oder sich selbst zu vergeben. Ihr Schmerz veränderte die Form, er legte sich um ihr Leben, wurde zu einem steinernen Umhang, den sie jeden Tag trug. Alice war immer noch hier: Sie lief über die Felder, saß auf der Schaukel oder in ihrem Kinderzimmer. Yew Tree Manor war Alice, und Vanessa wusste, dass die Antwort auf die Frage, was mit ihr geschehen war, sich hier auf diesem Anwesen befand.

»Vanessa?« Sie hörte Helen nach ihr rufen, während sie die Treppe heraufkam. »Da bist du ja. Ich habe dich schon gesucht.« Sie erschien im Türrahmen, ihr Mantel war von Schneeflocken bedeckt.

»Was machen all diese Menschen hier im Haus, Helen?«, fragte Vanessa, als ihre Schwiegertochter sie mit weit aufgerissenen Augen ansah.

»Wir packen unsere Sachen ein, wir ziehen aus, Vanessa«, erwiderte sie freundlich. »Morgen ist der Verkauf des Hauses abgeschlossen.«

»Ausziehen? Wovon redest du da?« Sie bemerkte, wie Helen sich verkrampfte und die Augen schloss, um ihre Gereiztheit zu verschleiern. Offensichtlich hatten sie diese Unterhaltung schon geführt, viele Male.

»Wir haben darüber gesprochen, erinnerst du dich, und wir haben entschieden, dass es das Beste so ist. Das Haus macht zu viel Arbeit. Wir werden alle zusammen wohnen, in dem Haus in Frankreich, von dem Leo dir erzählt hat.«

»Aber ich will nicht nach Frankreich ziehen. Ich will das Haus nicht verkaufen. Ich kann Alice nicht allein lassen.«

»Leo braucht sicher nicht mehr lange, er bespricht noch etwas mit Mike in seinem Büro. Es ist das Beste so, Vanessa, wirklich.«

»Das Beste für wen?«, fragte Vanessa scharf.

»Tut mir leid, Vanessa, aber wir haben keine Wahl. Es ist kein Geld mehr im Betrieb.« Helen schürzte die Lippen.

Vanessa blickte sie finster an. In ihrer Wahrnehmung fing alles an zu verschwimmen, aber sie hatte den Eindruck, dass Helen noch zurückhaltender als gewöhnlich war, als vermeide sie es grundsätzlich, allein mit ihr zu sein. Sie wusste, dass ihre Schwiegertochter sie nicht mochte. Zwar war es nie ausgesprochen worden, doch Helen achtete stets darauf, nie zu viel von sich preiszugeben.

Leo war eine gute Partie für sie gewesen. Vanessa war sicher, dass sie Helens Eltern kennengelernt hatte, aber sie konnte sich weder an ihre Gesichter noch an ihre Namen erinnern. Sie wusste nur noch, dass sie nicht zu *ihren* Kreisen gehörten. Sie hatte schlicht das Gefühl, dass Helen nie gut genug für Leo gewesen war. Für sie war es immer sehr leicht gewesen, und jetzt, wo sie das Haus verkauften, würde sie bald auch noch sehr wohlhabend sein. Sie schuldete Vanessa Respekt, Liebenswürdigkeit – und etwas Einfühlungsvermögen.

Plötzlich stand Sienna in der Tür und kam auf sie zugelaufen. Augenblicklich klang die Panik in ihrem Inneren ab. Solange sie mit ihrer Enkelin zusammen war, würde es ihr gut gehen. Sie erinnerte sich, dass sie viele Schulden gehabt hatten – Leo hatte ihr davon erzählt, vielleicht hatte sie in den Hausverkauf eingewilligt. Alles verdichtete sich für sie zu einem undurchdringlichen Nebel, aus dem ein Blitzschlag an Informationen hervorzuckte, die dann einen Schock der Erinnerung auslösten.

»Hallo, mein Liebes«, begrüßte Vanessa ihre Enkelin, deren Anwesenheit eine beruhigende Wirkung auf sie hatte. »Wie war es in der Schule?«

»Überhaupt nicht schön.« Sienna verschränkte die Arme vor der Brust.

»Oje, was ist passiert?« Vanessa zog das kleine Mädchen an sich.

»Ben hat sich beim Mittagessen neben mich gesetzt.«

»Wer ist Ben?«

»Ben hat mein ganzes Leben zerstört, er ist wirklich gemein zu mir.« Sienna seufzte tief.

»Nun, es klingt, als würde Ben dich gern mögen, wenn er sich neben dich setzt. Jungen sind oft gemein zu Mädchen, die sie mögen.«

»So wie Daddy zu Mummy?«, fragte Sienna in unschuldigem Ton.

Vanessa warf Helen einen erbosten Blick zu und umarmte dann ihre Enkelin. Sie sah aus wie Leo, und Alice, aber ihr Charakter ähnelte eher dem von Helen.

Wenn ihr Vater hin- und herhetzte, Dinge falsch einschätzte und Fehlentscheidungen traf, schaute sie zu und nahm alles in sich auf, als mache sie sich Notizen, welche Fehler sie als Erwachsene nicht begehen dürfe. Sie war erst sieben, aber wenn sie eine Frage stellte, ließ sie die Antwort eine Zeit lang auf sich wirken, dachte eingehend darüber nach, bevor sie sich entschied, ob sie sie annehmen sollte oder nicht. Oft wusste sie, wo sich Dinge befanden, die andere verlegt hatten. Ruhig reichte sie ihrem Vater seine Schlüssel oder seine Geldbörse, wenn er mit hochrotem Gesicht, schwitzend und fluchend, auf der Suche danach durchs Haus lief. Wenn sie nicht draußen spielte, war sie ein sehr stilles Kind. Gern setzte sie sich neben Vanessa und wollte alles über die Partys wissen, die früher im Haus gefeiert worden waren, und die Kleider, die Vanessa damals getragen hatte.

Und dann wollte Sienna immer über Alice sprechen. Sie wunderte sich, was mit ihr passiert war. Sie fragte nach ihrem Charakter, ob sie ihr ähnelte. Und das tat sie, dachte Vanessa, sie sah genauso aus wie Alice, mit ihren blonden Locken und ihren grünen Augen, obwohl sie ruhiger und nicht so widerspenstig wie Alice war. Sienna gab den Menschen das Gefühl, dass sie ihr Innerstes kannte, nur indem sie sie ansah. Manchmal war es geradezu unangenehm, wenn man bemerkte, wie sie einen beobachtete.

»Also, was sollen wir machen? Ein Spiel spielen, etwas kochen?«

»Ich glaube, Kochen ist zu kompliziert, wir müssen wirklich hier oben bleiben, damit wir nicht im Weg sind«, sagte Helen ohne Umschweife, als Vanessa sie verärgert anblickte.

»Wann verlassen wir Yew Tree?« Sie umklammerte Siennas Hand so fest, dass ihre Fingerknöchel weiß wurden.

»Wir fliegen morgen ab. Wir wollten nicht hier sein, wenn das Haus abgerissen wird«, antwortete Helen.

»Ich kann nicht glauben, dass das schon morgen ist. Das ging alles so schnell, ich habe das Gefühl, dass ich mich gar nicht richtig von allen verabschiedet habe.« Sienna fing an zu weinen.

»Haben sich deine Freunde nicht heute in der Schule von dir verabschiedet?«

»Doch, sie haben eine Karte für mich gemacht.«

»Das ist nett, die musst du mir zeigen. Wem hast du noch nicht Auf Wiedersehen gesagt?« Vanessa strich dem kleinen Mädchen übers Haar, das sich an seine Großmutter schmiegte.

»Peter und Dorothy«, antwortete Sienna leise.

»Dorothy?« Vanessa funkelte Helen überrascht an. »Ich wusste gar nicht, dass du Kontakt zu ihr hast, Liebling.«

Sienna nickte. »Manchmal besuche ich sie«, sagte sie noch leiser.

»Ach so.« Vanessa zwang sich zu einem Lächeln.

Sienna sprang auf und lief zum Fenster. Draußen begann es bereits zu dämmern. »Schau mal, Granny, es schneit! Können wir draußen spielen?«

»Sollen wir einen Schneemann bauen?« Vanessas Stimmung heiterte sich auf.

»Ja, geht das?«, rief Sienna. »Ich hole meine Handschuhe.«

»Es wird schon dunkel, Sienna. Ich halte das nicht für eine gute Idee«, bemerkte Helen, aber ihr Einwand war zwecklos: Sienna war schon aus dem Zimmer und die halbe Treppe hinuntergelaufen, als Helen ihr hinterhereilte. Mit langsameren Schritten folgte Vanessa den beiden über den Flur, nahm vorsichtig die Stufen nach unten. Im Eingang suchten Helen und Sienna gerade nach den Handschuhen.

Als Vanessa die letzte Stufe erreichte, ging einer der Umzugsmänner an ihr vorbei und stieg die Treppe hinauf. Vanessa beobachtete, wie er oben ankam, sich umsah und dann über den Flur auf Leos Arbeitszimmer zuschritt. Kurz streifte sie sein Blick. Ein leichtes Unbehagen beschlich sie, er schien nicht so zielorientiert hin und her zu eilen wie die anderen Männer. Er schien nicht ganz orientiert.

»Komm schon, Granny!«, rief Sienna.

In der Halle waren die Kartons mit ihren Mänteln noch offen, und Vanessa holte Siennas rote Steppjacke heraus.

»Zieh dich warm an, Alice«, sagte sie gedankenverloren.

Sienna schien das nicht zu stören, im Gegenteil, es machte sie neugierig. »Warum nennst du mich manchmal Alice, Granny?«, fragte Sienna und schlüpfte in die Jacke.

Vanessa stockte. »Das tut mir leid, das ist keine Absicht …
Du erinnerst mich wohl sehr an sie.«

»Daddy spricht nie über sie. Sie hat wie ich ausgesehen,
nicht wahr?« Sienna wandte sich zu dem Porträt von Alice in
der Eingangshalle.

»Ist es okay, wenn wir das hier einpacken?«, fragte ein Umzugsmann und griff schon nach dem Bild. Vanessa stand wie
erstarrt da.

»Könnten Sie das bitte dalassen?« Plötzlich war Helen wieder aufgetaucht.

Vanessa drehte sich zu ihr um. Helen und Alice waren fast
gleich alt, fiel ihr nun ein. Wenn es anders gekommen wäre,
wenn Helen als Kind verschwunden wäre und nicht Alice,
dann könnte ihre Tochter jetzt dort stehen, wo Leos Frau
stand.

»Wo ist deine Mutter, Helen?«, fragte Vanessa. »Wird sie
dich nicht vermissen, wenn wir wegziehen?«

»Wie bitte?« Röte schoss Helen ins Gesicht, die Frage hatte
sie aus dem Gleichgewicht gebracht.

»Deine Mutter, wo wohnt sie? Ich erinnere mich nicht, sie
kennengelernt zu haben.«

Empört blickte Helen Vanessa an, dann räusperte sie sich
und sagte leise: »Meine Mutter ist gestorben, als ich noch ein
Baby war.«

Vanessa starrte in Helens blaue Augen. Tiefer Hass auf ihre
Schwiegertochter erfüllte sie und nahm ihr die Luft zum
Atmen. Helens Mutter war tot, niemand hätte sie vermisst.
Wenn Helen statt Alice gestorben wäre, hätten Leo und
Helen sich nie kennengelernt, Leo hätte jemand anderen
geheiratet. Eine Frau, die sie mochte, die freundlich zu ihr
war, eine Freundin für Alice, sie wären ein glückliches Trio ge-
wesen.

»Sicher, kein Problem, wir holen es später«, sagte der Mann, als Helen wegging.

»Alice wollte keine Kleider anziehen, stimmt's, Granny, genau wie ich?«, bohrte Sienna weiter, während Vanessa spürte, wie sie weiche Knie bekam. Sie wollte dieses Haus, wollte Alice nicht verlassen.

»Ja.« Sie beobachtete, wie Helen die Treppe hinaufstieg, in ihr Schlafzimmer ging und die Tür hinter sich schloss. »Sie war sehr lustig und schlau, und Kleider hat sie gehasst. Sie wollte immer nur Latzhosen anziehen. Ich mochte es, ihr ein hübsches Kleid anzuziehen, aber sie verabscheute es zutiefst, also habe ich nachgegeben, meistens jedenfalls, und sie ihre geliebten Latzhosen tragen lassen.«

»Warst du traurig, als sie gestorben ist?« Sienna sah sie mit ihren großen grünen Augen an. Ihr Gesicht schien mit dem von Alice zu verschwimmen, das Zimmer begann sich zu drehen.

»Ja, wir waren alle traurig. Ich bin es immer noch. Aber du hast mich sehr glücklich gemacht, seit du auf der Welt bist.« Auf einmal war Vanessa sehr schwindelig, und sie ging zu einem Stuhl, der zwischen den Umzugskisten in der Halle stand.

»Wo sind deine Mütze und deine Handschuhe, Granny?«, fragte Sienna und befühlte die Finger ihrer Großmutter. »Deine Hände sind ja eiskalt.«

»In meinem Zimmer, glaube ich. Ich hole sie, und du fängst schon mal an, einen großen Schneeball für den Rumpf zu rollen. Ich bin gleich zurück.«

Vanessa atmete tief durch, um das Schwindelgefühl zu vertreiben, und während sie langsam die Treppe hinaufstieg, verhallte das hektische Treiben der Umzugshelfer, die im Haus ein und aus gingen. Sie kam an Helens Zimmer vorbei, von dort drangen Radiomusik und das Geräusch einer mit Wasser volllaufenden Badewanne durch die geschlossene Tür. Als sie Leos Arbeitszimmer erreichte, sah sie, dass die Tür einen Spalt offen stand und sich drinnen jemand bewegte.

»Hallo?«, sagte sie und machte die Tür weit auf.

Ein Mann um die sechzig, groß und ganz in Schwarz gekleidet, stand hinter Leos Schreibtisch. Als er zu Vanessa aufblickte, erstarrte er und kniff die Augen zusammen.

»Mein Sohn möchte sicher nicht, dass jemand dieses Zimmer betritt«, sagte sie.

Der Mann nickte, gab aber keine Antwort, als er die Schublade zustieß und dann langsam an ihr vorbei aus dem Zimmer ging. Vanessa verfolgte aufmerksam, wie er erst die Treppe hinunter- und dann zur Haustür hinausging, wo zwei weitere Umzugshelfer ihm höflich zunickten, als wäre er ihnen vollkommen fremd.

»Komm, Granny! Der Schnee bleibt schon liegen«, rief Sienna zu ihr hinauf, als Vanessa von der Tür ihres Schlafzimmers aus beobachtete, wie der Mann die Auffahrt entlangmarschierte, gerade als die Außenlampen aufleuchteten. Sie hatte etwas an ihm wiedererkannt – seine eisblauen Augen waren ihr schmerzlich vertraut.

Vanessa ging ins Zimmer hinein, aufgewühlt von dieser Begegnung, und nahm ihre Handschuhe von der Heizung unter dem Fenster. Noch einmal blickte sie nach draußen und sah den Mann durch das Tor von Yew Tree Manor schreiten, als Sienna im Dämmerlicht über den Rasen in Richtung Baumhaus lief.

Plötzlich blieb das Mädchen stehen und winkte jemandem in einiger Entfernung zu. Vanessas Blick folgte ihr bis zum Wäldchen, wo Dorothy und Peter mit ihrem Hund auf dem beleuchteten Fußweg zu ihrem Cottage gingen. Dorothy lächelte dem kleinen Mädchen zu und winkte begeistert zurück, bevor sie die Augen zu Vanessas Fenster hob, als ob sie wüsste, dass sie dort stand.

Einen Moment lang begegneten sich ihre Blicke, dann wandte Dorothy den Kopf ab und flüsterte ihrem Ehemann etwas zu. Gleich darauf waren die beiden hinter einer Kurve verschwunden.

Vanessa hatte nicht gewusst, dass Sienna überhaupt etwas von Dorothy wusste. Sie hatte gedacht, dass Helen seit vielen Jahren nicht mehr mit ihr gesprochen hätte. Der Gedanke, dass die beiden eine heimliche Freundschaft verband, gefiel ihr nicht. Ein Geheimnis vor Granny. Es machte sie zu einer bösen Person. Dabei war es Dorothy, die ein Problem mit *ihr* hatte, die *sie* mied. Seit Alice vermisst wurde.

Nichts hatte mehr geschmerzt als Menschen, die kein einziges Wort über Alice zu ihr gesagt hatten. In den Wochen und Monaten nach ihrem Verschwinden hatten viele ihrer Freunde unsicher nach den richtigen Worten gesucht und häufig genug das Falsche gesagt. Doch es war ihr gleich, was sie sagten, solange sie ihr gegenüber Mitgefühl zeigten.

Dorothy gehörte zu den Menschen, die gar nichts zu ihr gesagt hatten, die die Straßenseite wechselten, wenn sie ihnen entgegenkam. Aus Feigheit wollte sie ihre Schmerzen nicht sehen, und Vanessa vermutete, dass es auch damit zusammenhing, dass sie sich verantwortlich fühlte. Wenn Dorothy an diesem Abend nicht nach Hause gegangen wäre, wenn sie dageblieben wäre, wie Vanessa sie gebeten hatte, dann wäre Alice jetzt hier, eine erwachsene Frau, wie Helen, mit eigenen Kindern.

Inzwischen schneite es heftig, und eine Flut von Erinnerungen an jenen Silvesterabend kam zurück. Mehrmals war sie damals kurz davor gewesen, die Feier abzusagen. Es schien, dass Mutter Natur ihr eine Sache auf jede erdenkliche Weise klarmachen wollte: Sie hatte versucht, die Feier zu verhindern, die Vanessas gesamtem Leben eine andere Richtung gegeben hatte. Wenn sie nur auf sie gehört hätte.

»Wo ist Sienna?«

Augenblicklich kehrte sie in die Gegenwart zurück und wandte sich zu Helen um, die, aufgeschreckt und ängstlich, in der Tür stand.

»Sie ist draußen. Ich habe nur meine Handschuhe geholt.«

»Vom Fenster aus kann ich sie nicht sehen. Ich dachte, du wärst bei ihr?«

Vanessa trat an ihr vorbei auf den Flur. »Ich war nur ganz kurz fort. Reg dich nicht auf. Wir bauen einen Schneemann. Sie hat schon damit angefangen, während ich noch mal in mein Zimmer musste.«

»Das muss länger gewesen sein, jetzt ist es schon dunkel.« Helens Stimme klang panisch.

Sie eilte die Treppe hinunter, während Vanessa ihr auf müden Beinen folgte. Im Erdgeschoss waren immer noch die Umzugshelfer zugange, obwohl es schon nach fünf war.

»Haben Sie das kleine Mädchen gesehen, das vorhin hier war? In der roten Jacke?«, fragte Helen einen der Umzugsmänner, der mit beiden Händen eine schweren Karton hielt.

»Schon eine Weile nicht mehr, tut mir leid. Unten sind wir fast fertig. Sollen wir jetzt mit den Schlafzimmern anfangen, oder möchten Sie auf Ihren Mann warten?«

Auf ihrem Weg zur Haustür schaute Vanessa in die Räume, die von der Eingangshalle abgingen, und war schockiert, wie viel schon eingepackt worden war, seit sie nach oben in ihr Zimmer gegangen war. Draußen war es dunkel geworden, aber die Lichter zu beiden Seiten der Auffahrt und entlang des Rasens beleuchteten die Umgebung. »Sienna!«, rief sie.

Plötzlich schien sich alles um sie herum zu verlangsamen, ihre Sinne waren geschärft.

»Als ich sie das letzte Mal gesehen habe, rannte sie gerade in Richtung Baumhaus«, sagte Vanessa mit zitternder Stimme, als Helen fieberhaft nach ihren Gummistiefeln suchte.

»Wo sind meine Stiefel hin? Sie standen genau hier«, fuhr sie einen Umzugsmann an, der, da er ihre Panik bemerkte, auf der Stelle stehen blieb und den Karton abstellte, den er getragen hatte. Schließlich fand sie die Gummistiefel, machte ein paar große Schritte um die aufeinandergestapelten Kisten an der Haustür herum und stürmte, laut Siennas Namen rufend, nach draußen. Vanessa saß auf der Treppe und zog sich ihre Schuhe an, dann nahm sie eine Taschenlampe und trat hinaus in die hereinbrechende Dunkelheit.

»Sienna! Sienna!«, rief Helen wieder und lief um das Haus herum.

»Ich sehe im Baumhaus nach.« So schnell es ihre müden Beine ihr erlaubten, hastete Vanessa den Kiesweg entlang und wünschte sich, dass Sienna dort in eine Decke gehüllt zu ihr herablächelte.

Schließlich erreichte sie das Baumhaus, stieg die Leiter hinauf und steckte ihren Kopf durch die Luke. Ihr Herz pochte wie wild, als sie den Strahl der Taschenlampe durch den kleinen, dunklen, feuchten Raum schwang. Er war leer.

Auf dem Boden lagen ein Stapel Decken, Kissen und leere Süßigkeitenverpackungen verstreut.

Als sie die Leiter vorsichtig wieder nach unten kletterte, drehte Vanessa sich um und sah, wie Helen vor dem Haus auf und ab stob und panisch nach Sienna rief. Es war, als würde sie in der Zeit zurückkreisen und sich selbst vor fünfzig Jahren beobachten, mit jeder quälenden Sekunde verwandelte sich Besorgnis in blinde Herzensangst.

Vanessa lief wieder zum Haus zurück, wo die Umzugshelfer sich in der Dunkelheit verteilt hatten, um sich an der Suche nach Sienna zu beteiligen. Das letzte Tageslicht schien so plötzlich zu verschwinden, als würde sich ein schwarzer Vorhang auf den Tag herabsenken, während langsam ein beängstigendes Gefühl von Vertrautheit heranschlich.

Kapitel sieben

WILLOW

Donnerstag, 21. Dezember 2017

»Mike ist ein egoistischer Mistkerl«, sagte Kellie und band ihre kastanienbraunen Haare zu einem Pferdeschwanz zusammen, während Willow und Charlie unter Mühen das Modell der Yew-Tree-Siedlung über den Parkplatz schleppten. »Warum musstest du dich mit zweihundert Pensionären allein rumschlagen?«

Kellie, die Büroleiterin von Sussex Architecture, hatte vorgehabt, an diesem Morgen liegen gebliebenen Papierkram zu erledigen, als ihr Handy geklingelt und ihr Chef sie gebeten hatte, Willow mit dem Architekturmodell zu helfen. Wutschnaubend war sie in ihr Auto gesprungen und zum Dorfgemeinschaftshaus in Kingston gefahren.

»Er hat gesagt, dass Leo Hilton morgen wegfliegt und er noch einmal mit ihm sprechen muss«, versuchte Willow sie zu besänftigen. Ein wenig fürchtete sie sich vor Kellies Zorn, auch wenn er sich nicht gegen sie richtete.

»Schwachsinn. Er hatte einfach keinen Bock, sich mit Fragen zu verkehrsberuhigenden Maßnahmen und Leihfristen der Bücherei auseinanderzusetzen, weil er glaubt, der Deal sei schon perfekt«, polterte Kellie, und ein vorbeikommendes Paar blickte sie nervös an. »Und wie nett von ihm, dass er dein Engagement würdigt – er hat dich noch nicht einmal zum

Essen eingeladen. Un-fucking-fassbar. Okay, sollen wir los?«
Schaudernd wickelte sie ihren dicken Wollmantel fest um
ihre schmale Gestalt. Kellie hatte recht zerbrechlich gewirkt,
als sie sich zum ersten Mal gesehen hatten, wie eine Porzel-
lanpuppe, mit ihren gewellten roten Haaren und der blassen
Haut, doch wie sich herausgestellt hatte, war sie genau das
Gegenteil: furchtlos, mit einer scharfen Zunge und unbändi-
ger Energie.

Charlie blickte zu Willow und dann zu seinen Eltern, die
auf der anderen Seite des Parkplatzes geduldig neben ihrem
Volvo warteten. »Wir können auch zum Büro fahren und euch
beim Tragen des Modells helfen«, bot er an. »Meine Eltern
haben gefragt, ob du mit uns in der Stadt essen gehen möchtest, Willow. Wir würden uns freuen, wenn du mitkommst,
Kellie.«

»Im Moment mache ich keine Mittagspause«, erwiderte
Kellie, holte ihr Handy hervor und ging um den Wagen herum zur Fahrerseite.

Willow sah Charlie an und beobachtete aus dem Augen-
winkel, wie Kellie erzürnt auf ihrem Handy herumtippte.
»Das ist wirklich sehr nett von ihnen, aber ich muss noch arbeiten. Tut mir leid.« Bei der Erinnerung an ihre Unterhaltung mit Dorothy über den Friedhof zog sich ihr der Magen
zusammen. Die Planungsbesprechung war für den kommen-
den Tag angesetzt. Wenn sie im Büro etwas so Wichtiges wie
einen Friedhof übersehen hatten, waren sie in ernsten Schwierigkeiten – der Bauträger würde die Flucht ergreifen. Sie musste
mit Mike sprechen, so schnell wie möglich.

»Okay«, erwiderte Charlie. »Kein Problem. Soll ich sie von
dir grüßen?«

»Nein, ich komme schnell mit und sage ihnen Auf Wiedersehen.« Sie beugte sich zu Kellie im Auto hinunter und sagte

ihr, dass sie gleich zurück wäre, während sie gleichzeitig die unübersehbar tiefe Enttäuschung ihres Freundes zu ignorieren versuchte.

Charlie und sie hatten nie Krach. Er hasste Streit, genau wie sie, aber aus sehr unterschiedlichen Gründen. Bei ihrem ersten Date, in einer Pizzeria in Brighton, hatte er stolz verkündet, dass seine Eltern sich in neunundzwanzig Ehejahren noch nie gestritten hatten – etwas, das ihr vollkommen fremd war. Ihre eigenen Eltern, die sich nach zwanzig turbulenten Jahren endlich hatten scheiden lassen, hatten nie anders als mit erhobenen Stimmen miteinander gesprochen, sie hatten mit Gegenständen geworfen und Willow bei jedem Wetter auf den Balkon ihrer Wohnung verbannt, damit sie sich lautstark anschreien konnten.

Charlie war nicht der Typ Mann, den sie sich für eine Beziehung vorgestellt hatte. Immer, wenn sie sich ihre Zukunft ausgemalt hatte, war sie entweder allein oder mit einem sehr unzuverlässigen Partner zusammen gewesen, der regelmäßig verschwand, ganz wie ihr Vater in ihrer Kindheit. Charlie hingegen war verlässlich und lustig, er unterstützte sie und sprach stets in einem entschuldigenden Tonfall. Er hatte sie an Clark Kent erinnert, als sie sich in der Bar der Sussex University kennengelernt hatten: groß und gut aussehend, mit lächelnden braunen Augen hinter einer schwarzen Brille und einer sanften, leicht nerdigen Art. Fast drei Jahre lang waren sie gut miteinander ausgekommen, bis zum diesjährigen Valentinstag. Da war Charlie im höchsten Turm der Sagrada Família in Barcelona, im Beisein einer Horde kichernder deutscher Schulkinder, vor ihr auf die Knie gegangen. Alles in ihr hatte Nein geschrien, aber es war ihr gelungen, etwas in der Art von »Danke, aber ich bin noch nicht bereit« zu murmeln. Danach waren sie schweigend die fünfhundertvier Stufen hinabgestiegen.

Er schien ihre Ablehnung mit Anstand zu tragen, doch seitdem reagierten sie häufig gereizt aufeinander. Die Atmosphäre zwischen ihnen hatte sich verändert, eine große Aussprache hing in der Luft, die sie nicht wollte. Sie liebte Charlie und hatte Angst, ihn zu verlieren, aber für immer war eine sehr, sehr lange Zeit.

»Du meine Güte, Kellie ist eine Naturgewalt«, sagte er und schob seine Brille auf der Nase hoch, als sie über den Parkplatz liefen.

»Sie ist großartig, es ist ihr egal, was andere Leute denken. Im Büro haben die meisten Partner Angst vor ihr, weil sie die Dinge beim Namen nennt, aber sie ist schon so lange dabei, dass sie sich die Abfindung nicht leisten können.«

»Genial.« Charlie und sie waren jetzt bei seinen Eltern angekommen. »Willow kann leider nicht mitkommen, sie muss noch einiges fertig machen vor der Planungsbesprechung morgen.«

»Oh, das ist aber schade. Du hast so hart für diese Sache gearbeitet, du solltest dich von uns zum Essen ausführen lassen.« John lächelte sie herzlich an.

»Gern, sobald dieser Antrag gestellt ist. Das ist wirklich sehr nett von euch, und danke auch, dass ihr gekommen seid. Ich bin sehr froh über eure Unterstützung.« Willow spürte, wie bei diesen Worten ihre Angst zurückkehrte. Sie befürchtete, dass bei diesem Projekt der Schein trog. Charlies Eltern hatten ihr sehr dabei geholfen, die Zustimmung der Einwohner von Kingston für dieses Bauvorhaben zu bekommen. Wussten sie etwas über diesen Friedhof? Wussten alle außer ihr davon? Wieso hatte Leo Hilton diesen Aspekt nie erwähnt?

»Dorothy meinte, dass sie sich sehr nett mit dir unterhalten hat«, sagte Lydia. »Alle sind begeistert, wie toll du die Interessen der Gemeinde vertreten hast.«

»Kennst du sie?«, fragte Willow und versuchte, ihr nervöses Magenflattern zu ignorieren.

»Natürlich, sie wohnt schon ihr ganzes Leben lang in Kingston, in einem der Cottages, die am Ende der Zufahrtsstraße der Hiltons stehen«, fiel Charlies Vater seiner Frau ins Wort, wie es seine Gewohnheit war. Willow hatte noch nie wirklich Gelegenheit gehabt, Lydia kennenzulernen, da John eine ausgesprochen dominante Persönlichkeit war und dazu neigte, Unterhaltungen an sich zu reißen. Seine Art, mit Lydia zu sprechen – nicht unfreundlich, aber in leicht abschätzigem Tonfall –, und ihre Art, das hinzunehmen, ließen Willow vermuten, dass Lydia sich schon ihr ganzes Leben lang ihrem Ehemann untergeordnet hatte.

»Sie hat mir erzählt, dass sie und ihr Mann für die Hiltons gearbeitet haben. Wisst ihr, was sie da gemacht hat?«

»Ich glaube, Dorothy war die Kinderfrau – bevor Alice vermisst wurde, natürlich.« Plötzlich sah Lydia niedergeschlagen aus. »Niemand spricht heute noch über Alice. Die arme Vanessa, es muss die Hölle auf Erden sein, nicht zu wissen, was mit ihr passiert ist.«

»Schon in Ordnung, Lydia, kein Grund, trübsinnig zu werden. Danach hat Willow nicht gefragt.« John schüttelte, sichtbar verlegen, den Kopf.

»Du hast recht, Lydia, das muss schrecklich sein«, sagte Willow und schenkte ihr ein aufmunterndes Lächeln. Lydia errötete und senkte den Blick auf ihre Hände. Sie war eine attraktive Frau und sehr lebendig, wenn ihr Mann nicht im selben Raum war und sie ungehindert plaudern konnte. Aus irgendeinem Grund hatte Willow sie nie für eine Informationsquelle über die Familie Hilton gehalten, aber es war einleuchtend, dass sie einiges über sie wusste. Helens offensichtliche Aufregung kam ihr in den Sinn, und sie wollte

Lydia gern noch ein wenig mehr aushorchen, doch Kellie wartete auf sie.

»Mir ist aufgefallen, dass Helen recht überstürzt aufgebrochen ist.« Willow versuchte, beiläufig zu klingen.

Lydia blickte zu ihrem Mann und dann wieder zu Willow. »Vermutlich war die Situation für sie und Dorothy unangenehm. Ich glaube nicht, dass sie sich in letzter Zeit gesehen haben. Das ist alles sehr traurig, aber Leo scheint gut damit fertigzuwerden. Er muss jede Menge bewältigen, mit dem Hof und dem Bauprojekt, dem Kummer seiner Mutter und auch dem von Helen.« Sie seufzte. »So ein charmanter Mann.«

Willow runzelte die Stirn. »Dann war Helen also wegen Dorothy so fahrig und irgendwie ... aufgebracht?«

»Ja, Helen ist die Adoptivtochter von Dorothy, aber sie haben sich wohl auseinandergelebt. Es ist alles ziemlich kompliziert.«

Einen Moment lang setzte Willows Herzschlag aus angesichts dieser Neuigkeit, auf die sie nicht weiter einging. »Wie es in Familien eben so ist«, fügte sie hinzu und nickte, als Charles und seine Eltern Blicke austauschten. Sie konnte sich vorstellen, dass Lydia und John über sie sprachen, versuchten, etwas über ihre Herkunft zu erfahren, sich sorgten, dass ihr Sohn sich in eine Frau verliebt hatte, deren Familie ihnen ganz unvertraut war, über die sie so wenig wussten.

Plötzlich hupte Kellie ungeduldig. Willow drehte sich um und winkte ihr entschuldigend zu.

»Ich geh jetzt besser. Danke noch mal fürs Kommen.« Sie gab Charlie einen Kuss. »Ich ruf dich später an. Viel Spaß beim Essen.«

Willow wandte sich um, lief zu Kellies Wagen zurück und sprang auf den Beifahrersitz, als Kellie den Motor anließ. »Tut mir leid, dass du warten musstest.« Schnell schnallte sie sich an, da Kellie schon mit quietschenden Reifen vom Parkplatz fuhr und nur knapp ein älteres Paar verfehlte, das gerade das Dorfgemeinschaftshaus verließ.

»Alles in Ordnung?«, fragte Kellie, als sie, schneller, als Willow lieb war, über die Landstraßen von Kingston fuhr. Sie hörte, wie im Kofferraum etwas umkippte, und zuckte zusammen.

»Ich glaube, Charlies Eltern waren enttäuscht, dass ich nicht mit ihnen essen gehen konnte.«

»Wie lange seid ihr zwei denn schon zusammen?«, wollte Kellie wissen.

»Ungefähr drei Jahre. Er hat mir sogar einen Antrag gemacht, als wir in Barcelona waren.« Willows Tonfall war nüchtern.

»Was? Warum hast du nichts davon erzählt?« Kellie sah sie fragend an.

»Weil ich Nein gesagt habe.« Willow zuckte die Achseln.

»Sehr schlau von dir!« Kellie zwinkerte ihr zu. »Verheiratetsein ist nicht weiter schwer, aber wenn man Kinder kriegt, kommt man an seine Grenzen. Und selbst wenn du mit dem nettesten Mann auf der ganzen Welt verheiratet bist, lastet der ganze Druck auf dir als Mutter, denn ihre Aufopferung wird als selbstverständlich angesehen.«

Willow nickte und wischte mit der Hand über das beschlagene Seitenfenster, damit sie hinausschauen konnte. Als sie die A 27 erreichten, trat Kellie aufs Gaspedal und wechselte auf die Überholspur. Der Motor dröhnte laut vor Anstrengung.

»Wir kümmern uns um die Schule, die Wäsche, den Einkauf, das Kochen, Putzen, organisieren Geburtstagspartys, pflegen Freundschaften, holen die Kleinen ab und beruhigen sie, wenn's nottut. Aber wenn Väter mal irgendetwas davon machen, heißt es gleich: Ist er nicht toll? Er hilft so viel, nicht wahr? Du hast aber ein Glück, oder?« Kellie drückte auf die Hupe, weil der Fahrer vor ihr sie beim Spurwechsel geschnitten hatte, dann wandte sie sich zu Willow. »Nein, in Wahrheit habe ich kein Glück, denn all das *sollte* er tun, schließlich sind es auch seine Kinder!«

Willow lächelte, holte eine Packung Weingummi aus ihrer Tasche und bot sie Kellie an. »Ich weiß eigentlich gar nicht, was ich für ein Problem habe«, sagte sie. »Heiraten und Kinderkriegen jagen mir totale Angst ein. Ich kann nicht mal darüber nachdenken. Bei der Vorstellung, dass sich jemand vollends auf mich verlässt, möchte ich einfach nur weglaufen. Das habe ich zweifellos von meinem Dad übernommen«, sprach sie ihre Gedanken laut aus.

»Du hast mir noch nie von deinem Dad erzählt. Ist er auch Architekt?« Kellie zündete sich eine Zigarette an und ließ das Seitenfenster herunter, damit der Rauch hinauszog.

Willow lächelte und schüttelte den Kopf. »Nein, er hat nie groß Karriere gemacht. Er ist vorbestraft, deshalb war es schwer für ihn, Arbeit zu finden. Wir hatten nicht viel, als ich ein Kind war. Ich weiß noch, dass meine Mum sich ständig um Geld gesorgt hat, wenn mein Dad nicht da war, deshalb lege ich wahrscheinlich so großen Wert auf meine Unabhängigkeit.« Willow schaute aus dem Fenster, ihre Offenheit überraschte sie selbst.

»Das tut mir leid. Das muss hart gewesen sein«, sagte Kellie mitfühlend.

Willow seufzte. »Für meine Mutter war es schwer. Ich glaube, das hat sie frühzeitig unter die Erde gebracht.«

»Weshalb war dein Vater vorbestraft? Wenn ich das fragen darf.« Kellie fuhr von der Autobahn ab und weiter in Richtung des Zentrums von Brighton.

Willow zögerte und heftete ihren Blick auf einen Radfahrer, den sie gerade überholten. Er war vornübergebeugt, trat heftig in die Pedale und stieß kleine Atemwolken aus, während er versuchte, in der bitteren Kälte voranzukommen. Gegen den Wind ankämpfen, vorankommen, ein harter Kampf: Genauso fühlte sie sich die meiste Zeit.

Sie drehte den Kopf zu Kellie und lächelte nervös: Sie sprach nur selten mit jemandem über ihren Vater, nicht einmal mit Charlie, aber sie spürte eine Art Seelenverwandtschaft. Auch Kellie schien es im Leben nicht leicht gehabt zu haben.

Im Gegenzug dazu war Charlie ein Mensch, für den alles klar geordnet war: In seiner Familie wurde nicht gestritten, alles wurde durchgesprochen und kam zu einem logischen Schluss. Wenn er wüsste, was sie als Kind alles durchgemacht hatte – sie hatte Essen gestohlen, wenn sie vor Hunger nicht schlafen konnte, mit zehn war sie im Nachtbus durch die Stadt gefahren, um ihren Vater in einem der Pubs zu finden, sie hatte die Polizei vor ihrer Haustür über seinen Aufenthaltsort angelogen, weil er betrunken war und sie wusste, dass er sich mit den Beamten prügeln würde –, würde er Bobby hassen, und das wollte sie nicht.

»Vor langer Zeit ist ein kleines Mädchen verschwunden, und er ist der Letzte, der sie gesehen hat. Damals war er noch ein Teenager«, berichtete sie. »Die Polizei dachte, dass er etwas mit ihrem Verschwinden zu tun hätte. Der Druck der Öffentlichkeit, das Mädchen zu finden, war enorm. Sie konnten nichts beweisen, aber da mein Dad der Polizei schon bekannt war, steckten sie ihn in eine echt üble Jugendstrafanstalt. Das hat ihn kaputt gemacht. Seitdem war er immer wieder mal im Gefängnis.«

Sie hatte Charlie noch nie etwas über die Vergangenheit ihres Vaters erzählt oder über das Verschwinden von Alice Hilton. Obwohl Charlie Bobby mehrmals begegnet war, hatte sie immer etwas davon abgehalten, ihm die ganze Wahrheit über ihren Vater zu erzählen, den sie liebte, der sie aber immer wieder tief enttäuschte.

»Das tut mir schrecklich leid für dich, Willow«, sagte Kellie mitfühlend. »Das muss unglaublich schwierig gewesen sein. Eine Studienfreundin hat mir oft von ihrem gewalttätigen Vater erzählt. Sie musste zusehen, wie er ihre Mutter verprügelte, aber dann, an einem anderen Tag, sang er ihr vor, brachte ihr Radfahren bei oder puzzelte stundenlang gemeinsam mit ihr. Man liebt sie trotzdem, obwohl sie im tiefsten Inneren Monster sind, man kann nicht anders.«

»Deine Freundin hat recht«, pflichtete Willow ihr bei. »Meist gibt man sich selbst die Schuld, wenn sie einen im Stich lassen.«

»Also, ich hoffe, er weiß, was für ein Star du bist. Im Büro sprechen alle von dir, Willow. Wie du den Bauantrag durchbekommen hast, war einfach großartig. Mit nicht nur einem, sondern gleich zwei Gebäuden unter Denkmalschutz. Das ist wirklich beeindruckend.«

»Du klingst schon wie Mike. Aber wir sind noch nicht fertig.« Willow biss sich auf die Lippe. »Ich habe meine Seele an den Teufel verkauft, um dieses Projekt durchzukriegen. Ich hoffe nur inständig, dass ich nicht in eine Falle getappt bin.«

»Was meinst du?« Kellie hielt vor dem Architekturbüro und schaltete den Motor aus.

»Ich bin nicht ganz sicher. Heute Morgen kam ich mir irgendwie von Mike benutzt vor. Und eine Frau aus dem Dorf hat etwas erwähnt, was mich nervös gemacht hat.« Willow kaute wieder auf ihrer Unterlippe, als Kellie sie erwartungsvoll ansah. »Anscheinend ist da ein Friedhof neben einem der Häuser, die wir abreißen.«

»Okay.« Kellie runzelte die Stirn. »Hast du eine archäologische Ausgrabung machen lassen?«

»Nein, Mike meinte, das sei nicht nötig. Es sei total unüblich, so etwas zu machen, denn es kostet sehr viel Geld. Das macht man nur, wenn man einen triftigen Grund hat. Normalerweise wartet man ab, was beim Baugrubenaushub ans Licht kommt.« Bei zwei Gelegenheiten hatte sie Mike danach gefragt, und beide Male hatte er abwehrend reagiert und das Thema für unwichtig erklärt.

»Aber wenn da ein Friedhof wäre, müsste er in dem bereits vorhandenen Material zum Gelände auftauchen. Du weißt schon, auf alten Karten, schriftlichen Aufzeichnungen, auf Fotos oder auch im Sterberegister. Und dann müsstet ihr eine Ausgrabung vornehmen«, sagte Kellie.

»Nun, Mike hat eine Geländeanalyse gemacht, das habe ich gesehen. Da war definitiv kein Anzeichen von einem Friedhof.«

»Vielleicht war es kein offizieller Friedhof. Vor einer Weile haben sie bei einem unserer Projekte sterbliche Überreste gefunden. Anscheinend wurden Arme, die sich keine richtige Beerdigung oder keinen Grabstein leisten konnten, oft in der Nähe von Kirchen begraben, aber nicht auf dem eigentlichen Friedhof.«

Willow fühlte Panik in sich aufsteigen. Heute Morgen bei der Besprechung war Mike so großspurig aufgetreten, als wäre der Deal schon besiegelt. »Mist, darüber wird Mike nicht sehr erfreut sein.«

»Hm, vielleicht weiß er schon davon.« Kellie wandte sich ihr zu. »Hat Mike jemanden vom Bauamt oder aus dem Gemeinderat von Lewes zu deinen Treffen mit den Einwohnern von Kingston eingeladen?«, fragte sie.

»Nein, ich glaube nicht. Wieso?« Willow spürte, wie sich ihr Herzschlag beschleunigte.

»Weil Leo und Mike möglicherweise von dem Friedhof

wissen, aber Mike versucht, diese Info geheim zu halten, bis das Projekt beschlossen wurde.«

»Ein Friedhof würde den Bauträger verschrecken, oder?«, fragte Willow nervös.

»Nur ein wenig. Es kostet zehntausend Pfund und einen Monat Zeit, um ein einzelnes menschliches Skelett aus dem Boden zu holen. Die Ausgrabung eines ganzen Friedhofs könnte also Jahre dauern. Bei so was wollen Bauträger nur noch weglaufen. Nur mal nebenbei gefragt, kennt Mike das Passwort für deine Datei mit dem Bauantrag?«

»Natürlich, warum?«, fragte Willow überrascht.

»Vor der Planungsbesprechung morgen solltest du noch mal nachsehen, ob da drin auch nichts verzeichnet ist, was du nicht kennst.« Kellie stieg aus dem Wagen und öffnete den Kofferraum, um einen Stapel Modellteile der Yew-Tree-Bebauung ins Büro zu tragen.

»Warum sollte Mike dort etwas eintragen, wovon ich nichts weiß? Ihm wird doch klar sein, dass ich das überprüfe?«, hakte Willow nach, als sie den Weg zum Büroeingang zurücklegten.

»Nicht unbedingt. Er verlässt sich darauf, dass seine Leute intern abgegebene Anträge nicht noch einmal durchgehen. Er ist bekannt dafür, dass er bei großen Projekten in letzter Minute etwas hinzufügt – etwa ein paar zusätzliche Wohnungen, von denen die Anwohner nicht begeistert wären. Damit du, wenn du mit den Menschen redest, nicht lügen musst.«

»Aber dieser Antrag ist eng mit meinem Namen verbunden.« Willow starrte Kellie schockiert an. »Hältst du das im Ernst für möglich?« Tränen stiegen ihr in die Augen. »Warum sollte er mir das antun?«

»Dieses Geschäft bringt viel Geld, deshalb will er es so schnell wie möglich durchziehen. Und das geht nicht, wenn da ein Friedhof auf dem Baugelände ist. Er nimmt wahrscheinlich an, dass du sowieso bald das Büro wechseln wirst. Nicht ohne Grund arbeiten bei uns keine Frauen. Die Partner behandeln sie wie Dreck, ihrer Auffassung nach haben wir nur eine sehr begrenzte Haltbarkeitsdauer. Wir bekommen Kinder, kosten sie ein Vermögen während des Mutterschutzes, und wenn wir endlich wieder in den Job zurückkehren, machen wir nie wieder so lächerlich viele Überstunden wie früher.«

»Aber was ist mit Leo Hilton? Er muss davon wissen – warum hat er nichts zu mir gesagt? Wir haben ein Jahr lang zusammengearbeitet.« Willow wurde rot. Sie fühlte sich wie ein törichtes Schulmädchen.

»Vielleicht ist ihm nicht klar, dass der Deal an dem Friedhof scheitern würde. Oder Mike hat ihm gesagt, dass er dichthalten soll.«

Eine Träne lief Willow über die Wange. »Aber das könnte meine Karriere ernsthaft gefährden. *Blakers Homes* ist einer der größten Bauträger im ganzen Land. Die könnten mich verklagen, oder?«

»Willow, das sind alles nur Vermutungen. Ich könnte mich irren. Aber ich arbeite schon sehr lange hier, und es wäre nicht das erste Mal, dass Mike jemanden von seinen eigenen Leuten reinlegt, um eine Baugenehmigung zu bekommen.«

Als sie die Eingangstür erreicht hatten, schloss Kellie auf, und sie betraten das zweistöckige georgianische Bürogebäude. Als Willow die Treppe in den ersten Stock hinaufstieg, sah sie in Mikes Raum am Ende des Großraumbüros Licht brennen.

Kellie ging zu ihrem Schreibtisch, auf dem sich lauter lose Blätter, Süßigkeitenverpackungen und gerahmte Fotos ihrer Kinder häuften. Sie stellte die Kisten mit den Modellteilen auf dem Boden ab. »Okay, um den Kram kümmere ich mich später. Ich muss noch einen Riesenstapel Rechnungen bearbeiten.«

»Danke, Kellie.« Willow war immer noch ganz schwindelig von ihrer Unterhaltung. »Ich weiß deine Hilfe wirklich sehr zu schätzen. Tut mir leid, dass ich dir den Tag verdorben habe.«

»Kein Problem, daran bin ich gewöhnt.« Kellie zwinkerte ihr zu. »Du solltest genau wissen, was Sache ist, und ein paar Beweise finden, bevor du mit Mike darüber sprichst. Sonst könnte er die belastenden Passagen vor dir verstecken. Mach dich deswegen nicht fertig. Das ist eine steile Lernkurve, dein erstes großes Projekt. Da wird man leicht in etwas hineingezogen. Anfangs weiß man noch nicht, wie's läuft, aber mit den Jahren lernt man, wo der Hase im Pfeffer liegt.«

Kellie setzte ihre Kopfhörer auf und klappte ihren Laptop auf. Willow blieb allein mit ihren Gedanken zurück. Ihr Blick wanderte zu Mikes Büro hinüber. Sie hörte, wie er mit jemandem sprach. Die Stimme klang vertraut, sie erkannte sie sofort. Nachdem sie ein Stück näher gegangen war, vernahm sie Leos Lachen und verspürte das überwältigende Bedürfnis, an die Tür zu klopfen und die beiden wegen des Friedhofs zur Rede zu stellen. Doch wenn Mike etwas vor ihr verbarg, brauchte sie Beweise.

Eine Idee reifte in ihr heran. Sie holte ihr Handy aus der Tasche und öffnete die Audio-App, dann drückte sie auf Aufnahme. Nach ein paar tiefen Atemzügen klopfte sie an die Tür und wartete.

»Herein«, rief Mike.

»Hallo, entschuldigt, wenn ich störe.« Willow hatte ein breites Lächeln aufgesetzt.

»Überhaupt nicht, Willow. Schön, dich zu sehen.« Leo sprang

sofort vom Stuhl auf. »Das hast du toll gemacht heute Morgen. Alle Verträge mit *Blakers Homes* sind unterschrieben. Es fühlt sich an, als hätten wir es geschafft!«

»Ich freue mich schon drauf, morgen bei einem schönen Abendessen darauf anzustoßen«, sagte sie, während ihr Blick von Leo zu Mike huschte. Auf dem Schreibtisch standen Pizzakartons und Coladosen. Willow machte einen Schritt nach vorn und schob ihr Handy unbemerkt unter einen geöffneten Kartondeckel.

Leo nickte und räusperte sich. »Leider muss ich morgen nach der Planungsbesprechung gleich los, sonst verpasse ich den Flug«, sagte er. »Aber Helen und ich werden wiederkommen, um zu sehen, wie die Bauarbeiten laufen. Und dann müssen wir dich unbedingt auf ein paar Drinks einladen, nicht wahr, Mike?«

Mike nickte, das Gesicht zu Stein erstarrt, während Leo aus Nervosität über die angespannte Atmosphäre leise in sich hineinlachte. Willows Magen zog sich zusammen. Das Verhalten der beiden ihr gegenüber hatte sich vollkommen verändert. Sie war ausgestoßen worden, die ganze Kameradschaftlichkeit des vergangenen Jahres hatte sich in Luft aufgelöst. Sie versuchte, ihre aufsteigende Panik zu unterdrücken.

»Nun, ich denke, es ist richtig gut gelaufen. Wie es scheint, sind alle an Bord, jetzt, wo die Baupläne kurz vor dem Abschluss stehen«, sagte sie zu Mike, der den Kopf abwandte. »Ich will euch auch nicht länger aufhalten, ich wollte nur fragen, ob ihr Tee möchtet, ich mache mir jetzt nämlich eine Tasse.« Sie lächelte die beiden unschuldig an.

»Liebend gern, Willow, danke«, sagte Leo.

Mike kniff die Augen zusammen. »Danke, für mich nicht«, erwiderte er höflich.

»Okay, ein Tee kommt gleich.« Noch einmal lächelte sie Leo an, bevor sie sich umdrehte und den Raum verließ. Ihr Handy lag noch immer auf Mikes Schreibtisch, als sie die Tür hinter sich schloss.

Kapitel acht

NELL

Dezember 1969

»Nell, wir verpassen noch den Bus!« Bobby nahm ihre Hand und zog sie mit sich. Sie hörten Molly beim Hühnerschuppen bellen. »Was ist nur mit diesem Hund los? Sie kläfft schon seit Stunden.«

»Mein Bauch tut wirklich weh, Bobby.«

»Komm schon, Nell, du hast nur eine Erkältung.« Bobby stieß eisige Atemwölkchen aus; ihre Schritte knirschten auf dem schneebedeckten Untergrund. »Wir dürfen den Bus nicht schon wieder verpassen, sonst muss ich nachsitzen.«

Nell gähnte laut. Am Vorabend hatte sie sehr lange gebraucht, bis sie endlich eingeschlafen war, weil ihr Husten sich verschlimmert hatte, und dann hatte Christopher, der junge Hahn, sie im Morgengrauen geweckt, und sie hatte ein seltsames Geräusch im Cottage vernommen. Während sie den gedämpften Lauten lauschte, drehte sie sich zu Bobby, der friedlich in seinem Bett schlief. Bei jedem seiner Atemzüge hob und senkte sich seine Decke, ein Anblick, der sie stets tröstete.

Langsam schlug sie ihre Decke zurück und krabbelte aus dem Bett, um mit ihrem Teddybär im Arm herauszufinden, woher das Geräusch kam, das immer lauter wurde. Als sie vorsichtig über die knarzenden Holzdielen auf den Flur ging und versuchte, nicht zu husten, fiel ihr auf, dass ihr Vater nicht in seinem Schlafzimmer war. Sein Bett war leer, aber draußen war es noch dunkel, außerdem hatte er Bobby nicht zum Melken geweckt, daher konnte es noch nicht Morgen sein.

War er letzte Nacht nicht nach Hause gekommen? Sie blieb stehen und horchte aufmerksam auf das Geräusch. Schließlich erkannte sie, dass da jemand weinte. Aber wo? Ihr Instinkt sagte ihr, dass sie besser nicht nach ihrem Vater rief. Wenn er es war, wollte sie ihn nicht in Verlegenheit bringen. Aber sie musste wissen, wo er war, und dass es ihm gut ging.

Während sie dastand und die Ohren spitzte, konnte sie hören, dass er sich bewegte. Schließlich verstummte das Weinen, und er räusperte sich. Es klang so nah, dass sie meinte, ihn berühren zu können, dennoch war er nirgends zu sehen. Sie hielt den Teddy fest im Arm, und ihr wurde heiß, obwohl es eine kalte Nacht war. Eine Gänsehaut überlief sie, als ihr einfiel, dass das ein Geist in den Hausmauern sein könnte oder auch einfach nur ihre Einbildung. Vielleicht war das gar nicht er, vielleicht war er in den Pub gegangen, und sie hörte eine Füchsin draußen vor dem Fenster jaulen. Sie ging zum Ende des Flurs, doch als sie die Treppe hinuntersah, entdeckte sie kein Lebenszeichen. Alle Lichter waren ausgeschaltet. Sie legte sich auf den Boden und hielt ihr Ohr an die Holzdielen. Jetzt hörte sie ihn deutlicher, er summte vor sich hin, eine Melodie, die er manchmal beim Melken der Kühe pfiff. Er war es, zweifellos, aber er schien auf einmal unsichtbar geworden zu sein. Sie lag wie gelähmt da, und der Klang ihrer eigenen Atmung pochte in ihren Ohren.

Plötzlich vernahm sie ein Knarren, und die oberste Stufe begann sich zu bewegen. Sie sprang auf und rannte in ihr Zimmer zurück, schloss die Tür bis auf einen schmalen Spalt, sodass sie noch hinausspähen konnte. Dann beobachtete sie, vollkommen erstarrt, wie sich die Stufe gleich einer Luke öffnete und ihr Vater herauskam. Sie glaubte ihm anzusehen, dass er geweint hatte.

Langsam ließ er die Stufe wieder nach unten sinken, dann ging er in sein Schlafzimmer und schloss die Tür. Nell kroch wieder in ihr Bett, ihr Herz pochte wild, und vor Aufregung drehte sich ihr der Kopf. Ein Geheimversteck unter der Treppe, von dem sie zeit ihres Lebens im Pfarrhaus nicht die leiseste Ahnung gehabt hatte. Sie blickte zu Bobby, der weiterhin schlief. Wusste er davon? Oder hatte ihr Vater diesen Raum ihnen beiden verschwiegen? Was war da drinnen? Und die aufregendste Frage von allen: Konnte sie womöglich ihren kleinen Hund dort lassen, wenn sie tagsüber in der Schule war? Möglicherweise bellte er, aber sobald ihr Dad draußen auf dem Hof arbeitete, kam er nur selten ins Haus zurück. Sie konnte es kaum abwarten, Alice auf der Busfahrt zur Schule davon zu erzählen. Das würde ihrer beider Geheimnis sein. Sie könnten einen Klub gründen und dort ihre Treffen abhalten. Niemand würde davon wissen. Sie brannte darauf, den Raum zu betreten und sich dort umzusehen.

Nell begann wieder zu husten und versteckte sich schnell unter der Decke. Unfähig zu schlafen, wartete sie auf das Schnarchen ihres Vaters im Nebenraum, das sie irgendwann vernahm. Behutsam stieg sie wieder aus dem Bett und trippelte auf Zehenspitzen über den Holzboden bis zur Treppe. Sie starrte die Stufe an, als wäre sie das Tor zu einer magischen Welt. Mit dem Finger fuhr Nell über die Leiste und entdeckte am äußersten Rand eine Art Erhebung aus Messing. Schnell huschte sie zwei Stufen nach unten, und als sie ihren Hals im Mondlicht reckte, sah sie ein kleines Schlüsselloch und daneben, ins Holz geschnitzt, einen kleinen Weidenbaum, genau wie der auf dem Schlüssel, den sie gefunden hatte. Öffnete der Schlüssel dieser Bella das Schloss? Sie lief in ihr Zimmer, hob leise ihre Matratze an, damit Bobby nicht aufwachte, und holte die Dose hervor. Zurück an der Treppe steckte sie den Schlüssel behutsam in das Schloss und drehte ihn um. *Klick*. Und wieder zurück, *klick*! Das Geräusch hallte durchs ganze Haus, und ihr Herz raste vor Angst.

Hatte ihr Vater etwas geahnt von einem Schlüssel, der in einer Blechdose vergraben war? Vielleicht wusste er, wer diese Bella war. Er hatte nichts in der Hand gehalten, er musste einen geheimen Mechanismus kennen, um die Tür ohne Schlüssel zu öffnen. Sie hätte ihn gern danach gefragt, aber das ging nicht, denn dann würde er wissen, dass sie das Versteck kannte. So war es sogar noch besser: Sie hatte einen Schlüssel, den niemand sonst besaß, also konnte sie Snowy dort tagsüber einsperren, ohne dass ihr Vater etwas bemerkte.

Die Angst, entdeckt zu werden, trieb Nell in ihr Zimmer zurück, wo sie im Bett liegend an die Decke starrte. Die Aufregung und ihr Husten hielten sie wach, bis es endlich Morgen wurde und ihr Vater Bobby zum Melken rief.

Als sie nach unten kam, verschwamm ihr vor Müdigkeit alles vor den Augen. Das Porridge war fertig, und in der Ecke knisterte ein Feuer, doch sie hatte keinen Appetit. Ihr Husten war im Laufe der Nacht schlimmer geworden, und jetzt bekam sie kaum noch Luft.

»Geht's dir gut, Nell?« Bobby schenkte ihr ein Glas Wasser ein, das sie dankbar trank.

Alles fühlte sich vertraut an, aber ihr Vater sah traurig aus, mit schwarzen Schatten unter den Augen. Schweigend saß er da, das Ausbleiben seines üblichen Murrens war beunruhigend. Sie dachte an die vergangene Nacht. Nell hatte ihren Vater noch nie weinen gesehen, obwohl sie ihn manchmal dabei überraschte, wie er nach getaner Arbeit lange Zeit aus dem Fenster blickte und leise sagte: »Eure Mutter liebte diese Sonnenuntergänge.«

»Wir müssen auch heute die Milch wegschütten, Junge. Zwei weitere Kühe sind krank geworden, und die schwangere hat letzte Nacht eine Fehlgeburt gehabt.«

»Okay, Dad«, sagte Bobby, der wusste, dass es besser war, nicht zu viele Fragen zu stellen. »War der Tierarzt hier?«

»Ja, er glaubt, dass sie TBC haben, als ob ich das nicht schon wüsste. Dafür hat er mir zehn Schilling abgeknöpft. Er hat den Tieren Blut abgenommen, das wird er untersuchen lassen. Aber auch wir sollten die Milch besser nicht trinken, es ist nicht sicher. Das Problem haben wir uns von der Herde der Hiltons eingefangen.«

»Ich bin sicher, sie wollten nicht, dass das passiert«, sagte Bobby, und Alfie funkelte ihn wütend an.

Dad und Bobby hatten sich oft gestritten, überlegte Nell, während sie ein paar Löffel Porridge hinunterzwang. Bobby konnte es ihm nie recht machen, egal, wie schwer er auch arbeitete, und das nur, weil er häufig Alices Vater auf dem Hof und den Feldern half. Bobby betonte stets, dass er erst seine Arbeit auf ihrem Hof erledigte und dass Richard ihn für seine Mühen bezahlte. Von einem Teil des Geldes kaufte Alfie Lebensmittel, aber Nell wusste, dass Bobby den Rest in seiner Spardose zurücklegte. Häufig nahm er Nell mit, wenn er zur Yew Tree Farm ging, damit sie mit Alice spielen konnte. Und wenn sie dann beide wieder nach Hause kamen, empfing sie ihr Vater mit finsterer Miene. »Wir müssen zusammenhalten, Bobby. Du weißt nicht, wozu diese Familie fähig ist«, sagte er dann und schleuderte wütend irgendetwas durch die Küche.

An dem Morgen war Nells Blick am Poststapel auf dem Tisch hängen geblieben, wo obenauf ein Umschlag mit dem

Wort »Räumungsbefehl« in großen roten Buchstaben lag. Als Bobby ihr fragendes Gesicht bemerkte, legte er einen Finger an seine Lippen.

»Dad, was heißt das, Räu-mungs ... befehl?«, fragte sie aber dennoch und fing wieder an zu husten.

»Nell!« Verärgert verdrehte Bobby die Augen, dann stand er auf und stellte seine Schüssel in die Spüle.

»Richard Hilton versucht, uns aus unserem Zuhause rauszuschmeißen. Aber sein Vater Wilfred – mein Großvater – wollte, dass das Pfarrhaus uns gehört. Deshalb kann er uns nicht verjagen. Ich habe schon mit einem Anwalt darüber gesprochen, und er meint, die Sache sei aussichtsreich. Du musst dir keine Sorgen machen, Nell, wir gehen nirgendwohin. Mich müsste man hier schon mit den Füßen zuerst raustragen.« Alfie zog seine Stiefel an. »Diese Familie interessiert sich nicht im Geringsten für uns. Richard Hilton hat keine Ahnung, was das Wort Loyalität bedeutet.«

»Das ist nicht wahr. Alice ist auch eine Hilton, und sie ist meine beste Freundin. Und wir werden immer beste Freundinnen bleiben.«

»Also, ich denke, es wäre besser, wenn ihr euch im Moment nicht so oft seht. So wie die Dinge liegen.«

Nell starrte ihn entsetzt an und fing heftig an zu weinen.

»Gut gemacht, Dad«, sagte Bobby, als Nell die Hintertür öffnete und zum Stall hinüberlief. Hustend blieb sie vor der schweren Tür stehen. Drinnen kratzte Molly panisch an der Tür, weil sie hinauswollte. Nell musste all ihre Kraft aufbringen, um die Tür zu öffnen, und sofort sauste die Hündin durch ihre Beine ins Freie. Von den Welpen war keine Spur zu sehen, aber irgendwann entdeckte sie Snowy, die zwischen zwei Heuballen versteckt lag. Die anderen Welpen waren nicht mehr in ihrer Höhle im Heu, und Nell dachte, dass Molly sie an einen anderen Ort gebracht hätte. Bobby hatte ihr erzählt, dass Tiere das manchmal mit ihren Jungen machten, damit sie sicher waren. Die kleine Snowy war zurückgelassen worden und zitterte am ganzen Leib.

Die Erinnerung an das vor Kälte schlotternde Hundejunge versetzte Nell einen Stich ins Herz, als Bobby sie jetzt mit sich zog. Sie hatte das jaulende Kleine vom Steinfußboden aufgenommen und ihr etwas übrig gebliebenen Fisch vom Abendessen und etwas Sahne gegeben. Sie konnte sie nicht wieder in den Stall bringen und dort allein lassen, unmöglich.

»Nell James, was ist das da in deiner Tasche?« Schlitternd war Bobby zum Stehen gekommen und blickte entgeistert auf ihren Schulranzen.

»Bitte, Bobby, sag keinem was. Bitte.« In für sie typisch theatralischer Manier fiel Nell auf die Knie und faltete die Hände, als würde sie um ihr Leben flehen.

Langsam öffnete Bobby ihren Schulranzen, und als er hineinspähte, blickten ihm zwei blaue Augen aus einem flauschigen weißen Hundegesicht entgegen.

»Meine Güte, Nell! Du kannst den Hund doch nicht mit in die Schule nehmen.«

»Aber wenn ich Snowy nicht mitnehme, wird sie erfrieren.« Dicke Tränen traten ihr in die Augen, als Nell wieder von einem Hustenkrampf geschüttelt wurde.

Hinter ihnen bellte Molly laut und kratzte an der Tür vom Hühnerstall. »Was hat der verdammte Köter nur?«, fragte Bobby. »Dad wird sie abknallen, wenn sie nicht bald aufhört.«

»O Bobby! Das tut er nicht, oder etwa doch?« Nell begann heftig zu schluchzen, was einen neuen Hustenanfall auslöste.

»Natürlich nicht. Komm, wir bringen deinen Hund zurück in den Stall.«

»Nein! Bobby, bitte nicht. Sie wird sterben, wenn du sie dort lässt.«

»Aber dort ist Snowy bei ihrer Mummy. Molly wird sie wärmen.«

»Nein, das stimmt nicht. Ihre Mummy hat es satt, sich um sie zu kümmern. Als ich vorhin in den Stall gegangen bin, kam Molly herausgerannt. Sie hat sie einfach allein gelassen, und die anderen Welpen habe ich auch nirgends gesehen. Sie waren verschwunden!«

»Was meinst du damit, verschwunden? Sie können nicht weit sein. Wahrscheinlich hat Molly sie fortgebracht.«

»Wir müssen sie finden, Bobby, denn morgen bekommt Alice ihren Hund. Sie redet seit Wochen von nichts anderem!«

Jetzt heulte Molly wie eine Wölfin und kratzte so wild an der Tür zum Hühnerstall, dass diese schon nachzugeben schien. Alfie stand mit hochrotem Gesicht in der Tür des Pfarrhauses und brüllte die Hündin an, sie solle still sein. »Hör auf, Molly!«

»Bobby, ich bin zu müde zum Laufen«, sagte Nell. »Ich fühle mich gar nicht gut. Mir ist so heiß.«

Er seufzte. »Vielleicht solltest du heute nicht zur Schule gehen, wenn es dir so schlecht geht.«

»Nein, schon in Ordnung. Ich will hingehen.« Sie dachte an die Entdeckung, von der sie Alice erzählen wollte. Zusammen würden sie in den geheimen Raum gehen und ihn mit Snowy auskundschaften. Vielleicht schon heute nach der Schule, während Bobby und Dad auf dem Hof arbeiteten, wenn Alices Mutter ihr erlaubte, zum Spielen zu kommen. Sollte Dad ihr verbieten, sich weiterhin mit Alice zu treffen, brauchten sie ein Versteck, mehr denn je.

»Du kannst Snowy nicht mit in die Schule nehmen.« Bobby suchte fieberhaft nach einer Lösung. »Hör zu, ich bringe sie in den Hühnerstall, nur für heute. Dort gibt es eine Wärmelampe, da hat sie es warm. Und heute Abend überlegen wir, was wir tun können.« Er holte das winselnde Hündchen aus dem Schulranzen. »Mach dir keine Sorgen, ich decke sie gut zu. Geh du schon mal den Hügel hinauf, Nell, und halt den Bus für mich an. Ich bin gleich wieder bei dir.«

Nell sah ihm nach, als er zum Hühnerstall ging. Dann nahm sie den Weg den Hügel hinauf, aber es war so furchtbar kalt, und erneut wurde sie von hartnäckigem Husten durchgeschüttelt. Sie war noch keine zehn Schritte gelaufen, da hörte sie Bobby laut rufen. Ihr Kopf hämmerte, als sie sich umdrehte und er aus dem Stall herausgestürzt kam.

»Dad!«, schrie er. Eine panische Angst schwang in seiner Stimme, die Nell noch nie zuvor gehört hatte. Bobby war für gewöhnlich ruhig, leise, genau das Gegenteil von ihr. Augenblicklich wusste sie, dass etwas Schlimmes passiert war.

Wie in Zeitlupe beobachtete sie, wie ihr Dad zum Hühnerstall hinüberlief. Auf zitternden Beinen nahm sie den Weg zurück zum Haus. Schlechte Neuigkeiten erwarteten sie, so viel stand fest. Sie trug einen dicken Schal um den Hals, doch trotz der bitteren Kälte brannte ihre Haut wie Feuer, und sie riss ihn sich vom Leib.

Alice hatte bereits am Ende des Weges auf sie gewartet, nun kam sie direkt auf sie zugelaufen. »Nell, was ist los?« Ihre Haare waren in ordentlichen Zöpfen mit rotem Band zusammengebunden, das zu ihrem gleichfarbigen Mantel passte. Es gab Nell immer einen Stich ins Herz, ihre nett zurechtgemachte Freundin zu sehen. Dann wünschte auch sie sich eine Mutter, die ihr hübsche Anziehsachen kaufte und ihre Haare frisierte.

»Ich weiß nicht, irgendetwas ist mit Molly.«

Nell und Alice schauten zu, wie Bobby aus dem Hühnerstall kam. In den Händen hielt er einen schweren Sack, aus dem Wasser tropfte. Alfie versuchte, ihn zu öffnen, er holte ein Taschenmesser hervor und zerrte damit an der Schnur, die den Sack verschloss. Langsam löste sich das obere Ende der Verschnürung. Mit Panik in den Augen blickte Bobby zu Nell hinüber.

»Bleibt, wo ihr seid. Kommt nicht näher!«, rief er ihnen zu.

»Was ist los?« Nell brach in Tränen aus. Alice nahm ihre Hand und drückte sie fest, aber Nell riss sich los und rannte in Bobbys Richtung, der neben Alfie auf dem Boden kniete. Ihr Vater versuchte immer noch, den Sack zu öffnen.

Sie erreichte die beiden genau in dem Moment, als ihr Vater endlich die Schnur entfernt und den Sack geöffnet hatte. Ein lebloser Welpe purzelte heraus, vollkommen durchnässt. Mit Entsetzen in den Augen wollte Bobby Nell verscheuchen, während ihr Vater voller Schrecken einen Welpen nach dem anderen aus dem Sack holte. Vier weiße, von Wasser durchtränkte Fellknäuel.

Nell wollte schreien, aber es drang kein Laut aus ihrer Kehle.

»Nell, alles in Ordnung?«

Sie drehte sich wieder zu Alice um, die wie angewurzelt stehen geblieben war und sie zutiefst verängstigt ansah. Inzwischen war ihr Bruder Leo aufgetaucht und stand nun mit selbstgefälliger Miene hinter ihr.

»Die Hündchen sind ertränkt worden«, schluchzte Nell.

Alice begann zu weinen. Sie wandte sich ab und griff nach Leos Hand, aber der zog sie weg und unternahm nichts, um seine kleine Schwester zu trösten, die die Tage und Stunden gezählt hatte, bis sie ihren eigenen Hund bekommen würde.

Als Bobby bei Nell ankam, wurde sie wieder von einem Hustenkrampf geschüttelt, heftiger noch als zuvor, bis eine metallische Flüssigkeit ihren Mund füllte. Sie beugte sich vor und weinte vor Angst, als Blut aus ihrem Mund auf den weißen Schnee zu ihren Füßen strömte.

»O mein Gott, Nell«, stieß Bobby hervor und rief sofort laut nach seinem Vater.

»Bobby, was ist los mit mir?« Tränen rannen Nell über die Wangen und vermischten sich mit dem Blut aus ihrem Mund.

»Leo, bring Alice von hier fort, sofort!«, sagte Bobby barsch.

Leo wandte sich angewidert ab und begann, den Hügel hinaufzulaufen, wo der Bus wartete. »Alice, komm jetzt!«, schnauzte er währenddessen seine Schwester an. Er war bereits ein ganzes Stück den Hügel zur Straße hinaufgegangen, als sie sich schließlich umdrehte und ihm folgte. Ihr kleiner Körper wurde von bitterlichem Weinen geschüttelt.

»Bring sie ins Haus, Bobby, ich rufe den Arzt«, sagte Alfie, als er in seinen regenfeuchten Sachen neben ihnen stand.

»Es wird alles gut, Nell«, flüsterte Bobby. Mit tränennassen Augen hob er seine kleine Schwester auf die Arme und trug sie ins Haus.

Kapitel neun

BELLA

Januar 1945

»Mama, bist du das?« Alfies Stimme war kaum mehr als ein Flüstern, als seine blauen Augen ihr funkelnd aus der Dunkelheit des Geheimverstecks des Pfarrhauses entgegenblickten.

»Alfie! Ja, ich bin's. Es tut mir leid, Liebling. Es tut mir so leid.« Sie streckte die Arme aus, als der kleine Junge sich unsicher hochrappelte. Er hielt etwas in den Händen, ein Notizbuch, das auf den Boden fiel, als er hinauskletterte.

Ein stechender Schmerz nahm Bella den Atem, als ihr kleiner Sohn sich schluchzend in ihre Arme warf. Während sie ihr Gesicht in seinem Nacken vergrub, versuchte sie ruhig Luft zu holen und nicht laut aufzuschreien.

»Es tut mir so leid, mein Liebling. So schrecklich leid, dass ich so lange gebraucht habe«, sagte sie atemlos. Er zitterte am ganzen Leib vor Kälte, als sie sich an ihn klammerte.

»Ich dachte, du würdest nicht mehr kommen. Sie haben immerzu nach mir gerufen, damit ich herauskomme.« Tränen schimmerten in Alfies Augen.

»Wer war das? Wer war hier?« Bella drückte ihn fest, als er auf ihren Schoß kletterte.

»Die Polizei und Mr. Hilton. Jeden Abend ist er gekommen, aber ich konnte das Licht seiner Taschenlampe sehen.« Alfie sah zu ihr auf, das Gesicht tränenüberströmt. »Ich dachte, du kommst nicht mehr. Ich wusste nicht, was ich tun sollte.«

»Das hast du gut gemacht, mein Liebling. Ich bin sehr stolz auf dich. Hast du Hunger? Du musst doch kurz vorm Verhungern sein.« Als sie aufstand, überkam sie erneut ein krampfender Schmerz. Sie hielt inne und krümmte sich.

»Was hast du, Mama, bist du krank?«, fragte Alfie erschrocken.

»Mir geht es gut, Alfie. Wir müssen ein Feuer machen. Es ist bitterkalt hier drinnen.« Sie atmete langsamer, als die Schmerzwelle abebbte.

»Werden sie uns dann nicht sehen?«, fragte Alfie ängstlich.

»Das macht nichts. Ich bin jetzt hier. Sie können dich mir nicht wegnehmen, das dürfen sie nicht.«

Wieder schlang er die Arme um sie. »Mama, setz dich hin.« Er half ihr die Stufen hinunter und brachte sie zum Schaukelstuhl neben dem Kamin. Dankbar für einen Sitzplatz, ließ sie sich hineinsinken, als Alfie sich neben sie kniete und ihre Hand ergriff. »Soll ich Feuer machen?«

Bella sah zu der Asche beim Kaminrost. Sicher hatte ihre Mutter dieses Feuer entzündet, als sie zuletzt hier gewesen war. Ihr Blick fiel auf den mit Holz und Zeitungspapier gefüllten Weidenkorb, und sie stellte sich vor, wie ihre Mutter das Holz aus dem Schuppen geholt und Späne für Kaminholz abgehackt hatte. Wie sie Scheite und Späne behutsam aufstellte und sorgfältig das Papier zum Anzünden zusammendrehte.

»Ja, du machst es an, Alfie. Aber zuerst musst du etwas essen.« Lächelnd schaute sie ihm zu, während er das Holz im Kamin zurechtlegte und nach Streichhölzern suchte.

»Das hat Zeit, Mama. Ich hatte Vorräte für einige Tage, und dann erst habe ich mich nachts herausgeschlichen und mir Essen aus der Speisekammer genommen. Nur deshalb konnte ich so lange im Versteck aushalten. Ich wusste, wenn jemand ins Haus kam, weil ich die Autoscheinwerfer durch die blauen Steine in der Wand gesehen hab.«

»Du bist ein kluger Junge, Alfie. Gut gemacht.« Erneut durchströmten Schmerzen Bellas Körper, und sie blickte zu der blutverschmierten Decke, in der Hoffnung, dass Alfie sie nicht entdecken würde.

Alfie beugte sich vor, zündete das Zeitungspapier an, und das Feuer flackerte auf. Wie er es bei seiner Großmutter gesehen hatte, blies Alfie sanft in die Flamme, und augenblicklich wurde der düster-graue Raum von einem warmen Leuchten erfüllt.

»Wo ist Baba?«, fragte er. »Geht es ihr gut? Die Polizei hat sie fortgebracht.«

»Ich habe sie noch nicht besucht, das habe ich mir für morgen vorgenommen«, antwortete Bella, die sich inzwischen sehr schwach fühlte.

»Mama, ich hole dir was zu essen.« Alfie legte eine Decke über sie.

»Nein, Alfie, mir geht's gut. Setz dich zu mir. Ich möchte in deiner Nähe sein.« Sie streckte ihre Hand aus, die Alfie sogleich nahm. Dann setzte er sich zu ihren Füßen und legte seinen Arm über ihre Beine. Sanft strich sie ihm übers Haar, während das Feuer im Kamin knisterte und sie beide wärmte. Bella war so erschöpft, dass sie kaum die Augen offen halten konnte.

»Mama, kann ich mitkommen, wenn du Baba besuchst?«, fragte Alfie leise.

»Natürlich. Ich lasse dich jetzt nicht mehr allein.«

»Baba hat ihr Notizbuch bei mir im Versteck gelassen. Ich habe ein wenig darin gelesen, aber das meiste habe ich nicht verstanden.« Er gähnte laut.

»Darf ich es einmal sehen?«, fragte Bella.

Der kleine Junge stand auf und eilte die Treppe hinauf. Kurze Zeit später war er wieder zurück. »Hier ist es.« Er reichte ihr das Buch.

Es war ein ledergebundenes Notizbuch mit einem Verschlussband in der Mitte, und Bella erkannte es sofort wieder. Auf diesen Seiten machte ihre Mutter sich Notizen zu ihren Patientinnen. Sie nahm es überallhin mit und wollte offensichtlich nicht, dass die Polizei es fand. Bella war tief gerührt, als sie es in den Händen hielt, als spürte sie die Hand ihrer Mutter auf ihrer.

Alfie warf noch einen großen Holzscheit ins Feuer, das laut zischte und knackte. Bella legte das Notizbuch auf den Tisch neben sich und betrachtete ihren Sohn, der seinen Kopf in ihren Schoß gelegt hatte. Mit den Händen fuhr sie durch sein dunkles Haar, während ihr Tränen übers Gesicht liefen. Die Unterleibsschmerzen hatten etwas nachgelassen, und ihr Körper begann sich zu entspannen. Sie war zu Hause, und Alfie war in Sicherheit.

Im Kamin flackerte das Feuer, und als sie einnickte, tauchten Erinnerungen an die Nacht von Alfies Geburt in ihr auf. Tiefe Konzentration hatte sich auf den Zügen ihrer Mutter abgezeichnet, ihre blauen Augen lächelten, ihr dickes Haar fiel ihr vor das sonnengebräunte Gesicht, während sie ihr gut zuredete, tief in den Bauch zu atmen. Auch damals hatte gemütlich ein Feuer in der Ecke gebrannt, als sie an Eli gedacht hatte, von dem sie nicht wusste, ob er überhaupt noch lebte, große Angst ausstand oder Trost gefunden hatte, ob er auf dem Feld kämpfte oder in Gefangenschaft geraten war. Die heftigen Geburtsschmerzen hatten sie überwältigt, aber sie wusste sich in den besten Händen bei Tessa James, der hervorragendsten Hebamme, die es je auf dieser Welt gegeben hatte – das war die Meinung aller Mütter aus der Arbeiterklasse in Lewes.

Eine Art Hochstimmung hatte sie während dieser letzten Momente erfasst, und der Schmerz war nicht mehr wichtig gewesen. Noch eine Wehe, dann war Alfie herausgeglitten. Ein kleines Baby, dessen Geburt am Ende so schnell gegangen war, dass ihre Mutter gar nichts anderes tun konnte, als den winzigen Körper aufzufangen. Beide hatten sich erschrocken zu dem kleinen Jungen gebeugt, der sie erwartungsvoll angeblickt hatte, als wollte er sagen: »Hier bin ich! Kümmert euch um mich!« Tessa hatte seine Atemwege gereinigt, die Nabelschnur abgeklemmt und durchtrennt, dann hatte sie Bella ihren Sohn in die Arme gelegt, so wie sie es schon mit Hunderten anderer Frauen getan hatte. Tessa besaß heilende Hände und ein umfassendes Wissen über Schwangerschaft und Geburt. Das bedeutete, dass sie nur eine Handvoll Babys verloren und Hunderte gerettet hatte.

Und zum Dank für dreißig Jahre – meist unbezahlter – Arbeit wurde sie nun des Totschlags beschuldigt und vor Gericht gezerrt.

Auf Bellas Schoß begann Alfie leise zu schnarchen. Sie war tief erleichtert, dass sie wieder mit ihm zusammen war, doch sie vermisste schmerzlich die Liebe ihrer Mutter. Sie wünschte sich Tee und Brot mit Honig, die Tessa in der Nacht von Alfies Geburt für sie bereitet hatte, sobald er sicher in ihren Armen gelegen hatte. Während sie ihn zärtlich an sich schmiegte und Eli herbeisehnte, damit er seinen wunderhübschen Sohn kennenlernte, beobachtete sie ihre Mutter in der Küche, eine Frau, zweiundzwanzig Jahre älter als sie, die die ganze Nacht auf den Beinen war, um bei der Geburt ihres Enkels zu helfen, und die dennoch vor Energie sprühte, so wie bei jedem Kind, das sie sicher auf die Welt brachte. Dabei hatte sie stets eine lustige kleine Melodie gepfiffen, die sie sich für diese Gelegenheit ausgedacht hatte.

Trotz ihrer Erschöpfung konnte Bella nicht schlafen. Das Bild ihrer Mutter in einer Gefängniszelle, wo sie zweifellos nicht nur Hunger und Kälte, sondern auch düstere Gedanken an ihre Zukunft quälten, verfolgte sie.

Bella musste den Sachverhalt erst noch in Erfahrung bringen, aber sie war sicher, dass ihre Mutter als Sündenbock herhalten musste. Evelyn Hiltons Tod hatte sich ein Jahrzehnt lang angebahnt, ihr Gesundheitszustand war zuletzt fragil gewesen, und Dr. Jenkins hatte als Geburtshelfer Fehler gemacht. Bella hatte miterlebt, wie der Druck auf Tessa mit den Jahren gewachsen war. Eine Lawine des Hasses, ausgelöst von Dr. Jenkins, Father Blacker, dem Gemeindepfarrer, und natürlich von Wilfred Hilton. Diese Männer betrachteten die Geburt eines Kindes als Evas Fluch und das Gebären als schmerzvolle Strafe, die alle Frauen erleiden sollten. Hebammen wie ihre Mutter, die kaum Geld nahmen für ihre Hilfe, die Geburtsschmerzen mit Kräutern, Erfahrung und Meditation linderten, lehnten diese Männer ab, weil sie ihre Aufgabe besser bewältigten als Männer mit einem abgeschlossenen Medizinstudium, die für ihre Pfuscherei einen Monatslohn verlangten.

Ärzte sahen eine Geburt als Krankheit an, die behandelt werden musste. Mütter sollten ihre Babys auf dem Rücken im Bett liegend entbinden, die Beine in Halterungen hochgebockt, inmitten einer sterilen und beängstigend medizinischen Atmosphäre, in der man der Gebärenden nicht zuhörte, sondern sie tun musste, was ihr befohlen wurde. Die Anzahl von Ärzten, die Geburtshilfe leisteten, wuchs rasant, und Hebammen wie Tessa verübelten ihnen das Eindringen in ihren Tätigkeitsbereich. Die meisten Männer, hatte ihre Mutter berichtet, die als Allgemeinmediziner anfingen, hatten nur eine sehr vage Vorstellung von einer normal verlaufenden Geburt, ganz zu schweigen von Komplikationen. Sie lernten aus bitterer Erfahrung, indem sie Mütter und Babys zu Tode kommen ließen, die anderenfalls überlebt hätten. Mütter wie Evelyn Hilton.

Doch bei aller Mühe, die Dr. Jenkins sich gab, die Frauen von Lewes zogen Tessa ihm vor, und er nahm ihr das sehr übel. Seit Jahren vertrauten die Schwangeren sich ihr an, sie mochten den Arzt nicht, der kein Einfühlungsvermögen besaß und sehr ungeduldig wurde, wenn er auf die Geburt eines Babys warten musste. Dann setzte er die Geburtszange und andere medizinische Instrumente ein, auch wenn es nicht nötig war, nur damit er schneller nach Hause käme.

Bella hatte Gespräche von Frauen mitangehört, in denen deutlich geworden war, dass sie sich bei Tessa wohler fühlten als bei Dr. Jenkins. Er wusste nicht, wie er eine Mutter während der Wehen beruhigen sollte, oder eine sehr junge Frau, die, selbst kaum erwachsen, tief verängstigt und noch nicht reif für eine Geburt war. Ihnen gegenüber benutzte er medizinische Fachbegriffe, die sie nicht verstanden und die sie lediglich verwirrten.

Bellas Lider wurden schwer, Alfies rhythmische Atemzüge und das warme Feuer lullten sie ein, sie konnte nicht länger gegen die Müdigkeit ankämpfen. Als sie einschlief, spürte sie, dass ihre Mutter neben ihr stand und die Hand nach ihr ausstreckte. Langsam führte Tessa sie zur Haustür des alten Pfarrhauses hinaus, zu dem Feld hinter dem Haus. Der Himmel war rot, es war Vollmond, als sie an einer Hecke entlang zu einer Schwarzen Tollkirsche mit violetten glockenförmigen Blüten und glänzenden schwarzen Beeren gingen, vor denen sie Bella als Kind gewarnt hatte. Jetzt hingegen wandte sie sich ihrer Tochter zu und begann langsam, die Beeren zu pflücken und in Bellas Hand zu legen, während der Himmel am Horizont sich schwarz färbte.

Bella fuhr aus dem Schlaf hoch und stöhnte vor Schmerz, als sich ihre Gebärmutter zusammenzog. Allmählich klang der Schmerz ab, und sie rückte Alfie sanft zur Seite, um einen weiteren Holzscheit in das glimmende Feuer zu legen. Mit einem lauten Knacken loderte es auf, als ein kalter Luftzug durch den Kamin herunterkam. Ihre Arme zitterten vor Anstrengung, als sie den mit Wasser aus dem Brunnen gefüllten Eimer nahm und ihn über das Feuer hängte.

Während sie darauf wartete, dass das Wasser warm wurde, damit sie sich waschen konnte, ging sie zur Haustür und öffnete sie. Die Sonne war aufgegangen und erhellte einen wunderschönen Wintertag, frisch und strahlend. Ihre Mutter liebte solche Morgen. Die Sonne in ihrem Gesicht gab Bella die Kraft, hinauszutreten, und als sie sich auf der Steinbank vor der Tür niederließ, fiel ihr Blick auf die Kette, an der früher im Sommer ihre geliebte Stute Ebony festgemacht war. Sie hatte das Pferd verkauft, bevor sie nach Portsmouth gegangen war. Es hatte ihr das Herz gebrochen, aber sie hatten das Geld dringend gebraucht. Ebony hatte sie Abstand zu sich selbst gewinnen und sie vergessen lassen, wie sehr sie Eli vermisste. An schlechten Tagen hatte sie Alfie in den Sattel gehoben und war mit ihm bis zum Sonnenuntergang übers freie Feld geritten.

Bella blinzelte in das helle Sonnenlicht und blickte in die Ferne zu der Weide und der dahintergelegenen Hecke, wo die Schwarze Tollkirsche stand. Ihre Mutter hatte im Traum zu ihr gesprochen, um ihr mitzuteilen, dass sie lieber sterben würde, als hinter Gittern zu leben. Wenn sie des Totschlags schuldig befunden wurde, wäre sie für den Rest ihres Lebens in einer Zelle gefangen, ohne Zugang zu frischer Luft oder

Sonne, Gras oder Bäumen. Alles, wofür sie lebte, wäre ihr genommen: Blumen, der Strand, das Meer, aber vor allem sie, ihre Tochter Bella und ihr Enkel Alfie. Ein Jahr, vielleicht auch zwei, würde sie überleben, bis sie an gebrochenem Herzen sterben würde. Lieber als das würde Tessa sich selbst das Leben nehmen, auf eine Weise, die es ihr ermöglichte, die Kontrolle zu behalten. Es wäre ihre eigene Entscheidung, sie würde sterben, wie sie gelebt hatte, unabhängig und ohne Angst. Bella wusste nicht, ob sie die Kraft besäße, ihr die tödlichen Beeren auszuhändigen, wenn der Zeitpunkt käme. Doch sie war es ihrer Mutter schuldig, stark zu sein, wenn sie sie darum bat.

Bella hörte dumpfe Schläge, erst weit entfernt, dann lauter, und es war ihr, als vibriere der Boden unter ihren Füßen. Ihr Kopf pochte vor Kälte, ihr Unterleib schmerzte noch, als sie von der Bank aufstand und ein Mann auf einem Pferd auf sie zustürmte. Die Sonne strahlte hell hinter ihm, sodass sie sein Gesicht nicht erkennen konnte, aber sie wusste gleich, dass das Wilfred Hilton auf seinem schwarzen Wallach Titus war, sein Lieblingspferd, das er laut Eli mehr liebte als seine eigenen Kinder.

»Guten Morgen, Miss James«, sagte er und brachte das Pferd zum Stehen. Er war eine eindrucksvolle Erscheinung, groß und schlank, mit grauem Haar und einem dicken Schnurrbart über dem schmalen Mund.

»Sir«, erwiderte sie knapp und sah kurz zu ihm auf.

Wilfred Hilton hatte die gleichen Gesichtszüge wie sein Sohn, dennoch war ihr Auftreten grundverschieden. Während Eli beschwingt mit tänzelnden Schritten daherkam, ging sein Vater geduckt und blickte unentwegt über die eigene Schulter zurück, als würde man sich gleich auf ihn stürzen. Obwohl ihm der größte Teil von Lewes gehörte, legte er stets die

Stirn in Falten wie jemand, der bettelarm war, und hielt immer seinen Stock in der rechten Hand, um alles zu verscheuchen, was ihm in den Weg kam.

Bella konzentrierte sich auf ihre Atmung, damit er ihr Zittern nicht bemerkte. »Sir, meine Mutter ist noch nicht schuldig gesprochen worden. Das hier ist unser Haus. Bitte gehen Sie«, sagte sie mit fester Stimme.

»Das ist es nicht mehr. Das habe ich Ihrer Mutter am Tag von Evelyns Tod mitgeteilt«, erwiderte Wilfred nur.

Sogleich standen Bella Tränen in den Augen. Seit Jahren schon versuchte Wilfred, sie und ihre Mutter loszuwerden, doch Evelyn und Eli hatten ihn immer aufgehalten. Jetzt, wo seine Frau gestorben war, ihr Leichnam kaum erkaltet, hatte er augenblicklich die Gelegenheit ergriffen, sich das Haus zurückzuholen.

Nervosität breitete sich in ihr aus, während sich Wilfred wie ein Prophet des Untergangs vor ihr erhob. Warum hatte er ihrer Mutter befohlen, das Haus zu räumen, wenn er doch wusste, dass Eli nicht damit einverstanden wäre? Der Krieg war beinahe zu Ende, und wenn man den Gerüchten Glauben schenken konnte, dann kehrten die Soldaten bald in ihre Heimat zurück. Aber sie hatte seit Wochen nichts von Eli gehört – sein letzter Brief war im Herbst gekommen –, und plötzlich erfasste sie tiefe Angst. Ihr war klar, warum Wilfred hier war. Sie spürte seinen Blick auf sich, vernahm seine schwere Atmung, als er die Worte aussprach, die das Ende ihrer Welt bedeuteten.

»Eli ist tot. Letzte Woche kam ein Telegramm. Lange Zeit haben deine Mutter und du meine Familie in eurem Bann gehalten, nun ist er gebrochen. Du bist hier nicht mehr willkommen.«

Bella wandte sich ab, um nicht vor den Augen des Mannes

zusammenzubrechen, den sie so sehr hasste. Sie hatte sich keine Grübeleien darüber erlaubt, warum sie nichts mehr von Eli gehört hatte, dazu hatte ihr die Kraft gefehlt. Allein der Gedanke an seine Heimkehr, an ihre bevorstehende Heirat, an das Familienglück mit Alfie und ihren Weggang aus Portsmouth, hatte sie all die schweren Wochen und Monate durchhalten lassen.

Jetzt sagte ihr Wilfred Hilton, dass die Liebe ihres Lebens gestorben sei.

»Der Krieg hat Alfie den Vater genommen. Er ist alles, was Ihnen von Eli noch bleibt. Warum hassen Sie ihn so sehr? Er ist Ihr Enkelkind.« Bella kämpfte gegen die Tränen an, sie weigerte sich, diesem Mann ihren Schmerz zu zeigen, denn er würde sich über ihr Leid freuen.

»Er ist ein Bastard. Ihr wart nie verheiratet. Wie soll ich sicher sein, dass er das Kind meines Sohnes ist? Er sieht genauso aus wie du, mit seinen schwarzen Haaren und den blauen Augen, gar nicht wie mein hellblonder Sohn.« Wilfreds Stimme schwankte leicht, als er von Eli sprach, dann richtete er wieder seinen stechenden Blick auf sie.

Bella funkelte ihn ebenso finster an. »Ich kann nirgendwohin. Mein Dienstherr nimmt mich nicht zurück mit Alfie, und wenn meine Mutter schuldig gesprochen wird, kann sie sich nicht um ihn kümmern. Sie haben mehr als genug. Wenn Sie uns jetzt unser Heim wegnehmen, müssen wir ins Armenhaus, und man wird uns voneinander trennen. Ich flehe Sie an, bitte geben Sie uns noch etwas Zeit.«

»Daran hättest du denken sollen, bevor du meinen Sohn ohne einen Ring am Finger mit in dein Bett genommen hast. Wir geben keine Almosen. Wenn meine Frau euch nicht so freundlich gesinnt gewesen wäre, hättet ihr schon vor Langem auf der Straße gesessen. Ich muss auf meinen Ruf achten. Bei

Nacht und Nebel sehe ich Frauen bei euch ein und aus gehen. Mir ist klar, warum sie herkommen, sie wollen, dass deine Mutter eine Fehlgeburt herbeiführt. Nicht wenige Menschen halten das für Mord. Ich will nichts mehr mit der Hexerei der Familie James zu tun haben, ich will, dass ihr verschwindet.«

Seit ihre Mutter als Hebamme tätig war, hatten Frauen sie angefleht, ihnen zu helfen, ihre Schwangerschaften abzubrechen. Sie wollten die Kinder nicht, oder sie konnten sie schlichtweg nicht ernähren. Meistens lehnte Tessa ab, nur unter extrem belastenden Umständen zog sie eine solche Hilfeleistung in Betracht. Bella erinnerte sich an eine Frau, die von einem anderen Mann schwanger war. Ein Soldat hatte sie vergewaltigt, erzählte sie, und als Tessa sie untersuchte, stellte sie mehrere Scheidenverletzungen fest. Die Frau wollte sich umbringen, wenn Tessa ihr nicht half, falls ihr Ehemann ihr in seinem Zorn nicht zuvorkäme. Dann wären ihre fünf Kinder mutterlos gewesen.

»Es war Elis Wunsch, dass Alfie das Pfarrhaus bekommt, Mr. Hilton. Erlauben Sie uns, bis zur Gerichtsverhandlung hierzubleiben, dann gehen wir, ohne irgendwelche weiteren Umstände zu machen.« Bellas Stimme zitterte, während sie sich die Tränen aus dem Gesicht wischte. Das Betteln tat ihr weh, aber es war die einzige Chance, dass Alfie und sie überlebten. »Sie werden mich nie wiedersehen. Bitte, Sir, Eli hätte es so gewollt.«

Eine lange Pause trat ein, während Wilfred Hilton über ihren Vorschlag nachdachte.

»Ich will dein Wort. Schwör beim Leben deines Sohnes, dass du keinen Besuch empfängst.«

»Sie haben mein Wort.«

»Und ich werde dich nie wiedersehen?«, fuhr er sie barsch an. Bella nickte und zwang sich, ihm in die Augen zu blicken.

»Nun gut, du darfst bis zum Tag der Urteilsverkündung bleiben. Danach möchte ich Sie nie wieder in Kingston sehen, Miss James.«

Seine Worte nahmen Bella das letzte bisschen Kraft, und sie setzte sich wieder auf die Bank, um nicht umzufallen. Im Handumdrehen hatte Wilfred Hilton Alfie und sie vollständig aus seinem Leben gestrichen und ihnen ihr Zuhause, ihre Sicherheit, ihre Freiheit genommen. Alles, weil Eli tot war.

Während sie ihn fortreiten sah, wünschte sie sich, sie könnte zu atmen aufhören, damit alles vorüber wäre. Solange sie konnte, hielt sie die Luft an, bis ihre Lungen zum Zerreißen gespannt waren, bevor sie einen schrillen Schrei ausstieß, der aus ihrem tiefsten Inneren kam. Erschöpft ließ sie sich wieder auf die Bank sinken.

Es begann zu schneien, doch sie blieb sitzen, unfähig, sich zu bewegen. Sie spürte nicht länger ihre Hände, ihr Gesicht oder ihren restlichen Körper. Bald ließ das Zittern nach, und sie hörte nur noch den Gesang ihrer Mutter beim Kräuterpflücken im Garten. Sie war noch ein Kind und saß im hohen Gras, während ihre Mutter neben ihr Tomaten, Stangenbohnen und Spinat anpflanzte.

»Mummy, du bist ganz kalt.« Jetzt vernahm sie Alfies Stimme. »Steh auf, Mummy, setz dich ans Feuer.« Er streckte seine kleinen Hände nach ihr aus. »Weine nicht, Mummy. Dir wird bitterkalt, deine Tränen werden zu Eis.«

Doch sie konnte sich nicht erheben. Ihre Atmung wurde flach, und ihr Herzschlag ging langsamer.

»Mummy, wach auf! Ich brauche dich!«, rief Alfie laut und riss sie aus dem Schlaf. Langsam richtete sie sich auf und blickte sich um, aber es war niemand zu sehen. Auf unsicheren Beinen ging sie ins Haus zurück, wo Alfie schlief, und warf einige Holzspäne auf das Feuer.

Während sie ihren schlafenden Sohn betrachtete, wurde ihr wieder wärmer, und ihre Verzweiflung zerschmolz zu flammendem Zorn. In der Speisekammer fand sie einige Cracker und Honig und begann zu essen. Dann nahm sie den Wassereimer, der über dem Feuer gehangen hatte, und ging in das Schlafzimmer ihrer Mutter hinauf. Mit einem alten Laken wusch sie, so gut es ging, das Blut zwischen ihren Beinen fort. Nachdem sie ihre blutverschmierten Sachen in das Laken gewickelt hatte, zog sie den Rock ihrer Mutter, ihren Pullover und ihre schwarzen Stiefel an und legte sich einen Schal von ihr um die Schultern.

Während sie einen Moment auf ihrem Bett saß, spürte sie, wie die Liebe und die Wärme ihrer Mutter ihr Stärke und Entschlossenheit verliehen. Sie nahm die blutigen Sachen und stieg die knarzenden Treppenstufen hinunter, vorbei an dem geheimen Raum, Alfies sicherem Versteck. Aus einem Korb mit Gartengeräten neben der Haustür nahm sie eine Schaufel und schob dann den Riegel vor der Haustür auf.

Die Sonne schien warm, der neue Tag gab ihr Kraft. Langsam ging Bella zu einer Ecke des Kräutergartens, wo die Erde durch die regelmäßige Pflege ihrer Mutter weich und locker war. Sie kniete nieder und begann zu graben. Unterdessen schweifte ihr Blick immer wieder zur Hecke und der dahinter verborgenen Schwarzen Tollkirsche.

Kapitel zehn

VANESSA

Silvesterabend 1969

Vanessa stieg die Leiter hinauf, steckte ihren Kopf durch die Öffnung und schwenkte ihre Taschenlampe durch den kleinen Raum. Das Baumhaus war leer. Decken, Kissen und Bonbonpapier lagen auf dem Boden verstreut. Eine tiefe Sorge beschlich sie, als sie die Sprossen wieder hinunterstieg.

»Alice, bist du da draußen?«, rief sie und lauschte den Geräuschen der Nacht, während in der Ferne der Pianist zu spielen begann. Während Vanessa auf das Haus zuging, öffnete sich das große Tor, und ein Rolls-Royce fuhr in die Einfahrt. Das Fest begann, die Gäste kamen, und sie war noch nicht einmal umgezogen. Sicher war Alice im Haus, es gab keine andere Erklärung.

Mit eiligen Schritten betrat sie das Haus, schenkte den umherlaufenden Bedienungen aber keine Beachtung, sondern schlüpfte aus ihren Stiefeln und stürmte dann, immer zwei Stufen auf einmal nehmend, die Treppe hinauf in Alices Kinderzimmer. »Alice? Mein Schatz, bist du hier?« Eine Gänsehaut überlief sie, während sie auf die Unordnung im Zimmer ihrer Tochter starrte. Mit wachsendem Unbehagen rannte sie in ihr eigenes Schlafzimmer und nahm ihr Abendkleid von dem samtenen Kleiderbügel.

In der kurzen Zeitspanne, während sie den Reißverschluss

ihres Kleides schloss, sich die Federboa um den Hals legte und ihre Ohrringe ansteckte, wandelte sich ihre anfängliche Verärgerung in tiefe Besorgnis. Richard erschien in der Tür, immer noch wutschnaubend über die Zerreißprobe, der er ausgesetzt gewesen war – die Reparatur der Lichterketten, das Enteisen der Einfahrt, die Verwüstungen des Schneesturms. Nun polterte er im Zimmer umher, und jede seiner Bewegungen ließ sie zusammenzucken.

»Ich muss duschen.« Er ging in Richtung des nebenan liegenden Badezimmers.

»Ich kann Alice nicht finden. Sie war nicht im Baumhaus, und in ihrem Zimmer ist sie auch nicht.« Röte schoss ihr ins Gesicht, als diese Worte ihre Sorge zu einer Tatsache machten.

»Sie wird irgendwo im Haus sein, schau mal in der Küche nach, wahrscheinlich bedient sie sich schon am Buffet für heute Abend.« Richard wandte sich zum Fenster. »Da kommt schon der nächste Wagen. Ich brauche einen Drink, mehr als je zuvor.«

»Leo ist auch noch da draußen im Schnee.« Vanessa fühlte, dass sich ihre Besorgnis nicht mehr legen würde.

»Bitte gerate jetzt nicht in Panik. Alice geht es gut. Ich werde ihr den Hals umdrehen, weil sie dir so viel Sorgen bereitet hat, aber es ist alles in Ordnung mit ihr. Leo ist gleich wieder zurück, dann soll er auf sie aufpassen, und du kannst dich entspannen.«

»Ich wünschte, du hättest Leo nicht mit dem Rad losgeschickt. Dieser vermaledeite Sturm, und jetzt auch noch Alice – ich habe das Gefühl, als wäre das ein schlimmes Omen für diesen Abend. Wo ist sie bloß? Warum versteckt sie sich vor mir? Ich war gar nicht so verärgert über sie, ich habe ihr nur gesagt, dass sie sich anziehen soll. Sie ist wirklich unmöglich!«

»Vanessa!« Richard starrte seine Frau wütend an. »Fang nicht damit an.«

Vanessa schlüpfte in ihre hochhackigen Schuhe, sprühte Chanel N° 5 auf, bevor sie die Tür öffnete. Vom Flur aus blickte sie hinunter in die Eingangshalle, wo zwei Kellnerinnen mit Tabletts voller Champagnergläser auf die Ankunft der Gäste warteten. »Alice! Alice, bitte komm heraus. Du darfst auch deine Latzhose anbehalten, aber bitte komm jetzt sofort heraus.« Sie lief den Flur entlang von einem Zimmer zum anderen, doch hinter allen Türen empfing sie tiefe Dunkelheit.

Als sie die Treppe hinunterging, wurde die Haustür geöffnet. Vanessa strahlte das eintreffende Ehepaar an, doch plötzlich stieg Übelkeit in ihr auf.

»Bill, Olivia, wie schön, euch zu sehen.« Sie trat auf die beiden zu. »Vielen Dank, dass ihr gekommen seid. Du siehst fantastisch aus, Olivia. Und dieser Schneesturm, so etwas gibt's doch gar nicht! Beinahe hätten wir die Feier absagen müssen. Bitte nehmt euch ein Glas Champagner.« Sie beugte sich vor, um beide auf die Wange zu küssen. Ein junger Mann im Smoking nahm ihnen ihre Mäntel ab.

»Danke, Vanessa. Sieh sich einer dein Kleid an! Meine Güte, es ist atemberaubend. So nett von euch, uns einzuladen. Wir freuen uns schon seit Wochen auf diesen Abend.« Olivia griff ein Glas von dem ihr dargebotenen Tablett.

Vanessa warf einen kurzen Blick durch die Eingangshalle, in der Hoffnung, Alice zu entdecken, dann wandte sie sich an eine der Kellnerinnen. »Könnten Sie bitte im ganzen Haus nach meiner Tochter suchen? Sie ist sechs und trägt ein rotes Kleid. Geben Sie mir sofort Bescheid, wenn Sie sie gefunden haben. Wenn sie nicht drinnen ist, nehmen Sie eine Taschenlampe und suchen draußen nach ihr.«

»Ich soll also keinen Champagner servieren?« Die Kellnerin sah leicht erschrocken aus.

»Nein, ich möchte, dass Sie stattdessen meine Tochter finden. Und bitte schnell. Ich bin dann im Salon.«

»Ähm, natürlich, Madam.« Die Kellnerin errötete.

»Ist alles in Ordnung, Vanessa?«, fragte Olivia.

»Ja, wirklich zu dumm, ich kann Alice nirgends finden. Sicher ist sie im Haus, aber sie hat einen Rappel, weil sie das Kleid nicht anziehen will, das ich ihr für die Party besorgt habe.«

Wieder klingelte es an der Tür, und neue Gäste strömten herein. Vanessas Herz flatterte ängstlich, während sie Ehepaar für Ehepaar allein begrüßte. Die ganze Zeit über zog es sie fort von der Eingangshalle, der Drang, nach Alice zu suchen, war übermächtig. Gerade als Richard endlich die Treppe herunterstieg, kam die Kellnerin auf sie zu und sagte kopfschüttelnd: »Tut mir leid, Mrs. Hilton, ich kann sie nirgends finden.«

In diesem Moment schien die Welt um Vanessa herum stehen zu bleiben. Die herzlichen Begrüßungen und freundlichen Gespräche der Partygäste tönten schrill in ihren Ohren, das Klavier, die Stimmen, die Hitze. Sie wandte sich an ihren Mann. »Sie haben Alice nicht gefunden, Richard.«

»Um Himmels willen, Vanessa, wahrscheinlich versteckt sie sich irgendwo im Haus. Sie macht das absichtlich. George, Martha, ich freue mich, euch zu sehen«, begrüßte er die neuesten Gäste und trat einen Schritt vor, um ihnen die Hände zu schütteln.

»Es tut mir leid, Richard, ich muss sie suchen. Irgendetwas stimmt nicht.« Vanessa lächelte ihren Gästen höflich zu und ließ Richard stehen. Mit zügigen Schritten, ihre hohen Absätze klackerten laut auf den Bodenfliesen, ging sie durch die Eingangshalle und rief laut Alices Namen.

Die Küche war voller Dampf, und bei dem Essensgeruch zog sich ihr der Magen zusammen. Eilig lief sie zum hinteren Teil des Hauses und verdrehte sich schmerzhaft den Knöchel, als sie in die Vorratskammer abbog. »Alice!« Nervös machte sie sich an der Hintertür zu schaffen, öffnete sie und trat in den Garten hinaus, wo die Umrisse von Alices Spielzeug in der Dunkelheit zu sehen waren.

»Alice!« Ihre Absätze versanken im matschigen Boden, als sie zum Fahrradschuppen lief. Im Inneren tastete sie vorsichtig um sich, unfähig, etwas zu sehen, bis sie schließlich den Lichtschalter fand. *Klick.* Sie schreckte zurück, während sich ihre Augen mühsam an die Helligkeit gewöhnten. Ihr Magen verkrampfte sich, als sie auf den halb leeren Fahrradständer blickte. Nur zwei Räder, wo gewöhnlich vier waren. Zwei freie Plätze, wo die Räder von Alice und Leo stehen sollten. Ihr Herz begann so heftig zu schlagen, dass sie nur mit Mühe atmen konnte, als sie zurück in den Garten hastete und weiter durch die Pforte neben dem Haus, die zur Auffahrt führte.

Ihr letztes Gespräch mit ihrer Tochter hallte in ihren Ohren wider: *Ich kann Snowy nirgends finden.*

Auf der Einfahrt hatte sich eine Autoschlange gebildet, als sie auf ihren roten hochhackigen Schuhen zur Haustür hastete, wo sie ein Gewirr von Stimmen, Gelächter, Wortfetzen vernahm: *Guten Abend … was für ein schönes Haus … sehr erfreut über die Einladung …* Richard stand an der Tür und begrüßte Gäste. Sie ging direkt auf ihn zu. »Irgendetwas stimmt nicht, Richard. Wir sollten mit dem Auto die Gegend abfahren. Ich glaube, Alice ist Leo zum Pfarrhaus gefolgt, um dort nach ihrem Hündchen zu suchen. Ihr Fahrrad ist nicht im Schuppen.«

»Wovon redest du da? Unsere Gäste kommen gerade, wir können jetzt nicht weg! Um Gottes willen, ist sie wirklich nicht im Garten? Wenn sie Leo hinterhergefahren ist, sind sie zumindest zusammen.« Er versuchte, den Gästen zuzulächeln, von denen ihn einige sorgenvoll anblickten.

»Leo hat wahrscheinlich nicht einmal bemerkt, dass Alice ihm gefolgt ist. Richard, bitte, ich bin wirklich beunruhigt. Irgendetwas stimmt nicht.« Sie vergrub ihre Fingernägel in seinem Arm, den er unsanft wegzog, während er die umstehenden Gäste entschuldigend anlächelte.

»Du machst dir immer viel zu viele Gedanken«, fauchte er sie an. »Du hast gar keinen Grund zur Sorge. Tu mir das jetzt nicht an. Willst du mir den ganzen Abend verderben?«

»Unsere Tochter ist verschwunden, Richard!« Vanessa erhob die Stimme, sodass etliche Gäste sich nach ihr umwandten.

»Ach du meine Güte, Vanessa, das tut mir schrecklich leid.« Eine ältere Frau in einem smaragdgrünen Abendkleid streckte den Arm nach ihr aus. »Wirklich, Richard, wie schrecklich, können wir irgendwie helfen?«

Richard registrierte die vielen erwartungsvollen Gesichter, dann drehte er sich zu dem Kellner hinter ihm. »Könnten Sie und zwei Ihrer Kollegen bitte unser Anwesen nach meiner Tochter Alice durchkämmen? Nehmen Sie Taschenlampen mit. Das Mädchen ist sechs Jahre alt und trägt ein rotes Kleid, ist das korrekt, Vanessa? Ich überprüfe das Haus. Bitte versuch ruhig zu bleiben, Vanessa. Ich bin sicher, es geht ihr gut.«

»Ich gehe zur Straße, vielleicht gibt es dort irgendein Anzeichen von den beiden.« Vanessa unterdrückte nur mühsam ihre Angst, während sie die hohen Schuhe von den Füßen streifte und wieder ihre Gummistiefel anzog.

Auf der Auffahrt stauten sich jetzt die Autos, und die herabfallenden Schneeflocken leuchteten im Scheinwerferlicht. Einige Gäste ließen die Seitenfenster herunter, als Vanessa vorbeihuschte, winkten und begrüßten sie freudig.

Als sie das Ende der Auffahrt erreicht hatte, sah sie Leo und Bobby an der Autoschlange vorbei auf sie zukommen. »Leo! Gott sei Dank.« Eilig lief sie zu ihm, rutschte aus und stürzte sich nach Halt suchend auf seinen Lenker. »Leo! Wo ist Alice? Hast du sie gesehen? Sie könnte dir auf dem Rad zum Pfarrhaus gefolgt sein.«

Leo blickte sie an, sein Gesicht war wie erstarrt, seine Ohren und Nase rot vor Kälte. »Nein, ich habe sie nicht gesehen. Was ist los, Mum?«

»Bist du sicher? O Leo, wo ist sie nur?« Vanessa versuchte, sich nicht von ihrer Panik überwältigen zu lassen, während ihre Augen die Rasenfläche absuchten, wo der Schein mehrerer Taschenlampen durch den Schnee glitt und einige Kellner den Namen ihrer Tochter riefen.

Ihre Beine begannen nachzugeben, als Leo sein Fahrrad fallen ließ und ihr zu einer schneebedeckten Bank half. In dem Moment kam Richard auf sie zugestürzt.

»Wo ist Alice, Leo? Bobby? Ist sie euch gefolgt?«, stieß Richard barsch hervor.

Leo riss die Augen auf angesichts des verzweifelten Chaos, mit dem er plötzlich konfrontiert war. »Ich habe nur Bobby geholt, so wie du es wolltest. Alice habe ich nicht gesehen!« Er zitterte vor Kälte, seine Mütze und Jacke waren weiß vor Schnee.

»Also, im Haus ist sie nicht, und auch nirgendwo auf dem Grundstück. Sie muss euch hinterhergeradelt sein!« Vanessa blickte ihren Sohn durchdringend an. »Ich glaube, sie macht sich Sorgen, dass ihr Hund zurück zum Pfarrhaus gelaufen ist.«

»Sie kann mir nicht gefolgt sein, ich war viel zu schnell für sie«, erwiderte Leo erschrocken.

»Wir haben sie definitiv nicht gesehen, Mrs. Hilton«, fügte Bobby hinzu.

Vanessa spürte, wie sie in sich zusammenbrach und in Hysterie verfiel, während der Schneesturm um sie herum immer stärker wütete. »Du musst nach ihr suchen, Leo! Du musst sie zurückbringen.«

»Ich gehe«, sagte Richard, hob das Rad seines Sohnes auf und knöpfte sich die Jacke zu.

»Wenn Sie auf der Straße nachsehen, gehe ich den Weg durch den Wald zurück, den wir gekommen sind«, sagte Bobby.

Vanessa glaubte, dass ihre Stimme gleich versagen würde. »Was sollen wir nur machen, Richard? Ich weiß es einfach nicht. Wo ist sie?«, flüsterte sie flehentlich ihrem Mann zu, als dieser das Rad herumdrehte. »Es ist so kalt.«

Die Kellner, die Richard auf die Suche nach Alice geschickt hatte, kamen zu ihnen. »Wir haben überall nachgesehen, Mr. Hilton, in den Ställen, im Garten, auf dem ganzen Grundstück. Hier draußen ist sie nicht, und auch nicht im Haus.«

Im Wegfahren warf Richard seiner Frau einen Blick zu. »Ruf die Polizei, Vanessa. Sofort.«

Kapitel elf

VANESSA

Donnerstag, 21. Dezember 2017

»Sienna, wo bist du?« Vanessas Stimme hallte in der Dunkelheit, die beängstigend schnell hereinbrach. Erneut betrat sie den schneebedeckten Rasen und blickte sich um. Der eisige Wind rauschte in ihren Ohren, dennoch hörte sie Helen hinten im Haus nach Sienna rufen, während die Umzugsleute hilflos zusahen, wie sie beide panisch umherliefen. Sie befahl sich, durchzuatmen und ruhig zu bleiben. Sienna war noch nicht lange fort, sicherlich würde sie jeden Moment um die Ecke gerannt kommen. Sie wurde nicht vermisst, sie versteckte sich nur. Es konnte nicht noch einmal passieren.

Sie hörte Reifen knirschen, als sich das Tor öffnete und Leos Volvo in die Auffahrt einfuhr. Der Boden spuckte Kieselsteinchen um ihre Füße wie Silvesterkracher, während der Wagen auf sie zusteuerte. Auf ihrer Höhe hielt Leo an und ließ das Seitenfenster herunter.

»Was machst du hier draußen, Mum? Es ist schon fast dunkel.« Leo runzelte die Stirn. Aus dem Wageninneren strömte Wärme in die kalte Luft im Freien.

»Brauchen Sie Hilfe beim Suchen?«, rief einer der Umzugsmänner.

»Ja, bitte!«, antwortete Vanessa vernehmlich und ignorierte Leo, da sie es nicht fertigbrachte, ihm ins Gesicht zu sehen.

»Sie trägt eine rote Steppjacke.« Sie fühlte, dass sie am ganzen Körper bebte.

»Was ist los, Mum, wen sucht ihr?« Leos Blick huschte erschrocken hin und her.

»Wir können Sienna nicht finden. Sie hat hier draußen im Schnee gespielt.«

»Was? Was meinst du damit, ihr könnt sie nicht finden?« Mit finsterer Miene versuchte er, ihre Worte zu begreifen. »Wie lange sucht ihr denn schon nach ihr?«

»Das weiß ich nicht, noch nicht lange. Helen kam in mein Zimmer, um mich zu fragen, wo sie ist. Ich bin nur hochgegangen, um meine Handschuhe zu holen.« Sie begann zu weinen.

»Mum, schon in Ordnung, sie taucht schon wieder auf. Wir treffen uns am Haus, du musst reingehen, du frierst. Ich gehe sie suchen. Wahrscheinlich hat sie sich nur versteckt.« Er blickte nervös zum Haus.

»Sie war hier draußen beim Spielen. Sie kann nicht weit sein«, sagte Vanessa noch, aber Leo war bereits vors Haus gefahren und aus dem Wagen gesprungen. Tränen verschleierten ihren Blick, und sie keuchte, als Helen wieder vorn aus dem Haus trat. Es kam ihr irreal vor, wie ein Schwarz-Weiß-Film jenes Abends vor fast fünfzig Jahren, mit dem Einbruch der Nacht und dem verschneiten Grund. Leo und Helen unterhielten sich mit verzweifelten Gesten. Es war, als würde sie Richard und sich selbst an jenem Silvesterabend beobachten. Als wäre sie in der Zeit zurückgereist.

Das hier kann nicht wirklich passieren, sagte sie immer wieder zu sich selbst.

Als sie das Haus erreichte, hatte Leo seinen Arm um Helens Schulter gelegt. »Ich werde sie finden, Helen, auf jeden Fall«, sagte er gerade, als sein Blick auf die vor Kälte zitternde Vanessa fiel.

»Kannst du Mum ins Haus begleiten, Helen?«, fragte er noch, bevor er, laut nach Sienna rufend, einmal außen ums Haus lief.

Unter Schluchzen kam Helen auf Vanessa zu, nahm ihren Arm und führte sie in die Küche. Die Wärme des Herdes schlug Vanessa entgegen, als Helen einen Stuhl vor den Ofen zog, damit sie sich setzte. Die Umzugshelfer wirkten leicht überrascht und unschlüssig, was sie tun sollten. Helen nahm Vanessa den Mantel ab und legte eine Decke über ihre Beine.

»Es tut mir leid«, sagte Vanessa leise. »Ich habe nur meine Handschuhe geholt.«

»Du bleibst hier!« Helens Tonfall war ungewohnt barsch.

Vanessa blieb sitzen und starrte auf den Fußboden. Die Stimmen und Geräusche um sie herum waren wie Nadelstiche, doch sie war unfähig, das Geschehen zu verarbeiten.

»Sienna!«, hörte sie Helen erneut rufen, diesmal draußen vor dem Fenster. »Sienna, wo bist du? Wenn du dich versteckst, komm bitte sofort heraus. Das ist nicht lustig. Mummy und Daddy machen sich große Sorgen.«

Die Zeit begann zu verschwimmen, als es draußen vollends dunkel wurde. Man brachte ihr eine Tasse Tee und zog ihr Hausschuhe an, während verschiedene Stimmen weiterhin laut und durchdringend nach ihrer Enkelin riefen. Sie wusste nicht, wie lange sie schon dagesessen hatte, als plötzlich die Küchenlampen eingeschaltet wurden. Das grelle Licht ließ sie zusammenzucken.

»Es ist stockdunkel, Leo. Wir müssen die Polizei rufen«, vernahm sie Helens Stimme. »Da draußen ist es eiskalt.«

»Ich gehe mit den Hunden und den Umzugsleuten in den Wald. Vielleicht ist sie hingefallen und hat sich wehgetan.«

»Sie ist sieben, und es schneit die ganze Zeit. Sie könnte

sterben.« Wieder brach Helen in Weinen aus. »Ich weiß nicht, was wir tun sollen. Wo ist sie?«

»Mir kam eben der Gedanke, ob sie vielleicht zu Dorothy gegangen ist?« Leo keuchte.

»Ich habe sie angerufen, da ist sie nicht.«

»Aber bist du da gewesen und hast nachgeschaut? Vielleicht versteckt sie sich in Peters Schuppen oder sonst irgendwo dort. Geh hin und sieh überall nach. Sie war traurig, dass sie Dorothy nicht mehr sehen wird. Mist, wenn das herauskommt, sind wir erledigt.«

»Wovon redest du?« Tränen strömten Helen übers Gesicht, und ihre Augen waren tief gerötet.

»Heute habe ich alle Verträge unterschrieben. Wenn irgendetwas dazwischenkommt und diese Planungsbesprechung morgen nicht stattfinden kann, stecken wir bis zum Hals in Schwierigkeiten. Was ist, wenn die Presse davon Wind bekommt? Dann graben sie die ganze Geschichte mit Alice wieder aus.«

»Das ist mir jetzt völlig egal. Ich gehe zu Dorothy«, erwiderte Helen. »Und wenn sie dort nicht ist, rufe ich die Polizei.« Sie stürzte aus der Küche.

»Mum? Mum?« Leo kniete neben Vanessa. »Wann hast du Sienna zuletzt gesehen? Du hast gesagt, ihr wolltet einen Schneemann bauen?«

»Was?«, fragte sie.

»Du hast Helen erzählt, dass ihr einen Schneemann bauen wolltet, aber dann warst du in deinem Schlafzimmer. Warum bist du reingegangen?«

Vanessa fing an zu weinen. »Ich weiß es nicht. Ich erinnere mich nicht mehr.«

»Um Himmels willen.« Leo erhob sich und lief hektisch im Raum auf und ab. »Hast du sie vom Fenster aus gesehen? Mum? Hast du Sienna vom Fenster aus gesehen?«

Vanessa starrte ihren Sohn an. »Wann?«

Leos Augen füllten sich mit Tränen. »Heute, als du in deinem Schlafzimmer warst. Bevor Sienna verschwand.«

Verzweifelt versuchte Vanessa die Erinnerung zurückzurufen. Sie sah Sienna in der Eingangshalle stehen, wie auf einem Foto. Leos Hin- und Hergerenne machte sie ganz schwindelig. Allmählich stieg die Erinnerung wieder in ihr hoch: Sie hatte etwas gebraucht, sie war ins Haus gegangen, um etwas zu holen … »Ich brauchte meine Handschuhe. Ich bin in mein Zimmer gegangen. Vom Fenster aus habe ich den Mann auf der Auffahrt beobachtet.«

»Welchen Mann?« Leo hatte den Blick fest auf sie geheftet.

»Der Mann, der in deinem Büro war.« Der Nachmittag kam ihr wieder ins Gedächtnis, zufällige Bilder, die in keiner Reihenfolge standen. »Er hatte blaue Augen.«

»Wer war das? Wer war in meinem Büro? War es einer von den Umzugsleuten?«

»Das weiß ich nicht.« Ihre Ohren rauschten, als sie versuchte, an die Begegnung am Nachmittag anzuknüpfen. Ihr Gedächtnis war wie eine verschlossene Tür, für die es hundert Schlüssel gab. »Er trug keine Arbeitsuniform. Als ich ihm gesagt habe, dass es dir nicht recht wäre, ist er rausgekommen. Dann ist er die Auffahrt entlanggestiefelt.«

»In die gleiche Richtung, in die auch Sienna unterwegs war? Zum Baumhaus hin?«

»Er ging zum Tor. Ich glaube, er ist weggegangen. Er war allein, und er wirkte …«

»Wie, Mum? Wie wirkte er?«, fragte Leo ungeduldig.

»Fehl am Platz«, sagte Vanessa schließlich.

»Weißt du noch, wie er ausgesehen hat?«

»Nicht genau, nur noch, dass er diese strahlend eisblauen Augen hatte.«

»Bleib hier im Warmen, Mum. Ich bin bald zurück.« Leo eilte aus der Küche.

Die Haustür fiel krachend ins Schloss. Auch jetzt noch vernahm sie Rufe nach Sienna, aber sie wurden schwächer. In der Küche wurde es kälter, doch sie blieb sitzen, während ihr Tränen über die Wangen liefen. Dann ertönte eine weitere Stimme, eine, die sie nicht erkannte.

»Mrs. Hilton? Können Sie mich hören?« Sie blickte auf zu einem Mann mit dunklen Haaren und Schnurrbart, der einen Stuhl heranzog. »Ich bin Detective Inspector Hatton. Darf ich mich zu Ihnen setzen?«

Vanessa wandte die Augen erst zur Tür, wo Leo stand, die trüben Augen zusammengekniffen, und dann wieder zu dem Polizeibeamten. »Haben Sie sie gefunden?«, fragte sie. »Haben Sie Alice gefunden?«

Kapitel zwölf

WILLOW

Donnerstag, 21. Dezember 2017

Im Wohnzimmer lehnte Willow sich im Sessel zurück und betrachtete ihr Handy mit der aufgenommenen Audiodatei. Als sie mit einer Tasse Tee für Leo in das Büro ihres Chefs zurückgekehrt war, hatte sie sehr überrascht getan, dass sie ihr Handy zuvor auf dem Tisch vergessen hatte, und es schnell in ihre Tasche gesteckt.

Bevor sie nach Hause gefahren war, hatte sie noch einmal ihren Bauantrag auf dem Bürolaufwerk durchgesehen und völlig entsetzt einen unbeschrifteten Ordner gefunden, den sie vorher nicht bemerkt hatte. Darin versteckt war ein Bericht mit der Überschrift »Erdausgrabungsreport«, der ihr noch nie zu Gesicht gekommen war. Dieses Dokument war nicht Teil der Desktoprecherche gewesen, die Mike ihr zu Beginn des Projektes gezeigt hatte. Dabei hatte er ihr glaubhaft versichert, dass er sämtliche bereits veröffentlichte Informationen zu historischen, geologischen und umweltbezogenen Aspekten des Geländes gründlich überprüft hatte. Diesen Ausgrabungsbericht musste Mike hinter ihrem Rücken in Auftrag gegeben haben. Ein gewisser Dr. Edward Crane von *Pre-Construct Archaeology* hatte ihn geschrieben, er war ungefähr zehn Seiten lang. Der letzte Absatz fasste zusammen, dass in fünf verschiedenen Bereichen hinter dem Pfarrhaus die

Schicht direkt unter der obersten Lage Humusboden entfernt worden war – aber es waren keine menschlichen Überreste gefunden worden. Dr. Crane sah keine Veranlassung zu der Annahme, dass der in der Desktoprecherche erwähnte Friedhof von nennenswertem Ausmaß sei. Selbst wenn es dort irgendwelche menschlichen Überreste gäbe, so Crane – und das war bei einem Projekt dieser Größe auf vorher unbebautem Land zu erwarten –, könnten diese ohne Schwierigkeiten ausgegraben werden.

Willows Herz war ins Stocken geraten angesichts dieser Information. *Der in der Desktoprecherche erwähnte Friedhof.* Sie erinnerte sich sehr genau an das strahlende Lächeln, mit dem Mike ihr gesagt hatte, dass die vorab getätigte Geländeanalyse nichts Auffälliges ergeben hatte. Mit zitternden Händen druckte sie den Bericht für sich aus.

Bisher hatte sie nur wenig Erfahrung mit archäologischen Desktopgutachten, aber sie wusste, dass dafür keine Grabungen vorgenommen wurden, sondern es wurden historische Karten und Schriften sowie weiteres Archivmaterial über das Gebiet aus Bibliotheken oder Onlinequellen zusammengetragen. Hätte dort zum Beispiel einmal eine römische Siedlung gestanden oder wären auf dem Baugelände jemals Artefakte gefunden worden, würde der Bericht sie aufführen.

Willow zermarterte sich das Hirn, um sich das Gespräch in Erinnerung zu rufen, das sie mit Mike wegen der Desktopuntersuchung geführt hatte. »Der Bauträger wartet immer so lange, bis das Bauunternehmen das Fundament ausgeschachtet hat, und dann untersuchen sie diese Ausgrabungen auf irgendwelche archäologischen Artefakte hin«, hatte er ihr beiläufig auf ihre Fragen hin erklärt. »Also können sie nicht wissen, ob sich irgendetwas unter der Oberfläche befindet, ehe sie mit dem Erdaushub begonnen haben.«

Jetzt nahm sich Willow erneut den Bericht vor, und beim Lesen stieg Übelkeit in ihr auf. Als sie in das Bauprojekt eingestiegen war, hatte sie Mike darum gebeten, und er hatte ihn ihr ausgedruckt. Doch das Dokument in ihrem Bauantrag war nicht identisch mit dem Ausdruck von damals, in dem mindestens zwei Seiten gefehlt hatten. Auf einer davon war eine Landkarte der Region, datiert von 1895, die hinter dem Pfarrhaus einen kleinen grauen Bereich mit der Bezeichnung »Friedhof« zeigte.

Sie saß an ihrem Bürotisch und fühlte sich völlig überrumpelt. Es war offensichtlich, dass Mike sie ausgetrickst hatte, aber zugleich hatte sie nicht genug in der Hand, um ihn damit zu konfrontieren. Er konnte es einfach leugnen, sich herausreden, dass er ihr mit dem Bericht helfen oder Zeit sparen wollte. Sie brauchte mehr Beweise.

Ihre eigene Naivität, wie bereitwillig sie ihm vertraut hatte, machte sie fassungslos, aber sie hatte keinen Grund gesehen, an seinen Worten zu zweifeln – bis jetzt. Nachdem sie sich bei Mike entschuldigt hatte, dass sie den Nachmittag über zu Hause arbeiten müsse, hatte sie dort als Erstes die zehnminütige Tonaufnahme angehört, in der ihr Chef und ihr Kunde das Projekt diskutierten, an dem sie mit ihnen zusammen ein Jahr lang gearbeitet hatte.

Leo hatte Lobeshymnen auf sie gesungen, wie großartig sie die Gemeinde miteinbezogen habe, besser als gehofft. Mike hatte zugestimmt, dass sie die perfekte Wahl gewesen sei, da sie bei ihrem ersten größeren Projekt den Ehrgeiz besessen habe, sich zu beweisen. Er bezeichnete sie als »formbar« und sagte, dass ihre Charme-Offensive bei den Dorfbewohnern eine gute Ablenkung gewesen sei.

Dann kam das Gespräch auf den Friedhof, und Willows Welt geriet ins Wanken.

»*Blakers Homes* bestehen also wirklich nicht auf eigenen Ausgrabungen, bevor sie unterschreiben?« Leo sprach von dem Bauträger, dem er für fünf Millionen Pfund die Baugenehmigung für die Yew-Tree-Siedlung verkaufen wollte.

»Nein, reguläre archäologische Grabungen kosten Hunderttausende Pfund.« Mikes Stimme war leise gewesen. »So viel Geld würden sie nicht ohne Grund investieren. Ich kenne Ed von *Pre-Construct Archaeology* seit der Uni. Er weiß, wie der Hase läuft, und war einverstanden, nur in den Bereichen zu graben, um die ich ihn gebeten habe. Glücklicherweise war das Areal, das die alte Karte zeigt, nicht da, wo du den Friedhof angegeben hast – der war auf dem benachbarten Feld –, daher konnten wir drum herum arbeiten.«

»Und *Blakers* können uns nicht verklagen?«

»Nein, wir haben ja einen Ausgrabungsbericht erstellen lassen. Sie hätten sich für einen teureren entscheiden können, aber sie wollten nicht hunderttausend lockermachen. Man geht immer ein Risiko ein, wenn man auf unerschlossenem Ackerland baut. Das wissen die. Außerdem läuft der Bauantrag auf Willows Namen. Sollte tatsächlich etwas herauskommen, könnte ich argumentieren, es sei ihr erstes Projekt dieser Art gewesen. Dass sie die Abläufe nicht befolgt hat und mich nicht zur Beaufsichtigung der Arbeit von *Pre-Construct* hinzugezogen hat. Aber dazu wird es nicht kommen.«

»Da würde sie mitmachen, meinst du?«, fragte Leo. »Sie würde für dich lügen?«

»Mit Sicherheit. Ich kenne sie mittlerweile ziemlich gut. Sie macht uns keine Probleme. Sie ist richtig scharf darauf, in dieser Branche vorwärtszukommen. Und selbst wenn sie Schwierigkeiten machen sollte, stünde mein Wort gegen ihres. Ihre Unterschrift steht in dem Bauantrag, der eingereicht wurde. Somit trägt sie die Verantwortung für den Inhalt. Es würde inkompetent aussehen, wenn sie sich dagegen wehrt, und das will sie bestimmt nicht.«

Mehrere Male hatte Willow das Gespräch zurückgespult und erneut abgespielt, sich Notizen gemacht, bis sie es nicht mehr ertragen konnte. Ein ganzes Jahr lang hatte sie Tag und Nacht gearbeitet, um das Projekt durchzubringen. Sie hatte jeden ihrer Kontakte genutzt, sich mit Stadträten und Dorfbewohnern und sogar mit den Eltern ihres Freundes getroffen, jeden, den sie brauchte, umgarnt und sich jede erdenkliche Vorschrift zurechtgebogen, um ihren Bauantrag durchzubringen. Und die ganze Zeit lang hatte sie geglaubt, dass Mike sie respektierte und sie dieses Projekt gemeinsam durchziehen würden. Dabei war alles eine einzige Lüge. Und nicht nur das, Mike und Leo hatten ihren Namen benutzt, um einen Bauantrag zu fälschen, das verstieß gegen das Baurecht und konnte sie ihre Zulassung kosten.

Sie legte ihr Handy weg, wühlte in ihrer Handtasche und zog eine Kopie des archäologischen Desktopgutachtens heraus, dem sie bisher, wenn man Mikes Worten glaubte, nicht ihre volle Aufmerksamkeit geschenkt hatte.

Hoch konzentriert las sie das zwölf Seiten lange Dokument, sehr darauf bedacht, kein Wort zu übersehen. Dann, als sie zur letzten Seite kam, setzte ihr Herz für eine Sekunde aus. Da war ein Foto von einer Metalldose, ungefähr in der Größe einer großen Schmuckschatulle, mit dem Namen *Bella* in schwarzer schräger Handschrift in den Deckel eingebrannt. Daneben ein kleines ledergebundenes Notizbuch. Der Text darunter lautete: *Metalldose, gebundenes Notizbuch, circa 1945. Gefunden April 1987 mit Metalldetektor unter dem großen Weidenbaum auf dem East Field, Yew Tree Estate, nahe dem alten Pfarrhaus. Dose gelagert im Brighton Museum, Notizbuch gelagert im Stadtarchiv Brighton.*

Willow lehnte sich im Stuhl zurück. »Bella«, sagte sie laut vor sich hin. Sie war sich sicher, dass es der Name ihrer Urgroßmutter war, Bella James. Ihre Familie hatte über mehrere Generationen hinweg im Pfarrhaus gelebt, so viel wusste sie, aber immer hatte ihr Vater es schroff abgelehnt, ihre Fragen über die Vergangenheit zu beantworten. Sie erinnerte sich, dass sie einmal nach »Bella James« gegoogelt, aber kein Ergebnis erhalten hatte. Ohne einen Anhaltspunkt und in dem Wissen, dass ihr Vater ihr Tun missbilligen würde, hatte sie schließlich aufgegeben. Beim Anblick der Dose erinnerte sie sich wieder daran, warum sie das Projekt überhaupt angenommen hatte. Das Yew-Tree-Anwesen war eine Fundgrube für ihre Familiengeschichte, und diese Dose war womöglich ein wichtiges Teil dieses Puzzles.

Willow richtete sich im Sessel auf und versuchte, vernünftig über die Angelegenheit nachzudenken. Vielleicht war sie naiv in ihrer Empörung, vielleicht musste man an dem System drehen, um ein Geschäft von solcher Größe abzuschließen. Dass Mike sie angelogen hatte, gefiel ihr nicht, aber auch wenn er gegenüber Leo behauptet hatte, sie gut zu kennen, hatte er doch im Grunde wenig Ahnung von ihren wahren Beweggründen, das Yew-Tree-Projekt anzunehmen. Wenn sie ganz ehrlich zu sich selbst war, dann war Mike nicht der Einzige, der andere getäuscht hatte. Doch er hatte sich die Falsche herausgesucht. Wenn es hart auf hart kam, hatte sie keine Angst, ihn und Leo zur Rede zu stellen und zum Angriff überzugehen. Dafür hatte sie zu viel Arbeit in dieses Projekt gesteckt, als dass sie seine Manipulationen jetzt kampflos hinnehmen würde. Erhobenen Hauptes und hoch konzentriert, nicht in Opfermanier.

Ein Plan nahm Gestalt an. Im Stadtarchiv Brighton, wo das Notizbuch aufbewahrt wurde, lagerten auch die alten Landkarten der Region. Also konnte sie selbst überprüfen, ob der Friedhof hinter dem Pfarrhaus irgendwo eingezeichnet war. Sobald sie diese Information besäße, würde sie Dorothy im Yew Tree Cottage aufsuchen, um mehr über den Friedhof herauszufinden. Vielleicht war er nur klein, ein paar Grabsteine aus zurückliegenden Jahrhunderten, und alle menschlichen Überreste bereits erodiert. Mike und Leo durfte sie nicht konfrontieren, solange die Faktenlage nicht gesichert war, ihr war also nur allzu bewusst, dass sie vor der Planungsbesprechung in knapp vierundzwanzig Stunden an so viele Informationen kommen musste wie nur irgend möglich.

Sie stand auf, um sich ein Glas Wasser zu holen, und atmete gegen den Brechreiz an, bis der sich wieder legte. Den ganzen Morgen über hatte sie nichts Ordentliches gegessen und war vollkommen erschöpft. Sobald diese ganze Angelegenheit vorüber wäre, würde sie ein paar Tage freinehmen, nur schlafen und sich ausruhen.

Ihr Handy piepte, und sie entdeckte eine Nachricht von Charlie. *Hallo, Liebling, schade, dass du nicht beim Essen dabei warst. Hoffe, du bist okay? Sahst müde aus heute Morgen. Nochmals: Gut gemacht! Liebe dich.*

Mit einem matten Seufzer kickte sie ihre hochhackigen Stiefel von sich und ging über den geschliffenen Holzfußboden in ihr Schlafzimmer. Sie musste unbedingt den Blazer und die Bluse, die sie für die Präsentation am Morgen getragen hatte, gegen etwas Gemütliches tauschen. Als sie sich an ihren Frisiertisch setzte und ihr Make-up entfernte, betrachtete sie ihr Spiegelbild. Jeden Tag glich sie mehr und mehr ihrer Mutter: ihr herzförmiges Gesicht, ihre schmalen Lippen, ihr dunkles Haar mit Pony, gerade geschnitten, um ihre Sorgenfalten zu verstecken, auch hierin war sie in den vergangenen Monaten ihrer Mutter immer ähnlicher geworden. Ihre eisblauen Augen allerdings waren die ihres Vaters, intensiv, durchdringend, wie Charlie sie nannte.

Sie sah sich um im Schlafzimmer. Auch wenn sie die Wohnung erst seit einem Jahr besaß, war sie bereits ihr Lieblingsplatz auf der ganzen Welt: ihr Zufluchtsort. Charlie hatte ihr viel beim Renovieren geholfen. Zusammen hatten sie, beschwipst von billigem Cidre, das Schlafzimmer gestrichen. Das schmiedeeiserne Bett hatten sie in einem Antiquitätenladen in North Laine gefunden (und dabei versagt, den Preis runterzuhandeln) und für den Flur Schwarz-Weiß-Fotos von ihren Reisen um die Welt ausgewählt und gerahmt. Sie hatte ihre finanziellen Möglichkeiten bis aufs Äußerste ausgereizt, um die Wohnung in dem viktorianischen Haus im Stadtteil Hove zu erwerben, was bedeutete, dass sie alle Renovierungen selbst vornehmen musste, am Wochenende oder nach der Arbeit. Bisher hatte sie nur das Schlafzimmer geschafft und den Holzfußboden, der von der Küche bis zum Wohnzimmer reichte. Es hatte sie und Charlie fast zwei Monate gekostet, die Dielen zu schleifen, zu glätten und zu ölen, aber sie waren wunderschön geworden. Von der Küche ging ein kleiner Balkon auf einen gemeinsamen Garten hinaus, wo sie oft an Sommerabenden saßen. Sie wusste, dass Charlie gern mit ihr zusammenziehen wollte, aber sie brauchte ihren eigenen Raum, wo sie sich verstecken konnte und nicht lächelnd vorgeben musste, dass es ihr gut ging.

Sie zog ihre Bürokleidung aus und ging hinüber in das hellgrüne Badezimmer, das noch nicht auf ihrer To-do-Liste stand. Nachdem sie in der Dusche das Wasser aufgedreht hatte, wartete sie noch, bis es dampfte, ehe sie sich darunterstellte. Sie spürte, dass sie sich jemandem anvertrauen wollte, aber Charlie war ein Bedenkenträger, und es bestand die Gefahr, dass sie sich nach dem Gespräch mit ihm noch schlechter fühlte. Und mit ihrem Vater konnte sie auch nicht reden, da sie ihm noch nicht gesagt hatte, dass sie an dem Yew-Tree-Projekt für die Hiltons arbeitete – der schlimmste Verrat überhaupt.

Sie schloss die Augen und malte sich das Gesicht ihres Vaters aus, wenn sie ihm reinen Wein einschenkte. Je länger sie darüber nachdachte, desto klarer wurde ihr, dass sie sich der Situation stellen musste. Sie hatte mit dem Teufel getanzt, als sie das Projekt annahm, warum überraschte es sie, dass sie sich verbrannt hatte?

Nachdem sie geduscht hatte, trocknete sie sich ab, rieb ihre müde Haut mit Kakaobutter ein und zog Jeans und einen weichen Kapuzenpulli an. Dann setzte sie sich auf ihr Bett, um sich die Haare zu föhnen, und nachdem sie Charlie zurückgeschrieben hatte, öffnete sie ihren Laptop. Als der Cursor über der Suchmaschine kreiste, fiel ihr wieder die Unterhaltung mit Charlies Mutter ein. *Niemand spricht heute noch über Alice. Die arme Vanessa, es muss die Hölle auf Erden sein, nicht zu wissen, was mit ihr passiert ist.*

Nervös tippte sie ein: *Hilton, Kingston, Lewes.* Erstes Ergebnis war ein Artikel aus der *Lewes Gazette* vom 7. Januar 1970: *Das große ungelöste Rätsel der verschwundenen Alice Hilton.* Unter der Überschrift war ein Schwarz-Weiß-Foto von einem kleinen Mädchen mit Ringellocken und dunklen Schleifen im Haar, das lächelnd in die Ferne blickte. Dasselbe Porträt hing heute noch in der Eingangshalle von Yew Tree Manor, es war zum Symbol für Alices Verschwinden geworden. Willow las weiter:

An einem frostigen Morgen im Januar 1970, eine Woche nach ihrem Verschwinden, legten Hunderte von Freiwilligen für die Suche nach einem sechsjährigen Mädchen einen Tag lang die Arbeit nieder und liefen bis zum

Sonnenuntergang die schneebedeckten Sussex Downs ab. Der Anblick wird im Gedächtnis bleiben, wie die Teilnehmer, jeweils fünfundzwanzig Yards voneinander entfernt, in einer endlos langen Reihe zehn Quadratmeilen durchkämmten. Sie waren Teil eines Suchtrupps, den Detective Inspector Mills von der Polizei in Sussex koordinierte. Äußerst gewissenhaft versuchte jeder Freiwillige, nicht den kleinsten Hinweis zu übersehen, der der Polizei eine Idee vom Verbleib des kleinen Mädchens hätte geben können. »Freiwillige brauchen eine Grundausbildung, ehe sie eine solche Suche durchführen können«, erklärte Detective Inspector Mills, der Einsatzleiter. »Man muss unglaublich vorsichtig und langsam vorgehen. Selbst ein Stofffetzen oder ein Handschuh können Beweisstücke sein, die die entscheidende Wende im gesamten Fall bedeuten.«

Vor einer Woche verschwand die kleine Alice Hilton von der Silvesterparty in ihrem Elternhaus in Kingston near Lewes. Die Suchaktion diese Woche war eine der größten, die England je gesehen hat. Alices Mutter, Vanessa Hilton, klammert sich an die Hoffnung, dass ihre Tochter noch lebt.

»Wir können nicht aufhören zu suchen. Vielleicht liegt sie irgendwo verletzt, hat sich verlaufen oder wird gefangen gehalten. Bitte, wenn Sie am Silvesterabend in der Gegend waren, denken Sie einen Moment nach. Es braucht nur eine einzige Person, die sich an irgendetwas erinnert, das könnte für uns der entscheidende Hinweis sein. Wenn Sie etwas gesehen haben, egal, wie unbedeutend es Ihnen vorkommt, rufen Sie die Einsatzzentrale an.«

Willow scrollte hinunter zu einem Foto von Vanessa und Richard Hilton bei einer Pressekonferenz. Aschfahl, mit weit aufgerissenen Augen und sichtlich verwirrt saßen sie an einem langen Tisch, hinter sich ein großes Schild der *Sussex Police*, vor sich eine Reihe von Mikrofonen. Willow konnte sich die Pressekonferenz lebhaft vorstellen: den blendend weißen Raum, das ohrenbetäubende Klicken der Kameras, die Kakofonie schreiender Journalisten. Der Verfasser des Artikels fuhr, wie üblich, fort, indem er Vermutungen über den Hauptverdächtigen anstellte.

Ein nicht namentlich genannter Zeuge, die letzte Person, die Alice lebend gesehen hat, hilft gegenwärtig der Polizei bei ihren Ermittlungen. Die Polizei bestätigt den Fund eines mit Blut befleckten Taschentuchs, das Alices Blutgruppe aufweist. Wegen dieses aufschlussreichen Fundstücks wird das Verschwinden des Kindes als Kriminalfall behandelt.

Dorothy Novell, eine Frau aus dem Dorf, die sich an der Suche beteiligt hat, sagte unserem Reporter: »Wir sind schrecklich besorgt um Alice. Sie ist ein so süßes Kind, und wir beten alle dafür, dass sie wohlbehalten wieder zurückkommt.«

Detective Inspector Mills dankte allen Freiwilligen des Suchtrupps und bat die Öffentlichkeit, weiterhin wachsam zu bleiben.

Willows Herz schlug schneller, als sie Dorothys Worte zum zweiten Mal las. Vielleicht hatte Dorothy Bobby als Kind gekannt und würde ihr etwas über ihren Vater erzählen, wenn sie sie über den Friedhof befragte.

Sie lehnte sich in ihr Kissen zurück und wandte sich den

weiteren Suchergebnissen zu. Bei einem Artikel vom 14. Juli 1980 war ein Schwarz-Weiß-Foto ihres Vaters als Junge abgedruckt. Die Überschrift lautete *Verschwunden: Alice Hilton – zehn Jahre später.*

Zehn Jahre nach der schicksalhaften Silvesternacht 1969 ist Vanessa Hilton der Wahrheit, was mit ihrer Tochter geschehen ist, noch immer keinen Schritt näher gekommen – trotz ausgedehnter Polizeiermittlungen und unzähliger Arbeitsstunden, die für die Suche nach der kleinen Alice aufgewendet wurden.

»Es ist schwer zu sagen, was schlimmer ist«, sagt Vanessa Hilton, »das Bewusstsein, dass das eigene Kind entführt und getötet wurde, oder aber die Ungewissheit, weil es verschwunden ist und überall sein könnte. Der Gedanke, dass es womöglich Qualen durchlebt, und dennoch niemals eine Antwort darauf zu bekommen. Während das bisschen Hoffnung, das Kind sei am Leben, einem einen Grund zum Weitermachen gibt, kann die mangelnde Aufklärung und das ständige Grübeln einen in den Wahnsinn treiben.«

Willow ging zurück zur Trefferliste und entdeckte einen Artikel aus dem *Lewes Chronicle* vom 8. Februar 1968, dem Jahr, bevor Alice verschwand.

Ein Milchbauer aus East Sussex ist »völlig niedergeschlagen«, nachdem seine Herde Milchkühe wegen der Diagnose Rinder-TBC geschlachtet werden musste.

Richard Hilton aus Kingston near Lewes sagt, sie würden auf dem Hof ganz von vorne anfangen müssen, nachdem die Seuche bei einer Routineuntersuchung entdeckt wurde. Fast die Hälfte der Kühe, die getötet werden mussten, war trächtig, was die Situation noch schwieriger gestaltet.

Dazu Mr. Hilton: »Ich kann das Gefühl nicht beschreiben, eine Kuh sterben zu sehen, die man schon als Kalb aufgezogen hat. Ich war dabei seit dem Tag, an dem diese Tiere geboren wurden. Meine Frau war in Tränen aufgelöst.«

Willow betrachtete das Foto ihres Vaters gegenüber auf dem Kaminsims. Über Alices Verschwinden wusste sie nur sehr wenig, aber es war der gleiche Tag, an dem Bobby und sein Vater nach einem TBC-Ausbruch ihre Herde vernichtet hatten. Als sie den Artikel las, leuchtete es ihr ein, dass die Kühe ihres Großvaters und auch Nell sich wahrscheinlich bei der Herde der Hiltons angesteckt hatten.

Willow seufzte schwer, als sie ihre Unterlagen zusammensuchte, um sie mit ins Archiv zu nehmen. Mikes Betrug ging ihr deshalb besonders nahe, weil das Projekt sie so persönlich betraf. Ein ganzes Jahr lang hatte sie ihrem Vater aus Angst vor seiner wütenden Reaktion nichts erzählt, und jetzt hatte sie sich dennoch die Finger verbrannt. Vielleicht war es Karma, und sie wurde dafür bestraft, ihn hintergangen zu haben. Sie hatte nichts Falsches getan, indem sie das Projekt annahm, aber sie hätte ihm gegenüber offen sein müssen. Es war Zeit, sein Einverständnis einzuholen, damit sie beide nach vorne schauen konnten.

Auf dem Weg zur Wohnungstür entschloss sich Willow, zunächst zum Archiv zu fahren und von dort direkt zur Wohnung ihres Vaters. Sie wählte seine Nummer und musste auf die Mailbox sprechen: »Dad, ich bin es, ich muss etwas mit dir besprechen. Ich komme so gegen sechs vorbei. Vielleicht können wir uns etwas zu essen holen.«

Als sie auflegte, überkam sie erneut Übelkeit, und sie schaffte es gerade noch ins Badezimmer, als das bisschen, das sie an diesem Tag runtergebracht hatte, wieder hochkam. Danach wischte sie sich den Mund ab und ging in die Küche, um sich ein Glas Wasser zu holen. Sicher hatte sie sich einen Infekt eingefangen, sie war völlig erledigt, durfte aber nicht aufgeben. Die Vergangenheit konnte nicht länger warten. Sie nahm ihre Schlüssel, zog ihre Sneaker an und öffnete die Wohnungstür. Bei der Aussicht, ihren Vater zu treffen, erfasste sie Unruhe, aber sie klammerte sich an die vage Hoffnung, dass er nicht ärgerlich, sondern stolz auf sie sein würde und bereit, über sein Leben im Pfarrhaus zu sprechen, über Nell, den Friedhof und ihre Urgroßmutter Bella. Wenn das der Fall wäre, würde ihr eine Riesenlast von den Schultern genommen. Doch das nervöse Flattern in ihrem Magen verriet ihr, dass ihr Vater sie wohl kaum ungestraft davonkommen lassen würde.

Kapitel dreizehn

NELL

Dezember 1969

»Hat sie etwas Flüssigkeit bei sich behalten?«, fragte der Arzt und nahm das Thermometer aus Nells Mund. Nell beobachtete, wie er über seine halbmondförmige Brille angestrengt auf die Skala sah. Er kam ihr sehr alt vor, sein Bart war beinahe weiß, und seine Hand zitterte leicht.

»Seit gestern nicht, soweit ich weiß«, antwortete ihr Vater leise, während Nell aus dem Fenster auf die Wolken schaute, um wieder nach dem Gesicht ihrer Mutter zu suchen.

Sie konnte sich nicht daran erinnern, sich jemals im Leben so elend gefühlt zu haben. Bobby hatte an ihrem Bett gesessen und ihre Hand gehalten, als ihr Vater den Arzt gerufen hatte. Allmählich dämmerte sie weg, wachte wieder auf und schaute aus dem Fenster, wo sie Formen in den Wolken entdeckte – zunächst Tiere, dann langsam, sehr deutlich, ein Gesicht mit einer Nase, einem Mund und langen, fließenden Haaren. Als sie immer intensiver darauf starrte, erschienen eine Hand, eine Faust und fünf Finger, von denen einer sie heranwinkte.

»Bobby, ich kann Mama in den Wolken sehen«, sagte sie.

Danach war sie wieder im Halbschlaf versunken, und als sie erneut aufwachte, stand am Fußende ihres Betts ein Mann mit einem Stethoskop um den Hals. Er flüsterte ihrem Vater etwas zu, der sehr blass und besorgt wirkte.

Jetzt blickte sie auf ihr Bett und stellte sich vor, dass ihre Mutter an ihrer Seite saß, ihr übers Haar strich und ihre Hand hielt. Sie wünschte sich sehnlichst, sie bei sich zu haben. Wie war es möglich, dass sie einen Menschen vermisste, den sie nie gekannt hatte?

Ihr Vater hatte alle Fotos von ihrer Mutter versteckt, aber zwei hatte Nell in seiner untersten Schublade zwischen hineingestopfter Kleidung gefunden. Auf dem einen hatte sie den Kopf etwas zur Seite geneigt, die Augen in Lachfältchen, als habe sie so sehr gelacht, dass ihr der Bauch wehtat. Ihre Augen strahlten, wirkten allwissend und klug. Nell stellte sich vor, dass sie mit ihnen alles ausdrücken konnte, ohne sprechen zu müssen. Ihr Haar fiel in weichen Wellen, lang und blond, und ihre Haut war hell, mit Sommersprossen auf der Nase. Genau wie bei Nell selbst. Sie hatte auf dem Teppich im Zimmer ihres Vaters gesessen und auf das Foto gestarrt, bis ihr die Beine eingeschlafen waren. Dann hatte sie sich das zweite Foto vorgenommen, Mutter und Vater bei ihrer Hochzeit, Wange an Wange tanzend. Ihre Finger waren an dem langen Hochzeitskleid ihrer Mutter entlanggefahren, und sie hatte sich ausgemalt, wie sich der Spitzenstoff anfühlte und beim Tanzen hin und her schwang. Wie ihre Mutter wohl gerochen hatte? Ihren Vater mochte sie nicht nach ihr fragen, aber wann immer sie dazu Gelegenheit hatte, wandte sie sich an Bobby. Er war sieben, als sie starb, daher erinnerte er sich recht gut an sie, wenn auch nicht so klar wie früher. Er beschrieb seine Erinnerungen als Filmszenen, von denen er befürchtete, dass sie mit der Zeit verblassten.

»Als sie noch am Leben war, hat Dad oft gelächelt«, hatte er ihr erzählt. »Ich erinnere mich, dass er mehr gelacht hat. Das Haus fühlte sich anders an, wärmer, gemütlicher. Zum Essen standen Blumen auf dem Tisch, und ich weiß noch, wie wir im Schaukelstuhl am Feuer saßen. Beim Einschlafen hat sie mir vorgesungen. Und sie hat gesagt, sie hofft, dass mein Geschwisterchen ein Mädchen wird. Ich weiß noch, wie sich ihr Bauch mit dir darin bewegt hat.«

»Du gibst mir nicht die Schuld, Bobby, oder?«, hatte Nell gefragt.

»Woran?«

»Dass Mama bei meiner Geburt gestorben ist.«

»Das ist nicht deine Schuld, Nell. Babys zu bekommen ist eine gefährliche Sache. Jeder weiß das.« Bobby versuchte erwachsener zu klingen als ein dreizehnjähriger Junge.

Nell wusste das nicht, und sie bezweifelte auch, dass Bobby sich besser auskannte. Es klang wie etwas, das ihr Vater gesagt hatte, wenn er versuchte, das Thema zu wechseln, und keine weiteren Fragen beantworten wollte. Einmal hatte sie mitbekommen, wie Bobby etwas über die Todesumstände wissen wollte, woraufhin ihr Vater erwidert hatte: »Deine Mutter ist von uns gegangen, mein Sohn. Ich weiß, es ist hart, aber wir müssen es akzeptieren.«

Dr. Browne ergriff wieder das Wort und holte sie damit in die Gegenwart zurück: »Sie muss ins Krankenhaus, Alfred, sie muss an den Tropf. Es geht ihr sehr schlecht.«

»Mir ist so kalt, Dad«, sagte Nell mit klappernden Zähnen. Ein rasselndes Geräusch, als fielen sie alle aus.

»Ihre Decken sind nass, weil sie so viel schwitzt.« Bobby beugte sich über sie, das Gesicht voller Sorgenfalten.

»Ich will nicht ins Krankenhaus!«, jammerte Nell. Sie versuchte, tapfer zu sein, aber es war alles so beängstigend, so seltsam.

»Es ist okay, Nell. Alles wird gut. Wir wechseln wieder dein Nachthemd und machen es dir gemütlich«, sagte ihr Vater.

»Was ist los mit ihr?«, fragte Bobby.

»Da sie Blut hustet, könnte es TBC sein. Wir müssen ein paar Tests machen.« Dr. Browne legte Bobby die Hand auf die Schulter. »Wenn das der Fall ist, wird das Krankenhaus sie zur Behandlung nach Portsmouth ins Mayfield-Sanatorium schicken.«

»Hat sie sich bei der Herde angesteckt?« Bobby blickte seinen Vater verzweifelt an.

Nell beobachtete die kleine Gruppe, die über sie sprach und besorgt zu ihr hinübersah, während sie unter den feuchten Decken zitterte.

»Was meint er, Alfred?«, fragte Dr. Browne.

Ihr Vater schüttelte den Kopf. »Den Kühen ging es schlecht. Der Tierarzt meinte, es sei TBC. Das haben wir uns von den Hiltons eingefangen.«

»Bist du da sicher? Wird er euch entschädigen?«

Alfred schnaubte verächtlich. »Nein, ganz im Gegenteil. Er versucht, uns rauszuwerfen. Er hat alles hier an einen Bauträger verkauft und gräbt den Boden um uns herum auf, bevor wir überhaupt raus sind. Aber wir gehen nicht. Wilfred Hilton hat mir dieses Haus vermacht.«

»Wilfred Hilton, der Vater von Richard?«

»Ja. Richard hat die Tatsache, dass dieses Land mir ebenso gehört wie ihm, immer ignoriert, aber es ist ein Teil von mir, es liegt mir im Blut, und eines Tages werden die Hiltons das akzeptieren müssen.«

»Aber was wird aus mir, wenn Mr. Hilton dich doch dazu bringt, wegzugehen? Kann ich dann nach dem Krankenhaus niemals mehr hierher zurückkommen?« Nells Tränen tropften auf ihr Kopfkissen.

»Wir gehen nirgendwohin«, sagte ihr Vater. »Nur über meine Leiche.«

Dr. Browne räusperte sich. »Sobald ich mit dem Krankenhaus gesprochen und eine Entscheidung getroffen habe, schicke ich einen Krankenwagen. Entweder noch am späteren Abend oder morgen früh. Man wird Nells Lungen röntgen müssen. Lasst sie bis dahin nicht aus den Augen, und ruft mich sofort an, falls es ihr schlechter geht.«

Alfie brachte den Arzt zur Tür und wandte sich dann an Bobby. »Ich muss die Kühe füttern, außerdem ist der Zaun an der oberen Weide schon wieder umgestürzt. Kannst du bei Nell bleiben?«

»Natürlich, aber kommst du alleine klar?«

»Schon gut, Bobby, ich kann ruhig ein bisschen alleine bleiben. Geh nur«, schaltete Nell sich ein und griff unter ihr Kissen, um zu prüfen, ob der Schlüssel noch da war.

»Bist du sicher?«, fragte ihr Vater.

»Ja, ich bin müde. Ich glaube, ich muss ein bisschen schlafen.«

»Okay, wir sind bald zurück.«

Sobald die Schlafzimmertür ins Schloss gefallen war, setzte Nell sich auf, so schnell, dass ihr schwindelig wurde. Einen Augenblick wartete sie noch, um zu husten, schließlich verlieh ihr die Aufregung genügend Energie, um aus dem Bett aufzustehen. Auf wackeligen Beinen ging sie zum Fenster hinüber und blickte hinaus. Ihr Vater und Bobby gingen zum Kuhstall. Sie würden noch für eine Weile fort sein.

Sollte sie am nächsten Morgen ins Krankenhaus kommen, musste sie sich jetzt den Raum ansehen. Vielleicht hatte sie sonst keine Gelegenheit mehr dazu. Sie würde nur einen raschen Blick hineinwerfen, aber nicht hinabsteigen.

Nell spürte eine Welle von Kraft, der Gedanke an den geheimen Raum spornte sie an. Zwar hatte sie sich sehr gewünscht, ihn zusammen mit Alice zu erkunden, aber dazu blieb keine Zeit mehr. Sie würde ihrer Freundin vom Krankenhaus aus schreiben müssen.

Sie holte ihre Taschenlampe und ging langsam den Flur entlang, bis sie die oberste Stufe erreichte, wo der geheime Eingang war, aus dem ihr Vater ein paar Nächte zuvor herausgekommen war. Noch einmal überprüfte sie vom Fenster aus, ob im Kuhstall Licht brannte, dann setzte sie sich hin, fuhr mit dem Finger unter den Rand der Stufe und zog daran. Nichts bewegte sich.

Vielleicht war sie nur zu schwach. Sie versuchte es wieder, ließ dann ihre Finger unter der Stufe entlanggleiten, bis sie einen kleinen Haken fand, ganz versteckt links neben dem Schlüsselloch. Sie zog daran, und mit einem Klick sprang die Stufe auf.

Vorsichtig, leicht schwindelig im Kopf, öffnete sie die Stufe zu einer anderen Welt.

Sie durfte es nicht riskieren, ganz in den Raum hineinzugehen, falls sie ohnmächtig würde, aber es führten zwei Stufen hinunter, und sie ließ sich auf der ersten nieder. Sofort schlug ihr ein modriger, feuchter Geruch entgegen wie von alten Möbeln. Sie rümpfte die Nase, dann leuchtete sie hinein, indem sie die Taschenlampe kreisen ließ.

Es war ein winziger Raum, kaum Platz für die Matratze und die kleine Truhe, die dort stand. Am Fußende der Matratze lag eine Decke. In dem schwachen Lichtkegel war es schwierig, etwas zu sehen, aber anscheinend gab es in der hinteren Wand ein Fenster. Augenblicklich fielen ihr die Glasbausteine auf der Rückseite des Hauses ein, über die sie sich immer gewundert hatte, und sie musste lächeln. Ein Buch lag neben dem Bett, das sie als eines ihres Vaters erkannte, und eine halb volle Whiskyflasche. Offenbar kam er hierher, wenn er traurig war und einen Platz brauchte, an den er sich zurückziehen konnte.

Als sie mit der Taschenlampe umherleuchtete, entdeckte

sie einige an die Wand geschriebene Namen: Clara, Sara, Megan. Wer waren diese Mädchen, und was hatten sie hier gemacht?

Sie fing wieder an zu husten. Sie musste zurück ins Bett – was, wenn sie in Ohnmacht fiele und ihr Vater sie bei seiner Rückkehr am Eingang zu seinem geheimen Versteck liegen sähe? Aber die Truhe war einfach zu verlockend, sie zog sie magisch an. Was war da drin?

Angestrengt horchte sie auf Stimmen von draußen, atmete tief durch und ließ sich dann auf die unterste Stufe nieder. Auch wenn es eng war, bekam sie keine Platzangst: Es war wie eine Höhle, wie Alices Baumhaus. Sie kroch über die Matratze bis zur Truhe, dann öffnete sie mit klopfendem Herzen den Verschluss. So schnell sie konnte, klappte sie den Deckel zurück.

Hauptsächlich lagen alte Zeitschriften und Zeitungen darin, aber als sie mit der Taschenlampe hineinleuchtete, fiel ihr Blick auf etwas in der Ecke: ein ledergebundenes Buch. Sie holte es heraus und schlug es auf der ersten Seite auf: »Tessa James, Notizen« entzifferte sie mühsam, indem sie mit den Fingern die Buchstaben entlangfuhr. Die Schrift war schräg, aber es gelang ihr, aus dem Text, der so aussah, als würden Spinnen über die Seite laufen, einige Wörter herauszuschälen: *Geburt, Baby, stecken geblieben.* Und eine ganze Zeile: *Es gab nichts, was ich hätte tun können.*

Nell hatte keine Ahnung, was sie davon halten sollte. Es ging um Babys – jedes zweite Wort war »Baby« –, aber sie wusste nicht, wieso es ein ganzes Notizbuch über sie gab. Sie blätterte weiter, auf jeder Seite ein neuer Eintrag – März, April, Mai, es ging weiter nach Jahreszahlen: 1942, 1943, 1944 – und noch mehr Wörter, die sie nicht verstand: *Kopflage, Wochenbettdepression, Steißlage, Baby hat sich gedreht.*

Plötzlich wurde die Haustür zugeschlagen, und sie vernahm Stimmen im Erdgeschoss. Bobby und ihr Vater waren im Haus und zogen ihre Stiefel aus. Eilig legte Nell das Notizbuch zurück in die Truhe. Als sie aus dem Versteck kletterte, wartete oben Snowy auf sie. Sie ließ die Klappe herunter und drückte, bis sie sich mit einem Klick schloss. Dann nahm sie das Hündchen hoch und ging auf Zehenspitzen zurück über den Flur. Unten hörte sie ihren Vater telefonieren. Ihr wurde wieder schwindelig, und sie fühlte sich sehr schwach.

»Ja, Doktor, ich verstehe. Wir packen ihr eine Tasche.«

Als sie ins Bett kletterte, fing sie plötzlich wieder an zu husten, die Aufregung ihres Abenteuers machte sich bemerkbar. Sie drückte die junge Hündin an sich, während die ihr das Gesicht leckte. Der Gedanke, dass sie nicht da sein würde, um auf sie aufzupassen, versetzte sie in Panik.

Bobby und ihr Vater erschienen in der Tür. »Das war der Arzt, Kleines«, sagte ihr Vater und hob sie in seine Arme. »Sie haben ein Bett im Brighton Hospital für heute Nacht gefunden.«

Bobby schlang eine Decke um sie, und ihr Vater trug sie die knarzenden Stufen hinunter. An der Haustür hielt er plötzlich inne, und Nell blickte in sein besorgtes Gesicht.

»Hallo, Alice«, sagte er.

Nell drehte ihren schmerzenden Kopf zu ihrer Freundin an der Tür, und ihre Augen füllten sich mit Tränen. Alice sah wie immer schön aus, in ihrem schicken roten Mantel, mit roten Schleifen im Haar.

»Ich wollte nur sehen, wie es Nell geht«, sagte sie leise.

»Ich fürchte, sie muss ins Krankenhaus, Alice«, erklärte Alfie. »Der Krankenwagen kommt gleich.«

»Oh, verstehe. Das tut mir leid.« Ihre Stimme war ganz zittrig, bemerkte Nell.

Bewegungslos standen alle in der Haustür, bis Snowy zu ihren Füßen zu kläffen anfing. Alice bückte sich langsam und hob sie hoch. »Möchtest du, dass ich auf Snowy aufpasse, während du weg bist? Meine Mutter hätte sicher nichts dagegen, weil wir sowieso einen von Snowys Brüdern oder Schwestern bekommen hätten, weißt du noch? Leider geht das jetzt ja nicht mehr«, sagte das kleine Mädchen traurig.

»Wäre das in Ordnung, Daddy? Ich habe mir deshalb schon solche Sorgen gemacht.« Sie war jetzt wieder sehr müde und schmiegte ihren Kopf an die Schulter ihres Vaters.

»Wenn das dein Wunsch ist, Nell«, sagte ihr Vater. »Du musst es uns aber unbedingt sagen, wenn deine Eltern nicht einverstanden sind, Alice.«

Alice nickte, und Nell lächelte ihre Freundin an. »Kann ich ihr noch Auf Wiedersehen sagen?«

Ihr Vater nickte und setzte Nell auf dem Stuhl am Kamin ab. Als Alice das Hündchen auf ihren Schoß setzte, fühlte Nell nach dem Halsband. Wenn ihr Vater einen Schlüssel besaß, um den geheimen Raum abzuschließen, musste Alice ihren bekommen.

Alice stand neben ihr, und weil sie bemerkte, was Nell machte, verstellte sie Bobby und ihrem Vater, die an der Tür warteten, die Sicht.

»Pass wirklich gut auf sie auf, hörst du?«

Alice verfolgte mit aufgerissenen Augen, wie Nell den Schlüssel am Halsband befestigte und es dann Snowy wieder umlegte.

»Natürlich, ich werde sie nicht aus den Augen lassen. Das versprech ich dir.«

»Ich schreib dir, sobald ich kann, damit du weißt, wie es mir geht.« Nell zwinkerte ihrer Freundin zu.

»Nun los, kleine Nell«, sagte ihr Vater, als Nell Snowy an Alice übergab.

Als sie zum Krankenwagen getragen wurde, der in der Nähe ihres Hauses parkte, überkam sie ein seltsames Gefühl. Die Sirenen heulten nicht, aber das Blaulicht war angestellt und tauchte den Boden und die Hecken rundum ebenfalls in Blau. Es war unheimlich, draußen zu sein. Nells Haut fühlte sich wie Papier an, und plötzlich zitterte sie so stark, dass ihr wieder übel wurde. Nachdem die Sanitäter sie im Wagen auf eine Bahre gelegt hatten, stieg ihr Vater dazu und hielt ihre Hand. »Geht es, Nell?«

»Wo ist Bobby? Ich will, dass Bobby mitkommt.« Nell fing an zu weinen.

»Bobby muss hierbleiben und sich um die Kühe kümmern. Er kann dich bald im Krankenhaus besuchen«, sagte ihr Vater, als die Männer schon die Türen schließen wollten.

»Bobby, ich will Bobby bei mir haben!« Nell überfiel Panik bei dem Gedanken, von ihrem Bruder getrennt zu sein. »Bobby!«

Bobby schlüpfte in den Krankenwagen und küsste sie auf die Stirn. »Sei tapfer, Nell. Du bist bald wieder daheim«, flüsterte er, als der Motor ansprang.

»Sieh zu, dass Alice sicher nach Hause kommt und überzeug dich, dass Mrs. Hilton bereit ist, den Hund für ein paar Tage bei sich zu behalten«, wies Alfie ihn an.

Ehe die Wagentüren endgültig zugingen, konnte Nell noch einen Blick auf Alice erhaschen, die tränenüberströmt neben Bobby stand, mit Snowy im Arm, von deren Halsband der verzierte Schlüssel baumelte.

Kapitel vierzehn

BELLA

Januar 1946

Bella zupfte an ihren Fingernägeln herum und blickte auf ihren Verlobungsring mit dem Smaragd an der linken Hand. Normalerweise trug sie ihn nicht, vor allem nicht, wenn sie das Feld hinter dem Pfarrhaus hackte, was sie im letzten Jahr ausgiebig getan hatte, um zu überleben. Sie hatte keine Stelle annehmen können, weil sie Alfie nicht allein zu Hause lassen wollte. Deshalb hatten sie zusammen Gemüse angebaut: Kartoffeln, Stangenbohnen, Kohl, Zwiebeln und Erdbeeren, genauso wie ihre Mutter es in ihrer Kindheit getan hatte. Dann hatten sie am Ende des Weges einen Stand aufgemacht, was ihnen gerade genug Einkommen verschaffte, um Feuerholz, Milch und Brot zu kaufen.

Es war nicht leicht gewesen, der Gerichtsverhandlung beizuwohnen. Jeden Tag hatte sie mit Alfie im Gerichtssaal gesessen und sich die Lügen angehört, die man über ihre Mutter erzählte. Obwohl sie ihr jede Woche geschrieben hatte, mit der Bitte, es sich noch einmal zu überlegen, weigerte sich ihre Mutter, in den Zeugenstand zu treten und sich selbst zu verteidigen. Obendrein hatte der Rechtsanwalt ihrer Mutter es abgelehnt, sich mit Bella zu treffen, und sich geweigert, sie als Leumundszeugin im Prozess ihrer Mutter aufrufen zu lassen. Bella war zur Zeit von Evelyn Hiltons Tod nicht in Yew

Tree gewesen, hatte Mr. Lyons ihr in einem Brief mitgeteilt, und auch fast das ganze davorliegende Jahr nicht. Seiner Ansicht nach würde sie zu emotional auftreten und möglicherweise Dinge sagen, die der Verteidigung ihrer Mutter schaden und schließlich gegen sie verwendet werden könnten.

Doch der Prozess lief nicht gut für ihre Mutter. Alle Sachverständigen stützten Dr. Jenkins' Darstellung des Geschehens, keiner hatte zugunsten von Tessa James ausgesagt. Bella hatte beschlossen, ein letztes Mal das Gespräch mit dem Anwalt ihrer Mutter zu suchen, und dafür die ganze vergangene Woche über täglich in der Polizeiwache gewartet.

Da saß sie auch jetzt mit zitternden Händen. Auf einem Stuhl neben ihr wippte Alfie unruhig mit den Beinen. Sie griff hinüber und legte mit mildem Lächeln ihre Hand auf sein Knie, damit er aufhörte.

»Geht es?«, fragte sie.

Er nickte und sah zum Polizeibeamten, der hinter dem Tresen der Wache in Lewes saß und sie seit fast zwei Stunden ignorierte.

»Ich wünschte, wir hätten hier nicht herkommen müssen«, flüsterte er. »Wenn sie mich nun wegbringen?«

Bella drückte seine Hand. Der letzte Polizist, den Alfie gesehen hatte, hatte seine Großmutter fortgeschafft und dann fast die ganze Nacht über im Haus gelauert, wie ein Beagle, der darauf wartet, dass der Fuchs aus seinem Bau kommt.

»Sie werden dich nicht wegbringen, Alfie. Ich bin deine Mutter, keiner kann dich mir wegnehmen.«

Sie schlug die Beine übereinander und löste sie wieder, um nicht dauernd mit der Fußspitze auf dem Parkett aufzutippen, und schaute zum fünften Mal in genauso vielen Minuten auf die Wanduhr. Es ging schon auf die Mittagszeit zu, bald würde das Plädoyer beginnen. Der Polizist hob den Kopf und blickte sie gereizt über seine Drahtbrille an, wie er es schon Dutzende Male seit ihrer Ankunft getan hatte.

»Braucht Chief Constable Payne noch lange? Ich versuche jetzt schon seit einer Woche, ihn zu erwischen. Heute ist der Schlusstag im Prozess meiner Mutter, und ich muss dringend mit ihrem Anwalt sprechen, den ich hier antreffen kann.«

»Tut mir leid, aber der Chief Constable ist drüben im Gericht. Das könnte noch eine Weile dauern. Ich habe ihn angerufen und ihm mitgeteilt, dass Sie hier sind. Vielleicht versuchen Sie es dort, oder wir machen einen Termin für einen anderen Tag aus«, fügte der Polizist hoffnungsvoll hinzu.

Ich kann an keinem anderen Tag wiederkommen, dann ist es zu spät!, wollte sie am liebsten schreien, aber da sie das nicht weiterbringen würde, erwiderte sie mit einem müden Lächeln: »Ich habe es im Gericht versucht, aber dort sagte man, er sei hier. Schon gut, wenn Sie ihn hier zurückerwarten, werden wir uns eben noch ein wenig gedulden.«

Sie schaute sich im Wartezimmer um, mit seinen zwei unbequemen Holzbänken und den großen georgianischen Fenstern, die auf das Kopfsteinpflaster der Hauptstraße sahen, dann zu dem uniformierten Polizisten, der sie, so gut es ging, mit Nichtachtung strafte. Erneut blickte sie zur Uhr, deren großer Zeiger viel zu schnell vorrückte. Das Zeitfenster, in dem sie ihrer Mutter noch helfen konnte, schloss sich zusehends.

»Miss James?« Ein großer grauhaariger Mann in einem marineblauen Anzug stand plötzlich vor ihr und hielt ihr seine Hand zur Begrüßung hin. »Es tut mir schrecklich leid, dass ich Sie so lange habe warten lassen. Mein Name ist Jeremy Lyons, ich vertrete Ihre Mutter. Wollen Sie bitte mit mir kommen?« Er drehte sich um und ging so schnell davon, wie er gekommen war, wobei seine Stiefelabsätze wie Peitschenhiebe auf dem Parkettboden knallten.

Bella erhob sich, so rasch sie konnte, von der Bank, ergriff Alfies Hand und folgte dem Rechtsanwalt den Flur hinunter.

»Miss James, bitte setzen Sie sich doch. Ich freue mich, Sie kennenzulernen.« Mr. Lyons hatte sie in einen Verhörraum geführt. »Und wer ist dieser junge Mann?«

»Das ist mein Sohn Alfred«, antwortete sie, und der Anwalt zog einen Stuhl für ihn heran.

»Nun, wirklich schön, Sie beide zu treffen, wenn auch unter so bedauerlichen Umständen.« Er lächelte warm, triefend vor Liebenswürdigkeit. »Kann ich Ihnen etwas zu trinken anbieten? Einen Tee vielleicht? Kaum zu glauben, dass es bereits Mittag ist. Wo ist nur die Zeit geblieben? Es wird ja schon bald dunkel.« Er sprang wieder auf, stürzte zu dem kleinen Fenster, um die Jalousie zu schließen, ehe er das Licht anknipste und auf seinen Platz zurückkehrte.

»Nein danke«, sagte Bella leise.

»Ohne Frage ist in Kürze meine Anwesenheit im Gericht erforderlich, denn in nicht mal einer Stunde wird mit dem Plädoyer begonnen. Aber als Ihre Mutter erfahren hat, dass Sie hier sind, hat sie mich gebeten, Sie als Zuhörerin zuzulassen.«

Er sprach so schnell, wie er sich bewegte, und gestikulierte ständig, was gewiss den Eindruck erwecken sollte, dass er ein viel beschäftigter Mann war, der nicht lange aufgehalten werden durfte.

»Ich möchte zu ihrer Verteidigung aussagen, bevor man sie verurteilt«, erklärte Bella.

Einen Augenblick lang starrte Mr. Lyons sie an, dann schüttelte er lächelnd den Kopf. »Ich fürchte, das wird nicht möglich sein. Wir haben schon alle Zeugen angehört. Das ist abgeschlossen.«

»Aber hätte *ich* nicht als Zeugin aufgerufen werden müssen?« Bella sprach betont langsam.

»Zeugin wofür? Sie waren an besagtem Tag nicht vor Ort, Miss James.« Er räusperte sich und lehnte sich in seinem Stuhl zurück.

»Nein, aber es geschieht ein Verbrechen an meiner Mutter. Viele Leute in unserer Gemeinde sind neuerdings sehr stark gegen sie eingenommen. Da braut sich schon seit einiger Zeit ein Sturm zusammen. Und es steckt viel mehr dahinter, als in den Zeitungen berichtet wird, oder vor Gericht.«

»Miss James, ich muss Ihnen sagen, dass es wenig Zweifel daran gibt, dass es Ihre Mutter war, die bei Mrs. Hilton den Dammschnitt vorgenommen hat, der letztendlich zu deren Tod führte.«

»Warum?«, fragte Bella. »Warum zweifelt niemand daran, dass sie es war? Meine Mutter besitzt gar keine medizinischen Instrumente. Sie glaubt daran, dass man bei einer Geburt abwarten soll, bis die Natur ihre Arbeit tut. Nie hätte sie Mrs. Hilton mit einem Skalpell aufgeschlitzt, sodass sie verblutet.«

Mr. Lyons schnaubte. »Warum sagen zwei Menschen, völlig unabhängig voneinander, aus, dass sie genau das getan hat?«

»Mit allem nötigen Respekt, Sir, aber aus deren Sicht leuchtet das ein. Sally, das Dienstmädchen der Hiltons, würde sonst ihre Stelle verlieren, und sie muss an ihre kleine Tochter denken. Und Dr. Jenkins würde man die Approbation entziehen. Es sollte mir gestattet werden, der Jury das Verhalten des Arztes gegenüber meiner Mutter zu schildern. Ich muss für sie sprechen dürfen.«

»Von was für einem Verhalten sprechen Sie denn, Miss James?«

Im Raum war es heiß und stickig. Bella meinte, gleich ohnmächtig zu werden, und ergriff schnell Alfies Hand.

»Dr. Jenkins führt eine Vendetta gegen meine Mutter. Er

will sie aus dem Weg haben, weil Frauen lieber mit ihrer Hilfe entbinden. Der Arzt macht ihnen Angst, denn er schneidet die Mütter auf und zieht ihnen die Babys mit der Geburtszange aus dem Leib.«

Dem Anwalt entglitten die Gesichtszüge. »Es tut mir furchtbar leid, aber dafür ist es absolut zu spät. Und um ganz ehrlich Ihnen gegenüber zu sein, Miss James, ich weiß nicht einmal, ob ich selbst Ihnen glaube. Dr. Jenkins ist ein Mann von untadeligem Charakter und genießt einen makellosen Ruf. Wollte man ihm im Zeugenstand Schaden zufügen, könnte sich das eher gegen Ihre Mutter auswirken als ihr helfen.«

»Makelloser Ruf? Er ist erst vor zwei Jahren in diese Gegend gezogen, fast ohne praktische Erfahrung in der Geburtshilfe. Unter seiner Obhut sind viele Frauen gestorben, die hätten überleben können.«

»Welche Frauen? Davon habe ich bisher noch gar nichts gehört.«

»Weil Sie nicht zugehört haben. Wenn Sie mit mir gesprochen hätten, hätte ich Ihnen die Namen der Ehemänner nennen können, dann hätten Sie sie auffordern können, als Zeugen auszusagen.

Meine Mutter hat fast dreißig Jahre lang in Kingston Kinder auf die Welt geholt. Warum sprechen Sie nicht mit den zahllosen Frauen, deren Leben sie gerettet hat? Warum sollte sie Mrs. Hilton derart aufschlitzen, dass sie verblutet? Wo sie doch in ihrem ganzen Leben bei keiner einzigen Frau einen Dammschnitt vorgenommen hat? Das ergibt keinen Sinn.«

»Weil an dem fraglichen Nachmittag Wilfred Hilton ihr das Pfarrhaus gekündigt hat. Die beiden haben heftig gestritten, und sie hat ihm gedroht, die Geburt seiner Frau mit einem Fluch zu belegen.«

Bella setzte sich zurück, als ihr seine Worte bewusst wurden. In ihren Augen brannten Tränen, die sie ärgerlich wegwischte, als Alfie sich noch fester an ihre Hand klammerte.

»Das ist nicht wahr. So etwas würde sie niemals sagen. Wilfred Hilton äußert sich häufig auf diese Weise über meine Mutter. Sein Urgroßvater hat ein Dutzend Hexen in seinem See ertränkt, etliche von ihnen sollen Hebammen gewesen sein. Er hat sich eingeredet, dass meine Mutter von einer von ihnen abstammt und nur auf Rache aus ist. Ungeachtet der Tatsache, dass sie seinen zwei älteren Söhnen das Leben gerettet hat, von denen einer Alfies Vater ist. Das alles entspringt Wilfred Hiltons Verfolgungswahn, es ist ohne Wert und Wahrheit.«

»Miss James, ich muss zurück ins Gericht.« Der Anwalt erhob sich.

»Bitte, Sir, ich will nicht mit Ihnen streiten oder etwas Unpassendes sagen. Aber ich muss irgendetwas tun.« Bella spürte, dass ihre Stimme bebte, und versuchte, sich zu beherrschen. »Es ist noch nicht vorbei. Ich kann hier nicht nur rumsitzen und auf das Urteil warten.«

»Wir haben immer noch die Möglichkeit einer Begnadigung. Sie können ans Innenministerium schreiben.« Er richtete sein Jackett.

»Sie denken also, dass sie schuldig gesprochen wird?« Jetzt begann Bella zu weinen. Alfie stand auf und schlang seine Arme um sie.

»Miss James, es ist zu spät, um in dieser Sache noch etwas zu unternehmen.«

»Aber ich habe immer wieder versucht, mit Ihnen zu sprechen, das wissen Sie! Sie selbst haben mir vor Monaten geschrieben und meine Bitte, als Zeugin aufzutreten, abgelehnt. Noch ist es nicht vorbei. Noch gibt es kein Urteil. Ich kann nicht verstehen, warum Sie nichts unternehmen, um das Leben meiner Mutter zu retten. Haben die vielen Leben, die Tessa James gerettet hat, denn gar keine Bedeutung? All die Mütter und Babys, denen sie geholfen hat? Warum hat keine von ihnen für sie ausgesagt?«

»Weil sie nicht wollte, dass ich diesen Weg einschlage«, antwortete er.

Fassungslos starrte Bella ihn an. »Warum?«, fragte sie leise.

»Das wollte sie mir nicht sagen, Miss James. Ihre Mutter muss entweder selbst in den Zeugenstand treten, oder sie muss Zeugen für ein Kreuzverhör benennen. Da sie das nicht getan hat und die Beweislage gegen sie spricht, hat sie mir ihre Verteidigung fast unmöglich gemacht.«

»Aber warum sollte sie nicht versuchen, sich selbst zu retten?«

»Ich habe keine Ahnung. Vielleicht können Sie sie selber fragen, wenn sie Ihnen endlich gestattet, sie zu besuchen.«

»Haben Sie sie denn gefragt? Haben Sie sie zu überreden versucht, noch einmal alles zu überdenken? Oder werden Sie von jemandem bezahlt, dem die Inhaftierung meiner Mutter gerade recht kommt? Jemandem wie Wilfred Hilton.«

»Was sagen Sie da?«

»Meine Mutter kann sich keinen Verteidiger leisten.«

»Ich arbeite ehrenamtlich.«

»Ich glaube Ihnen nicht.«

»Miss James, ich denke, Sie sollten vorsichtig sein.« Mr. Lyons sah sie mit vor Wut blitzenden Augen an.

»Warum? Das Schlimmste, was hätte passieren können, ist bereits eingetreten. Jetzt habe ich vor nichts mehr Angst.« Sie spuckte die Worte förmlich aus.

»Nicht einmal davor, Ihren Sohn zu verlieren?«, fragte er langsam.

Bella blickte ihn zornig an. »Wollen Sie mich erpressen?«

»Nein, ich will nur klarmachen, dass Sie sehr erregt sind und ich daher nicht die geringste Absicht habe, Sie in den Zeugenstand zu rufen. Am Ende könnten Sie wegen Missachtung des Gerichts belangt werden, und was würde dann aus Alfie werden?« Er schaute den Jungen an. »Sie sind alles, was er auf der Welt hat.«

»Ich möchte, dass Sie mit dem Richter sprechen, damit ich vor der Urteilssprechung als Leumundszeugin auftreten kann.« Bella rührte sich nicht vom Fleck.

Mr. Lyons blickte auf seine Uhr. »Es tut mir leid, Miss James, ich muss zurück ins Gericht. In zehn Minuten habe ich eine Besprechung mit dem Richter, auf die muss ich mich noch vorbereiten.«

»Und wenn ich mich an die Zeitungen wende? Wenn Sie nicht an meiner Geschichte interessiert sind, sind vielleicht die es«, sagte Bella ruhig. Der Verhörraum war so stickig, dass sie den Schmerz und das Elend all der Menschen zu fühlen glaubte, die vor ihr hier gesessen hatten. Sie musste tief Luft holen, damit der Raum sich nicht vor ihren Augen drehte, als Mr. Lyons sie von der Tür aus empört musterte.

»Das würde ich Ihnen nicht raten, Miss James«, erwiderte er kalt.

»Das habe ich mir schon gedacht. Aber ich habe hier das Notizbuch meiner Mutter, darin hat sie festgehalten, was Wilfred Hilton zu ihr gesagt und womit er ihr gedroht hat. Gar nicht zu reden von Dr. Jenkins und Father Blacker, unserem Gemeindepfarrer, der glaubt, es sei Gottes Wille, dass Frauen bei der Geburt eines Kindes leiden.«

»Keine Zeitung würde das drucken. Mr. Hilton ist ein einflussreicher Mann.«

»Vielleicht, aber eine Menge davon wäre leicht zu beweisen.

Eine große Anzahl von Frauen würde zu Gunsten meiner Mutter aussagen. Nicht, dass Sie sich die Mühe gemacht hätten, auch nur mit einer von ihnen zu sprechen. Ich glaube, die Leute würden mit großem Interesse lesen, dass Sie so leicht aufgegeben haben.«

Lyons trat von der Tür aus wieder auf Bella zu. »Ihre Drohungen gefallen mir überhaupt nicht, Miss James. Sie werden schon bald herausfinden, dass eine Frau Ihrer Klasse wenig Einfluss hat. Ihre Mutter hat mich gebeten, Ihnen das hier zu geben.« Er warf einen kleinen Umschlag vor sie auf den Tisch. Beim Anblick der vertrauten, elegant nach rechts geneigten Handschrift ihrer Mutter bekam Bella weiche Knie.

»Wenn Sie mich jetzt bitte entschuldigen wollen, ich muss zum Plädoyer ins Gericht. Ich nehme an, Sie werden der heutigen Sitzung beiwohnen, obwohl es ratsam wäre, den Jungen nicht mitzunehmen. Hoffentlich lassen sich die Geschworenen lange Zeit für die Beratung, ein rasches Urteil ist nie ein gutes Zeichen. Guten Tag, Miss James. Ich werde Sie wegen eines Besuchstermins bei Ihrer Mutter, der allen Beteiligten zusagt, kontaktieren.«

Als Bella und Alfie in die kalte Januarsonne hinaustraten, versammelte sich bereits eine Menschenmenge vor dem Gerichtsgebäude. Bella fühlte sich schwach und ließ sich auf einer nahe gelegenen Bank vor einem kleinen Café nieder.

Ein junger Mann in schwarzer Robe kam aus dem Gericht, überquerte die Straße und kam auf das Café zu.

»Entschuldigen Sie bitte, darf ich Ihnen eine Frage stellen?«, fragte sie, als er sich näherte.

»Natürlich«, antwortete er mit leichtem Stirnrunzeln.

»Wie finde ich heraus, welche Anwälte sich für eine ehrenamtliche Tätigkeit anbieten?«

»Es gibt verschiedene Organisationen von Anwälten und Rechtsvertretern, die die Armen unentgeltlich beraten. Sie können im Verwaltungsbüro des Gerichts, wo das Verfahren anhängig ist, nachfragen und dort eine Namensliste bekommen.«

»Ich danke Ihnen«, sagte Bella. Der junge Mann ging weiter, und sie wandte sich um und blickte zum Gerichtsgebäude, ehe sie mit der Hand in ihre Manteltasche griff und den Brief ihrer Mutter herauszog.

»Ich habe Hunger, Mama!«, sagte Alfie.

Bella holte einen Kanten Brot und einen Apfel aus ihrer Tasche und gab sie ihrem Sohn. Dann schob sie den Brief wieder in die Tasche. Der musste warten. Es wäre unfair, ihn vor Alfies Augen zu lesen, wo sie doch wusste, dass er ihr das Herz brechen würde.

Als sie durch einen Schleier von Tränen hindurch zu dem imposanten georgianischen Gebäude hinaufsah, hörte sie eine Stimme den Namen ihrer Mutter rufen. Männer, Frauen und Kinder kamen herbeigelaufen und drängelten sich ins Gerichtsgebäude, begierig, die vordersten Plätze für den Schlussakt dieses Dramas zu ergattern.

Es war Zeit für das Plädoyer. Bella fand kaum die Kraft, sich zu erheben, und fasste Alfies Hand. Dann klammerte sie sich an ihn, als ginge es um ihr Leben, und wappnete sich für den Gang in das Gerichtsgebäude.

Kapitel fünfzehn

ALFIE

Silvesterabend 1969

Alfie James hielt Lola, seiner Lieblingskuh, das Gewehr an die Schläfe. Nervös schnüffelte sie daran und zerrte dann mit ihrem Kopf kräftig an dem Seil, das sie ans Gatter fesselte. Das Kalb, das in ihr heranwuchs, bewegte sich heftig in ihrem Bauch. Mit angehaltenem Atem wandte Alfie sich ab. Die beißende Kälte brannte in seinen Augen, seinen Ohren und in dem um den metallenen Abzugshebel gelegten Finger, den er langsam durchzuziehen begann. Lola drehte den Kopf, um ihn anzublicken, und vor Schreck entwich ihr der Atem dabei in gewaltigen Stößen.

Er war dabei gewesen, als sie geboren wurde. Sie hatte einen wunderbaren Charakter und bereits mehrere Kälber geboren. Jedes Mal hatte sie sich vergeblich bemüht, das Neugeborene vor ihm im hohen Gras zu verstecken, um ihn daran zu hindern, es ihr wegzunehmen. Er hatte vor Augen, wie sie am Morgen bei Sonnenaufgang auf ihn zutrottete, mit schwerem Euter, der gemolken werden musste. Wie er das Gatter öffnete und die Kühe zusammentrieb, von denen einige schubsten und sich um ihn drängelten, aber nicht so Lola, Lola niemals. Und jetzt stand sie vor ihm, ans Gatter gebunden, inmitten der Kadaver der gesamten Herde, die sie den ganzen Tag über abschlachten mussten. Mit angstgeweiteten Augen hatte sie zugesehen, wie die anderen Kühe um sie herum ge-tötet wurden. Sie wusste, was passiert war und was auf sie zukam. Ihre Nasenflügel weiteten sich bei dem Geruch von Kordit aus dem Gewehr und vom Blut ihrer Gefährtinnen.

Alfie sah zu seinem dreizehnjährigen Sohn hinüber. Über seine schmutzigen Wangen liefen Tränen, die er mit dem Är-mel wegwischte, während sein Vater sich zwang, seinen wie gelähmten Finger am Abzug durchzuziehen. Für einen Mo-ment schloss er die Augen, als der betäubende Knall auf den verschneiten Feldern ringsum widerhallte und Lola auf den gefrorenen Boden niederkrachte. Das Blut spritzte wie ein Feuerwerk aus ihrer Schläfe. Es war vollbracht. Alle Tiere waren tot, die ganze Herde, die er zwanzig Jahre lang aufge-zogen hatte.

Das Kalb im Leib der toten Mutter begann wild um sich zu treten, kämpfte um sein Leben, und Alfie, der nicht hinse-hen konnte, drehte sich zu den Kadavern um, die Bobby zum Ende des Feldes gebracht hatte, um sie zu verbrennen. Schnee sammelte sich auf ihren toten Gliedern, die herausstachen wie vereiste Zweige. Plötzlich schmeckte Alfie etwas Metal-lisches und merkte, dass seine Tränen die Blutspritzer auf sei-nem Gesicht aufgelöst hatten, die nun in seinen Mund sicker-ten. Er lief zum Brunnen und wusch sich das Blut verzweifelt mit eisigem Wasser ab.

Während Bobby weiter die Kadaver wegschaffte, setzte sich Alfie auf einen Holzstoß und versuchte, sich zu sam-meln. Er blickte zum Pfarrhaus. Das Mondlicht wurde von dem kleinen Fenster reflektiert, das ihm immer wie ein Auge in die Welt vorkam. Niemand hatte bisher die kleinen qua-dratischen Glasbausteine bemerkt, die seine Großmutter in die Wand eingebaut hatte, als sie zum ersten Mal den kleinen Raum unter der Treppe entdeckt und hergerichtet hatte.

Er hatte den Raum immer geheim gehalten. Nicht einmal Nell und Bobby wussten davon. Er war etwas, das er mit keinem teilen wollte: ein Ort, an den er sich zurückzog, wenn er traurig war und sich an seine Großmutter erinnern wollte. Sein Kokon, der ihn von der Welt abschirmte. Im Alter von sechs Jahren hatte der Raum ihm sieben Tage und Nächte Schutz geboten, als sie verhaftet wurde. Seitdem hatte er eine große Zuneigung zu ihm entwickelt, als wäre er eine Person, die ihn beschützt hatte.

Er konnte sich noch gut an all die Frauen erinnern, die ins Haus gekommen waren – manchmal in tiefster Nacht, damit sie nicht gesehen wurden – und die in dem geheimen Raum blieben, um sich zu verstecken und von den Geburtsstrapazen zu erholen. Über die Jahre waren die, die es sich nicht leisten konnten, für die Entbindung ihrer Babys zu bezahlen, immer wieder zu Tessa James zurückgekommen, die niemals eine Frau in Not abwies. Die meisten waren arm und ihre Männer gewalttätig. Sie erschienen für gewöhnlich zu Beginn ihrer Wehen, oft mit ein oder zwei kleinen Kindern im Schlepptau. Tessa nahm sie immer auf, setzte sie ans Feuer und gab ihnen Suppe, um sie für die Geburt zu stärken. Wenn dann das Baby neben dem Kamin geboren war, versteckte sie die Frau mit ihrem Säugling für ein oder zwei Tage in dem geheimen Raum, damit sie sich ausruhen konnte. Den anderen Kindern gab sie zu essen, spielte mit ihnen, flickte ihre Kleider und wusch ihnen das Gesicht. Alfie hatte noch vor Augen, wie die Ehemänner kamen, um ihre Frauen nach Hause zu holen. Sie hämmerten an die Tür des Pfarrhauses und verlangten, dass Tessa sie freigebe, aber sie konnten sie niemals finden, und Tessas Versteck blieb geheim. Die Frauen bewahrten Tessas Geheimnis und sie das der Frauen.

Der Gemeindepfarrer, Father Blacker, klopfte auch an ihre

Tür und forderte Tessa auf, die Ehefrauen zu ihren Männern nach Hause zu lassen. Er schalt sie, die ganze Gegend in Verruf zu bringen. Die Methoden der Hebammen, ihre Kenntnisse von Kräutern und ihre Fähigkeit, die Schmerzen während Schwangerschaft und Geburt zu erleichtern, wurden von Father Blacker verhöhnt und verunglimpft. Er versuchte, die Frauen, die sich von Tessa helfen ließen, zu beschämen, bis Alfies Großmutter ihm gehörig die Meinung sagte und ihn wegschickte.

Tessa ermutigte die Frauen, ihre Männer zu verlassen, wenn diese sie schlugen oder vergewaltigten, noch ehe sie sich von der Geburt erholt hatten. Sie taten es aber nie; sie hatten kein Geld und wussten nicht, wohin. Manchmal allerdings reichten eine oder zwei Nächte in Tessas Versteck, um ihnen die Kraft zu geben, durchzuhalten.

»Keiner schadet der Kirche mehr als die Hebammen«, beschimpfte Father Blacker sie, wenn sie an der Kirche, die hinter ihrem Haus lag, vorbei in den Ort ging. Dann lächelte sie und wünschte ihm einen guten Tag, um ihm keine Angriffsfläche zu liefern. Aber ihr war bewusst, dass zu viele Leute sie hassten, dass ihr Leben dem Sand glich, der durch ein Stundenglas rinnt. Dass man eines Tages einen Weg finden würde, sie in Handschellen abzuführen, einzusperren und den Schlüssel wegzuwerfen.

Dieser Tag war es, an den Alfie sich immer noch erinnerte, als seine Großmutter ihn allein in dem geheimen Raum zurückgelassen hatte. In den folgenden sechs Tagen hatte er so schreckliche Angst durchlebt, eine Angst, wie sie ihn auch jetzt bei dem Gedanken überfiel, aus dem Pfarrhaus vertrieben zu werden, weg von allem, was er kannte und liebte, weg von seiner Mutter und Großmutter.

Er ließ den Kopf hängen, als er an den Brief dachte, den er

an diesem Morgen von seinem Anwalt erhalten hatte. Das war sein Sargnagel. Zwar hatte er mit aller Kraft gekämpft, aber Wilfred Hilton hatte zu lange gezögert. Der Anwalt hatte es folgendermaßen ausgedrückt: *Mag sein, dass Mr. Hilton Ihnen geschrieben hat, um Sie über sein Testament zu informieren, aber als er es unterzeichnete, war er vermutlich sehr schwach und hat seinen letzten Willen nicht genau gelesen. Daher wird ihm nicht aufgefallen sein, dass das Testament nicht mit seinen Wünschen, wie er sie gegen Ende seines Lebens hegte, übereinstimmt.*

Dennoch, er war nicht bereit aufzugeben. Dieses Haus und das Land waren sein rechtmäßiger Besitz. Sein Vater und Großvater hatten gewollt, dass es ihm gehörte, und er durfte auch seine Mutter nicht enttäuschen. Er durfte nicht zulassen, dass das Pfarrhaus abgerissen wurde, denn dann wäre die Erinnerung an sie ausradiert, und es käme einem Eingeständnis gleich, dass er ein Bastard und nicht der geliebte Sohn von Eli Hilton war.

»*Ich bin Eli Hiltons Sohn*, sag es.« Diese Worte richtete seine Mutter an ihn, als man sie im Armenhaus von Portsmouth gewaltsam voneinander trennte. Dort waren sie gelandet, als seine Mutter keine Arbeit mehr gefunden hatte. »Du musst zurück zum Pfarrhaus gehen und einfordern, was dir gehört. Versprich mir das.«

Es war der einzige Ort, an dem er die Anwesenheit seiner Mutter spürte, und der einzige Ort, der sich wie ein Zuhause anfühlte. An dem Tag, als er im Sommer 1953 mit vierzehn Jahren das Kinderheim verlassen hatte, war er bis Lewes getrampt, den Rest des Weges bis nach Kingston zu Fuß gegangen und hatte sich weiter bis zum Pfarrhaus durchgefragt. Es war genau so, wie er es in Erinnerung gehabt hatte. Auch heute noch. In seiner Vorstellung sah er das hübsche weiße Haus an einem sonnigen Wintertag, seine Mutter beschnitt den Jasmin um die frisch gestrichene schwarze Eichentür, fegte den gefliesten Küchenboden und summte vor sich hin, während sie das Blumenbeet umgrub und die Stiefmütterchen und Osterglocken pflanzte, die an der Hauswand entlang wuchsen. Den Hiltons hatte er mit keiner Silbe verraten, wer er war – sie hatten ihn seit seinem sechsten Lebensjahr nicht mehr gesehen. Er hatte nur nach Arbeit gefragt und einige Zeit später dann, ob er das Pfarrhaus von ihnen mieten könne. Es hatte eine Zeit gebraucht, bis Wilfred Hilton begriffen hatte, wer er war.

»Bobby! Bobby!«

Alfie schaute über die Schulter und erkannte Leo Hilton, der, sein Fahrrad durch den Schnee schiebend, auf sie zueilte. Er war groß und blond wie sein Vater Richard und hatte auch dessen Anspruchshaltung, was bedeutete, dass er mit hoch erhobenem Kopf auf jeden herabblickte.

Bobby sprang vom Traktor herunter und lief auf ihn zu. »Was ist los?«

Leo blieb stehen, blickte auf die Kuh zu seinen Füßen und den dunkelrot gefärbten Schnee um ihren Kopf. »Dad braucht dich«, sagte er ruhig und wandte sich von dem furchtbaren Anblick ab. »Er hat Schwierigkeiten mit den Lichterketten für die Party und möchte, dass du das übernimmst.«

Bobby blickte zu seinem Vater.

»Ich kann ihn jetzt nicht entbehren«, sagte Alfie.

»Das wird Dad aber gar nicht gefallen«, schnauzte Leo.

»Ist schon gut, Dad, das dauert nicht lange. Ich könnte sowieso eine Pause vertragen.«

»Ich brauche dich hier.« Alfie spürte, dass er vor Zorn zu zittern begann.

»Bobby arbeitet jetzt für uns, also ist das wohl kaum mehr Ihre Entscheidung.« Leo grinste hämisch.

Bobby sah ihn kopfschüttelnd an. »Danke, Leo. Ich habe noch nicht Ja gesagt, Dad. Richard hat mir einen Job auf der Yew Tree Farm angeboten. Ich dachte, es würde uns weiterhelfen.«

Alfie kniete sich in den Schnee, um mit einem Tau Lolas Beine zusammenzubinden. »Hol den Traktor. Ich schaff das hier nicht allein.«

Bobbys Augen blitzten. »Vielleicht habe ich den Job ja verdient, und Richard respektiert mich.«

Leo blickte zu Boden und stieß mit der Fußspitze schmutzigen Schnee auf Lolas Gesicht. Der graue Matsch lief ihre blutige Schläfe hinunter.

»Ach, darum hat er dir also die Schuld an dem Brand gegeben, den Leo in ihrer Scheune gelegt hat?« Eisige Kälte schwang in Alfies Stimme.

Stirnrunzelnd trat Leo einen Schritt zurück, dann wandte er sich um und ging davon. »Ich muss zurück.«

»Was hast du gesagt, Dad?«

»Ich sagte, dass Leo das Feuer gelegt hat. Und ich bin mir ziemlich sicher, dass er auch die Welpen ertränkt hat. Aber Richard Hilton, der dir so ans Herz gewachsen ist, hat dafür gesorgt, dass sein Sohn den Kopf aus der Schlinge ziehen konnte und die Polizei dich für verantwortlich hielt. Und trotzdem glaubst du, dass er dich respektiert. Das tut er nicht, Bobby, er ist ein Hilton. Er wird dich den Wölfen zum Fraß vorwerfen, wenn es ihm oder seiner Familie hilft.«

Bobby hob abwehrend die Hände. »Du schätzt ihn falsch ein, Dad. Er will uns helfen. Er hat vorgeschlagen, dass Nell in Yew Tree Manor bleibt, wenn sie aus dem Krankenhaus kommt, während wir uns in unserem neuen Zuhause einrichten.«

»Nur über meine Leiche.« Alfie starrte seinen Sohn zornig an. »Können wir das hier jetzt einfach fertig machen?«

»Warum? Damit du mich anschreien und an mir herummeckern kannst? Niemals dankst du mir, niemals sagst du, dass ich etwas gut gemacht habe. Du behandelst mich wie einen Sklaven.«

»Red nicht in diesem Ton mit mir. Hol den Traktor und hilf mir, du undankbarer Bastard.«

Einen Moment lang sah Bobby ihn fassungslos an. Dann drehte er sich um und stapfte hinter Leo her.

»Bobby, die Hiltons sind nicht deine Freunde!«, schrie Alfie ihm nach.

»Du irrst dich, Dad«, erwiderte Bobby stolz.

»Wenn du jetzt gehst, brauchst du nicht mehr zurückzukommen!«, rief Alfie aus und bereute seine Worte im selben Augenblick.

Er band weiter Lolas Beine zusammen und lauschte Bobbys Schritten, die immer leiser im Schnee knirschten, als er sich entfernte. Er hielt inne und wartete darauf, dass sie wieder lauter wurden. Doch während die Minuten vergingen, wurde die Stille ohrenbetäubend. Er hob den Blick in die Ferne: Sein Sohn war gegangen.

Vor Scham über die Tränen, die er nicht aufhalten konnte, verbarg er den Kopf in den Händen und ging mit schweren Beinen zu dem Traktor hinüber. Es würde nicht leicht sein, Lola allein zu heben. Der Haufen von Kadavern war jetzt fast völlig mit Schnee bedeckt, und in der kurzen Zeit, seit Bobby den Motor ausgestellt hatte, waren die Reifen dick vereist.

Er trat auf die metallene Plattform und blickte in die Ferne. Bobby und Leo waren fast vollkommen im Schneegestöber verschwunden. Als er den Anlasser betätigte, sprang der Motor stotternd an. Das Rütteln des Traktors schüttelte ihn kräftig durch, und Alfie begann, qualvoll zu schluchzen. Richard

Hilton hatte ihm seine Herde genommen, seinen Lebensunterhalt, sein Zuhause und jetzt auch noch seinen Sohn. Er legte den Gang ein und trat das Gaspedal durch. Die Kabine wackelte heftig, als er sich auf Lolas toten Körper zubewegte.

Dann senkte er die Baggerschaufel, um das tote Tier von unten zu greifen. Mehrmals unternahm er einen Anlauf, aber immer verkeilten sich die starren Hufe in den stählernen Zähnen, die Schaufel rutschte und fuhr sich im Eis fest. Er trat stärker aufs Gas, obwohl er wusste, dass er das lassen sollte. Doch wenn er Lola nicht vor dem Morgen auf den Haufen zu den anderen Kadavern schaffte, würde ihr Körper steif gefroren sein. Dann müssten sie ihn wahrscheinlich aus einer Eisfläche herausstemmen.

Rasch zog er die Bremse an und sprang hinunter. Den Motor ließ er laufen, um den Boden neben dem toten Tier ein wenig zu erwärmen. Während ihm immer noch Tränen in den Mund rannen, wischte er sich mit der Rückseite seines Handschuhs die laufende Nase und versuchte, sich darauf zu konzentrieren, Lola dichter an den Bagger heranzubringen. Er bückte sich und tat so, als wäre sie noch am Leben und schliefe nur. Für einen Moment schmiegte er sich an sie und spürte, wie die Wärme aus ihr herausströmte.

Wäre er doch niemals an diesen Ort zurückgekehrt. Er hätte sich in Portsmouth Arbeit suchen und das Versprechen, das er seiner Mutter gegeben hatte, ignorieren sollen. Dann hätte er einfach sein Leben leben können. Es war nichts Gutes dabei herausgekommen. Alles Leid, das er im Armenhaus durchgemacht hatte, der Tod seiner Mutter, waren vergeblich gewesen. Richard würde ihm niemals geben, was ihm rechtmäßig zustand, und ihm fehlte die Kraft, darum zu kämpfen. Die Geister der Vergangenheit hätte er besser ruhen lassen und stattdessen versuchen sollen, sein Glück an einem anderen

Ort zu finden. Durch seine Rückkehr hatte er seine Tochter krank gemacht und Bobby an die Hiltons verloren.

Er zählte bis drei, stieß einen Schrei aus und versuchte mit aller Kraft, Lola mit seiner Schulter von der Stelle zu bewegen, aber sie war ein schweres Totgewicht, und er konnte rein gar nichts tun, um sie näher an den Traktor heranzubringen. Dann stand er auf und ging hinüber zum Stall, um eine Schaufel zu holen. Wenn es ihm gelang, dicht neben ihr ein Loch zu graben, könnte er vielleicht die Baggerzähne unter sie schieben.

Er hob die Schaufel und stieß sie in das Eis, aber er war erschöpft und der Boden wie Zement. Und er bebte am ganzen Leib – wegen der Kälte und des Schocks, all sein Vieh erschossen zu haben. Seine Arme schmerzten, und jedes Mal, wenn er die Schaufel ansetzte, schoss ein stechender Schmerz hinauf in seine Schulter.

Schließlich stieg er wieder auf den Traktor und trat so heftig aufs Gaspedal, dass die Räder heiß liefen. Langsam hob die Schaufel Lola hoch, bis sie in der richtigen Lage war. Aber dann glitten Kopf und Beine weg, und schon war sie wieder im Begriff hinunterzurutschen. Panisch erschrocken zog er hastig an der Bremse, sprang hinab und bückte sich unter ihren Kopf und ihre Schultern, um sie wieder in die Schaufel zu hieven.

Unter der Last ihres Gewichts gekrümmt, als kämpfte er darum, den Zusammenbruch seiner gesamten Welt zu verhindern, schrie er laut auf. Er stellte sich vor, dass die Feier in Yew Tree Manor schon in vollem Gange war: die Musik, das Trinken, das Rufen, das Lachen. Wie Richard Bobby auf den Rücken klopfte und ihn überredete, sein erstes Bier zu trinken und noch ein Weilchen zu bleiben. »Deinem Vater geht es bestimmt gut, der packt das schon. Ihr hattet beide einen schweren Tag.« Während er angestrengt den Kadaver in die Höhe stemmte, bekam er hämmernde Kopfschmerzen und bettelte leise, dass ihm jemand, egal wer, helfen möge.

Er wusste nicht, wie lange er schon dagestanden und versucht hatte, Lolas Gewicht zu tragen, als er merkte, dass der Traktor auf ihn zurollte. Erst war es ein seltsames Geräusch, ein Zischen und Rauschen, was er zunächst für Schnee hielt, der von den nahen Zweigen fiel. Er selbst bewegte sich auch, zuerst wurde er langsam, dann immer schneller geschoben. Er versuchte auszuweichen, aber sieben Tonnen Traktor kamen in Fahrt, drückten auf ihn, kippten seitwärts in Richtung des Grabens, der das Feld umgab. Nun wollte er zur Seite springen, aber er war gefangen zwischen Lola und den Baggerzähnen, und der Boden war zu glatt, als dass er irgendwo Halt gefunden hätte. Sein Fuß verhedderte sich unter ihm, verdrehte sich und steckte fest, sodass sein Knie vor Schmerz brannte, und er fühlte, wie seine Oberschenkelknochen brachen. In fürchterlicher Qual heulte er auf und flehte um Hilfe. Der entsetzliche Schmerz durchfuhr sein gebrochenes Bein und seinen ganzen Körper. Das Rauschen wurde immer lauter, und die Räder quietschten, als sie in Fahrt kamen.

Panik durchströmte Alfie, als der Druck unerträglich wurde und er spürte, dass sein Brustkorb zerquetscht wurde. Er war völlig machtlos, als die Schaufel kippte und auf ihn herabstürzte und Lolas Gewicht ihn daran hinderte, sich unter all dem herauszuzwängen. Nun wurde ihm klar, dass er völlig gefangen war zwischen den Metallzähnen und dem Boden, ohne irgendeinen Ausweg. Verzweifelt sah er sich nach Hilfe um, und da erblickte er Leo Hilton auf dem Weg zum Pfarrhaus.

»Leo!«, rief er. »Leo, hol Bobby, hilf mir!« Der gellende Schmerz in seinem Körper zehrte an seinen Kräften – er konnte kaum atmen – aber wenn Leo zur Straße liefe, könnte er es schaffen, ein Auto anzuhalten. Alfie schwirrte der Kopf, er versuchte, sich zu konzentrieren und nicht das Bewusstsein zu verlieren. Zwei Männer könnten ihn gemeinsam hier herausziehen. Wenn Leo schnell handelte, könnte der Junge ihn noch retten.

Doch als Leo näher kam, blieb er regungslos stehen, mit einem seltsamen Ausdruck im Gesicht. Denselben Ausdruck hatte er gehabt, als Bobby die ertränkten Welpen in dem Sack gefunden hatte.

»Hilf mir, Leo!«, röchelte Alfie. Seine Lungen schrien nach Luft. Der Traktor schob ihn tiefer in den vereisten Graben, das Metall knirschte, der Motor heulte immer stärker auf. Er lag kopfüber, sein Mund füllte sich mit schwarzem, matschigem Eis, eine Tonne Metall drückte ihn nieder.

Plötzlich konnte er mit einer Wendung des Kopfes durch einen Spalt zwischen den Baggerzähnen ein kleines Mädchen in einem roten Kleid auf sich zulaufen sehen. Der vereiste Boden knirschte unter ihren Füßen, als sie sich bückte und ihm ihren Arm entgegenstreckte.

»Alice, lass sein! Komm da weg!«, rief Leo, als sie ihren kleinen Körper streckte, um ihm zu helfen.

Der Traktormotor lief heiß und stieß schwarzen Qualm aus. Wie er in dem verschneiten Graben lag und nach Luft rang, fühlte er das kleine Mädchen an seinem Arm zerren.

»Hilf mir, Leo, hilf mir! Er steckt fest.« Alfie konnte sie vor Anstrengung stöhnen hören, und als er aufsah, bemerkte er, dass ihr Gesicht rot vor Panik war, die Wangen tränenüberströmt, die Augen voller Angst. Er versuchte, sich zu bewegen, aber er konnte es nicht. Sein Körper war fest eingeklemmt, sein Brustkorb zerquetscht, sein Herz schwoll an unter dem Druck.

Er wurde soeben lebendig begraben.

»Hilf ihm!«, schrie das kleine Mädchen.

»Alice!«, brüllte Leo. »Nimm meine Hand!«

Die Stimmen wurden gedämpft, als der Traktor seinen letzten Atemzug ausstieß. Alfie schwanden die Sinne. Er richtete sein Augenmerk auf ihre roten, von Matsch bedeckten Lackschuhe und stellte sich vor, dass sie versuchte, den Traktor ganz alleine anzuheben – wie der Superheld in einem Comic.

Gerade, als der Traktor auf sie beide hinunterzukrachen drohte und das heiße, verbogene Metall ein tiefes, quietschendes Wehklagen ausstieß, wie ein Tier in Todesangst, riss Leo das kleine Mädchen weg, und die Welt wurde schwarz.

Kapitel sechzehn

VANESSA

Donnerstag, 21. Dezember 2017

»Mrs. Hilton, es tut mir sehr leid, aber Alice haben wir nicht gefunden«, antwortete Detective Inspector Hatton. »Wir suchen Ihre Enkelin Sienna, die heute Nachmittag draußen im Schnee gespielt hat.«

Vanessa sah erst zu ihm und dann auf die Uhr. Der Sekundenzeiger sauste schnell herum, die Zeit verflog, sie konnte sie weder anhalten noch zurückdrehen. Es war ihr, als säße sie in einem abfahrenden Zug, aus dem sie nicht mehr aussteigen konnte, und auf dem Bahnsteig blieben Alice und Sienna zurück und blickten ihr nach.

»Können Sie uns noch einmal genau schildern, was passiert ist, seit Sie zuletzt mit Sienna gesprochen haben?«

Vanessa blickte zu Leo, der am Küchentisch saß. Plötzlich vibrierte sein Handy und ließ sie beide zusammenzucken. Rasch griff er danach und ging im Hinausgehen dran, verfolgt von der argwöhnischen Miene des Kommissars.

Die Augen des Polizisten waren von einem trüben Grau, und sein Hemd schien Vanessa nicht sehr gut gebügelt zu sein. Sie blickte auf seine Schuhe. Die sahen schäbig und ungeputzt aus. Und sein Mantel, den er anbehalten hatte, war ihm zu groß. Er wirkte jung und alleinstehend, sie konnte sich ihn vorstellen, allein in seiner Wohnung, mit einsamen Mahlzeiten am späten Abend, weil er Überstunden machte, um aufzusteigen. Warum hatte man einen so unerfahrenen Polizisten geschickt? Der Gedanke verstärkte ihre Panik.

»Ich bin nur hochgegangen, um meine Handschuhe zu holen. Ich war nicht lange weg«, erklärte sie.

»Sie waren also die ganze Zeit in Ihrem Schlafzimmer, während Sienna draußen spielte?«

Sie nickte, während der Kommissar sich Notizen machte.

An der Küchentür stand eine uniformierte Polizistin, die forschend zu ihr herübersah. Als Vanessa zurückstarrte, errötete die Frau und wandte schnell das Gesicht ab. Vanessa hasste all diese Leute im Haus. Es war wie in der Nacht, als Alice verschwand. Vielleicht hatte sie einen Albtraum, vielleicht passierte das hier gar nicht, und sie würde jeden Augenblick in ihrem Bett aufwachen und im Erdgeschoss Siennas Stimme hören.

Leo kam zurück in die Küche. Er fuhr sich mit den Händen durch seinen fransigen Pony, wie er es immer tat, wenn er gereizt war, und warf sein Handy auf den Tisch. »Blödes Ding, hört nie auf.«

Der Kommissar musterte Leo ausgiebig, was Bände sprach. Vanessa war klar, dass er ihren Sohn nicht leiden konnte. Er begegnete Leo mit dem gleichen Misstrauen wie Detective Inspector Mills Alices Vater Richard in der Nacht, als sie fortgelaufen war. »Wir würden gern eine Pressekonferenz abhalten, Mr. Hilton, mit Ihnen und Ihrer Frau. Bei der Suche nach einem vermissten Kind sind die ersten vierundzwanzig Stunden entscheidend.«

Leo sprang auf, als die Gegensprechanlage vom Haupttor summte, wie schon häufiger, seit vor einer Stunde die Presse erschienen war. Er durchquerte die Küche und drückte auf den Knopf, als die Videokamera ansprang. »Ja, hallo!«, rief er verzweifelt.

»Mr. Hilton, mein Name ist Hannah Carter von der *Daily Mail*. Wir möchten unsere Anteilnahme bekunden in dieser schwierigen Zeit und wüssten gern, ob es Neuigkeiten zu Ihrer Tochter gibt. Oder falls Sie sonst etwas sagen möchten?«

»Kein Kommentar. Bitte blockieren Sie nicht die Gegensprechanlage. Wir müssen sie für die Polizei freihalten. Mein Gott, wie sind die so schnell hierhergekommen?«

»Wir brauchen die Presse, sie ist ein notwendiges Übel, fürchte ich. Siennas Verschwinden ist der Aufmacher der Abendnachrichten.« Detective Inspector Hatton beobachtete Leo, der in der Küche hin und her ging. »Und wir haben einen Aufruf an die Bevölkerung herausgegeben, in dem wir unsere wachsende Sorge um Siennas Sicherheit zum Ausdruck bringen.«

Leo ging hinüber zum Fernseher und schaltete ihn ein. Eine lächelnde Sienna erschien auf dem Bildschirm. Das Foto zeigte sie bei einem Gartenpicknick – Helen hatte es im letzten Sommer gemacht. Niemand hätte ahnen können, dass dieser Schnappschuss eines Tages übers Fernsehen landesweit verbreitet würde.

»Ein vermisstes Kind ist für jede Familie ein unvorstellbares Unglück«, sagte der Reporter vor dem Tor am Ende der Auffahrt. »Aber für Leo Hilton und seine Familie ist es eines, das sie bereits zum zweiten Mal durchleben. Am Silvesterabend 1969 lief die damals sechsjährige Alice Hilton von hier, Yew Tree Manor, dem Sitz der Familie, fort, genau dort, wo auch Sienna gestern kurz vor ihrem Verschwinden zuletzt gesehen wurde. Alice wurde nie gefunden, ihr Verschwinden ist bis zum heutigen Tag ein Mysterium geblieben. Sollten Sie Sienna sehen, informieren Sie bitte sofort die Polizei. Das

Mädchen hat blonde Locken, grüne Augen und ist etwa ein Meter zwanzig groß. Sie trägt eine rote Steppjacke, eine schwarze Mütze und Handschuhe.«

»Mrs. Hilton.« Mit erhobenem Stift wandte sich der Kommissar wieder an Vanessa. »Können wir noch einmal auf den Moment zurückkommen, als Sie Sienna das letzte Mal gesehen haben? Das war von Ihrem Schlafzimmerfenster auf der Vorderseite des Hauses aus. Ist das korrekt?«

Vanessa rümpfte leicht die Nase, der Atem des Mannes roch nach Zwiebeln. Ihr ganzer Körper fühlte sich an wie ein bloßgelegter Nerv, als würde man langsam und bedächtig die Haut darüber abziehen.

»Mrs. Hilton, können wir zu Ihrem Schlafzimmerfenster hinaufgehen, damit Sie mir die genaue Stelle im Garten zeigen, an der Sie Sienna gesehen haben?«

Vanessa sah an dem Kommissar vorbei auf ihr Spiegelbild im Küchenfenster. Draußen schneite es. Eine alte Frau starrte ihr entgegen. In ihren Träumen war sie immer so alt wie in der Nacht der Silvesterfeier. Sie konnte noch laufen, tanzen und schwimmen. Sie blickte auf ihre Hände. Es waren die Hände einer alten Dame, aber innerlich fühlte sie sich immer noch wie mit dreißig.

»Mrs. Hilton? Können Sie mich hören?«

»Bitte lassen Sie meine Mutter in Ruhe«, schaltete sich Leo ein. »Sie hat Gedächtnisprobleme und erinnert sich an gar nichts. Können wir uns auf die Suche konzentrieren? Viele Freunde und Dorfbewohner fragen, ob sie helfen können, aber bisher scheint noch nichts koordiniert zu werden.«

»Man kann unmöglich im Dunkeln suchen, Mr. Hilton. Bei Tagesanbruch machen wir natürlich sofort weiter. Und wir werden ein Zelt aufstellen, wo sich Freiwillige melden können. Außerdem haben wir für acht Uhr morgens eine Pressekonferenz anberaumt. Ihre Frau und Sie müssten daher eine Erklärung vorbereiten.«

»Also, ich werde hier nicht rumsitzen und eine Erklärung schreiben, solange Sienna da draußen im Schnee ist. Ich gehe sie wieder suchen.« Leo sah zur Küchenuhr. »Es ist erst sechs. Ich kann unmöglich bis morgen die Hände in den Schoß legen.«

»Die Familienbetreuerin ist jetzt da und kann sich um Ihre Mutter kümmern«, sagte der Kommissar.

Vanessa blickte auf, als Helen hereinkam. Ihr Gesicht war ganz weiß, sie zitterte heftig. Die Betreuerin zog einen Stuhl an den Herd und setzte sie sanft darauf. »Ich mache Ihnen eine Tasse Tee«, sagte sie, dann wandte sie sich an Leo. »Haben Sie irgendwelche Decken?«

»Ich glaube, die sind alle eingepackt. Aber ich sehe oben noch einmal nach.« Helen kauerte sich zusammen, als wollte sie verschwinden. Sie nahm niemanden wahr, blickte noch nicht einmal auf.

»Ich habe die Kartons bemerkt, wann ziehen Sie denn um?«, fragte der Kommissar Leo, als der hinausging. Abrupt blieb er stehen, dann drehte er sich langsam um.

»Wir wollten eigentlich morgen nach Frankreich fliegen, aber daraus wird jetzt wohl nichts.«

»Ist der Verkauf abgeschlossen? Ich meine, gibt es Käufer, die darauf warten, hier einzuziehen?«

»Nein, das Haus wird abgerissen. Wir sind dabei, das Land für eine neue Siedlung an einen Bauträger zu veräußern.«

»Ah, verstehe. Was denn für eine Siedlung?«

»Zehn Häuser und ein Gemeindezentrum.« Leo schüttelte den Kopf. »Wieso ist das wichtig?«

Detective Inspector Hatton nickte und machte sich eilig Notizen. »Das muss es nicht sein, aber vielleicht war Sienna durcheinander wegen der vielen Veränderungen und des Umzugs. Gab es jemanden, den zu verlassen ihr besonders schwerfiel, wissen Sie davon?«

Leo schloss die Augen. »Sie hat Dorothy und Peter erwähnt, aber da haben wir schon nachgefragt.«

»Wer sind Dorothy und Peter?«, fragte der Kommissar.

Leo blickte rasch zu Vanessa und seufzte. »Das sind die Eltern meiner Frau – sie ist adoptiert. Sie wohnen im Yew Tree Cottage, unten am Ende unserer Auffahrt, aber wir sehen sie nicht oft. Wie gesagt, wir haben dort schon nachgefragt.«

Detective Inspector Hatton sah zur Familienbetreuerin hinüber. »Schick einen Kollegen zum Yew Tree Cottage, er soll nachsehen, ob Sienna nicht doch dort ist. Also, Sie haben schon die Baugenehmigung? Es ist alles abgesegnet?«, wollte er dann von Leo wissen.

»Nein, die Planungsbesprechung im Bauamt ist morgen. Soll ich nun die Decke für Helen holen oder nicht?«, fragte Leo barsch, worauf der Kommissar schließlich nickte. Als Leo hinausging, klingelte erneut sein Telefon.

In dem verzweifelten Versuch, nicht durchzudrehen, wandte Vanessa ihre Aufmerksamkeit wieder dem Fernseher zu. »Einige Leute werden sich zweifelsohne fragen«, fuhr der Reporter fort, »ob es einen Zusammenhang gibt zwischen den Vermisstenfällen dieser beiden Mädchen, trotz der fast fünfzig Jahre, die dazwischenliegen. Heute haben wir uns bei der Polizei in Sussex erkundigt, ob man vorhat, Zeugen, die bereits zu Alice Hiltons Verschwinden Silvester 1969 vernommen wurden, erneut zu befragt, denn sowohl Alice als auch Sienna verschwanden aus Yew Tree Manor.«

Vanessa stand auf und ging hinüber zum Bildschirm, als ein Foto von Bobby James erschien. »Zu diesen Zeugen zählen der hiesige Landwirt Bobby James, der Alice Hilton damals im Alter von dreizehn Jahren als Letzter lebend gesehen hat. Auch wenn Bobby James niemals wegen eines Verbrechens im Zusammenhang mit Alices Vermisstenfall angeklagt wurde, bleibt sein Name doch bis heute eng mit ihrem Verschwinden verbunden.«

»Bis nachher, Mum«, verabschiedete sich Leo, nachdem er zurückgekommen und seiner Frau eine Decke um die Schultern gelegt hatte. »Ich gehe noch einmal raus. Die Polizistin wird sich um dich kümmern.«

»Er war hier, hier im Haus.« Vanessa sprach mit ruhiger Stimme und zeigte auf den Fernseher, als Leo gerade auf dem Weg nach draußen war.

»Was meinten Sie da gerade, Mrs. Hilton?«, fragte der Kommissar.

»Der Mann im Fernsehen, er ist heute hier im Haus gewesen.« Vanessa sah ihren Sohn an.

Leo blickte mit düsterer Miene auf den Bildschirm. »Was? Wann?«

»Als du draußen warst, habe ich doch gesagt. Da war ein Mann in deinem Arbeitszimmer und hat deine Sachen durchgewühlt. Keiner von den Umzugsleuten, er trug keine Arbeitsuniform.« Vanessa fühlte ihr Herz schneller schlagen bei der Erinnerung an das, was sie so beunruhigt hatte.

»Wer war jetzt eben im Fernsehen?«, blaffte Leo die Polizistin an.

»Es wurde über das Verschwinden Ihrer Schwester Alice berichtet. Über Zeugen, die in der fraglichen Nacht vor Ort waren.«

Leo riss die Augen auf. »Bobby?«, flüsterte er. »Wurde der Name Bobby James erwähnt?« Leo griff nach seinem Handy und begann hektisch darauf herumzutippen. Dann ging er zu

Vanessa hinüber und zeigte ihr ein Foto. »War das der Mann, der hier im Haus war, Mum?«

Vanessa betrachtete das Foto näher. »Ja, das ist der Mann, den ich gesehen habe. Als ich hochgegangen bin, war er in deinem Arbeitszimmer.«

»Als Sienna draußen war?« Fragend blickte Detective Inspector Hatton erst Leo und dann seine Kollegin an.

»Ja, ich glaube schon. Kurz bevor sie verschwand.« Vanessas Stimme zitterte.

»Helen?«, rief Leo. »Helen? Hast du gehört, was Mum gerade gesagt hat?« Helen reagierte nicht, sondern zog nur die Decke fester um sich, als wollte sie sich vor der bevorstehenden Explosion schützen. »Helen?«, schrie Leo.

»Schon gut, Sir, beruhigen Sie sich bitte.«

»Ich beruhige mich nicht! Sie müssen diesen Mann jetzt finden! Er war der Letzte, der meine Schwester gesehen hat, bevor sie verschwand, und jetzt sagt man mir, dass er hier in meinem Haus war. Heute, kurz bevor Sienna verschwand. Um Himmels willen, vielleicht hat er sie in seiner Gewalt!« Er ergriff Helens Arm und schüttelte ihn. »Hast du gehört, was Mum gerade gesagt hat? Weißt du irgendetwas darüber?«

Helen sah ihn mit Tränen in den Augen an. »Nein, Leo, weiß ich nicht. Deinetwegen spreche ich ja nicht mit ihm.«

Leo packte sie an den Schultern. »Warum war er hier, Helen? Warum?«

»Mr. Hilton, ich sage es nicht noch einmal, beruhigen Sie sich!«, befahl Detective Inspector Hatton.

»Warum tun Sie nichts? Sie müssen ihn finden! Er könnte Sienna gesehen haben, er könnte sie entführt haben.« Leo drehte sich wieder zu seiner Frau um. »Sag mir, warum er hier war, Helen, sofort!«

Helen stand auf. Ihre geröteten, erschöpften Augen waren voller Tränen. Zornig starrte sie ihren Mann an. Dann rannte sie aus der Küche, und Detective Inspector Hatton fasste Leo am Arm, um ihn daran zu hindern, ihr hinterherzulaufen.

Kapitel siebzehn

WILLOW

Donnerstag, 21. Dezember 2017

Willow parkte den Wagen vor dem Häuserblock in Moulescoomb, wo ihr Vater wohnte, und griff nach der Tüte mit den zwei Coffee to go. Ihr war immer noch übel, aber es ging ihr nicht schlecht genug, als dass sie nicht die Suppe auslöffeln könnte, die sie sich eingebrockt hatte. Keine Ausreden mehr, sie musste dieses Gespräch hinter sich bringen.

Nachdem sie sich beim Stadtarchiv angemeldet und eine Mitgliedskarte bekommen hatte, die nötig war, um Fotos der dort aufbewahrten Unterlagen machen zu dürfen, war sie bis zur Schließungszeit geblieben. Das imposante moderne Gebäude verfügte über ein liebevoll gepflegtes Regionalarchiv, das Rechtsurkunden, Zeitungsausschnitte, historische Aufzeichnungen und Karten beherbergte, die bis zu neunhundert Jahre alt waren.

Sobald sie in die Bibliothek vorgelassen wurde, hatte sie um die amtlichen topografischen Karten des Dorfs Kingston near Lewes gebeten. Die zuvorkommende Mitarbeiterin hatte die Referenznummern für sie am Computer herausgesucht, dann hatte Willow ein Formular ausgefüllt und sich anschließend mit pochendem Herzen in Geduld geübt. Sie blickte auf ihre Armbanduhr: Nur noch siebzehn Stunden bis zur Planungsbesprechung. Zweifellos hatte sie viel zu lange gewartet, um einem so entscheidenden Hinweis nachzugehen. Sie machte sich Vorwürfe, dass sie Mike vertraut hatte. Ihr kam in den Sinn, dass es jetzt genau ein Jahr her war, dass Mike ihr das Projekt übertragen hatte, und der Schweiß brach ihr aus, als sie erkannte, dass dieses Archiv ihre allererste Anlaufstation hätte sein sollen, nicht ihre letzte.

Kurz darauf war die hilfsbereite Frau, mit einer Lesebrille an einer Kette und einer steif gestärkten Bluse, mit drei Karten erschienen. Sie bat Willow, so sorgsam wie möglich mit ihnen umzugehen, dann breitete sie sie auf einem großen weißen Tisch vor ihr aus und ging mit einem freundlichen Lächeln davon. Willow suchte das Dorf nach den bekannten Landmarken ab, die sie nach einem Jahr des Plänezeichnens mit Mike, Leo und dem Bauträger so gut kannte: das Gemeinschaftshaus, die Kirche, Yew Tree Manor und das alte Pfarrhaus. Der Friedhof hinter der Kirche war auf allen drei Karten deutlich zu erkennen, die älteste stammte aus dem Jahr 1853. Doch es gab kein Anzeichen von einem Friedhof neben dem alten Pfarrhaus. Auch wenn das hieß, dass sie jetzt keineswegs klüger war als zuvor, empfand Willow es als Erleichterung, dass sie zumindest nichts übersehen hatte, was völlig offensichtlich gewesen war.

Als sie die neueren Karten gründlich studierte, entdeckte sie drei kleine graue Gebiete in den Feldern rund um die Kirche mit der Bezeichnung *Außerhalb gelegener Friedhof.* Ein Schauder lief ihr über den Rücken.

Sie fotografierte die Karte mit ihrem Handy. Eine schnelle Googlesuche verriet ihr, dass diese Gräberfelder eine Notlösung für übervolle kirchliche Friedhöfe waren.

Im frühen neunzehnten Jahrhundert wuchs die Bevölkerung von Lewes sehr schnell, und der Kirchhof von St. Nicolas war bald überfüllt. Im Jahr 1893 verbot der Privy Council jegliche Beerdigungen innerhalb oder in Nähe von Kirchen und Kapellen in Lewes, gemäß dem Gesetz zu Begräbnissen außerhalb von Städten aus dem Jahr 1853, und erwarb zwanzig Morgen auf den umliegenden Feldern.

Wenn das an das alte Pfarrhaus angrenzende Land als Notbehelf für den übervollen Kirchhof gedient hatte, dachte Willow, während ihr Blick über die drei Gebiete in der Umgebung schweifte, war es einleuchtend, dass einige dieser Gräber sich auch auf dem Grundstück vom Pfarrhaus selbst befunden hatten.

Ihre Unterhaltung mit Kellie heute Morgen im Auto fiel ihr wieder ein: Der Friedhof, den Dorothy erwähnt hatte, war möglicherweise ein Ort, wo arme Leute, die sich kein kirchliches Begräbnis leisten konnten, ihre letzte Ruhestätte fanden. Solche Armengräber waren wahrscheinlich wenig bekannt, daher war es logisch, dass nur Einheimische von ihnen wussten. Sie tauchten weder auf alten Messtischblättern noch in der Geländeanalyse ihrer Desktoprecherche auf.

Sie gab die Karten zurück und bedankte sich bei der Mitarbeiterin, bevor sie sich auf die Suche nach dem Notizbuch machte. Durch riesige futuristische Glastüren hindurch begab sie sich in die Archivabteilung, in der sie einer jungen Frau hinter einem Schreibtisch die Referenznummer reichte. Nach kurzer Wartezeit wurde eine zugeschnürte blaue Akte vor ihr abgelegt.

Notizbuch von Tessa James, Hebamme, circa 1930-1945

Willow ging zum nächstgelegenen freien Tisch und öffnete langsam die Akte. Eine Gänsehaut überlief sie, als sie ein kleines ledergebundenes Buch hervorholte. Durch die lange Lagerung im feuchten Erdboden war ein Großteil der schönen geschwungenen Handschrift verblasst und verwischt, doch sie erkannte, dass die Einträge sich vom 2. April 1930 bis zum 4. Januar 1945 erstreckten. Kurze Notizen, die eindeutig von ihrer Ururgroßmutter verfasst worden waren, über die Geburten, die sie an dem jeweiligen Tag begleitet hatte. Die ersten Einträge waren durch Wasser und Schmutz unleserlich geworden, doch einige Seiten weiter fand sie einen entzifferbaren Absatz:

Sie war zu jung, um zu gebären, und der Junge, der ihre Hand hielt, versprach ihr die ganze Zeit über, dass er ihr nie wieder solche Schmerzen zufügen würde. Ein Versprechen, das nur selten gehalten wird.

Es ist wunderschön, einem liebenden Ehepaar ein Neugeborenes zu überreichen. Zu oft schon habe ich Müttern geholfen, die schon sechs Kinder zu Hause haben, die sie kaum ernähren können, und einen Trunkenbold als Mann. Aber diese zwei sind anders. Es war ihr erstes Kind, und ihm liefen Tränen über die Wangen. »Sie ist wunderhübsch«, flüsterte er, nachdem er die Nabelschnur durchtrennt hatte.

Willow blätterte weiter und fand eine weitere lesbare Passage:

Letzte Nacht hat eine Frau Zwillinge zur Welt gebracht. Es war eine lange Nacht, und die Geburt hat sie sehr viel Kraft gekostet. Ein Junge und ein Mädchen. Das Mädchen war eine Totgeburt. »Ich bin froh«, sagte die Mutter. »Schließlich habe ich schon fünf Kinder. Um alle kann ich mich nicht kümmern. Mein Mann findet es am besten, wenn der Junge überlebt, denn ein Mädchen sei nichts wert, meint er.«

Eine Mutter in Lewes ist wieder schwanger, sie hat schon fünf Mäuler zu stopfen, und ihr Mann schlägt sie. Sie bat mich, eine Abtreibung vorzunehmen, aber wegen ihrer schwachen

Gesundheit weigerte ich mich. Der Eingriff hätte sie umbringen können. Später trank die Frau Bleiche, um eine Fehlgeburt herbeizuführen, und nun sind all ihre Kinder mutterlos. Ich wünschte, ich hätte getan, worum sie mich gebeten hat. Diese Kinder verfolgen mich in meinen Träumen.

Sie las weiter, während draußen die Dämmerung hereinbrach. Manche Seiten waren voller verschmierter Tinte, dann konnte sie nur vereinzelt ein Wort entziffern. Doch manchmal war noch ein ganzer Absatz intakt.

Dr. Jenkins hat allen Ehemännern von Kingston deutlich gemacht, dass es ein Mann sein sollte, der ihre Frauen unter der Geburt begleitet. Ihm zufolge bin ich nicht besser als eine Hexe mit meinen altmodischen Hilfsmitteln und Heilmethoden. Es sei Gottes Wille, dass eine Frau während der Geburt leide, sagt er, und es stehe mir nicht zu, da einzugreifen – obwohl er liebend gern mit seinen Geburtszangen und Skalpellen eingreift, damit er rechtzeitig zum Abendessen zu Hause ist.

Viel zu schnell verkündete die junge Frau, dass das Archiv schließen würde, und Willow begann ihre Sachen einzupacken. Sie hatte alle lesbaren Seiten fotografiert, und als sie mit dem Notizbuch in der Hand zum Tresen ging, um es dort abzugeben, bemerkte sie einen Zettel, der ganz hinten ein Stück herausragte. Vorsichtig zog sie ihn hervor und öffnete ihn. Darauf stand eine in kindlicher Handschrift verfasste Nachricht.

An meine beste Freundin Alice,
es tut mir so leid. Ich wollte nicht alles verderben. Ich vermisse
dich schrecklich.
Kuss, Nell

Schockiert blickte Willow auf die Zeilen, ihr stockte der Atem. Sie traute ihren Augen nicht. Die Nachricht in ihren Händen war für Alice bestimmt. Der Ursprung ihrer Obsession im vergangenen Jahr, und mehr als das, der bloße Anblick ihres Namens, ihre Finger, die etwas berührten, was wahrscheinlich auch Alice berührt hatte, gaben ihr das Gefühl, einen Geist gesehen zu haben. Ihr Blick wanderte nach unten zur Absenderin der Nachricht: Nell. Das musste Bobbys Schwester sein – ihre Tante Nell –, damals war sie ein kleines Mädchen gewesen. Es erschien logisch, dass sie und Alice eng befreundet waren. Sie waren Nachbarinnen gewesen und darüber hinaus im gleichen Alter.

Noch einmal las Willow die Nachricht, dieses Mal langsamer, versuchte die Vergangenheit in diesen Zeilen aufzusaugen und sich das kleine Mädchen beim Schreiben vorzustellen. Es war ein trauriger Brief an die Freundin, und während Willow die Handschrift studierte, traten ihr Tränen in die Augen. So nah war sie Alice und Nell noch nie gewesen, es fühlte sich an wie ein kleines Fenster zu ihrer Welt.

Sie wollte den Zettel wieder zurück ins Notizbuch stecken, konnte sich aber nicht von ihm trennen. Er war wie eine Fahrkarte in die Vergangenheit, zu Alice und Nell und allem, was sie unbedingt erfahren wollte, solange sie denken konnte. Wenn sie nur mit Nell sprechen könnte, sie würde alles tun, um sie zu treffen und sich mit ihr zu unterhalten. Sie verstand nicht, warum sie einen Menschen schmerzlich vermisste, den sie niemals kennengelernt hatte. Willows Blick huschte zu der jungen Frau hinter dem Schreibtisch. Sie versicherte sich, dass diese nicht aufsah, dann ließ sie den Zettel kurz entschlossen in ihre Hosentasche gleiten.

»Sie haben sich nach Zeitungsartikeln über Tessa James erkundigt«, empfing die Frau sie freundlich, als Willow mit furchtbar schlechtem Gewissen vor ihr stand. »Es wurde häufiger über sie berichtet, daher habe ich Ihnen einige Artikel ausgedruckt. Und was die anderen Sachen angeht, kommen Sie vielleicht noch mal wieder, um den Rest zu lesen.«

Willow bedankte sich und überflog die Überschrift des Artikels, der oben auf dem Stapel lag. Er war im Februar 1950 in der *Sussex Times* erschienen: *War die verurteilte Hebamme unschuldig? Exklusiv von Milly Green.*

Ein Fahrer drückte auf die Hupe, als Willow vor dem Häuserblock, in dem ihr Vater wohnte, aus dem Auto auf die Straße stieg. Sie machte einen Satz rückwärts, als der Wagen dröhnend an ihr vorbeizog. Ihr Herzschlag pochte in ihren Ohren. Sie war vollkommen in Gedanken versunken gewesen, überwältigt von diesem Tag, und nachdem sie nach rechts und nach links geblickt hatte, betrat sie wieder die Fahrbahn. Sie versuchte, sich zu beruhigen und das nervöse Ziehen in der Magengegend zu ignorieren. In ihrer Tasche klingelte ihr Handy, und da sie annahm, dass das Charlie war, der sich nach ihr erkundigte, ging sie nicht ran. Sie wollte ihn weder anlügen noch ihm die Lage der Dinge am Telefon erklären müssen. Sobald sie mit ihrem Vater gesprochen hatte, würde sie sich hoffentlich besser fühlen, dann würde sie Charlie zurückrufen. Doch sie fürchtete sich davor, ihrem Vater von ihrer Arbeit am alten Pfarrhaus zu berichten, und wusste auch nicht recht, wie sie das Thema anschneiden sollte.

Als Willow die Treppe zu seiner Wohnung hinaufstieg, verursachte der Geruch nach Urin ihr erneut Übelkeit. Nachdem er aus dem Gefängnis entlassen worden war, hatte der Gemeinderat lange nach einer Bleibe für ihren Vater suchen müssen. Eine Weile hatte es so ausgesehen, als müsste er bei ihr wohnen, um nicht auf der Straße zu landen. Schließlich war eine heruntergekommene Zweizimmerwohnung frei geworden. Die war zwar nicht sonderlich gemütlich, aber Willow hatte ein paar Möbelstücke und Geschirr aus dem nahe gelegenen Wohltätigkeitsladen besorgt, und zusammen hatten sie Wohn- und Schlafzimmer gestrichen. Es beruhigte sie zu wissen, dass ihr Vater ein Dach über dem Kopf hatte. Solange er nicht in Schwierigkeiten geriet, würde sein Bewährungshelfer ihn in Frieden lassen.

Als sie den Flur erreichte, auf dem seine Wohnung lag, wurde sie furchtbar nervös und begann, in Gedanken die Unterhaltung einzustudieren, die sie mit ihm führen wollte. Ihre Gedanken schwirrten zurück zu der Sozialarbeiterin, die sie befragt hatte, kurz bevor Bobby auf Bewährung freikam und nicht wusste, wohin er gehen sollte.

»Uns ist bekannt, dass Sie und Ihr Vater eine angespannte Beziehung haben, Willow, aber er muss eine Adresse vorweisen, sonst können wir ihn nicht entlassen. Sie sind seine letzte Hoffnung. Wenn Sie ihn nicht aufnehmen, kann er nicht auf Bewährung raus.«

Sie hatte geantwortet, dass sie ihn natürlich bei sich wohnen lassen würde, auch wenn sie den Umgang mit ihm manchmal schwierig fand. »Das geht uns allen so, Willow«, hatte die Frau erwidert. »Wir geben uns große Mühe, eine Beziehung zu den Häftlingen aufzubauen, aber einigen gefällt das System nicht, sie mögen keinen unserer Mitarbeiter und kooperieren nicht mit uns. Ihr Vater gehört auch dazu.«

»Darf ich Sie etwas fragen? Warum hat er nicht schon früher Bewährung bekommen? Ich meine, normalerweise müssen die Leute nur die Hälfte ihrer Strafe absitzen, nicht wahr?« Willow kam sich schäbig vor, als sie so hinter seinem Rücken herumspionierte.

»Das Verhalten Ihres Vaters im Gefängnis wird der Grund dafür gewesen sein, dass er länger als nötig eingesessen hat. Er ist auf Konfrontation aus, tut sich schwer mit Autoritäten und kann keine Regeln befolgen.«

»Aber warum? Warum macht er sich das Leben schwerer als es sein muss?«

Die Frau blickte zögernd zu ihrem Kollegen, der sie begleitete. Dann sagte sie an Willow gewandt: »Da er eine längere Haftstrafe verbüßt hat, wurde ein psychologisches Gutachten verfasst. Darin kam sein Trauma zur Sprache.«

»Das Trauma, das er in seiner Zeit in der Jugendhaftanstalt erlitten hat?« Willow wusste, dass das eine rhetorische Frage war.

Die Frau bejahte. »Menschen, die so lange in einer Anstalt bleiben müssen wie Ihr Vater, haben später leider oft eine verzerrte Weltsicht. Nichts ist je ihre Schuld, sie haben immer eine Entschuldigung parat – wenn dies oder jenes nicht passiert wäre oder dieser Mensch mich nicht im Stich gelassen hätte, wäre alles in Ordnung. Lassen Sie sich keine Schuldgefühle einreden.«

Willow nickte. Das alles war ihr nur allzu bekannt.

»Häufig zahlen die Familienangehörigen den Preis. In gewisser Weise sind auch sie die Opfer, denn die ständigen Beleidigungen und gebrochenen Versprechen wirken zermürbend.«

»Ich weiß, dass er sein Bestes versucht, und ich möchte ihm helfen, wirklich. Wir haben jetzt nur noch uns.«

»Es ist schön, das zu hören, Willow, aber Sie müssen auch sich selbst schützen. Vielleicht fällt es Ihrem Vater anfangs schwer, die Dinge von Ihrer Warte aus zu betrachten. Im Gefängnis konzentrieren sich die Insassen auf sich selbst, sie haben Schwierigkeiten, anderen Menschen andere Erfahrungen zuzugestehen.«

Nervös nickte Willow.

»Sie können sich jederzeit an uns wenden, wenn Probleme auftauchen. Es ist nicht leicht, sich wieder in die Gesellschaft zu integrieren, und Ihr Vater wird eine Menge Hilfe benötigen. Häufig sind Wiederholungstäter recht kindisch. Sie erwarten, dass die Dinge von selbst laufen, sind kaum belastbar und haben nur wenig Widerstandskräfte.«

»Ich verstehe.« Unbehagen erfüllte sie.

Die beiden Sozialarbeiter schilderten ihr, wie das Verhalten ihres Vaters aussehen könnte. Auch würde er einem Ausgangsverbot unterliegen, bestimmte Menschen nicht treffen und auch nicht ins Stadtzentrum gehen dürfen. Willow war verpflichtet, ihn zu melden, wenn er gegen seine Bewährungsauflagen verstieß, wenn er das Ausgangsverbot missachtete oder zu viel trank.

Als der Tag seiner Entlassung schließlich näher rückte, begann sie schlecht zu schlafen, voller Sorge, ihren einzigen Zufluchtsort zu verlieren, ihre kleine Wohnung, voller Angst, sich ihm gegenüber nicht richtig zu verhalten, ein falsches Wort zu sagen, das ihn aus der Fassung brachte, sodass er wieder zu trinken anfing und zurück ins Gefängnis musste. Als er sie zwei Tage vor dem geplanten Einzug in ihre Wohnung anrief, um ihr mitzuteilen, dass er eine Sozialwohnung gefunden hatte, hatten sich ihre Augen vor Erleichterung mit Tränen gefüllt.

Nun stand sie vor seiner Wohnungstür, hob die Faust, atmete tief durch und klopfte dann drei Mal. Er musste zu Hause sein, Willow konnte drinnen den Fernseher laufen hören, aber er hatte nicht auf ihre Textnachricht geantwortet, dass sie vorbeikommen würde. Möglicherweise war er von ihrem Besuch überrascht – und nicht sehr erfreut. Ihr Magenflattern wurde wieder stärker. Gerade als sie erneut an die Tür klopfen wollte, ging diese auf, und ihr Vater stand, in Sweatshirt und Shorts, vor ihr.

Er war ein großer Mann mit markanten Wangenknochen, einem schmalen Mund und dichtem schwarzem Haar. Seine hellblauen Augen blickten so durchdringend, dass es Willow oft unangenehm war. Sie sah genauso aus wie er und bekam häufig Komplimente für ihre langen schwarzen Haare und die himmelblauen Augen. Ihre Mutter hatte sich sehr geärgert über diese ständige Erinnerung an den Vater, der in ihrer Kindheit nur selten da gewesen war.

Bobby James wirkte immer müde, und wenn er jemandem eines seiner raren Lächeln schenkte, funkelten seine glänzenden Augen, aber sein Mund verzog sich nicht. Ein Lächeln von Bobby James zählte. Doch jetzt in der Tür blickte er sie finster an. Ihre Anwesenheit verwirrte ihn, und sein nervöser Blick ließ vermuten, dass er etwas zu verbergen hatte. Er war unrasiert und hatte schwarze Ringe unter den Augen. Seine linke Wange war zerknittert, als wäre er eben erst aufgewacht.

Willow war schockiert über seine ungepflegte Erscheinung, zwang sich jedoch zu einem Lächeln. »Hallo, Dad!«

»Hey, Kindchen, wie geht's?« Er wirkte unstet und distanziert, als würde er eine entfernte Bekannte auf der Straße treffen.

»Ich weiß nicht, ob du meine Nachricht bekommen hast, aber ich muss mit dir sprechen.« Sie biss sich auf die Lippe.

»Oh, okay. Nein, entschuldige, die Nachricht habe ich nicht bekommen.« Es war nicht zu übersehen, dass er nach einem triftigen Grund suchte, sie nicht hereinzulassen. Sein Atem roch nach Alkohol, das nahm sie auch aus dieser Entfernung wahr, und der Rauch der Zigarette in seiner Hand verursachte ihr wieder Übelkeit.

»Es dauert nicht lange. Wir können auch einen Spaziergang machen, wenn dir das lieber ist. Ich warte hier, bis du dich angezogen hast.« Sie zog die frische Luft der verrauchten Wohnung vor.

»Nein, schon in Ordnung, komm rein«, erwiderte er.

Zögernd folgte sie ihm über den braun gemusterten Teppich ins Wohnzimmer. Im Fernsehen liefen Soft-Rock-Videos der Achtzigerjahre, und auf dem schmutzigen Tisch stand eine billig aussehende Weinflasche, daneben ein halb voll eingeschenktes Glas, außerdem stapelten sich dort alte Zeitungen. Auf dem Fußboden fanden sich ein Teller voller Zigarettenkippen sowie lauter verstreute Takeaway-Verpackungen, ebenso ein Haufen achtlos hingeworfener Klamotten und leere Bierdosen. Das Zimmer roch nach Feuchtigkeit, und trotz der rauchigen Luft waren die Fenster geschlossen. Die Vorhänge waren zugezogen. Mittendrin stand ihr Vater und machte einen gequälten Eindruck.

Augenblicklich überkam Willow ein schlechtes Gewissen, dass sie ihn schon länger als einen Monat nicht mehr besucht hatte.

»Ist es in Ordnung, wenn ich mich kurz anziehe?«, fragte er, während sie einen Platz auf dem Sofa suchte und sich setzte.

»Natürlich.« Sie betrachtete das Chaos im Zimmer und versuchte, angesichts des Zustands ihres Vaters und seiner Wohnung nicht von Schuldgefühlen überwältigt zu werden. Sie war eine schlechte Tochter. Es war ihre Aufgabe, sich um ihn zu kümmern, und sie hatte versagt. Sie holte tief Luft und wollte sich durch gutes Zureden selbst von diesem Abgrund fortzerren: Lass dir kein schlechtes Gewissen machen. Schließlich war er kein Kind mehr, er war erwachsen und nicht ihre Verantwortung. Vielleicht war die Woche für ihn nicht gut gelaufen. Solange er nicht gegen seine Bewährungsauflagen verstieß, war alles in Ordnung. Sie hatte viel gearbeitet, aber jetzt war das Projekt beinahe abgeschlossen, und sie konnte sich mehr Zeit für ihn nehmen.

In dem Versuch, sich abzulenken, musterte sie die Papiere und Briefe, die sich überall stapelten, und entdeckte auch eine Schachtel mit Fotos direkt neben dem Sofa. Ganz obenauf lag ein Schwarz-Weiß-Foto von einer Frau im Hochzeitskleid, die mit ihrem Bräutigam tanzte.

Bobby kam halb angezogen zurück und nahm sich eine Zigarette aus der Packung auf dem Tisch. »Du kannst dir gern einen Kaffee machen.«

»Ich habe dir einen mitgebracht.« Willow hielt die Papiertüte mit den Kaffeebechern in die Höhe.

Als er wieder verschwand, betrachtete sie erneut die Fotos, dann beugte sie sich vor und hob eines davon auf. Es zeigte ihren Vater als Jungen, mit ungefähr dreizehn Jahren. Er lehnte gegen ein Holzgatter, auf dem ein kleines Mädchen mit dunklen Haaren saß. Es lächelte strahlend und blickte bewundernd zu Bobby. Im Hintergrund kam eine Kuhherde auf einem Feldweg auf sie zugelaufen.

Willow sah genauer hin. Bei dem Mädchen musste es sich um Nell handeln, ihre Tante, die sie nie kennengelernt hatte. Ihr Vater weigerte sich, über sie zu sprechen. Willow wusste nur, dass Nell ihn tief verletzt hatte, weshalb er, wie es seine Art war, dichtgemacht und sie aus seinem Leben ausgeschlossen hatte. Es durchfuhr Willow siedend heiß, als sie an die Nachricht aus dem Archiv dachte, die sich in ihrer Hosentasche befand. Nell hatte starke Ähnlichkeit mit Bobby: das herzförmige Gesicht, das Lächeln, die Augen. Willow hätte viel darum gegeben, sie kennenzulernen.

Als Bobby wieder ins Zimmer kam, fragte Willow: »Das ist ein hübsches Foto, Dad. Ist das Nell?« Er schwieg zunächst, dann nickte er. Sie legte das Bild zurück auf den Stapel, denn sie hatte bereits die typischen Anzeichen dafür erkannt, dass dieses Thema verbotenes Terrain war.

»Wie geht es dir, Kleine?«

»Ganz gut. Mir ist etwas schlecht, vielleicht hab ich mir einen Infekt eingefangen.« Sie nippte an ihrem Kaffee, der merkwürdig schmeckte.

»Du bist doch nicht schwanger, oder?« Er zwinkerte ihr zu.

Willow lachte. »O Gott, nein. Keine Chance.« Sie runzelte die Stirn, als sie die Möglichkeit in Erwägung zog.

»Was macht dein Freund? Er heißt Charlie, nicht wahr?«

Willow, die noch über seine vorherige Frage nachgrübelte, machte eine Pause, bevor sie antwortete. »Ihm geht's gut, er hat mir bei der Wohnungsrenovierung geholfen. Der Holzfußboden ist jetzt abgeschliffen, und das Schlafzimmer haben wir auch gestrichen. Langsam fühlt es sich wie ein richtiges Zuhause an.« Sie lächelte ihn an.

»Das ist toll. Er ist ein guter Kerl, ich mag ihn. Ich kann dir auch jederzeit helfen, wenn du möchtest.« Er fuhr sich mit den Fingern durch die fettigen Haare. »Ich verstehe nicht, warum du mich nie fragst.«

»Dad«, sagte Willow leise, »es gibt etwas, worüber ich mit dir reden muss. Ich fürchte, es wird dir nicht gefallen, aber ich möchte ehrlich zu dir sein.«

»Das lässt nichts Gutes ahnen.« Er suchte nach einem Feuerzeug.

»Ich möchte nur …« Sie hielt inne, ihr Herz pochte heftig in ihrer Brust, und ihre Stimme begann zu zittern. »Du sollst nur wissen, dass ich mir über das, was ich dir jetzt erzähle, sehr viele Gedanken gemacht habe. Das war keine Entscheidung, die ich leichtfertig getroffen habe.«

»Okay.« Weit in seinen ausgeblichenen Polstersessel zurückgelehnt, die Beine übereinandergeschlagen, vermittelte er ihr den Eindruck, ganz weit weg zu sein. Seine Miene machte sie nervös, durch pure Willenskraft schien er vollkommen von seinen Gefühlen abgekoppelt. Ihr Mund war trocken, als sie versuchte weiterzusprechen.

»Also, seit fast einem Jahr arbeite ich an einem Bauprojekt in Kingston near Lewes.«

Sie versuchte es mit einem Lächeln, um die Anspannung zu lockern, aber er saß jetzt reglos da und starrte sie finster an.

»Dad, die Familie Hilton, unsere früheren Nachbarn … Sie reißen das Pfarrhaus ab und bauen auf dem Grundstück zehn neue Häuser und ein Gemeindezentrum. Und meine Firma, mein Architekturbüro … Nun, ich habe das Projekt geleitet und mit Leo Hilton zusammengearbeitet.«

Bobby senkte den Blick auf den Fußboden, während er sich die Zigarette anzündete und tief inhalierte. Schließlich, als sie sein Schweigen nicht länger ertragen konnte, begann er zu sprechen. »Das weiß ich.«

Von allen möglichen Antworten, mit denen sie gerechnet hatte, war ihr diese nicht in den Sinn gekommen. Innerhalb weniger Sekunden verwandelte sich ihr Schrecken in Verärgerung. Wie lange wusste er es schon? Wie immer wurde ihre Beziehung von Geheimnissen beherrscht. Dinge blieben ungesagt, schwierige Gespräche wurden aufgeschoben. So lief es immer in ihrem Leben.

Den Blick auf seine halb abgebrannte Zigarette geheftet, sagte er: »Ich bin kein Idiot, Willow.« Seine Lippen zuckten. »Die Leute reden, und es stand in der Zeitung. Allerdings hätte ich es lieber von dir selbst erfahren, das muss ich sagen.«

Willow spürte, wie sich ihr Magen wieder vor Übelkeit

zusammenzog. »Ich wollte es dir schon eher erzählen, aber ich wusste einfach nicht, wie du es aufnehmen würdest.«

Ihre Verärgerung wuchs. Wie immer war es also ihre Pflicht. Immer war jemand anderes schuld. Er war sich keiner Verantwortung bewusst, mit ihr zu sprechen, und musste auch kein Verständnis dafür aufbringen, unter welch großem Druck sie gestanden hatte. Ihr Herz raste, und ihre Hände zitterten. Der letzte Wutausbruch, den sie miterlebt hatte, lag schon so lange zurück, dass sie geglaubt hatte, er würde nicht mehr dazu neigen. Aber der Zorn war ständig da, er schwelte unter der Oberfläche. Nichts hatte sich geändert.

Schweigend saß er da, die Zigarettenasche fiel neben seinen Füßen auf den Boden, als sie mit leiser Stimme weitersprach: »Mein Chef hat mir die Leitung dieses Projekts angeboten, und ich wollte das übernehmen. Ich habe mir natürlich Gedanken gemacht, wie du das finden würdest. Aber ich warte seit Jahren auf eine solche Chance und habe unglaublich hart dafür gearbeitet. Gut möglich, dass ich nie wieder ein vergleichbares Angebot bekommen hätte, wenn ich jetzt Nein gesagt hätte.«

»Dann hast du also mit Leo Hilton gearbeitet. Weiß er, wer du bist?« Bobby war leichenblass.

»Nein, das weiß er nicht.« Erneut befiel Willow Brechreiz, den sie mühsam unterdrückte. Sie hatte erwartet, dass Bobby verletzt sein würde, aber mit dieser Reaktion hatte sie nicht gerechnet. »Sieh mal, Dad, mir ist klar, dass dich das aus der Fassung bringt. Genau das ist der Grund, warum ich dir nicht schon eher davon erzählt habe.« Ihre Augen füllten sich mit Tränen. »Dieser Job war wichtig für mich. Ich kann es mir nicht leisten, Arbeit abzulehnen. Schließlich habe ich niemanden, den ich im Ernstfall um finanzielle Unterstützung bitten kann.«

»Ach, so ist das. Du willst also sagen, dass du den Job mit den Hiltons annehmen musstest, weil ich ein mieser Vater bin? Ist dir je der Gedanke gekommen, dass die Hiltons und alles, was sie mir angetan haben, der Grund dafür sind, dass ich so bin, wie ich bin?«

»So habe ich das nicht gemeint. Nur manchmal muss ich eben zuerst an mich denken, weil ich aus Erfahrung weiß, dass ich mich nur auf mich selbst verlassen kann.« Sie wollte sich auf die Zunge beißen, die Worte kamen ganz falsch heraus. »Vielleicht kann ich noch etwas besser erklären, warum ich eingewilligt habe, dieses Projekt zu leiten.« Sie wischte sich die Tränen fort und versuchte, sich zusammen-zunehmen.

»Wenn ich gleich zu Anfang davon gewusst hätte, hätte ich dich warnen können. Sie werden dich benutzen, Willow, dann lassen sie dich fallen, das machen sie immer.« Er zog noch ein-mal an seiner Zigarette, als sein Zorn in Traurigkeit umschlug. »So ist es mir passiert. Ich habe meinen Vater im Stich gelas-sen, am Tag seines Todes. Nur um Richard Hilton bei ein paar verdammten Gartenlichtern zu helfen, und Dad ist gestor-ben. Er musste gerade seine ganze Herde schlachten, und ich ließ ihn allein. Das werde ich mir nie verzeihen. Und wofür das Ganze? Um einem Mann zu helfen, der mich dann den Wölfen zum Fraß vorgeworfen hat. Dad hat mich vor den Hiltons gewarnt, aber ich wollte nicht auf ihn hören. Sei vor-sichtig, Willow, du hast keine Ahnung, wozu sie fähig sind.« Er nahm noch einen Zug von der Zigarette, sein Blick war leer. »Und ihr reißt wirklich das Pfarrhaus ab?«

Sie nickte. »Es ist eine Ruine, Dad. Seit du weg bist, hat nie wieder jemand dort gewohnt.«

»Was ist mit den Gräbern? Was passiert damit?«

Willow schwand der Mut. »Von dem Friedhof habe ich erst

heute erfahren«, sagte sie leise. »Auf den topografischen Karten sind keine Gräber eingezeichnet. Ich glaube, genau darauf setzt Leo.«

»Auf den Karten ist sicher nichts verzeichnet. Dort hat man die Armen begraben, ledige Mütter, die bei der Geburt gestorben sind. Und eine Hexe, wenn man den Überlieferungen Glauben schenken kann. Kein Grab hatte einen richtigen Grabstein, nur ein paar Steinbrocken oder Holzkreuze. Das Grab der Hexe war mit mehreren Steinschichten bedeckt. Anscheinend wollten die Einheimischen dadurch verhindern, dass sie ins Leben zurückkehrt. Nell war vollkommen fasziniert davon«, fügte er gedankenverloren hinzu.

»Ich habe erst heute zufällig durch jemanden aus dem Dorf von den Gräbern gehört. Es muss also eine Menge Gebeine auf dem Grundstück geben. Und das heißt, ich sitze wirklich in der Scheiße, sofern ich nicht lüge, um Leo zu schützen.«

»Sag niemals die Unwahrheit, um Leo zu schützen. Das habe ich getan, und es hat mich hinter Gitter gebracht.« Willows Vater klang bitter.

»Was meinst du damit? Worüber hast du gelogen?« Willow sah ihn überrascht an.

»Nicht weiter wichtig, ich will nicht darüber sprechen.«

»Was für eine Überraschung«, murmelte sie.

Ihr Vater warf ihr einen Blick zu. »Vertrau ihnen einfach nicht, und wirf dich ja nie in die Bresche für ihn. Das musst du mir versprechen, Willow.« Sie fühlte sich unbehaglich, als könnte er ihre Gedanken lesen.

»Okay, versprochen.« Willow seufzte, den Tränen nahe.

»Weiß Nell, dass das Pfarrhaus abgerissen wird?«

Willow musterte ihn argwöhnisch. »Nell? Das weiß ich nicht, Dad. Ich habe sie nie kennengelernt.«

Er lachte schnaubend auf und schüttelte den Kopf, als

seine Wut zurückkehrte. »Es wäre schön, wenn du mich jetzt nicht mehr anlügen würdest, Willow. Aber einverstanden, wie du meinst.«

»Ich lüge nicht.« Willow beobachtete ihren Vater, der aufstand und im Zimmer auf und ab lief. »Ich verstehe das nicht. Woher sollte ich Nell kennen? Du hast uns nie miteinander bekannt gemacht. Ich weiß nicht, wo sie wohnt, nicht einmal, wie sie aussieht.« Sie konnte die Tränen nicht länger unterdrücken. Von ganzem Herzen wünschte sie sich einen Vater, der auf sie zuging, sie in den Armen hielt und ihr sagte, dass er stolz auf sie sei. Mit Bobby hingegen war es immer das Gleiche: Sie konnten noch so viele Stunden und Tage bei Wohnungsrenovierung und Spaziergängen verbringen, in denen sie eine Beziehung zueinander aufbauten – sobald es schwierig wurde, machte er dicht.

»Dad, warum hast du keinen Kontakt mehr zu Nell? Offensichtlich hast du sie sehr geliebt.« Sie blickte auf das Foto von Nell oben auf dem Stapel. »Was hat sie dir angetan?«

»Warum fragst du sie das nicht selbst?«, stieß er hervor.

»Wie soll ich sie fragen? Wo ist sie?« Tränen strömten Willow jetzt über die Wangen. »Warum bist du so gemein zu mir?«

»Weil ich es weiß, wenn jemand mir ins Gesicht lügt«, erwiderte er barsch.

»Ich lüge nicht! Es hat mich viel Mut gekostet herzukommen, Dad. Ich habe gedacht, wir könnten endlich mal offen und ehrlich miteinander reden. Damit ich nichts vor dir verbergen oder dich sogar anlügen muss. Weißt du, Dad, einer der Hauptgründe, warum ich dieses Projekt angenommen habe, war mein Wunsch, dir dadurch näherzukommen. Ich wollte etwas über dich herausfinden, woher du kommst, was passiert ist, warum du so geworden bist. Erzähl mir nichts von Lügen. Seit ich auf der Welt bin, hast du mir noch nie über irgendetwas die Wahrheit gesagt.«

Bobby blieb abrupt stehen. »Ich weiß nicht, warum du mich so sehr verletzen willst, aber du solltest jetzt besser gehen.« Er sprach ruhig, ohne jegliche Regung.

»Dad, bitte schließ mich nicht wieder aus.«

»Ich bin stolz auf dich, Willow. Dieses Haus hat meiner Mutter und meiner Großmutter nichts als Unglück und Kummer gebracht. Ich bin froh, dass es abgerissen wird. Vielleicht kann ich jetzt die Vergangenheit ein für alle Mal hinter mir lassen.«

In dem Moment durchbrach das Klingeln an der Tür die angespannte Atmosphäre zwischen ihnen. Nachdem er seine Tochter mit einem finsteren Blick bedacht hatte, ging Bobby die Tür öffnen.

Plötzlich waren explosionsartiger Lärm und lautes Gebrüll zu vernehmen, und Willow rannte auf den Flur hinaus, um nachzuschauen. Die Wohnungstür wurde aufgestoßen, zwei Polizisten stürzten sich auf Bobby, drückten ihn gegen die Wand und legten ihm Handschellen an. Zwei weitere Beamte liefen in der Wohnung umher, öffneten Schubladen und Kleiderschränke. Dann stürmten sie, laut Siennas Namen rufend, durchs Schlafzimmer.

»Was ist hier los?« Willow stand vor einem der Beamten.

»In Kingston ist ein siebenjähriges Mädchen verschwunden. Bobby James wurde heute auf dem Grundstück des Hauses, in dem das Kind wohnt, gesehen. Ungefähr um die Zeit, als es verschwand.«

»Warten Sie, wie bitte? Wohin bringen Sie ihn?«

»Auf die Polizeistation in Lewes, dort wird er verhört«, antwortete der Beamte, der Bobby aus der Wohnung geleitete.

Ein weiterer Polizist ging an ihr vorbei und sprach in sein Walkie-Talkie. »Sie ist nicht hier. Wiederhole: Sienna Hilton befindet sich nicht in der Wohnung des Verdächtigen.«

»Okay, ich informiere die Eltern«, lautete die Antwort.

Die Polizeibeamten beachteten Willow nicht weiter, als sie ihren Vater hinter sich herzerrten und zur Tür hinausführten. Donnernde Schritte, lautes Gebrüll, knallende Türen, dann herrschte Stille.

Willow stand in der Wohnung ihres Vaters und unterdrückte mühsam die Tränen des Entsetzens, bevor sie sich zwang, zu der Fernbedienung hinüberzugehen, um den Fernsehkanal zu wechseln. Als sie eine Nachrichtensendung fand, stellte sie den Ton lauter.

»Die siebenjährige Sienna Hilton wird noch immer vermisst. Das Mädchen verschwand heute aus dem Garten ihres Elternhauses in Kingston, East Sussex. Ein Mann, der auf dem Grundstück gesehen worden war, ist unter dem Verdacht der Kindesentführung verhaftet worden und wird derzeit verhört. Sienna Hilton ist die Tochter des Unternehmers Leo Hilton, dessen Schwester Alice vor beinahe fünfzig Jahren unter mysteriösen Umständen aus demselben Haus verschwand. Der Vermisstenfall konnte nie aufgeklärt werden.«

Willow schaltete den Fernseher aus und eilte ins Badezimmer, wo sie den Kaffee erbrach, den sie mitgebracht hatte. Sie setzte sich auf den Badewannenrand, holte tief Atem und drehte den Kaltwasserhahn auf, um sich zu erfrischen. Als sie in ihrer Hosentasche nach einem Taschentuch suchte, umschlossen ihre Finger die Nachricht, die sie aus dem Archiv mitgenommen hatte.

Es gab nur einen Menschen, der ihr jetzt helfen konnte: Nell. Sie hatte sie nie getroffen, und sie wusste nichts von ihr – obgleich ihr Vater auf dem Gegenteil beharrt hatte.

Diese Frau – so schloss Willow aus den Zeilen in ihrer Hand – könnte wissen, was mit Alice in jener Nacht geschehen war. Sie könnte seinen Namen ein für alle Mal reinwaschen. Nell James – Willow hatte nicht die leiseste Ahnung, wie sie sie finden sollte.

Kapitel achtzehn

NELL

Dezember 1969

Lieber Bobby,
ich vermisse dich, Dad und den Hof so sehr! Hier sind sie
freundlich zu mir, aber alles klingt, riecht und fühlt sich anders
an als zu Hause. Und es ist so kalt! Die Leute hier wollen unbe-
dingt, dass wir es kalt haben und deshalb im Bett bleiben. So
geht es mir hier, jeden Tag. Ich beschwere mich über die Kälte
und liege im Bett, also doch kein großer Unterschied zu dem,
was ich zu Hause so mache!

Nell biss sich auf die Unterlippe, als sie »zu Hause« sagte, und
blickte zu ihrer Freundin Heather hinüber, die im Bett neben
ihr saß und den Brief für sie verfasste. Mit ihren fast zwölf
Jahren war Heather schon ein großes Mädchen, und Nell be-
wunderte sie aufrichtig. Sie hatte blonde Locken und zarte
Porzellanhaut, wie eine Puppe im Spielzeugladen, und sie
hatte sich vom ersten Tag an um Nell gekümmert: Sie las ihr
vor, spielte Karten mit ihr und hielt ihre Hand, wenn sie traurig war, was häufig vorkam. Außerdem konnte Heather viel
besser schreiben als Nell. Ihre Handschrift war groß und
schön, genau wie sie selbst.

Nell blickte sich in dem Saal um, in dem sie die letzten Wochen verbracht hatte; da waren der Dielenboden, die Betten-

reihen und die geöffneten Fenster. Sie sehnte sich danach, dass ihr Vater zur Tür hereinkäme und sie von hier fortbrächte.

Aus den Streitigkeiten zwischen ihrem Dad und Mr. Hilton hatte sie geschlossen, dass sie nach ihrem Aufenthalt im Sanatorium nicht ins Pfarrhaus zurückkehren würde, aber sie versuchte, nicht den Mut zu verlieren und ins Grübeln zu verfallen. Ihr Zuhause war da, wo Bobby und Dad waren, und sie musste stark sein, bis sie sie abholen kämen. Heather konnte ihren Schmerz nachfühlen, auch sie vermisste ihr Zuhause sehr, sie war schon seit über einem Jahr im Sanatorium.

Auch wenn Nell nicht genau wusste, wie schwer Heather erkrankt war, stand fest, dass sie nicht in absehbarer Zeit nach Hause zurückkönnte. Vor ein paar Tagen war eine Röntgenaufnahme von ihren Lungen gemacht worden, und man hatte ihr erklärt, dass die Tuberkulose wieder ausgebrochen war. Nell hatte gehört, wie die Ärzte Heather mitteilten, dass sie eine neue Behandlungsmethode ausprobieren würden. Doch zuvor, als Heather zum Röntgen abgeholt worden war, hatte der Arzt von einer schweren Lungenschädigung gesprochen. Tief aufgewühlt hatte Heather tagelang geweint, und Nell hatte ihr ihren Teddybären geliehen, um sie aufzuheitern.

Schließlich waren Heathers Eltern ihre Tochter besuchen gekommen, und das hatte Nells Freundin glücklich gemacht. Nell mochte Heathers Eltern. Es waren freundliche Leute, die oft Süßigkeiten mitbrachten, die Heather mit ihr teilte. Ihre Mutter hieß Emma, ihr Vater George, und als sie an ihr Bett traten, lächelte Heather übers ganze Gesicht, genau wie ihre Mutter, aber ihr Vater war tief beunruhigt und blickte nur traurig auf seine Hände. Als Heather zur Toilette ging, bekam Nell mit, wie ihre Mutter zu ihrem Vater sagte, er solle beim nächsten Besuch besser zu Hause bleiben, wenn er Heather zuliebe nicht etwas Fröhlichkeit verströmen könnte.

Es war schön gewesen, Eltern zu sehen, auch wenn Nell schrecklich eifersüchtig war, dass Heathers Familie zu Besuch kam. Niemand sagte ihr, warum Bobby oder ihr Vater sie nicht besuchten. An den meisten Abenden weinte sie sich in den Schlaf, aus Angst, dass sie vielleicht etwas falsch gemacht habe und die beiden böse auf sie seien. Heathers Mutter hatte sie getröstet. Eine Bahnfahrkarte war teuer, und nicht alle Familien konnten sich die Reise leisten. Sicher würde ihr Vater sie bald besuchen. Jetzt blickte Nell zu Heather hinüber, die mit dem Stift in der Hand darauf wartete, dass sie weiter ihren Brief diktierte.

Die anderen Kinder hier sind nett. Ich habe eine Freundin, Heather, sie ist sehr lieb und gibt mir auch von ihren Süßigkeiten ab. Ich huste immer noch recht doll, und meine Brust tut weh. Der Doktor hat ein Röntgenbild von meinen Lungen gemacht. Das tut nicht weh, aber die Metallplatte fühlt sich sehr kalt an, wenn man sich da dranstellt, denn man muss alle Sachen ausziehen, nur die Unterwäsche nicht.

Bitte, Bobby, schreib mir, ich möchte so gern wissen, wie es Alice geht und was Snowy macht. Der Doktor sagt, dass es mir schon wieder besser geht und dass die Medizin, die ich bekomme, wirkt. Hoffentlich kann ich bald nach Hause. Ich wette, es ist sehr ruhig, wenn ich nicht da bin!

Alles, alles Liebe, Nell.

»Das ist ein schöner Brief, Nell«, sagte Heather. »Möchtest du ihn unterschreiben?«

Heather reichte ihr das Blatt Papier, und Nell setzte wie eine Erwachsene ihren Namen darunter.

»Dieses Wochenende kommen meine Eltern«, sagte Heather,

die den Brief wieder von Nell entgegennahm und in einen Umschlag steckte. »Sie können ihn für dich abschicken.«

»Vielleicht kommt mein Dad dieses Wochenende auch.« Hoffnung schwang in Nells Stimme mit. »Wir müssen aus unserem Haus ausziehen, vielleicht weiß er inzwischen, wo wir jetzt wohnen.«

»Ah, da hast du's«, sagte Heather fröhlich. »Das ist der Grund, warum er so beschäftigt war. Ein Umzug ist viel Arbeit. Sicher kommt er bald her. Möchtest du heute noch mehr Briefe schreiben, Nell?«

Nell antwortete nicht gleich. Sie musste noch an Alice schreiben, aber von dem Geheimversteck wollte sie niemandem sonst erzählen. »Ja, das will ich. Aber den nächsten möchte ich versuchen, allein zu schreiben.«

»Alle Achtung, Nell. Soll ich dir mein Briefpapier und meinen Stift leihen? Hier, du kannst auch mein Buch als Unterlage haben.« Heather legte alles auf Nells Nachttisch.

»Lieben Dank, Heather.« Nell lächelte ihre Freundin voller Bewunderung an.

Als Heather sich hinlegte, um etwas zu schlafen, nahm Nell Papier und Stift und begann, langsam zu schreiben. Eine Gänsehaut kroch ihr die Arme hinauf, als sie sich Alice beim Lesen ihres Briefs vorstellte.

Liebe Alice,
ich hoffe, es geht dir gut, und Snowy hat es warm, und du spielst gern mit ihr. Ich vermisse dich so sehr. Ich darf gar nicht daran denken, sonst fange ich an zu weinen. Und ich kann es kaum abwarten, dich wiederzusehen und dir das Geheimversteck unter der Treppe zu zeigen, das ich im Pfarrhaus gefunden habe – dafür ist der Schlüssel an Snowys Halsband.
Man würde nie vermuten, dass da ein Raum ist, es gibt nur

ein winziges Schlüsselloch unter der obersten Stufe. Sie hebt sich wie ein Deckel, dahinter betritt man eine geheime Welt mit einem Bett und einer Truhe, einer Kerze und Streichhölzern. Aber ich weiß nicht, wo wir demnächst wohnen werden oder ob wir dieses Versteck je gemeinsam auskundschaften können. Wenn du Bobby oder meinen Dad siehst, sag ihnen bitte, dass ich sie vermisse und sie mir schreiben sollen. Ich kann es kaum abwarten, wieder mit dir zusammen zu sein. Du bist die beste Freundin auf der ganzen Welt.

Liebste Grüße und Küsse, Nell

Nell steckte den Brief in einen Umschlag und schrieb in großen Buchstaben auf die Vorderseite: An Alice Hilton, Yew Tree Manor, Kingston – Persönlich! Bitte nicht öffnen! – Dann befeuchtete sie die Lasche und klebte das Kuvert fest zu.

Kapitel neunzehn

BELLA

Januar 1946

»Bringen Sie Tessa James herein!«, brüllte der Gerichtsdiener, als der Lärm im Saal zu einem eben noch vernehmbaren Summen abgeschwollen war.

Bella hielt den Atem an, als ihre Mutter zur Anklagebank geleitet wurde. Sie war so nah, beinahe konnte sie den Arm nach ihr ausstrecken und ihre schlaffen knochigen Schultern berühren. Und sie sah die Schürfwunden, die sich nach dem stundenlangen Tragen der Handschellen wie Schlangen um Tessas Handgelenke wanden.

Die Atmosphäre im Gerichtssaal war aufgeladen, wie eine Meute, die nach Blut lechzt. Bella spürte, wie Menschen über die Aussicht auf eine lebenslange Strafe für ihre Mutter frohlockten. Es war nicht in ihrem Sinn, dass Tessa James' Unschuld bewiesen wurde – wo bliebe denn dann das Vergnügen?

Haben sie nicht alle ihren Anteil an Schrecken und Leid auf dem Schlachtfeld erlebt?, dachte Bella. Ihr Blick wanderte über die Zuschauerreihen, wo sie etliche Männer mit Narben im Gesicht oder fehlenden Gliedmaßen entdeckte. Hatten sie nicht genug Tod und Elend erfahren?

Nachdem sie mit Alfie von der Polizeiwache zum Gerichtsgebäude gelaufen war, hatte Bella sich einen Weg zum

Eingang freikämpfen müssen, wo eine Menschenmenge laut buhte und den Namen ihrer Mutter rief.

»Entschuldigen Sie bitte, ich bin Bella James«, sagte sie zu einem Polizisten vor dem Gebäude. Da er sie nicht hörte, trat sie einen Schritt näher. »Entschuldigung, Sir, wo soll ich hingehen? Ich bin die Tochter von Tessa James.« Sie hatte so laut gesprochen, dass nicht nur der Polizist, sondern auch die umstehenden Leute ihre Worte vernommen hatten. Sie spürte, wie die Stimmung der Menge umschlug und sich die Blicke auf Alfie und sie richteten.

Mit Panik in den Augen hatte sie sich wieder an den Polizisten gewandt, der sie durch den Eingang schleuste, während immer stärker geschrien und geschubst wurde. Ein Mann hinter ihr stieß sie heftig in den Rücken, und sie stolperte auf der obersten Treppenstufe. Ein stechender Schmerz durchzuckte ihr Bein, als sie auf dem kalten Steinboden aufschlug. Während sie sich mühsam wieder aufrichtete, zwängte sich eine elegante junge Frau mit roten welligen Haaren durch die Menge, die ihr wieder auf die Beine half und sie zusammen mit Alfie hineingeleitete.

»Vielen Dank«, sagte Bella. Hinter ihnen schloss sich die große Tür. »Geht es dir gut, Alfie?« Der kleine Junge nickte.

»Schön, dass ich Ihnen helfen konnte. Sie müssen in Gerichtssaal Nummer eins.« Die Frau, gekleidet in einen langen schwarzen Rock und eine weiße Bluse, lächelte sie freundlich an.

Bella wischte sich den Staub von den Kleidern und rieb sich das schmerzende Knie, bevor sie schweren Herzens den mit rotem Teppich ausgelegten Flur entlangging.

»Verzeihen Sie«, wandte sie sich an eine Frau, die am Ende des Flurs Fenster putzte. »Könnten Sie mir bitte sagen, wo sich die Geschäftsstelle befindet?«

Die Frau drehte sich zu ihr um, sie schien verärgert über die Unterbrechung. »Die Treppe hinauf, erste Tür links«, sagte sie und wandte sich wieder ihrer Arbeit zu.

Bella vergewisserte sich, dass niemand ihre Anwesenheit bemerkt hatte, und stieg langsam die Holztreppe hinauf, mit Alfie an der Hand. Oben angekommen klopfte sie an die Tür direkt vor ihr. Eine höfliche Stimme bat sie herein, und sie drückte die Türklinke hinunter. In dem Raum stand eine große Frau, das Haar zum Knoten zusammengenommen und eine Kette mit einer Brille vor der Brust.

»Guten Tag, ich habe eine Frage, vielleicht können Sie mir weiterhelfen.« Bella lächelte nervös. »Ein Verwandter von mir muss in einigen Wochen vor Gericht erscheinen, und ich würde gern wissen, ob es eine Namensliste der ehrenamtlichen Verteidiger hier in der Gegend gibt?«

Die Frau betrachtete sie eine Weile, dann zog sie eine Schublade auf und holte eine Akte hervor. Sie blätterte darin und entnahm ihr ein Blatt.

»Es wäre schon ein großes Glück, wenn das klappt. Es gibt nur wenige Anwälte, und sie sind schnell vergeben.« Sie reichte ihr das Blatt. »Wenn Ihnen also nur noch wenige Wochen bis zur Verhandlung bleiben, könnten Sie leer ausgehen.«

Bella überflog die Namensliste. »Vielen Dank. Sind das wirklich alle?«

Die Frau nickte. »Leider ja. Gerechtigkeit ist teuer. Einige Anwälte stellen ihre Zeit zur Verfügung, aber die meisten von ihnen arbeiten nur gegen Honorar.«

Noch einmal bedankte sich Bella bei der Frau, faltete das Blatt Papier und verstaute es in ihrer Stofftasche, bevor sie langsam mit Alfie die Treppe hinunter zu Saal Nummer eins ging.

Sie wollte gerade die Messingklinke niederdrücken, als eine weibliche Stimme in ihrem Rücken sie zusammenfahren ließ. »Miss James? Tut mir leid, wenn ich Sie belästige, aber könnte ich Sie einen Moment sprechen?«

Bella wandte sich um. Vor ihr stand die junge Frau, die ihr nach dem Sturz aufgeholfen hatte. Sie konnte kaum älter als Mitte zwanzig sein und tänzelte beim Sprechen von einem Fuß auf den anderen, als wüsste sie nicht wohin mit ihrer unbändigen Energie.

»Ich bin Milly Green, Reporterin bei der *Sussex Times*. Wenn Sie sich irgendwann zum Prozess gegen Ihre Mutter äußern und Ihre Sicht der Dinge schildern möchten, meine Tür steht immer offen.« Eine rote Locke fiel vor ihre grünen Augen, als sie Bella eine Visitenkarte mit ihrem Namen und ihrer Telefonnummer darauf reichte. »Ich weiß, dass sie stets ihre Unschuld beteuert hat, und ich würde gern die Wahrheit herausfinden.«

Bella blickte die junge Frau forschend an. »Ich bezweifle, dass sich mit den Tatsachen so viele Zeitungen verkaufen lassen wie mit erfundenen Horrorgeschichten.«

Milly Green lächelte schief. »Das hängt von der Story ab. Niemand möchte dafür verantwortlich sein, dass eine unschuldige Frau lebenslang ins Gefängnis muss, und wenn ihr Unrecht getan wurde, sollten unsere Leser das erfahren. Ihre Mutter verdient es, dass ihre Stimme gehört wird. Mein Büro liegt direkt gegenüber vom Gericht, wenn Sie mal mit mir sprechen wollen.«

»Wie bequem für Sie. Bitte lassen Sie uns nun durch.«

Die Reporterin ging zur Seite, und Bella und Alfie betraten den Gerichtssaal. Drinnen war es bereits brechend voll, Journalisten, Rechtsanwälte und Zuschauer. Viele von ihnen starrten Tochter und Enkel der Angeklagten an, als sie sich auf eine der harten Holzbänke setzten. Bella hielt Alfies Hand fest umklammert, denn das gab ihr Kraft. Der Anblick ihrer schönen Mutter, die zur Anklagebank geführt wurde, schnitt ihr ins Herz.

Eilig suchte sie die Menge nach Wilfred Hilton ab. Er saß auf der anderen Seite des Saals, gegenüber den Geschworenen. Sie starrte zu ihm hinüber, aber er wandte den Blick ab, als der Berichterstatter zu sprechen begann.

»Meine Damen und Herren Geschworenen, es ist meine Aufgabe, die wesentlichen Punkte der Anklage sowie die der Verteidigung für Sie zusammenzufassen und Sie an die Beweise zu gemahnen, die Sie vernommen haben. Um die Angeklagte wegen vorsätzlichen Totschlags zu verurteilen, müssen Sie vollständig überzeugt sein, dass das Opfer infolge ihrer Handlung starb und die Angeklagte die Absicht hegte, ihr schweren körperlichen Schaden zuzufügen.«

Bella starrte ihre Mutter durchdringend an, damit diese sich zu ihr umdrehte. Ihr Bedürfnis, die Arme nach ihr auszustrecken und sie um ihre Schultern zu legen, war derart stark, dass sie sich auf ihre Hände setzen musste, um sich davon abzuhalten.

Sie spürte, wie fast alle Menschen im Gerichtssaal den Atem anhielten, sich vor Freude die Hände rieben und das eine Urteil herbeiwünschten: lebenslanger Freiheitsentzug. Doch eingeschlossen in eine Zelle, wo es nichts mehr von all dem gab, wofür sie lebte, würde ihre Mutter bald sterben.

Bella hob den Blick zu den Männern in den schwarzen Roben mit den hellen Perücken auf dem Kopf. Der Richter, im roten Gewand, schaute finster von seinem Pult auf ihre Mutter herab. Sie nahm eine Präsenz im Raum wahr. Etwas bewegte sich zwischen ihnen. Bella langte nach unten und tastete nach den Beeren der Schwarzen Tollkirsche, die, in ein

Tuch eingewickelt, in ihrer Tasche lagen. Der Tod saß neben ihr auf der Bank. Würde sie die Beeren wirklich ihrer Mutter aushändigen?

Ihre Mutter saß zitternd vor Angst auf der Anklagebank, und Bella fühlte, wie sie vollkommen in sich zusammensackte. Ein Polizist fing sie auf und verhinderte, dass sie vor aller Augen im Saal zu Boden fiel. Sie klammerte sich an die Bank und senkte den Blick, während Alfie fest ihre Hand drückte.

Voller Beklemmung nahm Bella wahr, wie gebannt die vielen Zuschauer das Geschehen verfolgten, als würden sie einen Kinofilm anschauen. Ihr Vergnügen war geradezu greifbar. Alfie hatte Tränen in den Augen, und sie zog ihn fest an sich.

»Die Anklage hat die Aufgabe, zu beweisen, dass die Angeklagte des vorsätzlichen Totschlags schuldig ist. Ich sage Ihnen, dass unsere drei Zeugen den Vorgang bestätigt haben. Wir haben die Aussage von Sally White, Dienstmädchen in Yew Tree Manor, die an besagtem Abend zugegen war. Sie hat mitangesehen, was passierte, und bekräftigt somit die Aussage unseres zweiten Zeugen, Dr. Jenkins. Warum sollten zwei Menschen vollkommen unabhängig voneinander das Gleiche sagen? Nämlich dass Tessa James das Skalpell aus der Arzttasche nahm und bei Mrs. Hilton einen Dammschnitt durchführte. Miss White hat es mit eigenen Augen gesehen, sie stand in der Zimmertür und hatte einen freien Blick auf den Tathergang.«

Bella blickte zu Sally hinüber, eine kleine, schmale junge Frau, die kein Einkommen mehr für sich und ihre Tochter hätte, wenn die Hiltons sie auf die Straße setzten. Es war gütig von der Familie, sie mit einem Kind im Schlepptau weiterzubeschäftigen. Kaum ein anderer Haushalt hätte das getan, und Sally wusste das.

»Wie kann man einer Frau vertrauen, deren gesamte Verteidigung darin besteht, Dr. Jenkins zu diskreditieren? Ein Mann mit tadellosem Charakter, ein renommierter Arzt mit makellosem Leumund, eine Säule der Gesellschaft, der keinen Grund hat, eine ungerechtfertigte Anschuldigung gegen die Beschuldigte zu erheben.

Diese Frau, davon hat uns Father Blacker in Kenntnis gesetzt, steht nicht in dem Ruf, Leben zu retten, sondern sie nimmt Schwangerschaftsabbrüche vor, bei leichtfertigen Weibsbildern genauso wie bei Ehefrauen, die des Kinderkriegens überdrüssig sind. Sie ist eine Hebamme, die schwangere Frauen bei sich im Pfarrhaus versteckt, wo ihre Ehemänner sie nicht finden können. Dort fällt sie mit medizinischen Instrumenten über sie her, die sie behauptet, gar nicht zu besitzen, damit diese Frauen verbluten. Sie entscheidet darüber, welches Kind leben und welches sterben wird. Genauso auch am Tag von Mrs. Hiltons Tod, nachdem Mr. Hilton ihr mitgeteilt hatte, dass er nicht länger die Augen verschließen werde vor ihren illegalen Machenschaften auf seinem Grundstück und dass sie ausziehen müsse. Meine Damen und Herren Geschworenen, ob Sie der Meinung sind, dass eine Frau infolge dieses Sachverhalts den Vorsatz hatte, die Ehefrau des Hausbesitzers tödlich zu verletzen, ist Ihre Angelegenheit. Doch ich spreche von einer Frau, die bekannt dafür ist, das Gesetz, und das Leben ungeborener Kinder, in die eigene Hand zu nehmen.«

Bella beobachtete, wie der Richter die Augenbrauen in die Höhe zog, woraufhin einige der Geschworenen lächelten. Ihr Blick wanderte zu der Frau, die eine Abschrift des Gesagten tippte. Der Vorgang mutete geradezu unschuldig an, Wörter festgehalten schwarz auf weiß, doch der Anblick der richterlichen Miene belehrte sie eines Besseren.

Zorn stieg in ihr auf, und sie blickte zu Jeremy Lyons, dem Rechtsanwalt ihrer Mutter, der während des Prozesses wenig getan hatte, um die Unschuld ihrer Mutter zu beweisen. Vor Verzweiflung ließ sie den Kopf hängen, und ihr Herz wollte zerspringen angesichts der Ungerechtigkeit, die sich vor ihren Augen abspielte, und der Lügen, die der Anwalt ihrer Mutter nicht anfocht. Ausgerechnet die Erhabenheit und Würde eines Gerichtsprozesses machten die Gerechtigkeit für ihre Mutter unmöglich.

»Meine Damen und Herren Geschworenen, als Dr. Jenkins Mrs. Hilton mit Tessa James allein ließ, war sie noch am Leben. Das Dienstmädchen hat gesehen, wie die Hebamme ein Skalpell benutzte, um den Dammschnitt durchzuführen – darin folgt sie der Schilderung des Arztes. Doch auch das ist wiederum Ihre Sache. Das Hebammengesetz von 1902 wurde erlassen, um den Beruf der Hebamme zu regeln, doch sofern Sie, die Geschworenen, Frauen wie Tessa James nicht verurteilen, werden sie es weiterhin missachten. Es liegt allein in Gottes Hand, Kinder von uns zu nehmen. Ich fürchte, Heinrich Kramer und Jacob Sprenger hatten recht, als sie schrieben, dass niemand dem katholischen Glauben mehr schade als Hebammen.«

Betroffenes Schweigen lag über dem dicht gefüllten Saal, während man gespannt auf die Verteidigungsrede wartete. Als sich Mr. Lyons, der Anwalt ihrer Mutter, erhob, konnte Bella nur mit Mühe ihren Zorn unterdrücken, denn noch bevor er auch nur ein Wort geäußert hatte, wusste sie bereits, dass er ihrer Mutter keine Gerechtigkeit widerfahren lassen würde.

»Meine Damen und Herren Geschworenen, Sie mögen glauben, es bestehe kaum Zweifel daran, dass die Handlungsweise der Angeklagten, die Durchführung des Dammschnitts, der die Blutungen verursachte, letztlich zum Tod von Mrs. Hilton führte. Doch das allein lässt keine ausreichende Schlussfolgerung zu.« Der Verteidiger schlug mit der Faust auf den Tisch. »Denn für die Verurteilung der Angeklagten müssen Sie auch den notwendigen Vorsatz feststellen. Und, verehrte Damen und Herren Geschworenen, ich sage Ihnen, sie hatte nicht die Absicht zu töten. Tessa James hatte nicht einmal die Absicht, ihr schweren körperlichen Schaden zuzufügen. Ihr einziges Verbrechen besteht darin, dass sie sich nicht an das Protokoll gehalten hat. Sie hat nicht das Hebammengesetz aus dem Jahr 1902 befolgt, das genau für diesen Fall verabschiedet wurde und die Tätigkeitsbereiche der Geburtshilfe regelt. Es schreibt vor, dass Hebammen nur normale Geburten begleiten dürfen. Und es legt fest, dass die Betreuung einer Schwangeren in den Wehen an einen Arzt übergeben werden muss, sollten, wie in diesem Fall, Komplikationen auftreten. Weiterhin ist es Hebammen untersagt, medizinische Instrumente wie Geburtszange oder Skalpell zu benutzen. Tessa James wollte Evelyn Hilton nicht töten. Doch sie ist eine stolze Frau, sie praktiziert seit über dreißig Jahren als Hebamme, und um Hilfe zu bitten verstieß gegen ihre Prinzipien. Stolz, nicht Bösartigkeit, hat Tessa James davon abgehalten, Mrs. Hilton von Dr. Jenkins weiterbehandeln zu lassen, bevor es zu spät war. Die Zeiten ändern sich, heute wollen schwangere Frauen einen ausgebildeten Arzt an ihrer Seite, und Hebammen wie Tessa James sind gegen die wachsende Anzahl von Ärzten, die Geburtshilfe leisten. Dieses Eindringen in ihr höchsteigenes Tätigkeitsgebiet hat sie sehr erbittert, aber macht sie das zu einer Mörderin?«

Erneut schlug er mit der Faust auf den Tisch, und Bella fuhr zusammen. »Ich frage Sie also, verehrte Damen und Herren Geschworenen, macht sie das zu einem bösen Menschen? Ihre ganzen Berufsjahre hindurch hat Tessa James der Gemeinde von Kingston gute Dienste geleistet, viele Frauen hier im Saal können das bezeugen, sie hat ihr Leben dem Erhalt von Leben gewidmet, nicht dessen Verkürzung. Ich sage Ihnen, dass Tessa James einfach nur einen Fehler begangen hat. Nachdem sie dreißig Jahre lang Mutter und Kind unter der Geburt das Leben gerettet hat, hat diese Erfahrung sie glauben gemacht, dass sie diese schwierige Aufgabe bewältigen könnte, aber das war nicht der Fall. Und Evelyn Hilton hat teuer für diesen Fehler bezahlt.

Nun ist es also an Ihnen, meine Damen und Herren Geschworenen, zu entscheiden, ob Tessa James für diesen Fehler lebenslang ins Gefängnis gehen sollte. Es herrscht kaum Zweifel daran, dass die Taten der Angeklagten, die Durchführung des Dammschnitts, der die Blutungen verursachte, letztlich zum Tod von Mrs. Hilton führten. Doch ich wiederhole noch einmal: Für die Verurteilung der Angeklagten müssen Sie auch den notwendigen Vorsatz feststellen. Und, meine Damen und Herren Geschworenen, sie hatte nicht die Absicht, zu töten oder ihr auch nur körperlichen Schaden zuzufügen. Die Gemeinde von Kingston steht tief in ihrer Schuld, und heute müssen wir uns auf die Hunderte von Leben konzentrieren, die Tessa James gerettet hat, und nicht auf das eine, das sie letztlich nicht bewahren konnte. Zweifellos sollte es für Hebammen wie Tessa James strenge Vorschriften geben, aber diese Frauen brauchen keine Gefängnisstrafe. Daher sage ich Ihnen heute, dass Sie nach eingehender Gewissensprüfung für nicht schuldig stimmen können.«

Bella hatte den brennenden Wunsch, aufzustehen und ihre Mutter zu verteidigen. Wenn sie schwieg und ihre Mutter lebenslänglich bekam, würde sie sich das niemals verzeihen.

»Sir, bitte entschuldigen Sie!« Bella stand auf, und alle im

Saal sahen sie an. »Dürfte ich einige Worte zur Verteidigung meiner Mutter sagen?«

Ein allgemeines Keuchen hob an.

»Dürfen Sie nicht!«, brüllte der Richter.

Bella ignorierte ihn und sah mit Tränen in den Augen flehentlich zu den Geschworenen hinüber. »Meine Mutter hat wahrscheinlich tausend Babys zur Welt gebracht und niemals ein Skalpell benutzt. So etwas würde ihr nie in den Sinn kommen. Dr. Jenkins sieht sie als Bedrohung, weil die Frauen im Ort sie lieben und ihm dadurch Einnahmen entgehen. Ich habe selbst gehört, wie er sagte, dass er sie zu Fall bringen wolle. Meine Mutter hätte Evelyn Hilton niemals etwas angetan, denn sie hatte sie sehr gern. Die beiden waren befreundet, und Tessa hat auch die Geburten von Mrs. Hiltons zwei älteren Kindern betreut.«

»Setzen Sie sich, junge Dame, sofort! Oder ich werde Sie wegen Missachtung des Gerichts belangen!« Er schlug seinen Richterhammer so fest auf den Tisch, dass ein heftiger Ruck durch ihren Körper ging. Widerwillig setzte sie sich wieder auf ihren Platz. Ihre Mutter wandte sich nach ihr um. Für einen Moment trafen sich ihrer beider blauen Augen, dann musste Tessa weinen und drehte sich weg.

Als der Richter mit seiner Zusammenfassung begann, konnte Bella die ständigen Lügen nicht mehr ertragen. Also ergriff sie Alfies Hand und ging auf zitternden Beinen zur Saaltür. Der Anwalt ihrer Mutter funkelte sie böse an, das Gesicht rot vor Wut.

Man hatte ihr gesagt, dass es Stunden, gar Tage dauern könne, bis die Geschworenen ein Urteil fällten, deshalb setzte sie sich vor dem Gerichtssaal auf eine Bank und konzentrierte sich darauf, Alfies kleine Hand zu drücken. Alfie legte seinen Kopf in ihren Schoß, und sie streichelte seine Haare. Auf seinem hübschen Gesicht waren immer noch Tränenspuren zu sehen. Er sah Eli ähnlich, dachte sie, so ähnlich, aber er hatte ihre blauen Augen. Kurz darauf kamen die Menschenmassen aus dem Gerichtssaal heraus und unterhielten sich angeregt über den Verzehr von Tee und Kuchen, als ob es sich um eine Theaterpause handelte.

Bella wusste nicht, wie viel Zeit vergangen war, aber recht bald schon herrschte Umtriebigkeit, ein Raunen ging um, dass etwas im Gange war. Es konnte noch nicht so weit sein, oder doch? Die Worte von Jeremy Lyons kamen ihr wieder in den Sinn, und eine Welle der Panik durchflutete sie. *Hoffentlich lassen sich die Geschworenen lange Zeit für die Beratung, ein rasches Urteil ist nie ein gutes Zeichen.*

Eine männliche Stimme drang bellend über den Flur, wo sie saß. »Wahrspruch der Geschworenen, Gerichtssaal Nummer eins.« Alfie und Bella sahen sich an, und Alfie schlang die Arme um ihren Hals. Unsicher standen sie auf und schlossen sich der Zuschauermenge an, die in den Saal zurückströmte, wo auch sie sich wieder auf der kalten Holzbank niederließen. Als die Geschworenen erneut ihre Plätze eingenommen hatten, blickte keiner von ihnen in ihre Richtung. Bella schloss die Augen und zog Alfie fest an sich.

»Obmann der Geschworenen, bitte erheben Sie sich. Ich gehe davon aus, Sie sind zu einem Wahrspruch gekommen.«

»Ja, Euer Ehren.«

»Und haben alle Geschworenen abgestimmt?«

»Ja, Euer Ehren.«

»Befinden Sie die Angeklagte für schuldig oder für nicht schuldig des vorsätzlichen Totschlags von Evelyn Hilton?«

»Schuldig.«

Bella schloss die Augen und versuchte, nicht von der Übelkeit überwältigt zu werden, die die aufsteigende Galle in ihr hervorrief. Sie blickte zu ihrer Mutter hinüber, der die Beine weggesackt waren. Ein Gefängniswärter fing sie auf und half ihr, sich zu setzen. Mehrere Minuten lang herrschte Chaos im Saal, als die Zuschauer in Brüllen und Hohngelächter ausbrachen und wild mit den Händen auf die Sitzbänke klopften. Alfie wurde durch den Tumult aufgerüttelt und blickte zu seiner Mutter, die ihre Hände auf seine Ohren legte, damit er nichts mehr hören musste.

»Stehen Sie auf, Mrs. James!«, befahl der Richter. Der Polizist zog Tessa auf die Füße, sodass sie vor der Anklagebank stand. »Sie sind des vorsätzlichen Totschlags für schuldig befunden worden. Ihr Rechtsbeistand hat mich gebeten, aufgrund Ihrer früheren guten Taten Gnade walten zu lassen, aber ich kann nicht außer Acht lassen, dass mehrere Zeugen berichtet haben, dass Sie Schwangerschaftsabbrüche vornehmen, eine in den Augen des Gesetzes streng verbotene Handlung. Weiterhin hat Ihre Tochter verleumderische Aussagen über Dr. Jenkins getätigt. Ein unglaubliches Verhalten, und es ist nicht hilfreich für Sie, wenn ich denke, dass Sie vielleicht keine Verantwortung für Ihre Fehler übernehmen. Zusätzlich zu den bösen und verbrecherischen Handlungen, durch die Sie den Tod von Mrs. Hilton herbeiführten, haben Sie auch mit aller Kraft versucht, den guten Ruf von Dr. Jenkins zu zerstören, der eine Säule unserer Gesellschaft ist und ein Mann, dem wir zu großem Dank verpflichtet sind.«

Bella war speiübel, und sie versuchte, ihre Atmung zu beruhigen. Das Gemurmel der Mitglieder der Öffentlichkeit wurde lauter, und die Bleistifte der Journalisten kratzten auf ihren Notizblöcken wie Fingernägel auf einer Schreibtafel. Milly Greens durchdringender Blick bewirkte, dass sie sich unbehaglich fühlte. Sie sah zu Wilfred Hilton hinüber, der unverwandt den Richter anstarrte. Tessa hatte die Augen fest auf den Boden gerichtet. Plötzlich fiel, ohne Vorwarnung, ein Sonnenstrahl durch das schmutzige Fenster und erhellte den grauen Raum und die dunklen Mahagonibänke. Die Zeit blieb stehen, die Journalisten blinzelten begierig zu ihrer Mutter hinüber.

Bella streckte nach Halt suchend den Arm aus, als der Richter sprach. Seine Stimme war tief und langsam, ruhig und überlegt.

»Das war ein egoistisches Verbrechen. Sie haben Ihren Ehrgeiz als Hebamme über das Wohl einer Frau und ihres ungeborenen Babys gestellt, und dafür gibt es nur eine Strafe. Trotz Ihrer fortwährenden Unschuldsbeteuerungen ist die Beweislast gegen Sie erdrückend. Mr. Lyons hat, bei unzähligen Gelegenheiten, die Leben der Frauen angeführt, die seine Klientin gerettet hat. Betrüblicherweise, Mrs. James, war Ihr Anwalt nicht in der Lage, eine einzige dieser Frauen zu Ihrer Verteidigung in den Zeugenstand zu berufen. Und Sie weigern sich, selbst zu Ihren Gunsten auszusagen. Sie haben Mrs. Hilton und ihrem Baby schreckliches Leid zugefügt, und wir müssen sichergehen, dass keine andere Mutter das gleiche Schicksal ereilt.

Tessa James, Sie sind des vorsätzlichen Totschlags für schuldig befunden worden. Dieses Gericht verhängt folgendes Strafmaß: Sie werden von hier direkt in Ihre Zelle zurückgebracht, wo Sie eine lebenslange Gefängnisstrafe verbüßen werden. Es bleibt zu hoffen, dass das als abschreckendes Beispiel für andere Hebammen dient, die sich über das Gesetz hinwegsetzen.«

Als Hohn und Häme im Saal laut wurden, stand Bella auf und ging zur Anklagebank. Alle Blicke wandten sich ihr zu.

»Mama, Mama, ich bin's, Bella.« Der Anblick ihrer starken Mutter, die von einem Gefängniswärter gestützt werden musste, schnitt ihr ins Herz. Die Anspannung war zu viel für sie, Tränen liefen ihr über die Wangen. »Mama, ich bin hier«, sagte sie etwas lauter.

Langsam wandte sich Tessa schreckerstarrt zu ihrer Tochter um. Nur ihre blauen Augen blitzten. Die laute Stimme des Richters übertönte die lärmende Menge.

»Ruhe, Ruhe! Gehen Sie weg, junge Dame, oder Sie werden wegen Missachtung des Gerichts belangt.«

»Mama, ich liebe dich.« Bella streckte die Hand aus, die ihre Mutter sofort umschloss. Darin lag ein kleiner Leinenbeutel, zu klein, als dass irgendjemand ihn bemerken würde, mit zwanzig Beeren der Schwarzen Tollkirsche. Ihre Finger bedeckten eine Handfläche, die ihr so vertraut war wie ihre eigene, als ihre Mutter sie liebevoll mit allen Erinnerungen an ihr gemeinsames Leben in den Augen ansah. Bella schielte zum Wärter und zog Tessa ein Stück fort von ihm, enger in ihre Umarmung. Zum letzten Mal sog sie die Haare ihrer Mutter, ihren Körper, ihren Geist ein und hatte das Gefühl, wieder mit ihr im Pfarrhaus am Kamin zu sitzen, wo sie Schutz vor einem Sturm suchten. »Ich bin immer bei dir, Mama«, flüsterte sie.

Als Tessa in ihren Armen zusammensackte, spürte Bella, wie der panische Herzschlag ihrer Mutter ruhiger wurde, und für einen kurzen Moment waren sie eins, mit sich im Reinen, bis die Wärter Tessa fortzerrten und der Richter wieder seinen Hammer schwang.

»Bringen Sie die Frau nach draußen. Sperren Sie sie heute Nacht ein!«, donnerte er.

Ein Polizist packte Bella und trennte Mutter und Tochter endgültig voneinander, und sie sah hilflos zu, wie ihre Mutter die Stufen von der Anklagebank hinuntergetragen wurde.

Während der Polizist sie am Arm durch den Gerichtssaal

führte, buhten die Männer im Publikum und verfluchten sie, blutdürstige Männer, deren Frauen ihre Mutter geholfen hatte, häufig ohne Bezahlung. Bella warf einen Blick über die Schulter, wo Wilfred Hilton gerade zu Alfie hinüberging. Blanke Panik durchströmte sie, und sie begann laut zu schreien. Da Eli tot war und sie in Polizeigewahrsam musste, würde Wilfred Hilton behaupten, dass er der gesetzliche Vertreter des Jungen sei. Unsanft zog der Polizist sie mit sich, während sie den Richter anflehte, sie freizulassen. Doch als sie Alfies Namen rief, beugte sich Wilfred lächelnd zu dem Jungen hinunter und verhinderte, dass er sie ansah. Dann nahm er behutsam Alfies Hand und führte das Kind fort.

Kapitel zwanzig

VANESSA

Silvesterabend 1969

»Ist Ihre Tochter schon jemals zuvor weggelaufen?« Vanessa blickte über den Tisch zu dem dunkelhaarigen Kommissar und dann zu ihrem Sohn, der, eine dicke Wolldecke um die bebenden schmalen Schultern gelegt, regungslos vor dem Kamin saß.

»Nein«, antwortete sie. »Also, in gewisser Weise ja, aber das war nur ein dummes Spiel, ein Missverständnis.« Sie stand auf und begann wieder im Raum auf und ab zu gehen, während sich die Beamten am Tisch nach ihr umdrehten.

»Können Sie uns erläutern, was bei diesem Vorfall geschah, Mrs. Hilton?«

Sie wusste nicht, wohin mit sich. Ihr Körper war dermaßen vollgepumpt mit Adrenalin und Panik, dass sie am liebsten gerannt wäre. Sie wäre die ganze Nacht hindurch gelaufen, wenn sie dann nur zu Alice gekommen wäre. Doch sie konnte nirgendwohin laufen, überall waren nur Sackgassen und tief in ihrem Inneren lodernde Herzensangst. Es war ein Uhr morgens, und ihre Tochter wurde immer noch vermisst. Der Schneesturm hatte sich gelegt und war durch eine stille weiße Schneeschicht über dem ganzen Dorf ersetzt worden, ein weißes Tuch, das alle Spuren verdeckte. Fast zwei Stunden lang war sie auf der Suche nach Alice draußen im Schnee die

Dorfstraße auf und ab gewandert, bis sie so durchgefroren war, dass sie ihren Körper nicht mehr spürte.

Einige wohlmeinende Gäste waren noch geblieben, um bei der Koordination eines Suchtrupps zu helfen, und kamen immer wieder ins Haus, um sich aufzuwärmen und Kraft zu sammeln, während sie etwas Heißes tranken und sich unterhielten. Ihr war klar, dass sie sich neu gruppieren mussten, aber sie wünschte sich, sie würden wieder nach draußen gehen. Ihr Geklatsche, vielleicht auch ihre heimliche Freude an dem Drama, das Klirren ihrer Kaffeebecher, alles machte sie wütend: »Ist es nicht schrecklich?« – »Ich verstehe das nicht.« – »So ein hübsches Mädchen, sicher würde ihr doch niemand etwas antun, oder?« Das einzige Geräusch, das sie hören wollte, war Alices Kreischen, ihr Lachen, ihr Kichern, und ihre Abwesenheit im Haus brachte sie an den Rand des Wahnsinns.

»Möchte jemand noch eine Tasse Kaffee oder Tee?« Die Kellnerin, die sie früher am Abend nach dem Champagner gefragt hatte, lief immer noch mit aschfahlem Gesicht umher. Sie hatte Alice als eine der Letzten gesehen, als Vanessa ihre bezaubernde Tochter geschimpft hatte, weil sie sich nicht hatte umziehen wollen. Das ganze Jahr lang hatte sie sich einzig und allein um diese Party gekümmert, es war auch Richards alleinige Sorge gewesen, diese vermaledeite Party, das große Ereignis, die Show, für Geschäftskollegen, Bekannte und Leute aus dem Dorf. Währenddessen hatte sie die zwei Menschen, die ihr am wichtigsten waren auf der Welt, immer weniger beachtet. Als sie den Flur hinunterblickte, überkam sie solche Wut auf das Haus, das ihr so viel von ihrem Leben gestohlen hatte, dass sie am liebsten laut geschrien, den Weihnachtsbaum umgestoßen, die Dekoration heruntergerissen und die Vasen voller roter Rosen zerschmettert hätte. Was, wenn die vergangenen Wochen, die sie abwesend und abgelenkt, genervt und gestresst von den Dekorateuren und der Partyorganisation zugebracht hatte, ihre letzten mit Alice waren?

»Mrs. Hilton, könnten Sie mir bitte erzählen, was passierte, als Ihre Tochter das letzte Mal weggerannt ist?«

»Sie ist nicht weggerannt!« Vanessas Stimme klang schroff. »Sie war zum Baumhaus gegangen. Es war nur ein dummer Streit, sie war aufgebracht, weil ich nicht erlaubt habe, dass ihre Freundin Nell bei uns übernachtet. Also hat sie eine Decke und ihren Picknickkorb genommen, ihre Katze hineingesetzt, und während ich Abendessen gekocht habe, ist sie zum Baumhaus gelaufen. Ich habe sie fast sofort gefunden. Sie ist sechs, manchmal haben wir Streit. Das hatte keine große Bedeutung. Heute hingegen ist es anders. Bei dem Schnee würde sie nie von zu Hause, von uns, fort sein wollen, schon gar nicht ganz allein.«

»Würden Sie Ihre Tochter als ungezogen bezeichnen?« Der Kriminalkommissar sah auf, den Stift erwartungsvoll in der Hand. Die Vermutung, dass Alice einen Streich im Sinn gehabt hatte, schien für die Beamten im Fokus ihrer Zeit und ihrer Bemühungen zu liegen. Während die Sekunden tickend vorübergingen, nahmen sie ihr Verschwinden nicht ernst. Am liebsten hätte Vanessa sie geschüttelt und ihre Notizbücher ins Feuer geworfen: Hört mir zu, Alice ist etwas Schlimmes zugestoßen. Um Himmels willen, unternehmt etwas!

Sie versuchte weiterzuatmen und konzentrierte sich ganz auf das Heben und Senken von Leos Schultern. Ihr Sohn saß im Sessel neben dem Kamin. Vanessa wusste, dass er eigentlich im Bett sein sollte, aber dafür müsste sie eingestehen, dass der Tag vorüber war. Bald darauf würde es dämmern, und ein Gefühl der Angst würde vorherrschen. Erst wenn der nächste Tag angebrochen und Alice nicht nach Hause zurückgekehrt war, würden die Beamten erkennen, dass sie nicht einfach nur ungezogen war, sondern irgendwo in einem Graben lag. Doch dann wäre es zu spät. Sie konnte die Radiomeldung schon hören: »Ein sechsjähriges Mädchen ist in dem kleinen Dorf Kingston near Lewes verschwunden. Gestern Abend gegen sieben Uhr verließ sie ihr Elternhaus und wurde seitdem nicht mehr gesehen.« Während die Polizisten hier saßen und ihr eine Frage nach der anderen stellten, verrannen diese entscheidenden Stunden, in denen Alice lebend gefunden werden konnte, wie Sand durch ein Stundenglas, und sie glitt immer weiter fort. Fort vom letzten Moment, in dem Vanessa ihr Kind gesehen hatte. Um sie herum wurde alles langsamer, die Stimmen der Kriminalbeamten, das Knistern des Feuers, die Uhr an der Wand. Es machte ihr Angst, dass ihre Hysterie abzuebben begann. Sie spürte, wie sie stiller und in sich gekehrter wurde. Ihr Gehirn war nicht in der Lage, die überwältigenden Emotionen zu verarbeiten, es begann sich selbst abzuschalten.

»Sie war nur … nur sehr eigenwillig.« Es war ihr so herausgerutscht, dass sie von ihrer Tochter in der Vergangenheit gesprochen hatte, doch plötzlich verspürte sie Brechreiz. Sie begann zu würgen, lief zur Spüle, während ihr Magen sich immer wieder krampfartig zusammenzog. Dann drehte sie den Wasserhahn auf und spritzte sich kaltes Wasser ins Gesicht, holte tief Luft und versuchte sich aufzurichten, sich zusammenzunehmen, für Alice.

»Ich verstehe nicht, warum Sie nicht nach ihr suchen.« Sie wandte sich wieder den Beamten zu. »Warum sind wir hier drinnen? Es gab einen Schneesturm, sie ist sechs, sie ist mit dem Rad los, um nach ihrem Hündchen zu suchen. Sie ist ihrem Bruder hinterhergefahren und hat sich verirrt, oder sie ist gestürzt. Nun liegt sie irgendwo im Graben, in dieser bitteren Kälte, wahrscheinlich stirbt sie. Genau jetzt. Um Gottes willen, bitte tun Sie etwas. Ich kann dieses tatenlose Herumsitzen nicht länger aushalten!«

Alle hoben den Blick, als Richard in die Küche kam, sein Gesicht rot vor Kälte, Mütze, Jacke, Handschuhe und Schal mit Schnee bedeckt.

»Nichts«, sagte er. »Überall ist jetzt Polizei, das ganze verflixte Dorf sucht nach ihr. Sie bleibt verschwunden. Draußen sind es minus zwei Grad. Wenn sie nicht irgendwo Schutz vor der Kälte gefunden hat, gibt es keine Hoffnung. Verdammter Mist. Wo zum Teufel ist sie?« Er schmetterte seine Faust auf die Küchentheke, sodass ein Champagnerglas auf den Boden fiel und zersplitterte.

Der Kriminalkommissar trat vor. »Mr. Hilton, sicher ist das nicht der ideale Zeitpunkt, aber könnten wir Ihnen ein paar Fragen …«

»Ich kann jetzt nicht mit Ihnen sprechen, ich muss wieder nach draußen!«, fuhr Richard den Mann an.

»Ich weiß, dass das schwer ist, aber es wird nicht lange dauern, und es würde uns sehr helfen, Ihre Tochter zu finden. Bitte denken Sie nicht an das Schlimmste. Die meisten vermissten Kinder sind innerhalb von vierundzwanzig bis achtundvierzig Stunden wieder zu Hause.« Der Kommissar sprach in nüchternem Tonfall.

»Mir gefällt es nicht, hier rumzusitzen, anstatt etwas zu tun. Wir sollten alle da draußen sein – und nach ihr suchen!«, erwiderte Richard erzürnt.

»Wenn Sie kurz Platz nehmen und mit uns sprechen, können wir vielleicht zusammen herausfinden, wo sie hingegangen sein könnte.« Der Kommissar deutete auf einen Stuhl am Küchentisch.

»Ich will mich nicht hinsetzen. Ich bin nur zurückgekommen, um zu sehen, ob Alice aufgetaucht ist.« Richard ging zum Kamin hinüber, legte seine Hände auf den Sims und lehnte sich über die Flammen, um sich zu wärmen. »In Ordnung, schießen Sie los. Was wollen Sie wissen?«

»Okay, Mr. Hilton, bitte fassen Sie unsere Fragen nicht falsch auf. Wir wollen uns nur ein Bild von Alices Gemütsverfassung machen, bevor sie verschwand. Wir möchten, dass sie wieder zu Hause ist, so wie Sie alle.«

»Ja, ja, machen Sie schon«, sagte Richard gereizt mit einem Blick zur Uhr.

»Hat Alice heute im Laufe des Tages mit Ihnen oder Ihrer Frau Streit gehabt?«, fragte der Kommissar vorsichtig.

»Sie ist sechs Jahre alt, meine Güte. Es gibt jeden Tag wegen irgendetwas eine Auseinandersetzung.« Richard nahm seine Mütze ab und schüttelte sich den Schnee aus den Haaren.

»Gut, lassen Sie es mich anders ausdrücken. Hat es in letzter Zeit zu Hause Spannungen gegeben, sodass sie vielleicht Angst hatte, nach Hause zu kommen?«

»Wenn Sie wissen wollen, ob ich sie geschlagen habe oder sie Angst vor mir hatte, dann nein. Ich habe nie die Hand gegen sie erhoben. Sie hatte sich mit ihrer Mutter gekabbelt und ist schmollend abgezogen.«

»Eine Kabbelei? Worum ging es denn?«

Vanessa seufzte. »Es war nicht der Rede wert. Sie wollte das Kleid nicht tragen, das ich ihr für die Party gekauft habe, aber letztlich war alles gut.«

Der Kommissar nickte. »In Ordnung, können Sie mir den Hergang des Streits schildern?«

»Es war so: Ich musste etwas für die Party arrangieren, es gab ein Problem mit dem Champagner, und ich hatte keine Zeit, mich um Alice zu kümmern. Daher hat unsere Kinderfrau ihr geholfen, sich fertig zu machen.«

»Also hat Alice letztlich eingewilligt, das Kleid zu tragen, und Sie beide haben sich wieder vertragen?« Erneut war nur das Kratzen seines Stifts auf dem Notizblock zu vernehmen.

»Ja. Das letzte Mal, dass ich sie gesehen habe, lief sie in dem roten Kleid über den Rasen vor dem Haus. Alice hat einen starken Charakter, aber wir stehen uns sehr nah, wir sind nie lange böse aufeinander. Haben Sie Kinder? Dann wissen Sie, wie das ist.«

Der Kriminalkommissar machte sich weiter Notizen, ohne ihre Frage zu beantworten. »Verstehe ich das richtig: Ihre Kinderfrau war die letzte Person, die mit Ihrer Tochter gesprochen hat? Soweit wir wissen?«

»Vermutlich ja«, antwortete Richard.

»Und ist sie noch hier? Können wir mit ihr sprechen?«, fragte der Beamte.

»Nein, sie hat den ganzen Tag lang auf die Kinder aufgepasst, während ich alles vorbereitet habe, und ist kurz vor Beginn der Party nach Hause gegangen. Aber sie ist von hier und wohnt im Dorf«, antwortete Vanessa leise.

»Dann ist sie ungefähr zu der Zeit gegangen, als Alice verschwand? Haben Sie vorher noch mit ihr über Ihre Tochter gesprochen? Sie hat ihr beim Anziehen des Kleides geholfen, sagten Sie?«

»Ja, sie hat Alice umgezogen. Ich habe sie gebeten hierzubleiben und die Kinder während der Party zu beaufsichtigen, aber sie hatte es eilig fortzukommen. Sie erwartete Gäste zum Abendessen. Und ich war gestresst, weil ein Teil des Champagners fehlte. Jetzt klingt das alles so unwichtig, aber es war ein furchtbar hektischer Tag. Alles ist schiefgegangen.«

Er nickte und blickte auf seine Aufzeichnungen. »Wie heißt die Kinderfrau?«

»Dorothy Novell. Sie wohnt in einem der Reihenhäuschen am Ende unserer Auffahrt, Yew Tree Cottage.«

Der Kriminalkommissar wandte sich an seinen Kollegen. »Könntest du bitte zum Haus von Dorothy Novell gehen und sie herbringen? Wenn nötig, weck sie auf.« Er riss das Blatt Papier ab, auf dem er gerade geschrieben hatte, und reichte es dem Polizisten.

Leo sah zu, wie der Mann fortging, dann stand er auf und bewegte sich in Richtung Tür.

»Wo willst du hin, Leo?«, fragte Richard.

»Ich will den Pulli wechseln, er ist nass.« Leo war leichenblass und klapperte mit den Zähnen.

»Komm sofort zurück«, fuhr Richard ihn an.

»Das macht er, Richard«, schaltete sich Vanessa ein. Zwar hatte ihr Ehemann niemals gegen Alice seine Hand erhoben, doch Leo gegenüber war er nicht immer so beherrscht gewesen. Es sollte nicht ans Licht kommen, dass er manchmal ihren Sohn schlug, dann stünde ihre Familie im Mittelpunkt, und man würde mit dem Finger auf sie zeigen, wertvolle Zeit ginge unnötig verloren, anstatt dass die Suche nach Alice fortgesetzt würde.

»Ich weiß wirklich nicht, wie uns das weiterhelfen soll.« Richard warf dem Kriminalbeamten einen verärgerten Blick zu. »Dorothy hat hiermit nichts zu tun.«

»Sicher haben Sie recht. Ich versuche nur, so genau wie möglich Alices Wege nachzuvollziehen. Als Sie sie im Garten vor dem Haus gesehen haben, in welche Richtung ist Ihre Tochter da gelaufen?«

»Meine Frau hat sie gesehen. Sie rannte zum Baumhaus am Ende des Gartens. Dort hat Vanessa als Erstes nachgesehen, und als Alice dort nicht war, hat sie angefangen, sich Sorgen zu machen.«

»Und wo war Ihr Sohn zu diesem Zeitpunkt?«

Vanessa nahm einen Schluck Wasser. »Richard hatte ihn mit dem Rad zum Pfarrhaus geschickt, um Bobby James zu holen. Der sollte ihm mit den Lichterketten helfen. Wir glauben, dass Alice ihm möglicherweise gefolgt ist. Wenn sie im Baumhaus war, hat sie mitbekommen, dass Leo dorthin wollte. Sie konnte ihr Hündchen nicht finden, Snowy. Vielleicht hat Alice gedacht, dass Snowy zum Pfarrhaus zurückgelaufen war, denn dort wurde sie geboren. Aber Richard ist Leos Weg schon ein Dutzend Mal abgegangen und hat keine Spur von ihr gefunden. Möglicherweise hat sie sich ihr Fahrrad geholt, das ist allerdings auch verschwunden.«

»Okay, wenn Sie einverstanden sind, würden wir uns gern mit Ihrem Sohn über diese Strecke unterhalten. Und auch mit Bobby James sprechen, um zu erfahren, ob er Alice gesehen hat.«

»Natürlich«, erwiderte Richard und ging zur Küchentür. »Leo! Was machst du so lange? Komm bitte runter!«, rief er mit lauter Stimme.

»Richard, sei nachsichtig mit ihm«, sagte Vanessa leise. »Er ist ziemlich niedergeschlagen wegen Alices Verschwinden. Er gibt sich selbst die Schuld daran, das hat er mir gesagt.«

»Warum sollte er sich daran die Schuld geben?«, fragte der Kommissar leicht argwöhnisch.

Richard warf Vanessa einen warnenden Blick zu und zuckte die Achseln. »Weil sie eventuell genau hinter ihm war und er es nicht bemerkt hat. Er lebt in seiner eigenen Welt.«

»Warum sollte er sich nach Alice umschauen? Wir wissen nicht einmal sicher, ob sie ihm gefolgt ist. Du bist immer so streng zu ihm!« Vanessa begann zu weinen.

Schweigen legte sich über den Raum. Vanessa hob den Blick und bemerkte, dass der Kommissar sie eingehend musterte.

»In Ordnung, können wir zum Baumhaus zurückkehren?«, fragte er. »Das befindet sich im vorderen Teil des Gartens, richtig?«

Vanessa nickte. »Ja, auf dem Rasenstück, relativ nah an der Auffahrt. Wenn sie dort oben war, hat sie Leo höchstwahrscheinlich mit dem Rad wegfahren gesehen. Sicher ist er im Scheinwerferlicht der hereinfahrenden Autos zu erkennen gewesen. Ich weiß noch, dass es genau sieben war, als ich sie dorthin laufen sah. Als ich zum wiederholten Male Alfies Schüsse vernahm, habe ich auf meine Armbanduhr geschaut. Ich machte mir Sorgen, dass sie nicht bis zum Beginn der Party fertig sein würden.«

»Alfies Schüsse?« Der Kommissar spitzte die Ohren.

Wieder ein warnender Blick von ihrem Ehemann. »Alfie James ist einer meiner Pachtbauern. Er musste heute seine Kuhherde erschießen. Die Ballerei ging den ganzen Tag lang.«

»Haben Sie auch Schüsse gehört, als Alice verschwunden ist?«

»Wenn Sie damit andeuten wollen, dass Alfie aus Versehen meine Tochter erschossen hat, er war nicht beim Jagen. Er hat nicht auf Kaninchen im Wald gefeuert, er hat aus kürzester Entfernung auf sein Vieh gezielt.« Er nahm seine Schlüssel in die Hand. »Ich gehe wieder nach draußen.«

Nachdem Richard die Küche verlassen hatte, wandte sich der Kriminalbeamte wieder Vanessa zu.

»Könnten wir einen Blick in Alices Kinderzimmer werfen?«

»Natürlich«, erwiderte Vanessa. Sie führte die Beamten aus der Küche in die Eingangshalle, vorbei an dem riesigen Weihnachtsbaum und dem Flügel. Als sie die breite Treppe hinaufsah, fühlte sie den Boden unter sich nachgeben. Aus Angst, das Gleichgewicht zu verlieren, streckte sie die Hand aus und hielt sich am Geländer fest.

»Geht es Ihnen gut, Mrs. Hilton? Hier, lassen Sie sich von mir helfen.«

Sie wandte sich um und erblickte Dorothy in der Haustür.

Es war erst sechs Stunden her, seit Vanessa die Kinderfrau zuletzt gesehen hatte, aber in der Zwischenzeit hatte sich ihre ganze Welt verändert. Dorothy sah müde aus, und ihre Haare, die sie normalerweise ordentlich zu einem Pferdeschwanz zusammengebunden hatte, waren ungekämmt. Wenn sie sonst kam, um auf die Kinder aufzupassen, war sie stets anständig gekleidet, jetzt hatte sie sich offensichtlich in großer Eile angezogen, als die Polizei bei ihr erschienen war, und trug einen verknitterten Pulli und Turnschuhe ohne Socken. So ungeschminkt sieht sie ganz anders aus, ging es Vanessa durch den Kopf, wie eine Fremde. Vanessa spürte einen irrationalen Zorn auf Dorothy in sich aufsteigen. Jetzt war ihre Anwesenheit völlig nutzlos. Wenn sie geblieben wäre, als sie sie darum gebeten hatte, wäre nichts von alldem passiert. Alice würde ruhig in ihrem Bett schlafen, und die Party wäre in vollem Gange. Stattdessen machte Vanessa nun einen Albtraum durch. Sie wünschte, die Polizei hätte Dorothy nicht wieder hergebracht.

Vanessa beachtete sie nicht weiter, sondern stieg die Treppe hinauf, musste aber mehrmals innehalten, um Atem zu holen. Als sie zum Flur im ersten Stock hinaufsah, jagte ihr die Erinnerung an das letzte Mal, als sie mit ihrer kleinen Tochter in den schmutzigen Latzhosen gesprochen hatte, einen eiskalten Schauer über den Rücken. Sie hörte sich wieder ihre letzten Worte zu ihrer Tochter sagen: Alice, in fünf Minuten bin ich zurück. Ich erwarte, dass du dann für das Fest umgezogen bist.

Plötzlich wurde die Haustür aufgerissen, und eine Stimme rief laut nach Detective Inspector Mills.

»Hier!«, antwortete er, als Vanessa ihm eilig die Treppe hinunter folgte.

»Was ist los? Haben Sie sie gefunden?«, fragte Vanessa aufgeregt.

»Tut mir leid, aber es gab einen Unfall.«

»Wovon redest du, Junge?«, fuhr DI Mills den jungen Kollegen an.

»Ein Mann ist von einem Traktor zerquetscht worden, auf dem Feld hinter dem Pfarrhaus. Alfred James, wenn ich das richtig verstanden habe. Sein Sohn Bobby hat ihn dort entdeckt und konnte ihn herausziehen, aber leider ist er tot. Die Beamten haben Bobby im Schnee neben seiner Leiche gefunden.«

»O mein Gott, nein.« Fassungslos brach Vanessa auf den Stufen zusammen.

Der junge Polizist blickte kurz zu Vanessa, bevor er tief durchatmete und weitersprach: »Bobby James sagt, dass er Alice gesehen hat, bevor er seinen Vater fand. Sie hat am Kopf geblutet. Als sie den Unfall sah, rannte sie weg. Er sagt, er wisse nicht, wohin sie gelaufen sei.«

Vanessa riss entsetzt die Augen auf und stieß einen animalischen Schrei aus, als das hübsche Gesicht ihrer kleinen Tochter vor ihrem geistigen Auge erschien. Die Fenster klapperten im wieder aufgekommenen Schneesturm, in dem ihre Tochter vielleicht schon verloren war, in ihrem roten Partykleid und ihren roten Lackschuhen. Entgeistert starrte sie Dorothy an, und das Gefühl, dass sie ihre Tochter nie mehr lebend wiedersehen würde, überwältigte sie.

Kapitel einundzwanzig

VANESSA

Freitag, 22. Dezember 2017

»Haben Sie Ihre Erklärung schon verfasst, Mr. Hilton?« Detective Inspector Hatton sah Leo über den Frühstückstisch hinweg an, wo noch kaum angerührte Kaffeetassen und Teller mit Toast standen.

»Welche Erklärung?«, fragte Vanessa.

Leo stieß einen solch tiefen Seufzer aus, dass sie wusste, sie musste ihm diese Frage bereits gestellt haben. »Für die Pressekonferenz heute Morgen, Mum. Wir bitten die Öffentlichkeit um Informationen über Sienna.«

Sie betrachtete ihren Sohn, seine Augen waren blutunterlaufen, seine Haare zerzaust und sein Hemd zerknittert. »Was ist mit Sienna? Was ist los, Leo? Du siehst schrecklich aus.«

Leo ließ den Kopf in die Hände sinken. »Sie wird vermisst. Seit dem Morgengrauen habe ich nach ihr gesucht, Mum. Ich bin durch den Wald gelaufen und habe mit dem Auto die Straßen abgefahren, habe angehalten und nach ihr gerufen, überall, immer wieder laut nach ihr gerufen.«

Sein Handy klingelte. Er sprang auf und verließ die Küche, um den Anruf entgegenzunehmen. »Hallo, Philip. Ja, ich weiß von der Deadline, aber im Moment ist es echt schwierig hier …«

»Was soll das heißen, er sucht nach Sienna? Was ist passiert?«

»Ihre Enkelin wird vermisst, Mrs. Hilton, aber wir tun alles, um sie zu finden. Bitte machen Sie sich keine Sorgen.«

Tränen brannten in ihren Augen, und sie wandte den Blick ab, sah zum Küchenfenster hinaus auf den Wintermorgen, der sich strahlend über dem See erhob. Ihr Gehirn war wie in dichten Nebel gehüllt. Den größten Teil der Nacht hatte sie wach gelegen, und wenn sie eingenickt war, hatte Helens Weinen sie wieder aus dem Schlaf gerissen.

Jetzt erinnerte sie sich. Sienna wurde vermisst. Doch jedes Mal, wenn man sie daran erinnerte, war es, als würde sie alles von Neuem erfahren. So erschöpft sie auch war, Schlaf war unmöglich gewesen. Die Polizei war die ganze Nacht im Haus geblieben und per Walkie-Talkie über den neuesten Stand der Suche informiert worden, bis in die frühen Morgenstunden waren Menschen im Haus ein und aus gegangen, hatten Gespräche geführt und Türen geschlagen. Einmal war sie in einen Albtraum versunken, in dem der See plötzlich zufror. Alice war in ihrem roten Mantel unter der Eisdecke gefangen, und Vanessa war zu schwach, um sie aufzubrechen. Die Haustür war krachend ins Schloss gefallen, und sie war aus dem Schlaf hochgeschreckt. Jedes Mal, wenn sie wegdöste, kehrte sie im Traum zu der Nacht zurück, als sie Alice verloren.

»Meinen Sie, wir sollten einen Arzt rufen, damit sie ein wenig Schlaf bekommt?« Die Stimme ihres Sohnes auf dem Flur war klar und deutlich gewesen.

»Ich will nicht schlafen, ich kann nicht schlafen, bis ich mein kleines Mädchen wiederhabe. Wo ist sie, Leo?« Aufgeregt war sie hinausgelaufen. Leo hatte ihr versprochen, weiterzusuchen, sie dann zurück in ihr Zimmer gebracht, doch sie ließ sich nicht beruhigen oder besänftigen. Bei Anbruch der Dämmerung hatten sie alle den Versuch, etwas Schlaf zu finden, aufgegeben und sich wieder auf die Suche nach Sienna gemacht.

Leo kam zurück in die Küche und warf sein Handy auf die Küchentheke. Ein frustriertes Stöhnen entfuhr ihm, als er sich eine Tasse Kaffee einschenkte. »Ich kann nicht glauben, dass das wirklich passiert«, murmelte er.

Der Kriminalkommissar räusperte sich. »Mr. Hilton, könnten wir Ihre Erklärung für die Pressekonferenz durchsprechen? Wir möchten nochmals unterstreichen, dass wir Sie und Ihre Frau dazu ermutigen, ganz Sie selbst zu sein, damit Sienna Ihren Tonfall wiedererkennt. Letztlich richtet sich diese Pressekonferenz direkt an sie, ihr gilt der Aufruf. Wir möchten ihr versichern, dass sie nicht in Schwierigkeiten steckt. Es sollte etwas im Tenor von ›Bitte komm nach Hause, wir vermissen dich schrecklich, du hast nichts falsch gemacht‹ sein.«

Leo runzelte die Stirn. »Was ist, wenn sie entführt wurde? Wenden wir uns nicht an ihren Entführer?«

Detective Inspector Hatton sah ihn an. »Wenn Sie auf Bobby James anspielen, er wird gerade verhört, aber wir glauben nicht, dass er etwas über Siennas Aufenthaltsort weiß.«

»Offensichtlich kommen Sie mit ihm nicht weiter, sonst hätten wir Sienna schon wieder zurück. Ich spreche von dem Aufruf, den Sie heute Morgen an die Öffentlichkeit gerichtet haben. Darin hieß es, Sienna sei weggelaufen. Sie ist erst sieben Jahre alt, wohin soll sie denn abgehauen sein?«, entgegnete Leo aufgebracht.

Vanessa lauschte der Unterhaltung mit wachsender Angst. Anscheinend hatte sich das Vorgehen der Polizei in den letzten fünfzig Jahren kaum verändert. Immer noch nahmen die Beamten an, dass einer aus der Familie schuld am Verschwinden des Kindes war. Die Pressekonferenz würde ihnen einerseits Gelegenheit bieten, Leo und Helen genau zu beobachten – so konnten sie deren Verhalten und Körpersprache analysieren und herausfinden, ob sie etwas verbargen –, und andererseits wandte man sich hilfesuchend an die Öffentlichkeit. Dieser Kriminalkommissar bedachte Leo mit haargenau dem gleichen Blick wie Detective Inspector Mills Richard angesehen hatte, in der Nacht, als Alice verschwand. Schuldgefühle keimten in ihr auf, dass sie ihren Sohn nicht vor dem Prozedere gewarnt hatte, aber es hätte wenig genützt. Er hörte sowieso nicht auf sie, und die Vorstellung, dass er irgendetwas mit Siennas Verschwinden zu tun hatte, war lächerlich. Leo war alles andere als perfekt, aber die Liebe zu seiner Tochter war über alle Kritik erhaben.

»Im Moment wollen wir Sienna erreichen«, fuhr Detective Inspector Hatton fort. »Wir bitten sie, nach Hause zurückzukommen. Wir appellieren auch an alle Menschen, die sich zur Zeit ihres Verschwindens in der Gegend aufhielten und denen etwas aufgefallen ist, sich bei uns zu melden. Ganz gleich, wie unbedeutend ihnen die Information auch erscheinen mag. Unser Ziel ist es, die Tatsache, dass Sienna vermisst wird, fest im öffentlichen Bewusstsein zu verankern. Dann geben wir eine Beschreibung von ihr heraus und hoffen, dass die Leute anrufen.«

Leo ließ den Kopf hängen. Ohne ein Wort zu sagen, griff er in die Küchenschublade und nahm zwei Paracetamoltabletten heraus, die er mit einem Glas Wasser hinunterschluckte.

Detective Inspector Hatton verfolgte aufmerksam seine Bewegungen, dann setzte er seine Erklärungen fort. »Der die Untersuchung leitende Hauptkommissar wird in der Pressekonferenz bei Ihnen sein. Er wird sich mit einigen Worten direkt an Sienna wenden und jeden Menschen, der etwas über ihren Verbleib weiß, dazu aufrufen, sich zu melden. Wir haben ein Team von Mitarbeitern an den Telefonen sitzen.«

»Rechnen Sie mit vielen Anrufen?«, fragte Vanessa.

Wieder klingelte Leos Handy. Er blickte auf die Nummer und schaltete es auf stumm.

»Viele Anrufer verschwenden unsere Zeit. Es geht darum, die Spreu vom Weizen zu trennen, doch wenn etwas Handfestes reinkommt, können wir schnell darauf reagieren. Und wenn jemand sich meldet und sagt, er habe sie gesehen, wären wir innerhalb weniger Minuten an Ort und Stelle.«

Leo nickte und lief unruhig auf und ab. »Ich bekomme gerade jede Menge Anrufe von Freunden und Leuten aus dem Dorf, die gern helfen wollen. Sie haben mir noch keine Suchpläne bestätigt. Viele dieser Leute sind heute nicht zur Arbeit gegangen, um Sienna zu finden, aber im Moment stehen sie nur untätig herum.«

»Sobald wir die Pressekonferenz abgehalten haben, beginnen wir mit der Suche. Die Planung hat bereits begonnen, und wir werden jeden darüber so schnell wie möglich informieren. Uns ist bewusst, dass im Augenblick viele Helfer warten, aber wir müssen sie erst instruieren. Die Gegend sollte systematisch durchkämmt werden, und alle Beteiligten müssen wissen, wonach sie Ausschau halten und was sie machen, wenn sie etwas finden.«

»Dann sagt Bobby James also nichts? Warum war er hier im Haus?«

»Das kann ich jetzt nicht erörtern, aber er behauptet, nichts über Siennas Verschwinden zu wissen.«

Leo schloss die Augen und rieb sich die Stirn.

»Mr. Hilton, könnten wir bei unserer Rückkehr Ihre Kontoauszüge durchsehen?«, fragte der Kriminalkommissar.

Entgeistert blickte Leo ihn an, und die Farbe wich ihm aus den Wangen. »Warum müssen Sie das tun?«

»Die Familienbetreuerin kann das zusammen mit Ihnen erledigen – Ihre Kontoauszüge, die von Helen und die Ihrer Mutter, wenn möglich. Wir müssen überprüfen, ob es ungewöhnliche Kontobewegungen gegeben hat, ob Sienna vielleicht eine Ihrer Karten mitgenommen hat oder sie Ihnen unwissentlich gestohlen wurden. Sollte jemand Geld abgehoben haben, können wir feststellen, wo das war. Normalerweise werden Bankautomaten auch videoüberwacht.«

»Ich habe nur eine Bankkarte, die ist in meiner Brieftasche, da bin ich sicher. Ich habe sie gestern Abend beim Tanken benutzt.«

»Dennoch, wir müssen alles durchsehen. Vielleicht liegt noch eine vergessene Karte irgendwo in einer Schublade.«

»Es gibt keine Karten, die ich vergessen habe.«

Betretenes Schweigen breitete sich zwischen ihnen aus. Der Kriminalkommissar brach es als Erster.

»Nun, das können wir später zusammen mit Ihrer Frau besprechen. Es ist nur eine Vorsichtsmaßnahme. Wissen Sie, ob Helen bald herunterkommt?«

»Die arme Helen muss vollkommen erschöpft sein«, sagte Vanessa. »Anscheinend war sie die ganze Nacht auf.«

»Ja, sie muss jeden Moment bei uns sein«, erwiderte Leo.

Alle standen auf und begaben sich in die Eingangshalle. Vanessa betrachtete Helen, die mit einem Polizisten an ihrer Seite die Treppe herunterkam. Unter der extrem blassen Haut waren die Adern auf ihrer Stirn zu sehen, und sie hatte zweifellos geweint. Obwohl sie eine dicke Strickjacke trug, bebte sie am ganzen Körper. Ihre Hand umklammerte ein tränennasses Taschentuch.

Als sie zu Leo kam, wollte er seinen Arm um ihre Schulter

legen, aber sie zuckte zurück und ging ohne ein Wort zur Haustür.

»Ich weiß nicht, wie lange wir weg sein werden, Mum. Die Familienbetreuerin bleibt hier und leistet dir Gesellschaft.«

»Soll ich nicht mitkommen?«, fragte Vanessa.

»Nein, du hältst hier die Stellung für den Fall, dass Sienna zurückkommt.« Leo folgte Helen nach draußen zu dem Polizeiwagen, der auf der Auffahrt wartete.

Vanessa blickte den fortfahrenden Autos hinterher, als das Haus, in dem eben noch hektische Betriebsamkeit geherrscht hatte, plötzlich nur mehr eine stille leere Hülle war. Dann drehte sie sich um und ging zurück in die ausgeräumte Eingangshalle, wo das Porträt von Alice, das Helen gebeten hatte zurückzulassen, einsam an der Wand lehnte.

Vor dem Bild blieb sie stehen und starrte es an, dann sank sie auf den Boden, fuhr mit dem Finger über die Wange ihrer kleinen Tochter und fing an zu weinen.

Kapitel zweiundzwanzig

WILLOW

Freitag, 22. Dezember 2017

Willow fuhr an dem Pulk Journalisten vorbei, der sich am Ende der Auffahrt von Yew Tree Manor sammelte. Zwei Polizisten in fluoreszierenden Westen versuchten, die Menge abzuwehren. Normalerweise fand sie immer Platz zum Parken, aber die Flut von Reportern, die den neuesten Stand erfahren oder einen Blick auf Helen und Leo Hilton erhaschen wollten, verstopfte die gesamte Fahrspur.

Schließlich fand sie einen freien Fleck am obersten Ende des Weges, der zum Pfarrhaus hinunterführte, und schaltete den Motor aus. Sie ließ den Kopf in die Hände sinken und atmete mehrmals tief durch. Nach einer schlaflosen Nacht, die sie mit Sorgen um ihren Vater und Sienna verbracht hatte, war sie früh am Morgen aufgewacht. Ihr fehlte jegliche Idee, wie sie Nell finden sollte. Sie wusste nicht einmal, ob sie noch lebte. Allerdings legten die Anschuldigungen ihres Vaters, sie hätte sie getroffen, diese Vermutung nahe.

Doch wo war sie? Offensichtlich hatte Bobby den Kontakt zu seiner Schwester verloren, welche Hoffnung blieb da Willow? Gleich heute Morgen hatte sie bei der Gemeinde angerufen, um zu erfahren, wie man eine Person ausfindig machte, von der man nichts wusste, außer den Mädchennamen und die Wohnadresse in der Kindheit. Die Mitarbeiterin, Claire, hatte ihre Frage nicht beantworten können, aber versprochen, sich zu informieren und sie zurückzurufen.

Da sie nicht so früh ins Büro gehen wollte, war sie zum Pfarrhaus gefahren. Warum genau sie hergekommen war, wusste sie nicht, aber in der Nähe von Bobbys und Nells ehemaligem Zuhause fühlte sie sich ihnen näher und konnte besser nachdenken.

Als sie aus dem Auto stieg, schlug ihr die eiskalte Morgenluft ins Gesicht. Ihr Handy klingelte. Charlies Name erschien auf dem Display, aber sie steckte das Gerät wieder in ihre Tasche, sodass der Anruf auf die Mailbox weitergeleitet wurde. In ihrem Kopf drehte sich alles, und sie wusste, dass Charlie nach der Verhaftung ihres Vaters viele Fragen an sie hätte, die zu beantworten ihr im Moment die Kraft fehlte. Immer wieder musste sie an Sienna denken, die jetzt schon eine ganze Nacht lang vermisst wurde, bei eisigen Temperaturen, die sie ohne Schutz kaum überlebt haben konnte. Willow zog die Wanderstiefel an, die sie immer im Auto dabeihatte, knöpfte ihre Jacke zu und wickelte sich den Schal zweimal um den Hals. Dann lief sie den vereisten Pfad hinunter. Die Hecke zu ihrer Rechten verbarg Yew Tree Manor. Umgeben von den Gerüchen und Geräuschen des Landlebens sog sie tief die frische Luft ein, um wieder ruhiger zu werden.

Als sie das Ende der Hecke erreichte, blickte sie nach rechts, und dort, in zwei Feldern Entfernung, lag es: das majestätische georgianische Herrenhaus und davor Polizei- und Umzugswagen. Der Grundbesitz der Familie Hilton reichte so weit das Auge blicken konnte, das Pfarrhaus bildete die einzige Unterbrechung ihres Anwesens. Willow fühlte sich, als würde sie gleich eine lange verlorene Freundin wiedersehen. Und als sie um die Hecke herumtrat, kam das Pfarrhaus in Sicht.

Überraschenderweise standen bereits zwei Bagger neben dem kleinen Haus, als warteten sie mit angehaltenem Atem auf ihren Einsatz. An jeder Mauer war ein hellgelbes Abrissschild angebracht worden – Leo Hilton verlor keine Zeit.

Bis jetzt war sie nur ein einziges Mal hier gewesen, auf einer Geländebesichtigung mit Mike. Damals hatte sie sich Gleichgültigkeit verordnet, als sie bei einem Rundgang um das Haus dessen Abbruch besprochen hatten. Den Gedanken daran, dass es sich um den Ort handelte, an dem ihr Vater aufgewachsen war, hatte sie sich verboten. Seit jener Zeit hatte niemand mehr dort gewohnt, und das Haus war inzwischen weitgehend verfallen. Efeu bedeckte die Wände, und aus den Fenstern waren die Glasscheiben herausgebrochen.

Nach dem gestrigen Gespräch mit ihrem Vater sah sie es jetzt unverwandten Blickes an, als würde sie sich zwingen, das Haus aus Bobbys Kindheit zum ersten Mal in Augenschein zu nehmen. Aus der Nähe war es kleiner, als wenn man es vom äußersten Rand des Landes der Hiltons her betrachtete, und obwohl es schon sehr baufällig war, strahlte es immer noch Charme aus: ein spitzes Vordach, kleine Fenster mit breiten Simsen, auf denen sie sich gut hübsche Blumenkästen vorstellen konnte, und eine Veranda, die sich über die gesamte Vorderseite erstreckte. Irgendwann war der Anstrich einmal weiß gewesen, aber jetzt waren die Wände so schmutzig, dass es fast schwarz aussah.

Langsam ging Willow zu der schweren hölzernen Eingangstür, die schief in den Angeln hing. Nachdem sie mehrmals dagegengedrückt hatte, konnte sie die Tür durch Anheben öffnen. Drinnen wartete sie einen Moment, bis sich ihre Augen an die Dunkelheit gewöhnt hatten. Sie schaltete die Taschenlampe an ihrem Handy an und leuchtete in die Ecken, während sie sich weiter ins Haus vorwagte.

Von dem gemütlichen Zuhause, das ihr Vater gelegentlich erwähnt hatte, war nichts mehr zu spüren. Es gab keinen Hinweis auf das Leben, das Alfie, Bobby und Nell hier geführt hatten, es war nichts mehr als ein feuchter, leerer Raum, ein Steinfußboden, der im Laufe der Zeit Risse bekommen hatte, und ein Loch in der Wand, wo sich einst der Kamin befunden hatte. Im Dach klaffte ein großes Loch, und im verbliebenen Gebälk nisteten Tauben.

Im Geiste machte sie sich ein Bild von ihrem Vater als Junge, wie er an einem Tisch am Fenster saß oder mit seiner Schwester am Kaminfeuer. Willow erinnerte sich an das Foto von dem dunkelhaarigen Mädchen mit den blauen Augen, das sie in der Wohnung ihres Vaters gesehen hatte, und versuchte, es sich hier vorzustellen. Sein Vorwurf, dass sie Nell kennen würde, traf sie immer noch tief. Wie hätte das ohne sein Zutun passieren sollen? Hatte Nell ihm vielleicht berichtet, dass sie in Kontakt zu ihr stünde? Hatte sie in ihrer Arbeitswut während der letzten Monate bei sich zu Hause eine E-Mail oder einen Brief übersehen? Er war so eisern bei seiner Meinung geblieben; anscheinend hielt er es für unmöglich, dass sie sich nicht begegnet waren. Aber wie hätte es dazu kommen können?

Die Feuchtigkeit im Cottage ließ erneut Übelkeit in ihr aufsteigen, doch als sie sich wieder zur Haustür drehte, war diese zugefallen und klemmte. Sie zog und rüttelte daran, und während sie all ihre Kraft aufwandte, kamen ihr wieder die Tränen. Wo auch immer sie hinging, mit wem sie auch zusammen war, wie sehr sie auch vorgab, zufrieden zu sein, blieb ihr vorherrschender Gefühlszustand immer der gleiche: Ihr war kalt, sie war allein, mit all ihrer Kraft kämpfte sie gegen das Leben, nie verspürte sie inneren Frieden. Schließlich, nach einem letzten festen Ruck, sprang die Tür auf, und sie stolperte in den Wintermorgen. Während die kalte Luft in ihre Lungen strömte, lief sie in dem Bestreben, die Traurigkeit des Hauses hinter sich zu lassen, eilig davon.

Kurz darauf wurde ihr bewusst, dass sie sich auf dem Weg befand, den auch Alice Hilton in jener Nacht gegangen sein musste. Während sie sich in Richtung Yew Tree Manor bewegte, stellte sie sich vor, wie das kleine Mädchen in dem roten Kleid durch den Schnee stapfte, auf der Suche nach ihrem Hündchen. Willow erreichte die Hecke am Ende des Felds, fand ein Loch und zwängte sich hindurch. Die dicken Äste verfingen sich in ihrer Jacke und kratzten ihr die Hand auf. Als sie das äußerste Feld des Geländes von Yew Tree Manor betrat, sah sie sofort den Weidenbaum. Dort war die Blechdose mit dem Notizbuch gefunden worden. *Aber warum war das Notizbuch in Nells Besitz gewesen?*, fragte sich Willow. Und warum hatte sie es – sie musste es getan haben – an einem Ort vergraben, wo niemand es finden würde?

Der große Baum dominierte die Landschaft, eine einsame Gestalt, die das Ende des Pfarrhausgeländes und den Beginn des Yew-Tree-Anwesens markierte. Mit ihren langen ausgestreckten Armen schien er Willow zu sich hinzuziehen.

Während sie ihrem eigenen schweren Atem lauschte, sprang ihr etwas am Fuße des Baumes ins Auge. Ein Plastikschildchen, das zwischen die Baumwurzeln gesteckt war. Sie ging hin, beugte sich hinunter und zog es aus der Erde. Augenblicklich war ihr klar, was sie in der Hand hielt: eine Markierung aus dem Erdausgrabungsbericht mit dem Firmennamen *Pre-Construct Archaeology* darauf. Sie steckte das Schildchen ein. Ein weiterer Beweis, falls Mike sein Vorgehen bestreiten sollte.

Sie eilte weiter durch den Wald auf das Haus zu, ungewiss, was sie eigentlich dorthin zog. Der Gedanke an die vermisste

Sienna und welche Angst ihre Eltern Helen und Leo ausstehen mussten, durchzuckte sie, als sie am Waldrand angekommen war und auf drei vor dem Haus parkende Polizeiwagen blickte. Plötzlich war sie auf sich selbst wütend, dass sie nach Yew Tree Manor ging, wenn die Familie gerade eine große Krise durchmachte. Sie gehörte nicht in dieses Herrenhaus. Kurz entschlossen wandte sie sich um und nahm denselben Weg zurück zu ihrem Auto.

Während sie in ihrer Tasche nach ihren Schlüsseln suchte, kamen ihr die Ereignisse der letzten vierundzwanzig Stunden richtig zu Bewusstsein. Es war falsch gewesen, hierherzukommen, nach dem aufwühlenden Gespräch mit ihrem Vater war sie in Panik geraten. Schließlich stieg sie in den Wagen ein, und noch während sie versuchte, wieder zu Atem zu kommen, donnerte ein Polizeiauto mit Helen Hilton auf dem Rücksitz an ihr vorbei. Jedes Mal, wenn sie sich im Laufe des vergangenen Jahres begegnet waren, hatte sich Helen sehr zuvorkommend gezeigt und lächelnd Tee angeboten, zu Willow aber war sie stets auf Distanz geblieben und meist ebenso rasch verschwunden, wie sie gekommen war. Als sie jetzt an ihr vorbeisauste, hatte sie ganz anders gewirkt: verhärmt und von Kummer gequält.

Plötzlich klingelte Willows Handy, und sie fuhr erschrocken zusammen. Es war eine Festnetznummer aus der Gegend.

»Hallo, hier spricht Willow James.«

»Hallo, hier ist Claire von der Gemeinde in Lewes. Wir haben heute Morgen schon miteinander telefoniert.«

»Stimmt. Danke, dass Sie mich so schnell zurückrufen.«

»Nun, leider kann ich Ihnen nicht viel Neues sagen. Ich habe mit meiner Kollegin gesprochen, aber sie dürfen keine Ehenamen von BürgerInnen herausgeben, aus Datenschutzgründen.«

»Können Sie herausfinden, ob sie adoptiert wurde oder nach dem Tod ihres Vaters in ein Heim kam? Es handelt sich um meine Tante, wir sind verwandt. Ich kenne ihren Mädchennamen.«

»Tut mir leid, das geht nicht. Aber wenn Sie beweisen können, dass Sie mit der gesuchten Person verwandt sind, können Sie vor Gericht Zugang zu ihrer Akte beantragen.«

»Dafür habe ich keine Zeit. Ich muss meine Tante schnell finden. Ende der Sechzigerjahre wurde sie in ein Sanatorium geschickt, das weiß ich sicher. Aber ich habe keine Ahnung, was später aus ihr geworden ist.«

»Nun, ich bin keine Expertin, aber Sie könnten das Register des Sanatoriums durchsehen. Wenn die Einrichtung später in ein Krankenhaus umgewandelt wurde, lagern die alten Akten häufig noch irgendwo im Keller. Vielleicht lässt man Sie die Unterlagen einsehen, wenn Sie sagen, dass es um eine Verwandte geht. Aber Sie müssten wohl persönlich hingehen und sich ausweisen. Wissen Sie, wo Ihre Tante war?«

»Im Mayfield Sanatorium in Portsmouth, glaube ich.« Willow dachte kurz nach. Mike hatte ihr per E-Mail mitgeteilt, dass Leo nicht an der Planungsbesprechung teilnehmen würde und sie daher nicht dazukommen müsste. Sie hatte also den ganzen Morgen frei.

Als sie das Gespräch beendete, ließ ein lautes Scheppern in ihrem Rücken sie erschrocken herumwirbeln. Dorothy, die Frau, die sie gestern im Gemeinschaftshaus getroffen hatte, stellte gerade am Ende der Auffahrt zu Yew Tree Manor ihren Müll auf die Straße. Willow stieg aus dem Auto und winkte ihr.

Mit finsterer Miene blickte Dorothy sie an.

»Ich bin's, Willow, wir haben uns gestern bei der Präsentation getroffen.«

»Ach, natürlich, Willow. Hallo.«

Willow ging über die Straße zu ihr. »Entschuldigen Sie bitte, wenn ich störe. Könnte ich vielleicht ganz kurz mit Ihnen reden?« Heute sah Dorothy ganz anders aus, dachte sie, müde und blass.

»Leider ist jetzt kein guter Zeitpunkt. Peter geht es nicht gut.«

»Tut mir leid, das zu hören. Hoffentlich ist es nichts Ernstes?«, fragte Willow.

»Nein, nur eine Migräne, aber ich gehe besser wieder hinein.« Dorothy drehte sich um und ging weg.

»Ist das nicht furchtbar mit Sienna?«, rief Willow ihr hinterher.

»Ja, wirklich. Das arme kleine Ding. Ich hoffe, es geht ihr gut. Peter und ich machen uns schreckliche Sorgen.« Die Frau schüttelte den Kopf und setzte ihren Weg zum Cottage fort.

»Dorothy, darf ich Sie etwas fragen? Es geht ganz schnell.« Willow folgte Dorothy zum Haus, als diese sich umwandte und verärgert schnaubte. »Gestern haben Sie einen Friedhof hinter dem Pfarrhaus erwähnt. Ich bin dem nachgegangen, habe aber nirgends einen Hinweis darauf gefunden. Allerdings kann mein Vater sich auch daran erinnern.«

»Ihr Vater?«, fragte Dorothy. »Stammt er aus der Gegend?«

Willow spürte, wie sie errötete. Sie hatte niemandem in Kingston erzählt, wer ihr Vater war, aber jetzt hatte sie das Gefühl, diese Tatsache nicht länger allen Leuten gegenüber verschweigen zu können, wenn sie Nell finden wollte.

»Ja, er hat früher im Pfarrhaus gelebt. Sein Name ist Bobby James.«

»Bobby James ist Ihr Vater?« Dorothy starrte Willow sichtlich schockiert an. »Aber Sie haben doch für Leo gearbeitet, weiß er das?«

Willow war verblüfft. »Nein, er weiß es nicht.«

»Nun, er wäre sicher nicht sehr glücklich, das zu erfahren. Sie müssen vorsichtig sein, Willow.«

»Vorsichtig? Was meinen Sie?« Plötzlich fühlte sie sich unbehaglich.

»Wegen Bobbys Vergangenheit mit den Hiltons, da gibt es viel böses Blut. Vanessa glaubt immer noch, dass er weiß, was damals mit Alice passiert ist.« Dorothy musterte sie eindringlich.

»Aber mein Vater hatte nichts mit dem Verschwinden von Alice zu tun. Und mit dem von Sienna übrigens auch nicht. Wenn ich nur seine Schwester Nell finden könnte, sie weiß vielleicht etwas über die Nacht, in der Alice davonlief.«

»Nell? Nell hat keine Ahnung, was damals geschah«, entgegnete Dorothy scharf.

»Sie klingen sehr überzeugt. Kennen Sie Nell?«, fragte Willow mit Bestürzung in der Stimme. »Oder wissen Sie vielleicht, wie ich sie erreichen kann?«

Dorothy runzelte die Stirn. »Was meinen Sie damit, wie Sie sie erreichen können?«

»Ich muss sie unbedingt ausfindig machen, aber ich weiß nicht, wo ich anfangen soll.« Dorothys Frage verwirrte Willow. Die letzten vierundzwanzig Stunden hatten ihr Gehirn völlig durcheinandergebracht, sie war erschöpft. »Ich habe einen Brief gefunden, den Nell geschrieben hat, als Alice verschwand. Daraus lässt sich schließen, dass sie etwas wusste, was meinem Vater helfen könnte.«

»An Ihrer Stelle würde ich nicht in der Vergangenheit wühlen, Willow. Mit dieser Familie sollte man es sich besser nicht verderben. Ich sollte das wissen.«

Willow sah die Frau entgeistert an. »Nicht verderben, mit den Hiltons, meinen Sie? Dorothy, bitte, reden Sie mit mir.

Sie haben Dad schon wieder verhaftet.« Willow spürte, wie ihre Stimme brach, und als sie den Kopf hob, blickte Peter finster vom Fenster im ersten Stock auf sie hinunter.

Dorothy schüttelte den Kopf. »Ich weiß, meine Liebe, er war ein guter Kerl. Er hatte nichts mit Alices Verschwinden zu tun. Vanessa gibt jedem daran die Schuld, außer sich selbst. Allen im Dorf hat sie erzählt, dass sie mich an jenem Abend gebeten hat, länger auf Alice aufzupassen, und dass ich das abgelehnt habe. Und alle haben ihr geglaubt. Die Worte einer Mutter, die ihr Kind verloren hat, zweifelt niemand an. So eine Frau ist unantastbar.«

Hellhörig geworden beugte Willow sich vor, der eiskalte Wind blies ihr ins Gesicht. »Das tut mir leid, Dorothy«, sagte sie leise. »Das muss schrecklich gewesen sein.« Wieder sah Willow zum Fenster, wo Peter immer noch auf sie herab-schaute.

Dorothy nickte, für einen Moment schien sie sich zu ent-spannen. »Natürlich hat sie niemandem erzählt, dass ich mich den ganzen Tag um die Kinder gekümmert habe, von neun Uhr morgens bis sieben Uhr abends. Ich war sehr müde, und ich musste nach Hause. Meine Schwester wollte zum Essen zu uns kommen. Vanessa wäre es nicht im Traum eingefallen, mich zu ihrer Silvesterparty einzuladen. Zehn Jahre lang habe ich für sie gearbeitet, ich kannte Alice vom Tag ihrer Geburt an, und Peter war unermüdlich für die Hiltons als Gärtner tätig. Keine Mühe war ihm je zu groß, wenn es um Richard ging. Ein Jahr lang habe ich mir unentwegt alles über die Vorbereitungen für diese Silvesterparty angehört: wie das Haus geschmückt werden sollte, was es zu essen und zu trin-ken gäbe, was sie anziehen würden, die Einladungen. Jeden haben sie eingeladen, die Dorfbewohner, alle ihre Freunde, sämtliche Lieferanten von Richard, einfach alle, außer Peter und mich. Für diese Familie haben wir sehr viel in Kauf genommen. Und wir dachten, wir wären ihnen wichtig, aber wir waren nicht gut genug für sie, nicht einmal für einen Abend.«

Bei der Erinnerung daran funkelte Zorn in ihren Augen. »Bis sie erkannte, wie dringend sie mich brauchte. Genau in dem Moment, als die Party begann, fiel bei ihr der Groschen. Und ich gebe zu, es hat mich gefreut, sie in Panik zu sehen. Ich war froh, dass meine Abwesenheit endlich einmal einen Unterschied bedeuten würde. Aber so wahr mir Gott helfe, ich hätte nie gedacht, dass Alice etwas passieren könnte. Ich habe das kleine Mädchen geliebt.«

Plötzlich wurde die Haustür aufgerissen, und Peter rief seiner Frau zu: »Schatz? Was machst du da draußen?«

Willow blickte zu ihm hin. Er sah nicht gut aus, fuhr es ihr durch den Kopf.

»Nichts, Willow wollte gerade gehen, Peter. Geh wieder rein.« Dorothy band sich die Strickjacke fest um die Taille und wandte sich zum Gehen. »Ich weiß, dass Bobby Alice nichts getan hat, das mit dem Brand war auch nicht er – die Hiltons tun alles, um ihre eigene Familie zu schützen –, aber Sie müssen sich da raushalten. Die Vergangenheit können Sie nicht mehr ändern. Und was Nell angeht, irren Sie sich. Die Ereignisse dieser Nacht kennt auch sie nicht. Sie müssen sie in Ruhe lassen.«

»Warten Sie, was wissen Sie von dem Brand? Bitte sagen Sie mir, wo Nell ist«, flehte Willow verzweifelt.

Dorothy war schon am Haus angekommen, und Peter bedachte Willow mit zornigen Blicken, als seine Frau hineinging. »Bitte kommen Sie nicht mehr hierher, Willow«, sagte er, bevor er die Tür des Yew Tree Cottage schloss.

Kapitel dreiundzwanzig

NELL

Februar 1970

Nell blickte zur Tür, als ein Strom von Besuchern auf die Krankenstation kam, so wie an jedem letzten Sonntag im Monat. Zum dritten Mal hoffte sie mit jedem Schlag ihres traurigen Herzens, dass an diesem Besuchstag Bobby und ihr Dad durch die Tür treten würden, lächelnd und mit den Armen voller Geschenke. Sie tagträumte, dass die beiden an ihrem Bett sitzen, ihre Hand halten und ihr erzählen würden, warum sie so lange nicht bei ihr gewesen waren und auch nicht geschrieben hatten.

Im Bett drehte sie sich mit dem Rücken zur Saaltür und zog sich die Decke über den Kopf. Sie konnte den Anblick von den Eltern der anderen Mädchen nicht mehr ertragen, und ebenso wenig die neugierigen Blicke, wenn sie den Kopf auf ihre Hände senkte, um nicht zu weinen. Neulich hatte sie mitbekommen, wie die Krankenschwestern über sie gesprochen hatten, als sie sie im Schlaf wähnten: »Das arme kleine Ding. Für einige Leute ist das eine lange Busfahrt, entweder fehlt ihnen das Geld oder sie bekommen nicht frei von der Arbeit. Die Erwachsenen halten das aus, aber für die Kinder ist das schrecklich. Manche Familien verstoßen diese Kinder geradezu, weil sie noch zwölf andere haben und nicht für das kranke Kind aufkommen können. Niemand kommt sie besuchen, keiner holt sie ab, wenn es ihnen besser geht. Ihr Weg führt von hier direkt ins Kinderheim.«

Nell hatte begonnen, das Sanatorium zu hassen. Anfangs hatte sie es für einen angenehmen Ort zum Ausruhen gehalten, bis sie wieder gesund wäre, doch jetzt fühlte es sich an wie ein Gefängnis, aus dem sie niemals entfliehen könnte. Vor allem hasste sie die Geräusche in der Einrichtung: das Klappern der Rollwagen mit den Medizinfläschchen oder Waschschüsseln für die Bettlägrigen auf dem harten Parkettboden, das ständige Husten der anderen Mädchen. Nachts war ihre Angst am größten, denn dann starben die Todkranken. An einem Tag waren sie noch da, und am nächsten Morgen war ihr Bett leer, und sie waren verschwunden. Um ihre Angst zu lindern, logen die Krankenschwestern die Kinder an, dass das Mädchen nach Hause gegangen wäre, aber wenig später fand sie doch die Wahrheit heraus.

»Hallo, Nell«, begrüßte sie die Mutter ihrer Freundin Heather und beugte sich über ihr Bett. An den Besuchstagen war sie immer sehr freundlich zu ihr und brachte ihr kleine Geschenke mit, aber Nell bekam das Gefühl, bemitleidet zu werden, und wurde nur noch trauriger. Sie stellte sich vor, wie Heathers Eltern auf dem Rückweg nach Hause darüber sprachen, wie herzlos ihre Eltern waren, die sie nicht besuchten. Und sie hasste die Vorstellung, dass sie schlecht von ihrem Dad und Bobby dachten.

»Hallo, Mrs. Parks«, erwiderte Nell.

»Bitte nenn mich doch Emma, wir sind doch jetzt Freundinnen, oder nicht?« Sie legte die mitgebrachten Süßigkeiten neben Nell aufs Bett, dann setzte sie sich hin und strich ihr über die Haare. »Geht es dir gut, Nell? Heather meinte, du würdest kaum etwas essen. Das musst du aber, um gesund zu werden.«

»Mir geht's ganz gut«, sagte Nell leise und vermied es,

Heathers Mutter in die Augen zu schauen, aus Angst, sie könnte dann in Tränen ausbrechen. Emma war die wunderbarste Frau auf der Welt: freundlich, mit einer sanften Stimme und einem schönen Gesicht, genau so, wie sie sich ihre eigene Mutter erträumte.

Jetzt hasste sie sich dafür, aber in der vergangenen Woche hatte sie dafür gebetet, dass Heather erneut erkranken und nicht von hier fortgehen würde. Schwester Morgan war zu Heather ans Bett gekommen und hatte ihr gesagt, dass sie am Sonntag mit ihren Eltern nach Hause fahren könnte, wenn eine letzte Röntgenaufnahme ihrer Lungen unauffällig wäre. Mit einem breiten Lächeln im Gesicht war Heather in die Röntgenabteilung gegangen, aber nur eine Stunde später hatte sie heftig geweint und war untröstlich gewesen. Irgendwann hatte sie der Schlaf übermannt, und ihr herzzerreißendes Schluchzen war verstummt.

»Geht es Heather gut?«, fragte sie jetzt Emma. »Vorher war sie furchtbar aufgeregt.«

»Nun, die Ärzte dachten, sie könnte heute nach Hause gehen, aber leider hat sie einen Rückfall erlitten«, erklärte Heathers Mutter.

»Was ist ein Rückfall?« Nell blickte zu Heather hinüber, die aufrecht im Bett saß und sich mit ihrem Vater unterhielt.

»Leider ist sie erneut an TB erkrankt. Aber wie ich höre, macht deine Genesung Fortschritte, und du kannst vielleicht bald nach Hause.«

Nell sah sie an. »Es ist meine Schuld, dass es Heather wieder schlecht geht.« Tränen liefen ihr über die Wangen. »Ich hatte solche Angst davor, dass sie weggeht. Deshalb habe ich zu Gott gebetet, dass sie hierbleibt. Ich bin schuld, dass sie wieder krank ist. Und ich habe es verdient, dass mich niemand besuchen kommt. Ich bin ein schrecklicher Mensch.«

Sie vergrub den Kopf tief im Kissen, während Emma sie sanft streichelte. »Ich bin nicht überrascht, dass du dir wünschst, sie würde bleiben«, erwiderte Emma. »Sie ist deine Freundin. Auf keinen Fall bist du ein schrecklicher Mensch, Nell. Du bist sehr tapfer gewesen.«

Gerade als Nell wieder den Kopf hob, erschien hinter ihnen eine Frau in der Tür, die letzte Besucherin des Tages. Sie hatte rote Haare und trug eine Strickjacke, einen langen Rock und schwarze Schuhe. Nell hatte das Gefühl, sie zu kennen, wusste aber nicht, woher. Im Sanatorium hatte sie sie noch nicht gesehen, dessen war sie sich sicher. Ihr Herz begann wild zu pochen, als die Frau sich auf der Station suchend umblickte. Schließlich entdeckte sie Nell und kam auf sie zu. Ihre Schritte hämmerten auf dem Holzfußboden, während Nells Herzschlag immer schneller raste.

»Sicherlich erhältst du bald Nachricht«, fuhr Emma fort. »Man versucht bereits, deine Familie zu kontaktieren. Das weiß ich, denn wir haben uns nach dir erkundigt, weil wir uns Sorgen um dich gemacht haben. Man hat uns gesagt, dass jemand dich abholen käme.«

»Hallo, Nell«, sagte die Frau, die nun an ihrem Bettende stand. Sie war blass im Gesicht, bis auf die rot geschminkten Lippen, und hielt nervös ihre Handtasche umklammert. Nell blickte sie mit tränenverschleierten Augen an und versuchte herauszufinden, wer sie war. »Erinnerst du dich an mich?«, fragte sie mit einem strahlenden Lächeln.

Dann sah die Besucherin weniger erfreut zu Heathers Mutter. »Hallo«, begrüßte sie sie kurz angebunden.

Emma nickte höflich, tätschelte Nells Hand und ging zurück ans Bett ihrer Tochter.

Nell setzte sich auf, bass erstaunt, dass sie Besuch hatte. Die Frau ließ sich etwas unbeholfen auf ihrer Bettkante nieder und legte einen Teddybär auf ihre Decke. »Der ist für dich, Nell. Wie fühlst du dich?«

Nell musterte die Frau und nahm jeden ihrer Gesichtszüge, jede ihrer Gesten begierig in sich auf. Endlich saß jemand an ihrer Seite, auch wenn es nicht die Menschen waren, mit denen sie gerechnet hatte. Sie wusste nicht, wo ihr Dad und Bobby waren und warum diese Frau, die ihr nur sehr vage bekannt vorkam, sie hier im Sanatorium aufsuchte.

»Mir geht's gut. Ich denke, ich bin wieder gesund.« Nell traute sich nicht, der Frau eine Frage zu stellen, aus Angst, sie könne dann fortlaufen.

»Nun, das sind doch wunderbare Neuigkeiten.« Die Frau spielte nervös mit ihren Händen, bevor sie endlich die Frage beantwortete, die Nell schon die ganze Zeit im Kopf umherging. »Ich wollte dich fragen, ob du eine Zeit lang bei mir und meinem Mann wohnen möchtest. Vor einer Woche habe ich angerufen, um mich nach deinem Zustand zu erkundigen, und man sagte, dass du nach Hause gehen könntest. Würde dir das gefallen, Nell?«

Nells Gedanken überschlugen sich. Sie wusste nicht genau, was sie von der Absicht der Besucherin halten sollte. »Warum kann Dad mich nicht abholen?«

Die Frau senkte den Blick auf ihre Hände und wartete eine Weile, bevor sie antwortete. »Dein Vater hatte einen Unfall, Nell.«

Nell spürte, wie ihr Tränen in die Augen stiegen. Das war also der Grund, weshalb er sie nicht besucht hatte. »Was für einen Unfall?«, fragte sie.

»Einen Unfall auf dem Hof. Niemand hatte schuld.« Die Frau sah schnell weg.

»Aber er wird wieder gesund?« Nells Tonfall klang flehentlich, denn sie wusste bereits, dass ihre Hoffnung nicht erfüllt würde.

»Nein, Nell, tut mir leid. Er ist jetzt bei deiner Mutter im Himmel.«

Der kalte Raum schien sich mit enormer Hitze zu füllen. Nell zog die Knie an die Brust und begann heftig zu schluchzen. Vergeblich versuchte sie, ihre wimmernden Laute zu dämpfen, als die Frau ihre Arme um sie legte. Jeder konnte sie hören, das wusste Nell. Gewöhnlich war es sehr leise im Sanatorium, abgesehen von dem Husten der Kranken und dem Gemurmel der Ärzte auf ihrer Visite, doch an Besuchstagen drängten sich viele Menschen im Treppenhaus und auf den Fluren, und ohrenbetäubendes Geschnatter füllte die Räume. Jetzt waren alle verstummt.

Nell wusste nicht, wie lange sie geweint hatte, aber irgendwann versiegten ihre Tränen. Lange hielt sie den Atem an und wünschte sich, sie könnte die Zeit zurückdrehen, nur fünf Minuten, bis zu dem Moment, in dem sie geglaubt hatte, ihr Dad käme nicht, weil er zu viel Arbeit auf dem Hof oder kein Geld für den Bus hatte. Erschöpft schloss sie die Augen, und in ihrem Inneren blitzte das Bild ihres Bruders auf.

»Wo ist Bobby?«, brachte sie mühsam hervor.

»Er ist für eine Weile fort.«

»Kann ich nicht bei ihm bleiben?«

»Leider nicht, dort, wo er ist, sind nur Jungen erlaubt. Aber ich bin sicher, er kommt bald nach Hause.«

»Darf ich Alice sehen?«

»Darüber sprechen wir später. Jetzt wollen wir dich anziehen. Ich werde die Schwester bitten, deine Sachen zusammenzusuchen.«

Als die Frau wegging, blickte Emma zu Nell hinüber und lächelte warmherzig. »Darfst du jetzt gehen, Nell?«, fragte sie.

»Ich glaube schon.« Nell trocknete sich die Tränen und stieg auf wackeligen Beinen aus dem Bett. Sie nahm den Teddybär, den die Frau ihr geschenkt hatte, und ging langsam zu Heather hinüber, die mit blassem Gesicht im Bett lag.

»Danke, dass du dich um mich gekümmert hast, Heather. Hoffentlich geht es dir bald besser.« Sie legte den Teddybär neben Heathers Gesicht.

Die Freundin lächelte sie an. »Vielen Dank, Nell. Schreibst du mir? Du kannst jetzt schon so gut schreiben.«

»Ja, gern.«

»Nell, hier sind deine Sachen. Ziehst du deinen Vorhang vor, wenn du dich umziehst?« Die Frau war zurückgekommen und lächelte sie an.

Als Nell die Kleidung anzog, die ihr Vater für sie eingepackt hatte, nahm sie den Geruch des Pfarrhauses wahr, der den Sachen noch anhaftete, nach Seife, mit der Bobby sie im Bad gewaschen hatte, und auch etwas rauchig, da sie beim Kamin getrocknet worden waren – ein kleines Stückchen von ihrem Zuhause.

»Wir werden Nell sehr vermissen«, sagte Emma zu der Frau auf der anderen Seite des Vorhangs, als sich Nell gerade den Pulli über den Kopf zog. »Sie ist ein liebes Mädchen. Geben Sie uns Ihre Adresse, damit Heather ihr schreiben kann?«

Es entstand eine lange Pause. »Sicher, das wäre sehr schön. Unsere Adresse lautet: Yew Tree Cottage, Kingston.«

»Und wie heißen Sie?«

»Ach, natürlich. Mein Name ist Dorothy, Dorothy Novell.«

Kapitel vierundzwanzig

BELLA

Januar 1946

»Wo ist mein Sohn?« Entrüstet wandte sich Bella an den Beamten hinter dem Tresen der Polizeiwache in Lewes. Vor wenigen Minuten war sie freigelassen worden, nach einer unerträglich langen, unbequemen Nacht in einer Zelle, in die man sie wegen Missachtung des Gerichts eingesperrt hatte.

»Bei seinem Vormund«, erwiderte der Mann, als er endlich von seinen Papieren aufblickte.

»Vormund? Er ist mein Sohn, warum haben Sie zugelassen, dass jemand anderes ihn mitnimmt?« Bella versuchte jeglichen Anflug von Hysterie in ihrer Stimme zu unterdrücken.

»Er hat gesagt, er sei der Großvater des Jungen«, antwortete der Polizist.

»Ich bin seine Mutter«, schrie Bella. »Sie haben kein Recht, mein Kind ohne meine Einwilligung fortzugeben.«

»Dazu hatten wir jedes Recht, junge Dame. Es wäre ratsam gewesen, an Ihren Jungen zu denken, bevor Sie den Richter, der dem Prozess Ihrer Mutter vorsitzt, beleidigten. An Ihrer Stelle wäre ich dankbar. Wir hätten den Jungen ins Heim gegeben, wenn sein Großvater nicht gewesen wäre.«

»Ich habe ihn nicht beleidigt.« Bella klang kleinlaut, als sie den Polizisten anblickte. Sie wusste, dass sie vollkommen machtlos war. Wenn sie eine Szene machte, könnte sie erneut festgenommen werden. Dann hätte sie keine Chance mehr, Alfie zurückzuholen, bevor Wilfred Hilton ihn an einen unbekannten, fernen Ort schickte, wo sie ihn nie mehr finden könnte.

Als sie nach draußen trat, blinzelte sie in die Wintersonne und blickte die Straße zum Gerichtsgebäude hinunter. Die letzten Momente mit ihrer Mutter kamen ihr wieder in den Sinn. Auch wenn sie nicht wusste, ob Tessa die giftigen Tollkirschebeeren einnehmen würde, war es ein letzter Liebesbeweis ihrerseits gewesen. Dadurch hatte sie ihre Mutter wissen lassen, dass sie das Ausmaß ihres Schmerzes verstand. Es war der schwerste Augenblick ihres Lebens gewesen, aber nachdem sie auch nur eine Nacht in einer kalten, feuchten, stinkenden Zelle verbracht hatte, war ihr klar, dass es die richtige Entscheidung gewesen war.

Der nächste Schritt stand ihr klar vor Augen, aber sie hatte keine Ahnung, wie sie nach Yew Tree Manor gelangen und sich dann mit Alfie von dort fortstehlen sollte. Das Haus war voller Dienstboten, und sicherlich hatte Wilfred dafür gesorgt, dass ihr Sohn irgendwo eingesperrt war, wo sie ihn nicht fand.

Bella setzte sich auf die Treppenstufen vor der Polizeiwache und zog die Knie an die Brust, als könne sie sich auf diese Weise vor einer Welt schützen, die sie überforderte. Lange musste sie so dagesessen haben, denn als sie schließlich aufsah, konnte sie vor Kälte weder Hände noch Füße spüren. Ein Blick zur Kirchturmuhr verriet ihr, dass sie bald nach Portsmouth zurückkehren sollte, sonst würde ihr Arbeitgeber sie auf die Straße setzen. Doch ihr fehlte das Geld für eine Zugfahrkarte. Sie brauchte ihre Mutter, ohne sie war sie vollkommen verloren.

»Miss James«, wandte sich eine weibliche Stimme von den

oberen Stufen an sie. »Entschuldigen Sie die Störung. Ich habe im Café gegenüber darauf gewartet, dass man Sie freilässt. Was halten Sie von einem Frühstück? Sie müssen doch hungrig sein.«

Bella sah auf und erkannte die junge Frau, die dort stand, aber ihr fiel nicht mehr ein, wo sie ihr schon einmal begegnet war.

»Wer sind Sie?«, fragte sie und begann vor Kälte zu zittern.

»Wir haben uns gestern im Gericht getroffen. Ich bin Milly Green und arbeite als Reporterin bei der *Sussex Times*.« Die junge Frau blies sich den warmen Atem in ihre kalten Hände, während sie von einem Fuß auf den anderen tänzelte. »Gestern im Gerichtssaal habe ich mitangehört, was Sie über Ihre Mutter und Dr. Jenkins gesagt haben. Ich würde mich freuen, wenn Sie Interesse haben, mit mir über den Fall zu sprechen und Ihre Sicht der Dinge darzulegen. Jetzt, wo der Prozess vorbei ist, könnten wir so etwas veröffentlichen. Ich weiß, dass Ihre Mutter stets ihre Unschuld beteuert hat.«

Bella schüttelte den Kopf. »Wenn der Prozess vorbei ist, welchen Sinn hat das dann noch? Sie wurde schuldig gesprochen, falls Sie bei der Urteilsverkündung nicht zugegen waren.«

»Ich war da, Miss James, ich habe dem Gerichtsverfahren jeden Tag beigewohnt. Ich habe mitbekommen, was Sie gesagt haben, und bin überzeugt, dass Sie die Wahrheit sagen. Und so werden das auch unsere Leser sehen. Ihre Mutter verdient es, dass ihre Stimme gehört wird. Es besteht immer noch die Möglichkeit, in Berufung zu gehen. Besonders wenn es uns gelingt, eine Kampagne für ihre Unschuld zu starten. Sollen wir reingehen und uns aufwärmen?«

Bella nickte, vor Kälte und Hunger fühlte sie sich ganz schwach. Langsam stand sie auf und wickelte sich das Tuch ihrer Mutter um die Schultern.

Zusammen überquerten sie die Straße und betraten ein kleines, gemütliches Café. »Möchtest du Tee und etwas Toast dazu?«, fragte Milly. »Ich hoffe, es ist in Ordnung, wenn ich Du sage«, fügte sie schnell hinzu.

»Nur Tee, danke dir.« Bella zog einen Stuhl hervor und ließ sich daraufsinken.

Die Glocke über der Eingangstür bimmelte, und eine junge Familie kam herein, eine junge hübsche Frau mit ihrem Mann und einem kleinen Kind. Der Mann hatte einen amputierten Unterschenkel und mühte sich mit seinen Krücken ab. Er fluchte laut, als ihn die zurückschwingende Tür traf, und seine kleine Tochter blickte ängstlich zu ihm auf und duckte sich dann hinter ihre Mutter. Bella schob einen Stuhl fort, um dem Mann den Weg frei zu machen, und er bedankte sich mit einem Lächeln bei ihr. Seine Augen waren jedoch stumpf und leblos.

»Bitte sehr, dein Tee.« Milly stellte eine Kanne auf den Tisch und schenkte ihr eine Tasse ein.

Bella nahm sie in die Hand und trank einen Schluck. Der Tee war noch zu heiß, aber es tat gut, etwas Warmes in der Hand zu halten. Sie zitterte, so durchgefroren war sie. »Vielen Dank«, sagte sie leise. »Ich wusste nicht, dass auch Frauen Reporter sein können.«

»Wir sind nicht viele.« Milly zog ihren Mantel aus und legte ihn über die Stuhllehne, bevor sie sich setzte. »Ich darf nur im Gericht dabei sein und über die Verbrechen berichten, weil so viele Männer aus diesem Beruf nicht von der Front zurückgekehrt sind. Vor dem Krieg habe ich Beiträge über Frauen geschrieben, über Wohltätigkeitsbasare oder auch mal über das Women's Institute berichtet.«

Bella nickte. »Ich denke, dass viele Frauen es seit Kriegsende schwer hatten, zu ihrem alten Leben zurückzukehren.«

Milly machte eine Pause. »Das Urteil über deine Mutter macht mich sehr betroffen, und es tut mir sehr leid für sie.«

Bella hielt die Teetasse fest in den Händen, und die Wärme strömte durch ihre halb erfrorenen Finger. Schließlich sagte sie: »Meine Mutter hat Evelyn Hilton nicht verletzt. Sie war für natürliche Geburten, glaubte daran, dass man der Natur ihren Lauf lassen sollte. Niemals hätte sie einen solchen Dammschnitt bei ihr vorgenommen. Sie war überzeugt, dass man warten sollte, bis ein Baby bereit war, auf die Welt zu kommen. Häufig saß sie die ganze Nacht lang am Bett einer Schwangeren, manchmal sogar mehrere Tage.« Sie spürte wieder Tränen in den Augen. »Im Gefängnis wird sie nicht überleben. Sie können sie genauso gut gleich töten.«

Milly Green holte ein Notizbuch aus einer ihrer Manteltaschen und kramte in der anderen nach einem Bleistift. »Hast du irgendetwas in der Hand, das uns helfen kann, ihre Unschuld zu beweisen?«

»Wenn du Tessa kennen würdest, wüsstest du das von allein. Mindestens hundert Frauen könnten sich für sie verbürgen, aber ihr Rechtsanwalt meinte, Tessa habe nicht gewollt, dass sie vor Gericht für sie aussagen. Wieso, kann ich nur erahnen, aber es passt zu ihr, dass sie andere an erste Stelle setzt.« Bella versuchte, die Erinnerung an ihre Mutter auf der Anklagebank zu verdrängen, während sie zusah, wie Milly zu schreiben begann. »Hierbei geht es nicht nur um Evelyn Hilton, sondern um alle Ärzte, die Hebammen aus ihrem Tätigkeitsgebiet verdrängen, weil ihnen sonst jedes Jahr mehrere Hundert Pfund Honorar verloren gehen. Der Beruf der Hebamme gerät in Verruf, indem man diesen Frauen strenge Vorschriften auferlegt und ihren Einfluss beschränkt, wenn man von ihnen verlangt, einem Arzt die Betreuung einer Gebärenden in den Wehen zu übergeben, sobald unter der Geburt Komplikationen auftreten – dabei ist genau das der Moment, in dem Hebammen wie meine Mutter all ihre Fähigkeiten unter Beweis stellen.«

»Fahr bitte fort.« Milly nahm ihre langen roten Haare zu einem Knoten zusammen, damit sie besser schreiben konnte.

Bella schüttelte den Kopf und blickte aus dem Fenster in den bitterkalten Morgen. »Zunächst einmal sind es häufig die Ärzte, die für die Komplikationen verantwortlich sind. Sie zwingen die Frauen, ihre Kinder auf dem Bett liegend zu gebären, die Beine in Halterungen hochgelegt. Diese und andere Apparaturen verursachen den Frauen Schmerzen, und so eine rein medizinische Umgebung, in der man nicht auf die Frauen hört, jagt ihnen Angst ein. Ärzte haben sehr wenig Geduld: Sie stechen die Fruchtblase auf, wenn das Baby noch gar nicht so weit ist, sie zerren es mit der Geburtszange heraus, anstatt das Baby im Bauch zu drehen. Natürlich wollen sie nicht Tag und Nacht am Bett einer Gebärenden sitzen und beruhigend auf sie einreden. Alles, was Ärzte interessiert, ist, im letztmöglichen Moment die Kontrolle zu übernehmen, das Baby auf die Welt zu holen und dafür die Lorbeeren zu ernten.«

Milly schrieb eifrig weiter. »Und was hat das alles mit dem Tod von Evelyn Hilton zu tun?«

»Evelyn hat sich gewünscht, dass meine Mutter bei der Geburt dabei wäre, aber ihr Ehemann, Wilfred Hilton, wollte einen Arzt. Das Baby befand sich in Steißlage, und es ging alles schrecklich schief. In einem Anfall von Panik rief Dr. Jenkins meine Mutter herbei.«

»Dr. Jenkins hat deine Mutter kommen lassen?« Die junge Frau sah sie mit weit aufgerissenen Augen an.

Bella nickte und holte einen Brief aus ihrer Tasche, den der Rechtsanwalt ihrer Mutter ihr gegeben hatte. »Er hat sie reingelegt. Lies selbst.«

Ungläubig blickte Milly auf den Brief, der nun auf dem Tisch zwischen ihnen beiden lag. »Der ist von deiner Mutter?«

»Ja, es ist ihre Darstellung der Ereignisse.« Mit zitternden Händen nahm Bella das eng beschriebene Papier wieder an sich und las laut: »Nie würde ich bei einer Frau mit dem Skalpell einen Dammschnitt vornehmen, wie es Dr. Jenkins getan hat. Diese Nacht hat sich für immer in mein Gedächtnis gebrannt, ganz gleich, wie sehr ich mich auch bemühe, sie zu vergessen. Durch seinen Eingriff mit dem Skalpell hat der Arzt alles verpfuscht. Er hat Evelyns zarten kleinen Körper massakriert, und das Baby litt an Sauerstoffmangel. Als er sich seiner Tat bewusst wurde, hat er Sally beauftragt, mich aus dem Pfarrhaus herüberzuholen. Er überließ es mir allein, Mutter und Kind beim Sterben zuzusehen und die Schuld dafür auf mich zu nehmen.«

Hektisch schrieb Milly ihre letzten Notizen nieder.

»Dr. Jenkins hatte nicht die Absicht, sie zu töten«, fuhr Bella fort, »doch als er begriff, dass sie sterben würde, brauchte er einen Sündenbock. Und Wilfred Hilton wollte meine Mutter schon seit Jahren loswerden.«

Nachdem Milly die ersten Sätze des Briefes selbst gelesen hatte, sah sie Bella alarmiert an. »Warum?«

»Wir sind Mieter eines Hauses, das sich auf ihrem Land befindet – ich wurde dort geboren. Meine Mutter hat die ersten beiden Kinder von Evelyn auf die Welt geholt und ihr beide Male das Leben gerettet, daher hat Evelyn immer darauf bestanden, dass wir dort wohnen bleiben dürfen.«

Mit rasanter Schnelligkeit hielt Milly alles Wichtige fest, während Bella einen Zuckerwürfel in ihre Teetasse gab.

»Wilfred Hilton gefällt es nicht, dass die verzweifelten Frauen, um die meine Mutter sich kümmert, sein Land betreten. Die Frauen sind schwanger, kaputt, hungrig und wurden geschlagen, häufig wurden sie auch vergewaltigt oder sitzen gelassen. Meine Mutter hat immer betont, dass ihre Tür allen offen steht, auch Frauen, die sie nicht bezahlen können.«

»Warum hat der Verteidiger deiner Mutter keine dieser Frauen als Zeugin vor Gericht berufen?«

»Weil sein Honorar von Wilfred Hilton bezahlt wurde.«

»Weißt du das sicher?« Milly blickte sie gespannt mit dem Stift in der Hand an.

Bella nickte. »Er hat es abgestritten und behauptet, er sei ein ehrenamtlicher Verteidiger, aber er steht nicht auf der Liste.« Sie holte das Papier hervor, das sie am Vortag aus der Geschäftsstelle des Gerichts mitgenommen hatte. »Er heißt Jeremy Lyons, und hier ist er nicht aufgeführt. Meine Mutter wollte nicht, dass irgendeine der Frauen, denen sie geholfen hat, im Zeugenstand erscheinen muss, und Mr. Lyons hat nicht versucht, auf anderem Weg ihre Unschuld zu beweisen. Er wollte schlichtweg, dass sie verurteilt würde, damit man sie und ihre Hexenmethoden ein für alle Mal los wäre.«

Milly las den Brief zu Ende, dann gab sie ihn Bella zurück. »Deine Mutter scheint eine sehr außergewöhnliche Frau zu sein.«

»Das ist sie«, bestätigte Bella. »Ich muss jetzt gehen, Milly, denn ich muss noch eine dringende Angelegenheit erledigen. Es handelt sich um meinen Sohn. Ich hoffe, dass du über diese Sache schreiben wirst.«

»Fällt dir irgendjemand ein, der bereit wäre, mit mir über diesen Vorfall zu sprechen? Damit wir Beweise finden können«, fragte Milly, als Bella aufstand.

»Sally, das Dienstmädchen der Familie Hilton. Sie war die Hauptzeugin der Staatsanwaltschaft, sie kennt die Wahrheit. Mr. Lyons hätte sie ins Kreuzverhör nehmen und die

Wahrheit von ihr erfahren können, aber er hat sich dagegen entschieden.«

»Glaubst du, sie würde mit mir reden?«, fragte Milly begierig.

Bella zuckte die Achseln. »Sie ist für ihren Lebensunterhalt auf die Hiltons angewiesen, und sie hat eine kleine Tochter. Ihre Stelle kann sie nicht aufs Spiel setzen. Aber vielleicht wird sie irgendwann in der Zukunft zu einem Gespräch bereit sein. Zwar wird es dann für meine Mutter zu spät sein, aber es ist ein tröstender Gedanke, dass ihr Name vielleicht eines Tages reingewaschen wird.«

»Was meinst du damit, dann wird es zu spät sein?«, fragte Milly besorgt.

»Weil ihr Leben, so wie sie es kannte, vorüber ist. Entschuldige, ich muss mich jetzt um diese Familienangelegenheit kümmern. Einen schönen Tag, Milly, und alles Gute für deine Arbeit.« Rasch wandte Bella sich ab, damit Milly nicht die Tränen in ihren Augen sah. Aus dem warmen Café trat sie hinaus auf die Straße und brach zu ihrem langen Fußweg zurück nach Kingston auf.

Kapitel fünfundzwanzig

VANESSA

Silvesterabend 1969

»Wo befindet sich Bobby James jetzt?« Alle blickten zu Vanessa, als sie sich zur Tür wandte. »Ich muss mit ihm sprechen. Ich muss genau erfahren, was passiert ist und was er zu Alice gesagt hat, bevor er sie weiterziehen ließ.«

Der Polizist, der die Nachricht von Alfie James' Tod überbracht hatte, blickte zu seinem Vorgesetzten.

»Nun, Kollege, wo ist er?«, fragte Detective Inspector Mills in barschem Ton.

»Er soll zum Verhör auf die Wache gebracht werden, Sir. Aber da sein Vater gerade umgekommen ist, steht er unter Schock – bis jetzt sagt er nicht viel.« Der junge Beamte schien selbst tief erschrocken und zitterte vor Kälte, trotz seines dicken Mantels und seiner Handschuhe.

»Ich muss ihn aber sehen.« Verärgert wischte sich Vanessa die Tränen fort, die ihr übers Gesicht liefen.

»Mrs. Hilton, ich versichere Ihnen, dass wir jede Information aus ihm herausholen, die er hat.«

»Nein! Ich kenne den Jungen, daher muss ich mit ihm reden. Wenn er etwas verheimlicht, weiß ich das sofort. Ich komme mit Ihnen auf die Wache.«

»Mrs. Hilton, ich bitte Sie, es wäre besser, wenn Sie hierblieben. Wir melden uns bei Ihnen, sobald wir Neuigkeiten haben.« Detective Inspector Mills trat einen Schritt vor sie.

»Ich will wissen, wo genau man Alfie James gefunden hat. Suchen Ihre Leute dort nach Alice? Sie ist hingefallen und hat sich wehgetan, als sie ihren Hund finden wollte, da bin ich sicher. O mein Gott, sie ist da draußen. Er hat sie in Schnee und Kälte sich selbst überlassen.« Erneut brach Vanessa in einen Strom von Tränen aus.

»Unsere Beamten durchforsten das gesamte Gebiet rund um den Fundort von Alfie James' Leiche«, erwiderte der Kriminalbeamte beharrlich.

»Bringen Sie mich dorthin, ich möchte bei der Suche nach ihr helfen. Ich kann hier nicht länger herumsitzen, sonst verliere ich noch den Verstand.« Vanessa zog ihre Stiefel an und nahm ihren Pelzmantel vom Garderobenständer in der Eingangshalle.

Detective Inspector Mills sah zu seinem Kollegen hinüber. »Porter, ruf die Wache an und sag denen, dass wir zum Feld hinter dem Pfarrhaus fahren. Dann machst du Richard Hilton ausfindig, er soll auch dorthin kommen.« Als er die Haustür öffnete, wehte ein kalter Luftzug herein.

»Wo ist Leo?« Fragend blickte Vanessa zu Dorothy, die am Fuße der Treppe stand.

»Wahrscheinlich ist er mit Richard rausgegangen, um sich dem Suchtrupp anzuschließen«, antwortete Dorothy. »Machen Sie sich keine Sorgen. Wenn ich ihn sehe, sage ich ihm Bescheid.«

»O Gott, Alice, bitte, bitte, sei dort«, stieß Vanessa aus, als sie Detective Inspector Mills aus dem Haus zum Polizeiwagen folgte, der neben der Hecke mit den Lichterketten für die Party parkte; jene Lichterketten, die Richards und auch ihre ganze Aufmerksamkeit beansprucht hatten, als sie ihre

Tochter, vielleicht zum letzten Mal in ihrem Leben, in ihrem roten Kleid auf dem Rasen vor dem Haus gesehen hatte. Alles, alles auf Erden würde sie darum geben, wenn sie die Zeit bis zu diesem Augenblick zurückdrehen könnte, wenn sie Alice festhalten und nie wieder loslassen könnte. Detective Inspector Mills öffnete die Beifahrertür für sie, stieg dann auf der Fahrerseite ein und ließ den Wagen an. Stotternd sprang der Motor an. Als sie die Auffahrt entlangfuhren, bemerkte Vanessa in der Ferne die Morgenröte, die den neuen Tag ankündigte.

Die kurze Strecke über die kurvenreichen Straßen, die sie schon tausendmal zurückgelegt hatte, seit sie in Yew Tree Manor wohnte, kam ihr heute ewig lang vor. Den Sitz umklammernd saß sie da, während das Auto zweimal auf dem Glatteis hin und her rutschte, bevor es wieder in die richtige Spur fand. Als sie in die nicht einsehbare Kurve einbogen, die zum Pfarrhaus führte, wurde die Fahrbahn schmaler, und sie wurden von den Scheinwerfern eines entgegenkommenden Wagens geblendet. Mills trat fest auf die Bremse, und der Wagen blieb mit kreischenden Rädern stehen, sodass der Zusammenprall mit dem anderen Fahrzeug knapp verhindert werden konnte. Der Detective kurbelte sein Seitenfenster herunter, winkte hektisch und rief: »Weg da!«

Als Vanessa einen Blick auf den Kriminalbeamten warf, fühlte sie ihr Herz in tausend Stücke zerbrechen. Auch wenn sie es zu ignorieren versucht hatte, er machte sich inzwischen große Sorgen, das war offensichtlich. Die Fragen nach Alices Betragen, ob sie sich unartig benommen hatte oder weggelaufen war, hatten der Suche nach einer anderen Erklärung Platz gemacht. Einer sehr viel beunruhigenderen Erklärung. Zwar hatte sie sich gewünscht, er sollte Alices Verschwinden ernster nehmen als zu Beginn, doch jetzt jagte ihr seine

Besorgnis Angst ein. Er hatte sie um Alices Nachthemd gebeten, damit die Spürhunde ihren Geruch aufnehmen und nach ihr suchen konnten, und in diesem Moment gingen einige Beamte von Tür zu Tür, weckten die Dorfbewohner aus dem Schlaf, um in ihren Ställen und Schuppen nachzusehen, und schlugen mit ihren Stöcken gegen die verschneiten Hecken. Plötzlich wurde ihr qualvoll bewusst, dass die Polizei nicht länger nach einem vermissten kleinen Mädchen suchte, sondern nach einer Leiche.

Mills fluchte leise, als der Wagen aus der anderen Richtung nun auf Vanessas Seite rückwärts in ein offen stehendes Gatter fuhr und dort im Schatten der Morgendämmerung versunken abwartete. Es war beinahe unmöglich, den Fahrer zu erkennen, doch als sie ihren Weg fortsetzten, ging Vanessa auf, dass sie das Fahrzeug kannte. Die flackernden Scheinwerfer und das Stoffdach, durch das es hindurchregnete, bewiesen ihr, dass Richard in seinem Land Rover mit hoher Geschwindigkeit vom Pfarrhaus hergekommen war.

Mills hielt den Wagen an, und Vanessa kurbelte ihr Seitenfenster herunter. »Gibt's was Neues?«

»Nichts. Alice nicht und auch von ihrem Fahrrad keine Spur«, brüllte Richard ihnen zu.

Ehe Mills weiterfuhr, warf Vanessa noch einen Blick ins Innere des Land Rovers. Es war nur ein kurzer Moment, aber bei dem Anblick der zwei unbeweglichen Gestalten, die dort saßen, drehte sich ihr der Magen um. Leo war auf dem Beifahrersitz, neben ihrem Ehemann am Steuer. Ihr Sohn blickte nicht auf, er ließ den Kopf hängen. Sie wusste sofort, dass er geweint hatte.

Im Bruchteil einer Sekunde waren sie verschwunden.

Vanessa biss sich fest auf die Unterlippe, ihre Fingerknöchel waren weiß vom Umklammern des Sitzes. Sie konnte sich auf keinen Fall eingestehen, wie kalt ihr war, eine erwachsene Frau, die einen Fuchspelzmantel trug, und das in einem geheizten Auto. Alice hatte die ganze Nacht in dieser bitteren Kälte verbracht, in einem dünnen roten Kleid und roten Lackschühchen. Sollte sie in einen Graben gefallen sein, konnte sie bei diesen eisigen Temperaturen unmöglich überlebt haben, aber wenn sie irgendwo in einem Verschlag gefangen war, bestand noch Hoffnung – vorausgesetzt, sie wurde schnell gefunden. Vielleicht war sie bis zum Pfarrhaus gelangt und dort in den Ställen auf der Suche nach ihrem Hündchen hingefallen. »Bitte sei dort, Alice, bitte, bitte«, wiederholte Vanessa leise beschwörend, um nicht den Verstand zu verlieren.

Als sie um eine Ecke in einen schmalen, verschneiten Weg einbogen, stieg Detective Inspector Mills erneut auf die Bremse. »Da sind frische Reifenspuren«, sagte er atemlos. »Hier ist gerade jemand entlanggefahren. Vielleicht haben sie Bobby James doch schon festgenommen.« Er verließ den Wagen und stapfte über den unebenen Boden zu dem Gatter in einiger Entfernung. Während er angestrengt versuchte, den Riegel zu öffnen, stieß er weiße Atemwolken aus.

Vanessa wurde das Bild nicht los, wie ihre kleine Tochter sich im Schnee am Gatter abmühte, mit vor Verzweiflung und Eiseskälte zitternden Händen. Vielleicht hatte sie es aufgegeben, den Riegel zu öffnen, war hinübergeklettert und keuchend den Rest des Weges gelaufen. Entschieden schüttelte sie das Bild vor ihrem inneren Auge ab, als der Kommissar endlich den Weg frei bekommen hatte und wieder zum Auto zurückgeeilt kam. Er legte den ersten Gang ein, und die schneebedeckten Reifen bahnten sich rutschend ihren Weg.

»Beim Haus ist Blaulicht zu sehen. Das könnten die Kollegen

sein, die Bobby James abholen.« Mills deutete auf einen Punkt in einiger Distanz, wo die Morgenröte und das Blaulicht aufeinandertrafen.

Vor Erschöpfung zuckten Vanessas Augen, während der Wagen wie ein Boot über den unebenen Boden schaukelte. Fieberhaft suchte sie im Schnee nach Fußspuren ihrer Tochter. Mills trat aufs Gaspedal, und hinter einer Kurve gab die Hecke den Blick auf das Pfarrhaus frei.

Jahrelang war sie nicht dort gewesen, und jetzt sah sie, dass es sehr heruntergekommen war. Ein schönes Haus, das mit seinen großen Eichenbalken, geschnitzten Wandvertäfelungen, hübsch gekachelten Kaminen und Fliesenböden Wärme ausstrahlte. Doch in den letzten sechs Jahren, in denen Alfie nur mit Mühe den Hof bewirtschaftet und seine Kinder großgezogen hatte, war sein Glanz aufgrund der Vernachlässigung verloren gegangen. Jetzt wucherte das Geißblatt rund um den Hauseingang in alle Richtungen, die Farbe blätterte von den Hauswänden, und der Weg zum Haus war meterhoch mit Laub und Schmutz bedeckt.

Ihr Blick folgte den Spuren im Schnee bis zur Ecke des Cottages und dem dahinter liegenden Feld, wo Lichtstrahlen den frühen Morgen erhellten. Sie hielt den Atem an, als ein junger Mann in einem langen schwarzen Mantel und einer Wollmütze in der nebligen Dämmerung auftauchte. Mit eingezogenem Kopf und Schultern, die Hände in Handschellen auf dem Rücken, wurde er von zwei großen Polizisten flankiert, die ihn über den Schnee zu dem wartenden Polizeiwagen zerrten. Sein Anblick nahm ihr die Luft zum Atmen, und als er im Scheinwerferlicht an ihr im Auto vorüberging, sah sie ihn am ganzen Körper beben. In dem Moment hob er den Kopf und entdeckte sie, sein Gesicht war leichenblass und der Ausdruck seiner Augen unerschrocken.

Eisblaue Augen, dachte Vanessa, als der Zorn in ihrem Inneren loderte. Diese Augen hatten ihre kleine Tochter zum letzten Mal gesehen.

Kapitel sechsundzwanzig

VANESSA

Freitag, 22. Dezember 2017

Vanessa lag auf ihrem Bett und beobachtete, wie draußen vor ihrem Schlafzimmerfenster der Schnee fiel. Sie hörte das Bellen der Spürhunde und die Polizeipfiffe, die durch den Wald schrillten, wo man seit Anbruch des Tages nach Sienna suchte.

Ein Blick auf ihren Wecker verriet ihr, dass es zwei Uhr nachmittags war. Bald würde es wieder dunkel werden; ein weiterer Tag verrann, und man hatte Sienna noch nicht gefunden. Zwei Tage lang war das Haus voller Menschen gewesen – erst die Umzugsleute und dann die Polizei –, aber jetzt war es totenstill. Sie wusste, dass Helen und Leo fortgegangen waren, aber sie erinnerte sich nicht, wohin oder wann sie zurückkommen würden.

Dem Schnee draußen vor dem Fenster zuzuschauen machte sie müde, aber wenn sie die Augen schloss, sah sie immer nur Alice und Sienna, Seite an Seite, sie hielten sich an den Händen und riefen ihren Namen. Sie hatte kaum geschlafen, sie musste sich nur ein Stündchen ausruhen, dann würde sie sich dem Suchtrupp anschließen, bevor es dunkel wurde.

Ihre Augen waren schwer. Unter dem Vorwand, sich hinlegen zu wollen, war sie in ihr Zimmer hinaufgegangen, aber hauptsächlich hatte sie von dieser Familienbetreuerin fortkommen wollen, die sich um sie kümmern sollte. Eine blonde Frau mit sehr geraden weißen Zähnen und einem strengen Pferdeschwanz. Immer wieder fragte sie sie nach den letzten Minuten vor Siennas Verschwinden, doch Vanessa hatte an nichts mehr eine klare Erinnerung. Schließlich hatte die Beamtin dieses Thema aufgegeben und angefangen, Vanessa mit Fragen über die Familie zu löchern. War Sienna ein glückliches Kind? Hatten Helen und Leo oft Streit? Könnte es sein, dass Sienna Angst hatte, nach Hause zu kommen? Aus welchem Grund? Die Frau kochte unentwegt Tee und lächelte sie warmherzig an, aber dieses Lächeln erinnerte Vanessa an das Krokodil aus *Peter Pan*.

Die ersten Tage und Nächte, als Alice vermisst wurde, waren ihr nur noch verschwommen in Erinnerung, aber das Verhalten der Polizei hatte sie bis heute klar vor Augen. Während sie unruhig durch das Haus gestreift war, untröstlich über ihre davongelaufene Tochter, hatte die ihr zugeteilte Familienbetreuerin sie getröstet, ihre Hand gehalten, ihr Mut gemacht und sich wie eine Freundin benommen. Die Polizei hatte viel Mühe darauf verwendet, ihr und Richard deutlich zu machen, dass sie mit ihnen zusammenarbeiteten, dass man sie stets über neue Erkenntnisse und den Lauf der Suche informieren würde. Warmherzig und charmant hatten sie ihnen Trost gespendet und sie ganz langsam dazu gebracht, zu reden und sich ihnen anzuvertrauen.

Doch während die Stunden und Tage vorüberzogen, ohne den geringsten Erfolg, dämmerte es ihr, dass ausschließlich sie sich mitteilte und Vertrauen schenkte, die Polizei ihnen im Gegenzug jedoch nichts verriet, weniger noch als die Presse, die von den Entwicklungen häufig früher Wind bekam als Richard und sie. Sie erfuhren aus der Zeitung oder den Nachrichten im Fernsehen, dass ein Kleidungsstück gefunden oder dass Alice irgendwo gesehen worden war. Dann brach Vanessa schreiend und schluchzend zusammen, verletzt, dass sie davon als Letzte Kenntnis bekam.

Während sie jetzt auf ihrem Bett lag, hörte sie die blonde Familienbetreuerin leise am Fuße der Treppe telefonieren. »Sie schläft, sie ist erschöpft … Nein, eigentlich nichts, sie ist sehr verschlossen, will über keinen der Eltern etwas sagen. Gibt es was Neues von Bobby James? … War die Spurensicherung schon in seiner Wohnung? Was ist mit seinem Auto? … Mist. Vielleicht hält er sie an einem anderen Ort versteckt?«

Bobby James' Gesicht als dreizehnjähriger Junge drängte sich in ihr Bewusstsein. Für sie war er nicht wiederzuerkennen – abgesehen von seinen eisblauen Augen, die heute ebenso stechend blickten wie damals. Sie erinnerte sich, dass er im Haus war, in Leos Arbeitszimmer, kurz bevor Sienna verschwand. Was hatte er gewollt? Beinahe fünfzig Jahre lang hatte sie ihn nicht gesehen, nicht seit sie auf der Polizeiwache durch eine Scheibe aus Spionglas seinem Verhör gefolgt war. Wiederholt hatte sie gebettelt, zu ihm gehen zu dürfen, und den Beamten vorgeworfen, ihr Informationen vorzuenthalten, aber sie hatten ihre Bitte abgelehnt. Erst als Vanessa völlig zusammengebrochen war und gedroht hatte, jegliche Kooperation mit der Polizei einzustellen, hatte man ihr erlaubt, Bobbys Aussagen fünf Minuten lang mitanzuhören. Mit der Warnung, dass seine Worte sehr schmerzhaft für sie sein könnten.

In dem stickigen Verhörraum hatten außer ihr noch sechs Polizeibeamte gesessen, die gespannt auf den Kriminalkommissar spähten, der Bobby vernahm. Tisch und Stuhl in der Mitte des Raums waren leer, und Bobby, der immer noch die Sachen am Leib trug, in denen sie ihn zuletzt gesehen hatte, wurde von dem Kommissar in eine Ecke gedrängt. Er sah furchtbar aus, hatte Veilchen unter den blutunterlaufenen Augen und aufgeplatzte Lippen. Überall war Blut, und er hatte auch eine Wunde auf dem Kopf.

»Bobby, du musst uns erzählen, was mit Alice passiert ist. Die Situation ist sehr ernst, und du bist nicht ehrlich zu uns.« Der Mann stand so dicht vor ihm, dass Bobby den Kopf abgewendet hatte.

»Ich habe es doch bereits gesagt, ich weiß es nicht! Bitte, kann ich mich setzen, Sir? Ich muss schon seit Stunden stehen«, flehte er. Sein Gesicht war so schmutzig, dass Vanessa die Tränenspuren erkennen konnte.

»Du kannst dich setzen, wenn du uns verrätst, wo Alice ist.« Der Kommissar schob sein Gesicht vor das von Bobby. Seine schwarzen Haare waren zurückgegelt, und am Hals hatte er ein Tattoo, das teilweise unter seinem Hemdkragen verschwand. In der Hand hielt er ein Foto von Alice, das Vanessa der Polizei gegeben hatte. »Sieh sie dir an, sieh dieses kleine Mädchen an. Was hast du mit ihr gemacht?«

»Nichts, Sir. Ich würde Alice nie wehtun. Bitte erlauben Sie mir, mich hinzusetzen, meine Beine sind ganz schwach.«

»Nein.« Der Kommissar verpasste Bobby eine schallende Ohrfeige, der vor Schmerz aufschrie und zu weinen anfing. »Wir wissen, dass du der letzte Mensch warst, der sie gesehen hat. Erzähl uns besser die Wahrheit. Wohin hast du sie gebracht?«

»Ich habe sie nirgendwohin gebracht, sie ist fortgerannt, um Hilfe zu holen«, antwortete Bobby schluchzend.

»In welche Richtung, Junge? In welche Richtung ist sie gelaufen?« Er schrie Bobby ins Gesicht, und Spucke sprühte aus seinem Mund.

»Das weiß ich nicht. Tut mir leid, ich habe versucht, meinem

Dad zu helfen.« Bobby wimmerte, bevor der Mann wieder zuschlug.

»Du musst dich konzentrieren, Bobby. Du bist mit Alice gesehen worden. Warum wart ihr zusammen? Spielst du gern mit kleinen Mädchen, Bobby?« Der Kommissar trat noch ein Stückchen näher an den Jungen heran.

Tränen strömten Bobby über das Kinn und fielen auf den Boden. »Sie war sehr aufgeregt und blutete am Kopf. Ich habe ihr mein Taschentuch gegeben.« Seine Stimme begann zu zittern. »Das war, als ich meinen Vater unter dem Bagger entdeckt habe. Ich habe ihr gesagt, sie solle loslaufen und Hilfe holen.«

»Warum weinst du, Bobby? Schämst du dich für das, was du getan hast? Hat Alice geweint, als sie starb? War das deine Absicht? Wolltest du sie leiden sehen?« Blanker Zorn sprach aus den Augen des Kommissars.

»Nein! Ich habe meinem Vater geholfen. Alice habe ich nichts getan. Nachdem sie weggerannt war, habe ich sie nicht mehr gesehen. Warum glauben Sie, ich hätte ihr etwas angetan?«

»Weil wir im Schnee ein Taschentuch mit deinen Initialen gefunden haben, voller Blut. Und deine Hände waren auch voller Blut, als wir dich fanden. Du bist der Polizei bekannt, Bobby. Das ist nicht das erste Mal, dass du in Schwierigkeiten steckst. Zweifellos hast du ein Problem mit der Familie Hilton, du hast ihren Stall in Brand gesteckt.«

»Nein, das war ich nicht, sondern Leo. Mr. Hilton hat mir befohlen, das zu sagen, aber ich war nicht schuld an dem Feuer.«

»Dann hast du also die Polizei belogen? Das ist ein schweres Vergehen, Bobby. Sagst du jetzt auch die Unwahrheit, Bobby? Was hast du Alice angetan? Warum war da so viel Blut?«

»Ihr Kopf blutete schon, bevor ich bei ihr war, sie war sehr aufgeregt. Das Taschentuch habe ich ihr auf ihren Kopf gelegt, um das Blut aufzufangen. Dann habe ich meinen Dad entdeckt. O Gott, Dad. Es tut mir so leid.«

»Was tut dir leid? Hast du Alice am Kopf verletzt? Hast du sie geschlagen, Bobby? Wie ist es zu dieser Kopfwunde gekommen? Hast du sie getötet und ihre Leiche irgendwo versteckt?«

»Nein! Nein, das habe ich Ihnen doch bereits gesagt. Ich würde Alice niemals wehtun. Bitte, ich möchte mich hinsetzen.«

Noch einmal verpasste der Kriminalbeamte Bobby eine schallende Ohrfeige und hielt dann das Foto in die Höhe. »Sieh dir ihr Gesicht an, Bobby, sieh es dir an. Wir wissen von dem Rechtsstreit zwischen deinem Vater und Wilfred Hilton. Uns entgeht nichts.«

»Ich habe sie nicht verletzt. Bitte lassen Sie mich gehen. Es tut mir leid, dass ich sie nicht nach Hause gebracht habe, aber ich musste meinem Vater helfen. Er war unter der Baggerschaufel gefangen. Ich habe ihr nichts getan, das schwöre ich. Bitte.«

Vanessa schreckte aus dem Schlaf hoch, als die Haustür krachend ins Schloss fiel, sodass das ganze Haus bebte. Sie hörte Helens Stimme auf dem Flur vor ihrem Zimmer. Sie klang anders als sonst, hysterisch.

»Es wird schon wieder dunkel. Noch eine Nacht kann ich das nicht durchstehen. Sie ist tot, ich weiß, dass sie tot ist. Ich werde sie nie wiedersehen.«

»Helen, das ist nicht wahr. Wir werden sie finden.« Das war Leos Stimme, der die Treppe hinaufstieg.

»Wie denn? Wie sollen wir sie finden? Sie kann überall sein! Ich kann das nicht länger ertragen. Wo ist sie?!«

»Kann ich irgendwie helfen?« Vanessa vernahm die Stimme der blonden Familienbetreuerin.

»Lassen Sie uns einen Moment allein«, erwiderte Leo mit unterdrückter Wut in der Stimme.

»Leo, hilf mir. Was soll ich tun? Ich halt das nicht mehr aus, ich werde verrückt.« Es klang, als würde Helen vor Vanessas Zimmer auf und ab laufen.

»Helen, reiß dich zusammen, bitte. Wenn du durchdrehst, hilft das Sienna kein bisschen. Sie braucht uns«, flehte Leo seine Frau an.

Vanessa richtete sich auf und schwang die Beine über die Bettkante. Behutsam stand sie auf, schüttelte die Müdigkeit ab, dann ging sie zur geschlossenen Zimmertür und lauschte dem Gespräch von Leo und Helen.

»Es ist genau wie damals mit Alice. Wir werden sie nie finden, bis in alle Ewigkeit hier festsitzen und nie mehr wegkommen aus diesem verdammten Haus. Als wären wir lebendig begraben, werden wir hier auf ihre Rückkehr warten und einfach den Verstand verlieren, genau wie deine Mutter. Ich werde bestraft, wir beide werden bestraft. Für das, was wir getan haben.«

»Helen! Sprich nicht so laut, sonst hört uns noch jemand«, fauchte Leo.

»Na und? Warum ist das wichtig? Jetzt ist ohnehin alles egal. Sienna ist nicht mehr bei uns«, sagte Helen mit tränenerstickter Stimme. »Sie ist tot, das weiß ich.«

»Das ist sie nicht! Sie lebt, und wir werden sie finden. Das verspreche ich dir.«

»Nein, das werden wir nicht. Fass mich nicht an! Lass mich in Ruhe!«, schrie sie. »Ich hasse dieses Haus! Ich hasse dieses Haus!«

Vanessa hörte ein lautes Klirren draußen auf dem Flur und öffnete die Tür. Ein Foto von Alice im Silberrahmen war in tausend Scherben zerbrochen, nachdem Helen es an die Wand geschmissen hatte.

»Mir ist alles vollkommen gleichgültig.« Erbittert blickte Helen erst Vanessa und dann wieder Leo an. »Mir ist das Schlimmste passiert, was je einem Menschen passieren kann. Ich habe mein Kind verloren. Es kümmert mich nicht mehr, was du tust oder sagst, du kannst mich nicht länger tyrannisieren.« Sie brach zusammen, und die auf dem Boden verstreuten Glassplitter schnitten ihr in die Hände. Als Leo versuchte, sie wegzuziehen, schrie sie wie ein wildes Tier in der Falle und zerkratzte ihm das Gesicht, bis es von blutigen Striemen überzogen war.

Mit bedächtigen Schritten ging Vanessa an ihnen vorbei die Treppe hinunter, wo mehrere Polizeibeamte standen. Sie blickte zu der Familienbetreuerin und bat sie, mit ihr ins Wohnzimmer zu kommen.

»Ich muss mit Bobby James sprechen«, sagte sie leise. »Ich glaube, das könnte meiner Erinnerung auf die Sprünge helfen.«

Die Frau schüttelte den Kopf. »Tut mir sehr leid, aber das ist nicht möglich. Er wird noch verhört.«

»Ich dachte, Sie sind da, um uns zu unterstützen. Uns rennt die Zeit davon.« Vanessa fühlte rasende Wut in sich aufsteigen, fünfzig Jahre lang angestauter Zorn und Hilflosigkeit drangen an die Oberfläche. »Soll ich zu den Journalisten am Ende unserer Auffahrt gehen und ihnen erzählen, dass die Polizei mich nicht dabei unterstützt, meine Enkeltochter zu finden? Denn, bei Gott, das werde ich tun. Und das wird nicht gut für Sie enden, meine Liebe.«

Erschrocken sah die blonde Familienbetreuerin Vanessa an, dann nickte sie langsam und griff nach ihrem Walkie-Talkie, bevor sie sich zur Haustür drehte. »Ich werde sehen, was ich tun kann.«

Kapitel siebenundzwanzig

WILLOW

Freitag, 22. Dezember 2017

Der Regen fiel in Strömen, als das Taxi mit Willow vor dem alten Jahrhundertwendegebäude in Portsmouth anhielt und sie den Fahrer bezahlte. Das ehemalige Sanatorium war in ein Drei-Sterne-Hotel umgewandelt worden, das mittlerweile leicht heruntergekommen war. Vor ihrer Abfahrt hatte sie sich telefonisch erkundigt, ob die Möglichkeit bestünde, die alten Patientenakten einzusehen, und eine fröhliche Rezeptionistin hatte ihr im Waliser Singsang versichert, dass das durchaus möglich sei. Sie hoffe, dass der Hausmeister vor Ort sei, hatte sie hinzugefügt, um ihr den Gebäudeflügel zu zeigen, wo früher die Tuberkulose-Patienten untergebracht waren. Der Trakt war seit Schließung der Einrichtung im Jahr 1971 nicht mehr betreten worden.

Auf dem kurzen Weg zum Eingang schwang Willow sich ihren Mantel über den Kopf, um sich vor dem Regen zu schützen. Vorsichtig blickte sie zu den gotischen Türmchen, spitzen Dachgiebeln und schmalen, mit schmiedeeisernen Verzierungen versehenen Fenstern hinauf, die etwas Bedrohliches ausstrahlten. Als sie durch die Eingangstür trat, empfing sie lautes Geplauder, Gläser klirrten und Musik spielte. Rasch strich sie sich die nassen Haare aus dem Gesicht, als zwei lachende Brautjungfern an ihr vorbeieilten. Hinter der

Rezeption lächelte eine junge Frau in einer tief ausgeschnittenen weißen Bluse sie strahlend an.

»Kann ich Ihnen behilflich sein?«, fragte sie.

Willow blickte sich um, als zwei für eine Hochzeit gekleidete Gäste mit aufwendigen Hüten durch die Lobby kamen. »Mein Name ist Willow James, ich habe bereits angerufen. Ich wollte gern erfahren, ob Sie die Patientenakten des alten Sanatoriums finden konnten.«

»Oh, das tut mir leid, aber davon ist nichts mehr da. Mein Chef sagte mir, dass die meisten Patientenakten bei einer Überschwemmung zerstört wurden. Wahrscheinlich sind noch einige bei der Gemeinde, aber die müssten Sie wohl schriftlich anfordern.«

»Oh, verstehe«, sagte Willow und verlor augenblicklich allen Mut angesichts ihrer vergeblichen Reise. »Mit der Gemeinde habe ich schon gesprochen. Dort meinte man, ich solle hierherkommen.«

»Wirklich? Ich weiß nicht, warum sie so etwas sagen. Ich muss denen unbedingt mitteilen, dass hier nichts ist, damit es nicht noch mehr enttäuschte Gesichter gibt. Möchten Sie sich dennoch das Sanatorium ansehen? Das war doch der Grund Ihres Besuchs, nicht wahr? Viele Menschen interessieren sich dafür.«

»Nun ja, da ich schon mal hier bin, schaue ich es mir gern an. Wenn das keine Umstände macht. Entschuldigen Sie, ich wusste nicht, dass hier heute Hochzeit gefeiert wird. Sicher kein guter Zeitpunkt für Sie!«, fügte Willow hinzu.

»Ach, das ist kein Problem, hier findet immer eine Hochzeitsfeier statt.« Die Rezeptionistin kicherte fröhlich. »Ich rufe Sam, unseren Hausmeister, damit er Sie abholt. Bitte tragen Sie sich hier ein, und dann können Sie kurz Platz nehmen, okay?« Sie reichte Willow ein Gästebuch und einen Stift.

Nachdem Willow sich in der Lobby gesetzt hatte, blickte sie durch eine offene Tür in einen großen Empfangssaal, in dem eine große Gästeschar munter miteinander plauderte, während in einer Ecke ein Streichquartett spielte. Nicht unbedingt die elegantesten Hochzeitsgäste, ging es ihr durch den Kopf – bei etlichen Damen quoll der Busen aus glänzend lila- oder pinkfarbenen Kleidern, und die Herren trugen schlecht sitzende Smokings mit roten Anstecknelken –, aber zweifellos waren diese Menschen glücklich. Immer wieder brachen sie in schallendes Gelächter aus, und eine Horde Kinder sauste wild zwischen ihren beschwipsten Eltern umher. Je länger Willow die Gesellschaft beobachtete, desto schwerer fiel es ihr wegzusehen. Insgesamt mussten sich sechzig oder siebzig Menschen in dem Saal befinden, die sich alle sehr gut zu kennen schienen: alte Freunde, Tanten und Onkel, Großeltern und Enkel drängten sich in Grüppchen zusammen und waren glücklich und zufrieden. Und obwohl ihr Lachen ansteckend war, spürte Willow einen Stich im Herzen, denn ihr wurde bewusst, dass ihr dieses Gefühl, Teil einer großen Familie zu sein, beschützt und bedingungslos geliebt zu werden, vollkommen fremd war.

»Willow James?«, sagte eine männliche Stimme, und vor ihr stand ein schüchtern wirkender Mann, der etwa Mitte zwanzig sein musste. Er hatte lange, gewellte braune Haare und trug ein graues Sweatshirt voller Farbflecken und tief sitzende Baggy Jeans.

Sie sprang auf und reichte ihm mit einem warmen Lächeln ihre Hand. »Schön, dich kennenzulernen. Bitte nenn mich Willow.«

»Ich bin Sam. Du möchtest dir gern das ehemalige Krankenhaus ansehen?« Er steuerte bereits an ihr vorbei auf eine Doppeltür zu.

»Ja, das wäre wunderbar. Vielen Dank! Wenn du die Zeit erübrigen kannst.« Sie nahm ihre Tasche und folgte ihm.

»Ja, alles in Ordnung. Ich nehme gern Menschen mit dorthin.« Er sprach mit leiser Stimme und strich sich dabei den Pony aus dem Gesicht.

»Wirklich? Ich dachte, dass du es mit der Zeit langweilig fändest, Leute herumzuführen.«

»Nein, das ist total interessant. Seit seiner Schließung wurde in dem Gebäudeflügel quasi nichts angerührt. Die Eisenbetten und die alten Röntgengeräte, es ist alles noch da. Nur nachts bin ich nicht gern dort, das ist irgendwie gruselig.«

Die schwungvolle Hochzeitsfeier verblasste in der Ferne, als sie einen Korridor entlanggingen.

»Bekommst du viele Anfragen für eine Besichtigung?«, fragte Willow noch einmal nach, während sie ihre Schritte beschleunigte. Sie passierten noch mehrere Doppeltüren, und an die Stelle von frisch gestrichenen Wänden und neuem Teppichboden traten nun rissige Sockelleisten und in Fetzen herabhängende Tapete.

»Doch, einige schon. Meistens von älteren Damen, die als Kinder im Sanatorium waren. Es nimmt sie immer ziemlich mit, wenn sie an diesen Ort zurückkommen. Aber ich höre mir gern ihre Geschichten an, auch wenn sie manchmal sehr traurig sind. Die Eltern mussten die Kinder hier zurücklassen und durften sie nur einmal im Monat besuchen.« Er drehte sich zu ihr um und strich sich wieder den Pony aus der Stirn. »Ich mag alte Menschen, die sind immer ziemlich cool im Umgang. Bei denen weiß man eher, woran man ist.«

Willow lächelte ihm anerkennend zu, während sie ihm über einen Korridor folgte, an dessen Wänden Schwarz-Weiß-Bilder vom Hafen in Portsmouth hingen.

»Ein paar Jungs vom Personal gehen nach Barschluss mit

dem Ouijabrett auf die frühere Männerstation«, fuhr er fort. »So eine Mist-Session habe ich einmal mitgemacht, und ich mache das bestimmt kein zweites Mal.« Abrupt blieb er stehen und öffnete eine Tür, die zum nächsten Stockwerk hinaufführte. »Wir müssen nach da oben – pass auf, dass du dir nicht den Kopf anstößt.«

»Danke.« Willow betrat die dunkle, schmale Treppe.

»Das Licht geht nicht, du musst vorsichtig sein. Hier, ich schalte die Taschenlampe an meinem Handy an.«

Behutsam betrat Willow die Holzstufen, die bei jedem ihrer Schritte laut knarzten. Oben befand sich ein langer, schmaler Flur, von dem mehrere Räume abgingen. Sie spähte in den ersten, der bis unter die Decke mit Gerümpel gefüllt war: schwarze Mülltüten, Pappkartons und Plastikcontainer, bis oben hin mit Weihnachtsschmuck und anderem Zierrat vollgestopft. Daneben befand sich ein kleiner Raum mit einem Spülbecken und zerbrochenen Fliesen, die von der Wand gefallen waren.

»Zur Frauenstation geht's hier entlang.« Sam deutete zum Flurende.

Willow nickte. Sie kamen an weiteren kleineren Räumen vorbei, die mit Stühlen, Aktenschränken und anderem Plunder vollgestellt waren, bis sie zu einem großen Saal mit hohen Decken und bodentiefen Fenstern mit kleinen Balkonen davor gelangten.

»Hier ist es«, sagte Sam. »Den Spuren der Vorhangleisten an der Decke nach zu schließen standen die Betten einander gegenüber an den Wänden. Die Männerstation ist einen Stock höher, aber der Fußboden ist von Holzfäule befallen, deshalb können wir dort nicht hin.«

Willow blickte zur Decke und sah an bestimmten Stellen die Schienen, an denen die Vorhänge für die einzelnen Betten gehangen haben mussten.

»Neulich war eine sehr nette alte Dame hier, die mir erzählt hat, dass sie mit zehn hierherkam und zwei ganze Jahre lang bleiben musste. Ihr Bett war da drüben in der Ecke. Sie freundete sich sehr mit einem Mädchen an, das irgendwann todkrank war. Wirklich traurig. Sie sagte, dass die Kinder sich daran gewöhnten, dass eines von ihnen im Schlaf starb.«

»Zehn? Das ist entsetzlich traurig«, sagte Willow leise. »Langsam habe ich den Eindruck, dass man die Kinder damals überhaupt nicht aufgeklärt hat.«

»Nein, hat man nicht. Mehrere Besucherinnen hier haben mir berichtet, dass sie glaubten, für einen Fehler bestraft zu werden oder dass ihre Eltern sie fortgegeben hätten. Dieser netten Dame hat niemand erzählt, warum ihre Eltern damals nicht bei ihr waren oder wann sie zu ihr kämen. Sie wollte gern das Grab ihrer Freundin besuchen, weil das das erste Mal war, dass sie hierher zurückkehrte.«

»Die Patientinnen wurden hier begraben?«, fragte Willow.

»Ja, dort drüben in der Nähe des Waldes. Ich kann dich gleich hinbringen«, schlug Sam begeistert vor, als plane er einen Vergnügungsausflug.

Kurz entschlossen ging sie zu einem Fenster und blickte hinaus auf die kahlen Bäume. Der Wind blies totes Laub über den grauen Balkonboden. »Mussten die Patienten wirklich dort im Freien liegen?«, fragte sie leise.

»Ja, damals gab es nur die Kälte als einzige Behandlungsmethode. Daran erinnern sich die alten Damen sehr gut. Die Fenster durften niemals geschlossen werden. Nicht einmal, wenn es schneite. Die Kälte verhinderte, dass die Tuberkulose sich weiter ausbreitete, weißt du.«

Willow blickte sich in dem Saal um, in dem auch Nell während ihrer Erkrankung untergebracht war, ein Zentrum unendlicher Traurigkeit und Einsamkeit, dennoch war es nur ein Raum, der kein echtes Empfinden der Vergangenheit mehr unter seinen hohen Decken barg. Zwei oder drei Eisenbetten standen aufrecht an die Wand gelehnt. Von den Wänden blätterte Farbe, und der Parkettfußboden war grau geworden. Es war bitterkalt, und trotz ihrer dicken Jacke, Mütze und Handschuhen begann Willow zu bibbern.

»Ehemalige Patientinnen haben mir berichtet, dass es streng verboten war, aus dem Bett aufzustehen. Die Krankenschwestern waren sehr strikt, selbst mit kleinen Kindern.«

»Unglaublich, dass Kinder ohne ihre Eltern hierhergeschickt wurden. Heutzutage wäre das unvorstellbar.«

»Stimmt, und einige waren erst zwei oder drei Jahre alt. Und wie bereits erwähnt, Besuch war nur einmal im Monat erlaubt, um das Infektionsrisiko zu mindern. Viele Patientinnen haben nie Besuch bekommen, auch welche von den ganz kleinen.«

Beim Gedanken an diese allein gelassenen Kinder, die fremde Besucher in den Saal strömen sahen, biss Willow sich auf die Unterlippe. Sie entdeckte eine Tür am Ende des Raums. »Wo führt die hin?«, fragte sie.

»Das ist ein alter Röntgenraum.« Sam stieß die schwere Tür auf und ging zu einer hölzernen Schiebevorrichtung hinüber. Er öffnete sie, und dahinter standen drei Krankenliegen auf Rädern. Mit einem fröhlichen Lächeln durchschritt er den Raum. »Das musst du dir ansehen.« Er öffnete einen hohen Schrank und zog ein großes Röntgengerät auf Schienen heraus. »Man stellte sich hinter diese Scheibe, und der Apparat hat ein Röntgenbild von den Lungen gemacht. Super, oder? Und die Leichenhalle ist gleich nebenan.«

Plötzlich war Willow wieder speiübel, als Sam die Tür zum nächsten Saal aufmachte. Darin standen vier rollbare Krankenbahren, und in der Wand befanden sich zwölf Öffnungen, groß genug, um einen Körper hineinzuschieben. »Da hinten ist ein Fahrstuhl«, sagte er. »Jetzt funktioniert er nicht mehr, aber er fuhr direkt zur Hinterseite des Gebäudes, wo der Friedhof liegt.«

»Ich glaube, ich brauche jetzt etwas frische Luft, wenn das in Ordnung geht«, sagte Willow. Trotz der eisigen Temperaturen fühlte sich ihr Schal auf einmal eng und kratzig an, und unter ihrer Mütze trat ihr der Schweiß auf die Stirn. Sicherlich würde sie sich gleich wieder übergeben müssen.

»Natürlich, wir nehmen den Notausgang und werfen einen Blick auf den Friedhof, wenn du magst. Allerdings ist er ziemlich heruntergekommen, das nur zu deiner Warnung. Es kommen wohl nicht viele Leute hierher, um die Gräber zu pflegen.«

Die Treppe zum Notausgang war eng, und es gab kaum Licht. Sam leuchtete ihnen wieder mit der Taschenlampe seines Handys, und Willow begann langsam den Abstieg, die Hand fest am Geländer. Einmal rutschte sie aus und wäre beinahe hingefallen, fing sich aber gerade noch rechtzeitig. Als sie den Ausgang erreichte, fiel ihr das Atmen schwer, und sie hatte Mühe, den Brechreiz zu unterdrücken. Mit aufsteigender Panik beobachtete sie, wie Sam versuchte, die Tür aufzustoßen.

»Tut mir leid, normalerweise geht die nicht so schwer auf.« Er stieß ein nervöses Lachen aus und drückte noch einmal fest gegen die Tür.

Schließlich sprang sie auf, und sie stolperten in den trüben grauen Tag hinaus. Der Regen hatte aufgehört, und auf dem Personalparkplatz hinter dem Hotel, von wo aus es zum Wald ging, hatten sich große Pfützen gebildet.

»Hier entlang geht's zum Friedhof, er liegt direkt am Waldrand. Leider musst du ihn allein besuchen, ich habe in fünf

Minuten eine Teambesprechung«, sagte Sam, als sie aus dem Schatten des alten Gebäudes traten und die Richtung des dichten Gehölzes einschlugen.

»Natürlich, kein Problem«, erwiderte Willow.

Über den Parkplatz gingen sie auf Betonpfeiler zu beiden Seiten einer eingefallenen Steinmauer zu, wo ein schmaler betonierter Weg zum Wald führte. Jenseits der Mauer kamen die Spitzen der Grabsteine in Sicht.

»Dann verabschiede ich mich jetzt, okay?« Sam begann in Richtung Hotel zurückzugehen.

»Vielen Dank für deine Hilfe.« Willow atmete tief durch und wandte sich dem Friedhofseingang zu.

Die Stille des Waldes hüllte sie ein, als Sams Schritte in der Ferne verklangen, und ein Zittern überkam Willow. Mehrmals holte sie tief Luft, dann ging sie entschlossen an den Betonpfeilern vorbei. Ein Friedhof mitten im Nirgendwo war ein merkwürdiger Anblick. Ihm fehlte jede Struktur, nur ein Haufen gesprungener Steinplatten und Holzkreuze waren über das Gelände verstreut.

Der Weg war gepflegt, ebenso das erste Stück Rasen hinter dem Eingang, doch als sie weiter vordrang, gewannen Wurzeln und Gestrüpp die Oberhand. Überwältigt blickte sie sich um und wusste nicht, wo sie beginnen sollte. Unmöglich würde sie jeden Grabstein lesen können, es waren viel zu viele. Noch einmal sah sie zu den Fenstern des Krankenhauses hinauf, wo sie noch vor Kurzem gestanden hatte, und malte sich aus, wie die Patientinnen früher von den Balkonen aus den Begräbnissen zugeschaut hatten. Sie las die erste Inschrift: *Katherine Harper 1937 – 1950. Geliebte Tochter, Schwester, Enkelin, Nichte.* Einige Grabsteine waren gediegener als andere, doch meist erinnerten nur Holzkreuze mit knappen Inschriften an die Verstorbenen. Wahrscheinlich hatte das Sanatorium diese Kreuze für arme Familien organisiert.

Während Willow sich einen Weg durchs Unterholz bahnte, fiel ihr auf, dass immer mehrere Gräber aus einer Zeit zusammenstanden, eine Gruppe um 1935 und früher, und dann entdeckte sie ein Stück weiter im Wald eine weitere Ecke, in der zwischen 1955 und 1959 Geborene lagen.

Während sie die Geburts- und Todesdaten studierte, schoss ihr plötzlich durch den Kopf, dass Nell sich im Sanatorium erholen musste, als Alice 1969 verschwunden war. Möglicherweise fand sie das Grab eines Kindes, das damals verstorben war, dessen Eltern aber noch lebten und sich an Nell erinnerten. Es lag etwa fünfzig Jahre zurück, vermutlich waren die Eltern heute etwa Mitte siebzig, vielleicht um die achtzig. Eine lange Zeit, aber nicht völlig unrealistisch. Mit neuem Eifer suchte sie nach Gräbern vom Ende der Sechziger- bis Anfang der Siebzigerjahre.

Connie Walbrook, November 1968, In liebevoller Erinnerung, las Willow, während sie von einer Grabstelle zur nächsten ging, sich hinhockte und mit den Fingern über die stark verblichene Beschriftung fuhr. Obwohl es schon wieder zu regnen begann, spürte sie einen Hoffnungsschimmer. Über ihr fielen die Tropfen raschelnd auf die Blätter, und sie wanderte weiter über den Friedhof. *Geliebt und nie vergessen, Helen Kerry, 1935 – 1953. Sie wurde viel zu früh von uns genommen. Ruhe in Frieden.* Helen war nur achtzehn Jahre alt geworden.

Immer weiter lief Willow über den verlassenen Friedhof, bis die Kälte unerträglich wurde. Sie meinte bereits, umkehren zu müssen, als sie einen kleinen halbrunden Stein entdeckte, der, hinter einem wuchernden Brombeerstrauch verborgen, aus der Erde ragte. Als sie darauf zusteuerte, begann ihr Herz wild zu pochen. Mit dem Fuß schob sie die dornigen Zweige beiseite, aber sie trat unglücklich auf, und ein Dorn stach sie durch die Schuhsohle hindurch. Sie schrie kurz auf, spürte das Blut, das ihren Strumpf benetzte. Ohne den stechenden Schmerz weiter zu beachten, las sie die verblichenen Worte auf der grauen Kalksteintafel: *Heather Parks, 1958 – 1971. Geliebte Tochter von Emma und George. Zu früh dem Leben entrissen, für immer vermisst.*

Einen Moment lang starrte Willow reglos auf den Grabstein, ungläubig, dass sie wirklich ein Mädchen gefunden hatte, das zur gleichen Zeit wie Nell wegen Tuberkulose behandelt worden war und sie möglicherweise gekannt hatte. Gleich darauf verriet ihr ein verwelkter Blumenstrauß mit einem gelben Schnürband, dass Heathers Eltern oder ein anderer ihr Nahestehender vor nicht allzu langer Zeit ihr Grab besucht hatten. Willow holte ihr Handy aus der Tasche und machte ein Foto von Heather Parks' Grabstein.

»Da bist du ja. Alles in Ordnung?« Sams Stimme drang aus Richtung des Waldes zu ihr, und sie fuhr erschrocken zusammen.

»Oh, hallo. Ja, danke, alles gut«, antwortete sie, obwohl sie am ganzen Körper vor Kälte bibberte. »Kann ich dich etwas fragen, Sam? Besteht irgendeine Möglichkeit, an die Sterbeurkunden der hier Verstorbenen heranzukommen?«

»Weiß ich nicht genau«, antwortete Sam. »Vielleicht über die Gemeinde? Viele Patienten sind zu Hause gestorben, vor allem die Kinder. Ihre Eltern haben sie zu sich geholt. Aber ich glaube, es gibt noch eine Angehörigengruppe auf Facebook. Vielleicht lohnt es sich, dort nachzuforschen?«

Willow nickte. »Okay, vielen Dank.« Sie blickte wieder auf ihr Handy und entdeckte eine neue Nachricht. Inzwischen war der Regen stärker geworden. »Ich fahre Richtung Innenstadt und kann dich gern mitnehmen, wenn du möchtest«, bot Sam an. »Dann musst du dir kein Taxi nehmen.«

»Toll«, erwiderte Willow. »Das ist sehr nett von dir. Ich hatte schon Angst, meinen Zug zu verpassen.« Sie warf noch einen letzten Blick auf die Blumen neben dem Grab von Heather Parks, bevor sie sich umdrehte und mit schnellen Schritten Sam einholte.

Kapitel achtundzwanzig

NELL

November 1970

»Warum kann ich Bobby nicht sehen? Ich versteh das nicht.« Nell blickte zu Dorothy, die gerade den Frühstückstisch deckte.

»Das ist kompliziert, Nell.« Dorothy stieß einen tiefen Seufzer aus.

»Warum? Warum kannst du mir nicht sagen, wo er ist? Ich will ihn sehen, er fehlt mir sehr. Hast du ihm meinen Brief geschickt?«

»Ja, Nell, den habe ich abgeschickt.«

»Und warum antwortet er mir dann nicht? Ich habe die neue Adresse draufgeschrieben, hier von eurem Haus.«

»*Unserem* Haus. Das ist auch dein Haus, Nell, wir sind jetzt eine Familie. Du musst nach vorn sehen und in der Schule neue Freundschaften schließen. Du lebst jetzt schon eine ganze Weile bei uns.«

»Ich will keine neuen Freundschaften schließen. Jeder, den ich liebe, stirbt.« Nell begann zu weinen. »Es ist meine Schuld, dass Alice tot ist.«

Dorothy setzte sich neben sie auf einen Stuhl und legte den Arm um ihre Schulter. »Das ist ganz sicher nicht deine Schuld. Du warst nicht einmal hier, Nell. Außerdem wissen wir nicht, ob Alice gestorben ist. Sie wird immer noch vermisst. Vielleicht ist sie irgendwo bei einer anderen Familie.«

»Nein, ist sie nicht, das weiß ich. Sie ist tot.« Nell legte ihre Arme auf den Tisch und vergrub den Kopf in ihrer Ellenbeuge.

»Nell, bitte sag so was nicht. Komm, du musst etwas essen.«

»Ich habe keinen Hunger.« Nell stand vom Tisch auf und lief nach oben in ihr Zimmer, wo sie sich schluchzend aufs Bett warf. Unzählige Briefe hatte sie Bobby geschrieben, immer hatte Dorothy ihr versichert, dass sie sie abgeschickt hatte, doch nie hatte Nell eine Antwort erhalten. Immer wieder hatte sie Dorothy angefleht, ihr zu verraten, wo Bobby sich aufhielt, aber jetzt hatte sie es aufgegeben, denn statt einer Auskunft bekam sie lediglich Ausflüchte. Wann immer Dorothy und Peter glaubten, Nell würde sie nicht hören, sprachen sie im Flüsterton über sie. Sie waren ganz anders als Dad und Bobby, nie erklärten sie ihr die Wahrheit, unablässig stand sie unter ihrer Aufsicht und musste ins Bett gehen, wenn es draußen noch hell war. Sie hatte keine Tiere mehr zum Spielen, gar nichts mehr, außer einem Puppenhaus. Verzweifelt sehnte sie sich nach dem Leben auf dem Bauernhof zurück. Sie wollte im Matsch umherlaufen, Dad und Bobby beim Füttern der Kühe helfen und auf dem Zaun sitzend mit dem Fahrer des Milchtankwagens plaudern.

Das Haus von Dorothy und Peter kam ihr seltsam vor. Alles war beige – der Teppich, die Kissen, die Vorleger –, und es war ihr verboten, irgendetwas anzufassen. Als würden sie in einem perfekt inszenierten Bild leben, auf dem nichts in Unordnung kommen durfte. Die beiden waren geradezu besessen von der Idee eines sauberen Zuhauses. Nell war auf dem Bauernhof aufgewachsen, jeden Tag von Kopf bis Fuß schlammverdreckt, doch wenn Dorothy mit ihr nach draußen ging, hieß es nur: Mach dein Kleid nicht schmutzig, spring nicht in die Pfütze, sei vorsichtig, Nell, geh nicht zu nah an den Zaun, fall nicht hin. Sobald sie wieder ins Haus zurückkehrten, war es Zeit fürs Bad: Wasch dir Gesicht und Hände, räum dein Zimmer auf, es ist Schlafenszeit, Licht aus. Immerzu war Dorothy damit beschäftigt, staubzusaugen, zu wischen und zu putzen. Alles roch nach künstlichen Blumen, stinkendem Lavendel und Bleiche. Nell vermisste den Schmutz und die Unordnung, das Glück, die Wärme und das Chaos ihres alten Lebens. Dreckige Stiefel und knisternde Kaminfeuer, der Kuhstall, das Melken, die Nickerchen vor dem Feuer, Anekdoten und das wöchentliche Bad und heftige Lachanfälle. Sie vermisste ihr altes Leben so schmerzlich, dass sie ständig Bauchschmerzen hatte.

Nell stand auf und ging zum Fenster ihres in Lila gehaltenen Kinderzimmers, in dem kein Buch oder Spielzeug am falschen Platz lag. Von dort blickte sie in die Ferne, wo Dorothys Garten an das Land der Hiltons grenzte. Sie stellte sich vor, wie Alice und sie auf der Auffahrt zu Yew Tree Manor ihre ineinander verschränkten Hände hin und her schwenkten, während Bobby, der vor ihnen lief, sie zur Eile antrieb. Versunken in ihren sehnlichen Wunsch, die Vergangenheit wieder zum Leben zu erwecken, sah sie auf einmal Leo, Alices großen Bruder, der in Richtung Wald ging. Er warf einen Stock für Snowy, ihre Hündin, die nun voll ausgewachsen war, mit weißem flauschigem Fell und großen Pfoten, die an einen Polarbären erinnerten.

Leise schlich Nell sich die Treppe hinunter und zog an der Hintertür ihre Gummistiefel an. Dorothy stand in der Küche an der Spüle und sprach mit Peter.

»Ich weiß wirklich nicht, was ich noch mit ihr machen soll. Manchmal denke ich, es war ein Fehler, sie hierher zurückzubringen. Aber ich musste ihr doch helfen, ich konnte sie doch nicht an diesem schrecklichen Ort lassen, wo nie jemand zu Besuch kam. Vanessa hat unmissverständlich klargemacht, dass das nicht ihren Wünschen entsprach. Sie glaubt, dass Nell andere Adoptiveltern gefunden hätte, aber dann hätte Bobby sie nicht mehr finden können.«

»Mach dir keine Gedanken über Vanessa. Sie hat weiß Gott genug Probleme. Ein Kind zu verlieren würde jede Mutter um den Verstand bringen. Gib ihr etwas Zeit, sie beruhigt sich wieder. Sie hat wirklich viel durchgemacht.«

Nell nahm ihre Jacke vom Haken und trat zur Hintertür hinaus, die sie leise hinter sich zuzog, bevor Dorothy sie noch ermahnte, sich nicht schmutzig zu machen, oder sie fragte, wohin sie ginge und wann sie zurückkäme. Rasch lief sie den Gartenweg entlang durch das hintere Tor, überquerte die Auffahrt zu Yew Tree Manor und schlug die gleiche Richtung wie kurz zuvor Leo ein.

Im Wald wanden sich die kahlen Äste über ihrem Kopf wie Hexenfinger. Sie hörte Leo nach Snowy rufen und lief langsamer, damit er sie nicht entdeckte.

Bald war alles um sie herum still, nur der Wind rauschte in den kahlen Bäumen, und ihr Atem keuchte, als sie den Waldrand erreichte und das Pfarrhaus in Sicht kam. Suchend blickte sie sich um, aber es gab keine Spur mehr von Leo und Snowy. Sehnsüchtig sah Nell zu ihrem alten Zuhause, das sich schon sehr verändert hatte. Richard hatte alle umliegenden Felder gepflügt, die Grabsteine waren verschwunden, und er hatte angefangen, den Kuhstall in einen Heuschober umzubauen. Sie stellte sich Bobby in der Tür vor, wie er kräftig auf der Stelle trat, damit der Dreck von seinen Stiefeln abfiel, und ihren Vater, der den Kühen beim Gatter einen Klaps aufs Hinterteil gab, damit sie sich bewegten.

Als sie hörte, wie ein Zweig geräuschvoll zurückschnellte,

wirbelte sie herum. Leo stand nur einen Meter von ihr entfernt. Keiner von ihnen sagte ein Wort, und lange Zeit starrten sie sich nur unverwandt an.

»Hallo, Nell«, sagte er schließlich.

»Hallo, Leo.« Nell ging in die Hocke, um Snowy zu streicheln, und bemerkte, dass der Schlüssel, den sie am Halsband der Hündin befestigt hatte, fehlte. »Sie ist groß geworden«, sagte sie.

»Ja, sie ist jetzt schon fast ein Jahr alt«, erwiderte Leo.

Nell nickte, und aus Verlegenheit versetzte sie dem Boden unter ihren Füßen einen Tritt. »Besser, ich geh jetzt zurück. Dorothy wird sich schon fragen, wo ich geblieben bin.«

»Weißt du, wofür der Schlüssel war, den Snowy am Halsband hatte?«, fragte Leo, als sie sich bereits zum Gehen wandte.

Nell blieb auf der Stelle stehen und fing am ganzen Körper an zu zittern. Langsam drehte sie sich wieder zu ihm um. Nur einige Monate waren vergangen, seit sie ihn zuletzt gesehen hatte, aber er hatte sich verändert. Er war schon immer groß und schlank gewesen, wie Richard, sein Vater, aber jetzt hatte er nichts Jungenhaftes mehr an sich, sondern wirkte wie ein junger Mann. Er war dreizehn, rechnete sie nach, seine Stimme war tiefer als früher, und ein Flaumbart bedeckte Oberlippe und Kinn. Doch seine Augen waren traurig, er hatte die Schultern eingezogen. Zwar trat er nicht mehr so arrogant und angeberisch auf wie früher, aber seine neue Haltung war weitaus verstörender.

»Hast du ihn noch?«, fragte sie.

Ungerührt blickte er sie an und fixierte ihren Mund, als wartete er darauf, dass sie noch mehr sagte, dann griff er in seine Hosentasche und holte einen Schlüssel heraus. Er war genau so, wie sie ihn in Erinnerung hatte, wunderschön verziert, als stammte er aus einem Märchen. »Wofür ist der, Nell?«

»Wissen deine Eltern von dem Schlüssel?«, fragte sie.

»Mum hat ihn an Snowys Halsband gefunden. Doch keiner weiß, was er öffnet. Du etwa?«

Nell nickte. »Ich habe ihn unter dem Weidenbaum gefunden. Er war in einer Blechdose versteckt, die der Bagger ausgegraben hatte.«

Leo sah sie aufmerksam an, zum Zeichen, dass er mehr erfahren wollte.

»Welches Schloss öffnet er, Nell?«

Über seine Schulter hinweg blickte Nell zum Pfarrhaus. »Ich habe Angst, dir das zu sagen«, antwortete sie leise.

»Warum?«, wollte Leo mit leiser Stimme wissen. Er stand wie angewurzelt da und musterte sie eindringlich.

Nell setzte sich in Richtung Pfarrhaus in Bewegung. Ihr Magen fühlte sich wie ein Schlangennest an, und sie musste sich zwingen, einen Fuß vor den anderen zu setzen. Sie hörte Leos Schuhe auf dem Boden knirschen, als er ihr folgte, und Snowy, die hechelnd an seiner Seite tollte. Als sie die Haustür erreichte, die ihr so vertraut war, blieb sie wie erstarrt stehen. Ihre Hand weigerte sich, die Klinke hinunterzudrücken. Seit sie das Sanatorium verlassen hatte, war sie nicht mehr hier gewesen, sie konnte es nicht ertragen. Ein kalter Schauder überlief sie, als Leo um sie herum langte und mit einem Klicken die Tür öffnete.

Sie sah zu Leo, der zu nah bei ihr stand, und spürte seinen warmen Atem in ihrem Nacken.

»Worauf wartest du?«, fragte er barsch, als sie sich fest auf die Lippen biss und eintrat.

Es roch anders als früher, nach Feuchtigkeit, weil Wasser durch die undichten Fenster gesickert war, die niemand mehr reparierte, sodass die Holzrahmen zu faulen begonnen hatten. Die Möbel fehlten, und man sah alle Löcher im Boden, durch die Mäuse nach drinnen gelangt waren und die Vorhänge angenagt hatten, ohne dass Snowy sie verjagt hätte. Nell blieb das Herz stehen angesichts der leeren Hülle, die früher einmal ihr Zuhause war. Zusammen mit Bobby sah sie sich am Frühstückstisch sitzen, ihr Vater kam herein und stellte seine Stiefel neben den Kamin, während die frühere Nell munter plauderte und Porridge mit Honig aß. Sie kicherte und lachte, als gäbe es keine Sorgen auf der Welt.

»Zeigst du es mir nun oder nicht?«, fragte Leo.

»Ich habe Angst, Leo.« Ihre Stimme zitterte, als sie sich zur Treppe wandte, die ihr wie ein hoher Gipfel erschien, den sie erklimmen musste. Mit viel Überwindung blickte sie zum Flur im Obergeschoss hinauf. Und dann zur obersten Stufe. So wie sich die Leiste um das Stufenende bog, konnte man das Schlüsselloch nicht sehen, wenn man nichts von seiner Existenz wusste.

»Nell, egal, was es ist, du musst es mir zeigen«, sagte Leo entschieden.

Sie nickte und stieg die Treppe hinauf, die jedes Mal knarzte, wenn sie einen Fuß vor den anderen setzte. Seit sie zum ersten Mal gehört hatte, dass Alice verschwunden war, fürchtete sie sich vor diesem Gang. In einer furchtbaren Nacht war ihr gedämmert, wo Alice sich versteckt haben könnte, und anschließend hatte sich der Gedanke über Tage und Wochen hinweg in ihr verfestigt, bis sie an nichts anderes mehr denken konnte.

Als sie die oberste Treppenstufe erreichten, sah Leo sie an. »Was ist jetzt?«, schnauzte er sie an. »Nun mach schon, Nell, zeig's mir.«

Sie streckte ihm die flache Hand entgegen. Zögernd griff er in seine Hosentasche und reichte ihr den Schlüssel.

Nachdem sie sich auf die Treppenstufe gesetzt hatte, griff

sie unter die Leiste, so wie damals, als sie den Raum entdeckt hatte. Den Ort, über den sie Alice alles geschrieben hatte. Das Geheimversteck, in dem sie niemals zusammen gesessen hatten. Seit Dorothy sie adoptiert hatte, hatte sie jede Nacht wach im Bett gelegen und sich vor diesem Moment gefürchtet. Sie hatte gehofft und dafür gebetet, dass Alice nicht hier drin war, dass das nur ein schrecklicher albtraumhafter Gedanke war.

Behutsam steckte sie den Schlüssel ins Schloss und drehte ihn um, bis ein lautes Klicken erklang und die Stufe aufsprang. »Ich kann da nicht hineinsehen«, sagte sie zu Leo. Er trat vor, hob die Lukenklappe an.

Obwohl sie vor Angst keuchte, zwang sich Nell, genau hinzusehen, nachdem sich ihre Augen allmählich an die Dunkelheit gewöhnt hatten. Als Erstes sahen sie die ausgestreckte kleine Hand, wie eine Geisterhand, auf dem Fußboden neben dem Schnappschloss. Direkt daneben lag ein Armband mit der Initiale A. Wie gelähmt starrte Nell es an, das Herz blieb ihr stehen, und sie bekam keine Luft mehr. Alice war hier, die ganze Zeit über war sie an diesem Ort gewesen. Alle Welt hatte sie gesucht, und sie war hier eingeschlossen gewesen, wo sie allein und vollkommen verängstigt gestorben war.

Als Nächstes entdeckte sie neben Alices Armband ein Stück Papier. Es war ihr Brief, der ihre Freundin hierher, in dieses geheime Versteck gelockt hatte, das sie nicht wieder hatte verlassen können. Nie wären sie darauf gekommen, dass sie hier drin war. Sie war allein im Dunkeln gestorben. Es war allein ihre Schuld, denn sie hatte ihr den Brief geschickt. Sie hatte ihre beste Freundin umgebracht.

Im Moment, als sie losschreien wollte, hielt Leo ihr die Hand vor den Mund. Entschieden schüttelte er den Kopf, während sie sich voller Verzweiflung ansahen. Schließlich gelang es Nell, die Augen abzuwenden, und beide starrten sie wieder ungläubig auf Alices Hand. Die besorgniserregende Vermutung, dass Alice in dem Geheimraum sein könnte, war ihr schon früher gekommen, doch sie hatte nie wirklich daran geglaubt. Nun stand sie, überwältigt vom Schock und tiefer Traurigkeit, fassungslos da, bis Leo schließlich nach dem Brief griff und anschließend die Klappe zuschlug.

Während Leo noch, den Kopf über Nells Brief gebeugt, wie angewurzelt dastand, rannte Nell so schnell sie konnte nach draußen und erbrach ihr Frühstück. Kurz darauf folgte ihr Leo und rang, die Hände auf die Knie gestützt, tief nach Atem. »Wenn Snowy den Schlüssel am Halsband hatte und Alice dort eingesperrt war, wie konnte Snowy dann entkommen?«

Nachdenklich sah Nell ihn an, dann ging sie ums Haus herum und deutete auf die blauen Glasbausteine, etwa anderthalb Meter über dem Boden. Ein Baustein war zersplittert, an seiner Stelle befand sich ein Loch. »Der Geheimraum hat ein Fenster. Sieh her, es ist kaputt.« Nell deutete mit dem Finger darauf.

»Snowy muss dadurch entkommen sein, dann ist sie zu unserem Haus zurückgelaufen.«

Leo starrte erst auf die Fensterwand und dann wieder kopfschüttelnd zu Nell. »Du darfst nie irgendeiner Menschenseele davon erzählen, Nell. Sie werden dir die Schuld geben.« Als Nell heftig zu schluchzen anfing, reichte er ihr den Brief. »Den musst du loswerden. Verbrenn ihn. Diese Zeilen darf niemand zu Gesicht bekommen.« Dann wandte er sich um und ging davon.

Nachdem sie allein war, weinte Nell, bis ihre Tränen versiegten. Sie kehrte zurück zur Vorderseite des Hauses, wo sie, den Brief in der Hand, erschöpft auf die Eingangsstufe vor der Haustür sank.

Liebe Alice,

ich hoffe, es geht dir gut, und Snowy hat es warm, und du spielst gern mit ihr. Ich vermisse dich so sehr. Ich darf gar nicht daran denken, sonst fange ich an zu weinen. Und ich kann es kaum abwarten, dich wiederzusehen und dir das Geheimversteck unter der Treppe zu zeigen, das ich im Pfarrhaus gefunden habe – dafür ist der Schlüssel an Snowys Halsband.

Man würde nie vermuten, dass da ein Raum ist, es gibt nur ein winziges Schlüsselloch unter der obersten Stufe. Sie hebt sich wie ein Deckel, dahinter betritt man eine geheime Welt mit einem Bett und einer Truhe, einer Kerze und Streichhölzern. Aber ich weiß nicht, wo wir demnächst wohnen werden oder ob wir dieses Versteck je gemeinsam auskundschaften können.

Wenn du Bobby oder meinen Dad siehst, sag ihnen bitte, dass ich sie vermisse und sie mir schreiben sollen. Ich kann es kaum abwarten, wieder mit dir zusammen zu sein. Du bist die beste Freundin auf der ganzen Welt.

Liebste Grüße und Küsse, Nell

Kapitel neunundzwanzig

BELLA

Januar 1946

Am Rande des Bauernhofs stand Bella neben dem Weidenbaum und hielt die Blechdose mit ihrem eingravierten Namen in der Hand. Sie legte den Schlüssel hinein und drückte sanft ihre Lippen auf das kühle Blech, bevor sie die Dose fest verschloss. Dann nahm sie den Spaten zur Hand und hob ein Loch aus, so gut das in dem gefrorenen Grund ging. Sie legte die Dose hinein und bedeckte sie wieder mit Erde. Als sie fertig war, machte sie sich auf zu Yew Tree Manor. Der dichte Nebel war wie eine Wand, hinter der sie sich verstecken konnte.

Als sie näher kam und im Schutz der großen Eichen, die die Felder säumten, hin und her huschte, vernahm sie die ersten Geräusche aus dem Haus. Yew Tree Manor war hell erleuchtet, in jedem der zehn Zimmer brannte Licht, und sie hörte die Rufe der Stalljungen, die aufgeregt hin und her liefen. Das waren vertraute Geräusche, die sie früher oft von ihrer höheren Warte im Pfarrhaus aus gehört hatte: das Bellen der Jagdhunde im Hof, die sich in einen Blutrausch steigerten, das Dröhnen der Automotoren auf der Auffahrt zum Herrenhaus, lautes Hupen und aufgeregtes Rufen von den Fahrersitzen.

Heute fand die jährliche Jagd statt. Das Land steckte in einer tiefen Wirtschaftskrise, die Lebensmittelversorgung war schlecht, viele Menschen hatten ihr Zuhause und ihre Höfe verloren. Der Krieg hatte sie körperlich und seelisch gezeichnet, dennoch überraschte es Bella keineswegs, dass das Jagdtreffen nicht abgesagt worden war. Sicherlich waren den Dienstboten der Hiltons wochenlang die Essensrationen gekürzt worden, um den Gästen heute ein Festmahl bereiten zu können. Wilfreds reiche Freunde waren zu alt, um noch als Soldaten eingezogen zu werden, daher begrüßten sie die Abwechslung, die dieser Tag in ihr trübes Nachkriegsdasein brachte.

Als sie die Steinmauer erreichte, die die Grenze zwischen dem Grundstück ihrer Mutter und dem der Hiltons markierte, konnte sie ihre steif gefrorenen Füße, mit denen sie immerzu auf dem eisigen Grund ausrutschte, nicht mehr spüren. Immer der Mauer entlang lief sie zum Eingang zu den Ställen, wo die hektischen Stimmen der Burschen im Hof laut an ihr Ohr drangen. Bella blieb stehen und lauschte, ihr eisiger Atem drang durch den Wintermorgen.

»Sid, wo ist die Kardätsche? Ich muss Brandy noch striegeln.«

»Major ist noch nicht aufgezäumt. Gleich kommen sie runter – legt mal einen Zahn zu.«

»Hat einer von euch Titus' Satteltasche überprüft?«

Vorsichtig spähte Bella um die Ecke: Vor den Ställen waren sechs Pferde festgebunden. Mit dicken Decken auf den Rücken schnaubten sie ihren heißen Atem aus den Nüstern und fraßen Heu, während die Stallburschen in Windeseile um sie herumflitzten. Am äußersten Ende stand Wilfred Hiltons Titus. Sein Fell glänzte bereits, und er verharrte seelenruhig inmitten des geschäftigen Treibens. Er war ein kräftiger Wallach, der Rolls-Royce unter den Pferden, wie Elis Vater ihn einmal seinem Sohn beschrieben hatte. Der Schnelligkeit, mit der die Burschen flink hin und her sausten, und auch ihrem knappen, barschen Ton nach zu schließen, standen sie unter großem Zeitdruck und hatten nicht mehr lange, bis die Pferde fertig zum Jagdritt sein sollten.

Bella musste sich so rasch wie möglich ins Haus schleichen und Alfie finden, bevor es zu spät war. Immer an der Wand entlang lief sie weiter, am hinteren Ende des Rosengartens und an einer Pergola vorbei, unter der Eli und sie an Sommertagen gesessen hatten, wenn Wilfred geschäftlich außer Hauses war. Ihr Blick folgte dem Weg zur Hintertür des Hauses, durch die gerade ein Dienstmädchen mit einem Korb voll Brennholz ins Innere eilte.

Die Dienstboten waren bestimmt schon seit Stunden auf den Beinen, dachte sie, liefen im Haus umher, rot im Gesicht vor Anstrengung, heizten in jedem Zimmer den Kamin ein, polierten das Silberbesteck, schnitten Speck auf und holten Eier aus dem Hühnerstall, damit die Köchin den Jagdgästen ein herzhaftes Frühstück bereiten konnte.

Bella duckte sich hinter die sorgsam getrimmte Hecke, die den Garten säumte, und schlich sich dann zur Hintertür. Aus dem Esszimmer drangen lautes Lachen und Rufen, und Bella stellte sich die Gäste in ihrer schicksten Jagdgarderobe vor: weiße Hemden, braune Reithosen, die dazugehörigen Jacken hingen an ihren Schlafzimmertüren, daneben die glänzend polierten schwarzen Stiefel und Reiterhelme.

Vorsichtig warf sie einen Blick durchs Fenster. Das Frühstück war in vollem Gange, während die Köchin mit roten Wangen und Mehl an Schürze und Händen vom Backen hin und her lief. Geschirr klirrte, Kommandos ertönten. Auf der Anrichte standen Schüsseln mit warmem Porridge und heißer Milch, Gebäckständer mit Scones und Marmelade, und der Butler nahm so viele Teller, wie er tragen konnte, und begab sich rasch ins Esszimmer, um dem Zorn der Köchin zu entfliehen.

Inzwischen hatte Bella den gesamten Raum durch die beschlagene Fensterscheibe abgesucht. Keine Spur von Alfie. Panik stieg in ihr auf. Er könnte in irgendeinem der unzähligen Zimmer des Hauses sein, im Erdgeschoss genauso wie im ersten Stock. Bald würde das Horn zum Beginn der Jagd blasen, und die Dienstboten würden sich zur Erledigung ihrer Arbeit im ganzen Haus verteilen, dann würde man Bella sofort entdecken und die Polizei rufen.

Sie huschte an der Hausseite entlang, sorgsam darauf bedacht, unbemerkt zu bleiben. Im Esszimmer sah sie an die zwanzig ältere Herrschaften um einen großen Eichenesstisch beim Frühstücksmahl sitzen. Die Atmosphäre war aufgeheizt, der Butler schenkte Portwein in Trinkgläser ein, und Bella konnte die Vorfreude auf den bevorstehenden Ausritt spüren, wenn die Gäste sich auf die Schulter klopften, lachend den Kopf in den Nacken warfen und einander in einen Taumel der Begeisterung trieben. Am Kopfende der Tafel thronte lächelnd Wilfred Hilton und füllte das Glas seines Sitznachbarn nach, seines Freundes Dr. Jenkins, ein kleiner gierig blickender Mann mit rundem Gesicht, dem Eigelb im Bart klebte. Während Bella die beiden Männer beobachtete, fühlte sie die Wut in sich auflodern, sodass sie versucht war, einen Stein vom Boden aufzusammeln und mit all ihrer Kraft gegen die Fensterscheibe zu schleudern.

Allein der Gedanke an Alfie hielt sie davon ab, und sie setzte ihren Weg um das Erdgeschoss herum fort, spähte in jedes Fenster, bis sie zum Dienstbotentrakt auf der Rückseite des Hauses gelangte, der, in dem eifrigen Bemühen, die Gäste zu bewirten, vollkommen verlassen war. Nirgendwo gab es ein Anzeichen von ihrem kleinen Sohn.

Ihre letzte Chance war Wilfreds Arbeitszimmer, ein großer Raum, der links vorne lag, dann hatte sie das gesamte

Gebäude umrundet. Von dort aus überblickte man das weit-
läufige Grundstück und den See. Auch hier warf sie einen
verstohlenen Blick auf die Ledersessel, das Chesterfield-Sofa,
den breiten Mahagoni-Schreibtisch und die hohen Bücher-
wände. Die Rufe aus der Küche und dem Esszimmer klangen
nur noch schwach in der Ferne, während Bella mit den Augen
jeden Winkel und jeden Spalt absuchte. Das Zimmer war
leer, nirgendwo ein Lebenszeichen. Erneut stieg Panik in ihr
auf. Vielleicht hatte man Alfie bereits fortgeschickt oder ihn
in einem der oberen Schlafzimmer eingeschlossen. Tränen
brannten ihr in den Augen, und sie versuchte verzweifelt, sich
zu sammeln, um ihre nächsten Schritte zu überlegen. Sie
würde ins Haus gehen müssen, ihr blieb keine andere Wahl.
Auch wenn sie dann Gefahr lief, erwischt zu werden.

Im Moment, als sie sich erhob, um zurück zum Dienst-
boteneingang zu gehen, fiel ihr Blick auf einen großen Wind-
hund in der Zimmerecke, ein langhaariger, etwas zotteliger
grauer Afghane, der ausgestreckt auf einem Teppich lag. Da
sie um Alfies Liebe zu Hunden wusste, schlug ihr Herz
augenblicklich höher, und sie stellte sich auf die Zehenspitzen, um besser sehen zu können. Mit der Faust rieb sie an der
beschlagenen Fensterscheibe und sah erst eine Buchecke hinter dem Hund aufragen, dann entdeckte sie einen kleinen
schwarzen Stiefel und schließlich Alfies Kopf auf dem Bauch
des Tieres, der sich im Schlaf hob und senkte.

Einen Moment lang stand sie wie gelähmt da. Es war erst
einen Tag her, dass sie von ihrem Sohn getrennt worden war,
aber ihre Angst, ihn nie mehr wiederzusehen, kostete sie nun
mehr Kraft, als sie besaß. Mit den Tränen kämpfend vergewisserte sie sich, dass auch niemand sie gesehen hatte, und versuchte, ihre Gedanken zu ordnen.

Wenn sie Alfie aufschreckte, sodass er zu ihr lief, wäre alles verloren. Sie musste ruhig bleiben und seinen Blick erhaschen, aber nicht so, dass er laut ihren Namen rief oder irgendwie Aufmerksamkeit erregte. Behutsam begann sie, mit wild pochendem Herzen gegen die Scheibe zu klopfen. Eine Weile noch blieb Alfie in seiner eigenen Welt, blätterte die Seiten des Atlas um, der ihn zu fesseln schien. Bella ballte ihre eiskalten Finger zur Faust und klopfte fester. Sofort wirbelte sein Kopf herum, und seine Stirn legte sich in Falten. Zweifellos wusste er nicht, wonach er Ausschau halten sollte. Sie legte sich den Zeigefinger an die Lippen, und im Moment, als er aufstand und zu ihr herüberkam, stürmte ein Mann ins Zimmer. Beide, Alfie und der Hund, schreckten auf.

»Was machst du hier drinnen? Ich habe dir verboten, mein Arbeitszimmer zu betreten.« In voller Jagdmontur schritt Wilfred Hilton auf Alfie zu und verpasste ihm eine schallende Ohrfeige. Augenblicklich fing der Junge an zu weinen.

Entsetzt musste Bella mitansehen, wie er Alfie am Ohr in die Höhe zog und hinter sich aus dem Zimmer zerrte. Als sie am Haus entlanglief, hörte sie Alfie vor Schmerz heulen, und war doch vollkommen machtlos. Als die beiden die Küche erreicht hatten, warf Wilfred den Jungen zu Boden. »Der Bastard soll mir nicht unter die Augen kommen, bis er abgeholt wird, das hatte ich euch doch gesagt.«

Die Haushälterin, zu deren Füßen Alfie landete, war zweifelsohne gestresst von der vielen morgendlichen Arbeit und ebenso bestürzt über den kräftigen Rüffel des Hausherrn.

»Mach dich nützlich und hol ein Dutzend Eier aus dem Hühnerstall«, fuhr sie Alfie an und scheuchte ihn in den Hof hinaus, während Wilfred zurück zu seinen Gästen polterte.

Als Alfie heftig weinend aus der Hintertür auftauchte, griff Bella, eng an die Hausmauer gedrückt, nach seinem Handgelenk und zog ihn zu sich. Zuerst überkam ihn Angst, denn einen Moment lang erkannte er sie nicht und hielt sich eine Hand über das schmerzende Ohr, aber Bella schlang ihre Arme um seinen kleinen Körper und flüsterte: »Alles ist gut, Alfie. Ich bin hier, Mama ist hier. Ich bringe dich von hier fort.«

Der Junge sank in ihre Umarmung, und Bella hielt ihn fest. Der Geräuschpegel im Haus stieg wie der Dunst über dem Land in die Höhe, die Spannung wuchs, während sich die Reiter für die Jagd bereitmachten. Als Alfie sich allmählich beruhigt hatte, küsste sie ihn auf den Kopf und ging neben ihm in die Hocke.

»Alfie, du musst bitte alles tun, was ich sage, einverstanden? Wir müssen schnell machen.«

Mit seinem tränenverschmierten Gesicht blickte er sie an und nickte eifrig. Gleich darauf huschte Bella mit ihrem Jungen an der Hand zu den Ställen hinüber. Aus dem Haus traten jetzt die Reiter in ihrer Ausrüstung, und lautes Lachen und Rufen drang zu ihr herüber, während die Stallburschen, inmitten der vor Aufregung wild tollenden Jagdhunde, ein Pferd nach dem anderen vorbrachten. Bella blieb zurück, als der letzte Bursche ein Pferd zu den Reitern am Haus führte und nur noch ein Pferd im Hof stand: Titus, der Wallach von Wilfred Hilton.

Ohne auch nur eine Sekunde zu zögern, lief sie zum Aufsitzblock, machte Titus los und zog die Decke von seinem Rücken. Sie hörte die Stallburschen wieder in ihre Richtung kommen, und als sie sich zuriefen, dass der Herr auf sein Pferd warte, hob sie Alfie auch schon schwungvoll in den Sattel und hüllte ihn in die Decke.

Der Wallach zuckte nicht zusammen, als sie ihn bestieg, er war verschiedene Reiter gewöhnt, da die Stallburschen mit ihm über die Felder preschten, um ihn in guter Form zu halten. Den rechten Arm um Alfie gelegt, nahm sie die Zügel in die linke Hand, drückte dem Wallach dann sanft beide Fersen in seine Seiten und ritt im leichten Galopp die Böschung hinter den Ställen hinauf.

Ihr Herz hämmerte, ihr war klar, dass sie nur wenige Sekunden hatte, bevor die Stallburschen Titus' Fehlen bemerken würden. Als sie den Rasen entlang der Auffahrt erreichten, steigerte sie das Tempo zu vollem Galopp. Ihr Arm hielt Alfie fest umklammert, der kein Wort mehr sagte. Sein kleiner Körper fühlte sich jetzt warm und ruhig an und gab ihr Kraft. Sie beide waren schon unzählige Male zusammen geritten.

In der Ferne hörte sie die lauten Stimmen der anderen Reiter, Tumult brach aus, als sie Titus' Verschwinden entdeckten. Dann ertönten die ersten lauten Schreie, als sie sie beide auf dem Wallach die Auffahrt entlanggaloppieren sahen. Und als Bella einen Blick über die Schulter warf, nahmen zwei der Reiter gerade ihre Verfolgung auf.

Bellas Herzschlag pochte laut in ihren Ohren, als sie Titus in die Seiten trat und Alfie noch fester umklammerte. Glücklicherweise kannte sie die Gegend gut. Am Ende der Auffahrt befand sich ein Viehgitter, das die meisten Reiter sich nicht zu überspringen trauen würden. Wenn sie es nicht hinüberschafften, würde Titus sich die Beine brechen, und wahrscheinlich würde der Sprung auch Alfie und sie das Leben kosten. Doch während sie darauf zugaloppierte, war ihr bewusst, dass sie keine andere Wahl hatte.

Noch einmal wandte sie sich um, die Reiter hatten zu ihr aufgeholt. Wenn Titus das Viehgitter überwand, würden sie sie nicht mehr einholen, denn der Wald und das Anwesen waren ihr bestens vertraut, und sie kannte unzählige Verstecke. Tief im Inneren fühlte Bella sich schwach, seit zwei Jahren war sie nicht mehr geritten, aber Titus war stark genug für sie beide. Kraftvoll drückte sie ihre Fersen nach unten und schlug sie dem Wallach entschlossen in die Rippen. Mit Alfie fest in ihrem Arm schloss sie die Augen, und Titus sprang.

Als sie den Waldrand erreicht hatten, hörte sie kaum noch die Stimmen ihrer Verfolger. Das Pferd von Wilfred Hilton war zu schnell für sie, und sie hatte einen guten Vorsprung gehabt. Im Galopp ging es weiter bis zum Ende von Hiltons Land, an der Straße in die Stadt. Dort sprang sie vom Pferd und half Alfie herunter.

»Wir haben es geschafft, Mama«, sagte er mit vom eisigen Wind geröteten Wangen.

»Noch nicht ganz.« Bella lächelte ihn an und zog sich den Smaragdring vom Finger. Dann holte sie den Brief ihrer Mutter aus ihrer Tasche, steckte den Ring in den Umschlag und verschloss ihn, wobei sie sanft über Tessas schöne Handschrift strich.

»Was machst du da?«, fragte Alfie.

»Ich gebe etwas zurück, das mir nicht gehört«, erwiderte sie.

Rasch öffnete sie die Schnalle von Titus' Satteltasche, steckte den Brief hinein und verschloss sie wieder sorgsam.

»Fort mit dir!« Sie gab dem Wallach einen kräftigen Klaps aufs Hinterteil und sah ihm nach, als er Richtung Yew Tree Manor davonpreschte. Das Pferd kannte den Heimweg, und die Reiter würden ihre Verfolgung aufgeben, sobald sie Titus wiederhatten.

»Sieh, Alfie, da kommt ein Auto. Vielleicht können wir mitfahren.« Sie kletterte über den Holzzaun und winkte dem Fahrer des Wagens, der abbremste und neben ihr zum Stehen kam. Alfie und Bella durften beide vorne einsteigen, und sie hielt fest seine Hand, während das Auto die Straße entlangrumpelte. Die Wintersonne stach durch die Windschutz-scheibe, und für Bella war sie ein Zeichen von Eli, dass er über sie wachte.

Den Gedanken daran, was sie in Portsmouth erwartete, versuchte Bella mit aller Gewalt zu verdrängen. Sie konnte nur beten, dass sie eine Stelle finden würde, die es ihr erlaubte, Alfie bei sich zu behalten. Er war jetzt sieben und an Arbeit beim Gemüseanbau auf dem Feld gewöhnt. Mit etwas Glück würde sich eine Aufgabe für ihn finden. Wenn sie scheiterte, blieb ihr nur eine einzige Option: das Armenhaus, wo man sie unweigerlich voneinander trennen würde.

Zusammen sahen sie die Felder an sich vorbeiziehen, und als das Pfarrhaus in Sicht kam, flüsterte sie Alfie ins Ohr: »Dieses Haus gehört dir, Alfie. Vergiss das nie.«

»Nein, Mama, das tu ich nicht«, erwiderte er leise.

»Eines Tages holst du es dir zurück, hörst du mich?« Sie küsste ihn. »Versprich mir das.«

»Ich verspreche es, Mama«, sagte er.

Als könnte sie auf diese Weise ihre Angst vor der ungewissen Zukunft vertreiben, schloss Bella die Augen und wünschte sich, dass dieser freudige Moment mit ihrem kleinen Sohn niemals vorüberginge.

Kapitel dreißig

LEO

Silvesterabend 1969

»Alice?« Leo sah sich um. Plötzlich waren alle Geräusche verstummt. Nachdem er Snowy von der Straße aus erblickt und Alice nach dem Hündchen hatte rufen hören, war Leo in Richtung des Pfarrhauses gegangen, um die beiden zu finden.

»Alice, wo bist du? Antworte mir! Mum macht sich große Sorgen um dich, wir müssen nach Hause, jetzt sofort!«, rief Leo und seufzte frustriert. Da er ihr Rufen nach Snowy gehört hatte, wusste er, dass es ihr gut ging, sie war nur wieder einmal eine rechte Nervensäge. Er musste sie nur finden und zu ihrer vor Sorge völlig aufgelösten Mutter zurückbringen. Seine Eltern waren vollkommen besessen von Alice, ging es ihm durch den Kopf, und während er den verschneiten Boden nach Fußspuren absuchte, entfuhr ihm ein gereiztes Stöhnen. Wenn er verschwände, würde das seinen Eltern wahrscheinlich nicht einmal auffallen – und auch kaum etwas ausmachen.

Ein merkwürdiger Lärm, der die unheimliche Stille des späten Abends unterbrach, schreckte ihn aus seiner Suche auf, ein seltsames Knarzen und metallenes Ächzen, das von dem Feld hinter dem Pfarrhaus herkam. Leo folgte dem Geräusch bis zur Rückseite des Hauses, wo Alfie auf dem Traktor mühevoll versuchte, die große Baggerschaufel unter einen Kuhkadaver zu manövrieren. Die Landmaschine rutschte auf dem

Eis weg, und der Traktorenmotor heulte laut auf, während Leo wie versteinert kaum den Blick abwenden konnte.

Dann wandte Leo sich zum Haus um und rief wieder Alices Namen. Inzwischen herrschte pechschwarze Dunkelheit, und er traute sich nicht ohne sie heim.

»Alice! Du wirst furchtbaren Ärger bekommen, wenn du nicht sofort rauskommst!«, brüllte Leo in die gespenstische Stille. Plötzlich hörte er das Hündchen wieder im Inneren des Hauses bellen.

»Alice, wo bist du?« Er legte die Hände ans Gesicht und spähte ins Fenster, als Alfie einen gellenden Schrei ausstieß.

Schnell rannte Leo ums Haus zurück, wo Alfie vom Traktor herabgestiegen war und nun zwischen dem Kuhkadaver und den Baggerzähnen feststeckte. Verzweifelt strampelte er mit Armen und Beinen, um sich aus dem Loch zu befreien, das er selbst gegraben hatte. Nach wenigen Sekunden hatte er Leo entdeckt und rief ihn um Hilfe an. Doch Leo war unfähig, sich zu bewegen oder auch nur die Augen von dieser Katastrophe abzuwenden. Er fühlte sich machtlos, als würde die Wut seines Vaters ihn zurückhalten, ihn daran hindern, Alfie zu Hilfe zu eilen, Alfie, der sich seit einem Jahr weigerte, das Pfarrhaus zu verlassen, und dadurch Richard das Leben unerträglich machte.

Während Leo Alfies verängstigten Schreien lauschte, flammte Aufgeregtheit in ihm auf. War das seine Chance, die Liebe seines Vaters für sich zu gewinnen? War das der Moment, die Gelegenheit, alles zu verändern? Damit sein Vater ihn mit den gleichen Augen ansah, mit denen er Bobby betrachtete?

»Hilf mir, Leo!«, rief Alfie ihm in blinder Panik zu, als die Baggerschaufel ihn bei lebendigem Leib in Matsch und Schlamm begrub.

Doch Leo vermochte sich nicht zu rühren. Was, wenn sein

Vater nicht wollte, dass er Alfie half, wenn das hier Richards Chance war, Alfie loszuwerden, und Leo sie zunichtemachte? Das würde er ihm niemals verzeihen.

Wie aus dem Nichts tauchte auf einmal Alice auf und rannte auf den Traktor zu. Sie trug ein rotes Kleid und rote Lackschuhe für die Party, die voller Dreck waren, aber sie sprintete auf ihn zu, als hätte sie Turnschuhe an. »Alfie! Leo, hilf ihm! Warum tust du nichts?«

Schnell wie der Blitz schoss sie über das eisbedeckte Feld, ohne weiter an sich zu denken, stolperte und fiel hin, rappelte sich wieder auf und stürzte dem Traktor entgegen, der wie ein Tier im Käfig brüllte, während die Schaufel schwankte und wankte.

Aus seiner Trance erwacht versuchte Leo, sie einzuholen, und fasste nach ihrer Hand. Doch sie machte sich los und warf sich mit ihrem zarten kleinen Körper unter die knirschenden Zähne der Maschine, die kurz davor war umzustürzen.

Entgeistert sah Leo mit an, wie Alice an Alfies Kleidung zerrte, um ihn freizubekommen. Sie war klein, aber wild entschlossen, und weinte lauthals vor Anstrengung. Noch bevor Leo bei ihr war, verfing sich ihr Kleid unter der Baggerschaufel, die Alfie und Alice mit sich riss, als sie den Abhang hinunterglitt und immer tiefer im Graben am Feldrand versank.

»Alice, lass los! Nimm meine Hand!«, rief er so laut er konnte. Panik stand in ihrem Gesicht, als sie versuchte, sich herauszuziehen, aber die Baggerzähne hatten sich an ihr festgekrallt. Fieberhaft trat Leo von der Seite auf den Boden unter ihr ein, bis er genügend Erdreich aufgelockert hatte, dass sie sich selbst befreien konnte. Der Traktorenmotor lief auf Hochtouren und stieß schwarzen Rauch aus.

»Hilf mir, Leo, hilf mir. Er steckt fest.«

»Alice, lass ihn los«, rief er. Als er sie um die Taille fasste und mit aller Kraft fortzog, kam ein Baggerzahn auf sie heruntergesaust und streifte Alice am Kopf. Sie schrie vor Schmerz auf, während ihr schon ein Blutrinnsal über die Stirn in die Augen lief.

»Alice, um Gottes willen, nimm meine Hand. Ich muss dich herausziehen, oder du wirst sterben.« Er brüllte, doch seine Stimme übertönte kaum das auf dem Boden aufschlagende Metall.

Schließlich ließ sie Alfies Hand los, und mit einem letzten heftigen Ruck konnte Leo sie befreien. Sekunden danach gab der Traktorenmotor sein letztes knatterndes Lebenszeichen von sich, und die Maschine stürzte krachend auf Alfie hinunter.

Alice sah Leo mit tränenüberströmtem Gesicht an. »Warum hast du ihm nicht geholfen? Warum hast du nur dagestanden, ohne zu helfen? Ich hasse dich, Leo, ich hasse dich.« Blut tropfte ihr in die Haare und die Augen und vermischte sich mit ihren Tränen.

Keuchend vor Schock und Entsetzen starrte Leo seine Schwester an.

»Ich weiß es nicht. Es tut mir leid. Ich weiß nicht, warum ich nicht geholfen habe.«

Alice blickte auf das Wrack neben ihr und fing an zu schluchzen. »Dort liegt er. Nells Daddy ist da drunter.«

»Alice? Alice, bist du hier draußen?«

Leo und Alice blickten auf und sahen Bobby über die Lichtung auf sie zukommen. Ohne zu zögern rannte Alice auf ihn zu. »Bobby, zu Hilfe!«

Einen Moment lang senkte Leo den Blick auf das Wrack, unfähig, Bobby angesichts des Grauens, das ihn erwartete, in die Augen zu schauen. Er hörte, wie Alice Bobby weinend von dem Unfall berichtete. Er musste von hier fort. Er musste gehen. Unvermittelt wandte er sich um und begann in Richtung Straße zu laufen, nahm den Pfad den Hügel hinauf so schnell ihn seine Füße trugen, zurück nach Yew Tree Manor, wo seine panische Mutter soeben jegliche Hoffnung verlor, ihre Tochter je lebend wiederzusehen.

Kapitel einunddreißig

VANESSA

Freitag, 22. Dezember 2017

Vanessa saß auf einem Stuhl vor dem Verhörraum, in dem Bobby James von der Polizei vernommen wurde.

»Wir haben beim Richter eine Verlängerung beantragt, wegen der Schwere des Verbrechens«, erklärte Detective Inspector Mills. »Aber er sagt nichts, und weder in seiner Wohnung noch in seinem Auto wurden belastende DNA-Spuren gefunden. Daher können wir ihn nicht mehr lange festhalten.«

»Hat er wenigstens gesagt, was er in unserem Haus zu suchen hatte, als Sienna verschwand?«

»Nein, er verweigert die Aussage. Wenn Sie ihn dazu bringen könnten, das zu erklären, hätten wir einen Durchbruch erzielt.«

»Kann ich jetzt zu ihm hineingehen?«, fragte Vanessa. »Allein?«

»Wir sehen Ihnen durchs Fenster zu«, erwiderte Mills.

Als Vanessa aufstand, fühlte sie sich sehr schwach. Hier war sie, fast fünfzig Jahre nach der Nacht, in der Alice verschwunden war, als sie die Beamten angefleht hatte, mit Bobby James sprechen zu dürfen, da all ihre Hoffnungen an ihn geknüpft waren – genau wie jetzt. Sie öffnete die Tür und schloss sie sorgsam hinter sich.

Die Zeit war nicht gut zu Bobby James gewesen. Er war

ein großer Mann mit einem müden Gesicht, einem schmalen Mund und schwarzem, dünner werdendem Haar. Und er war totenbleich, was seine kühlen blauen Augen beinahe unnatürlich aussehen ließ.

Er saß im Stuhl zurückgelehnt, mit ausgestreckten Beinen, die Füße überkreuzt.

»Hallo, Vanessa«, begrüßte er sie.

»Hallo, Bobby.« Sie zog einen Stuhl hervor und ließ sich darauf nieder.

Eine Weile lang saßen sie beide schweigend da.

»Die Beamten sagen, dass du schon wieder nicht kooperierst«, begann Vanessa. »Es wäre von Vorteil für dich, wenn du uns wenigstens verraten würdest, warum du gestern in Yew Tree Manor warst. Das ist schon ein seltsamer Zufall, findest du nicht auch?« Ihre Stimme zitterte.

Er blickte sie lächelnd an. »Es wäre von Vorteil für *mich*, nicht wahr, Vanessa? Wie ich sehe, hast du dich gar nicht verändert.« Er schüttelte den Kopf.

»Was meinst du damit?«, fragte Vanessa barsch.

»Damit meine ich, dass du nach all dem Kummer, den du in den vergangenen fünfzig Jahren durchgemacht hast, dir immer noch einredest, dass ich etwas mit Alices Verschwinden zu tun hätte, und lieber im Ungewissen verharrst, anstatt ehrlich zu dir selbst zu sein.«

Sie schreckte zurück. »Du bist ein gemeiner Lügner, Bobby James. Und du solltest für den Rest deines Lebens ins Gefängnis gesperrt werden für all das, was du meiner Familie angetan hast.«

Noch einmal schüttelte er den Kopf und stieß ein trauriges Lachen aus. »Weißt du, Vanessa, ich habe dich nie, wirklich nie, angelogen. Ich habe mich selbst noch vor Augen, damals vor fast fünfzig Jahren. Ein ganz junger Bursche, vielleicht war es sogar genau in diesem Verhörraum. Ich stand dort hinten in der Ecke, während dieser Mann mir rechts und links eine runtergehauen hat. Wie ich gefleht und gebettelt habe, mich hinsetzen zu dürfen oder ein Glas Wasser zu bekommen. Die haben mir gesagt, dass du von draußen zuschaust. Keinen Finger hast du gerührt, obwohl du genau gewusst hast, dass ich Alice niemals etwas antun würde, genauso wenig, wie ich die Hundewelpen ertränkt oder diesen Stall in Brand gesetzt hatte, auch wenn ich für Richard die Schuld auf mich nahm. Mir ist schleierhaft, wie du dich selbst ertragen kannst. Du hast ein Netz aus Lügen und Geheimnissen gesponnen, hast zugelassen, dass man mich in dieser sogenannten Besserungsanstalt, in Borstal, brutal misshandelte, dabei habe ich mir den Arsch für euch aufgerissen und Richard über meinen eigenen Vater gestellt, den Mann, der ihm sein Zuhause, alles, was er liebte und was ihm zustand, genommen hat.«

»Sag mir einfach, wo Sienna ist. Bitte, Bobby. Ich tue alles, worum du mich bittest. Du kannst das Pfarrhaus haben. Darum geht es dir, oder? Das ist es, was du willst?«

»Fahr zur Hölle, Vanessa. Nichts von alldem wäre je passiert, wenn du auf dein Kind aufgepasst hättest.«

»Wie kannst du einfach ruhig dasitzen und mich mit deinen Worten quälen, wenn meine Enkelin vermisst wird!«

»Ich? Ich quäle dich? Ich war ein Kind, ein guter Junge, und du hast mein Leben zerstört.«

»Warum bist du gestern in Yew Tree Manor gewesen?«, wiederholte Vanessa ihre Frage. »Sag es mir endlich!«

Bobby wandte den Blick ab. Vanessa nickte, stand auf und ging zu dem vergitterten Fenster.

»Glaubst du wirklich, ich würde mir nicht die Schuld an alldem geben?«, fragte sie. »Meinst du etwa, ich würde nicht jede Nacht wach liegen und mich mit meinen Fehlern an jenem Abend martern? Dass ich die Party nicht abgesagt habe, nicht auf Alice achtete und mir zu viele Gedanken um Gartenbeleuchtung, Schneesturm und Champagner machte, wenn ich mich statt um zweihundert Gäste nur um Alice hätte kümmern sollen?«

Bobby richtete seinen Blick auf sie. »Ich spreche nicht von Alice.«

Zorn loderte in ihren Augen auf. »Leo? Sprichst du etwa von Leo?«

»Hast du ihn jemals nach den Ereignissen in jener Nacht gefragt? Leo war dabei, als mein Vater starb. Das hat Alice mir kurz vor ihrem Verschwinden erzählt. Sie hat versucht, meinem Vater zu helfen, und Leo hat sie von ihm weggezerrt. Er muss die Wunde an ihrem Kopf bemerkt haben, und er hat zugesehen, wie mein Vater zu Tode gequetscht wurde, aber er hat nichts unternommen, um ihm zu helfen.«

»Leo hatte nichts mit dem Verschwinden von Alice zu tun«, entgegnete Vanessa scharf.

Bobby zuckte die Achseln. »Warum bist du hier, Vanessa? Du willst nicht einsehen, dass deine Familie für Alices Tod verantwortlich ist, nicht meine. Wenn Richard das Pfarrhaus meinem Vater überschrieben hätte, wie es seine Pflicht gewesen wäre, dann wäre es niemals zu dem tragischen Unfall gekommen, bei dem Alice sich den Kopf aufschlug. Wenn Leo meinen Vater gerettet hätte, wäre Alice nie dazwischengeraten. Und wenn du auf Alice aufgepasst hättest, wäre sie überhaupt nicht beim Pfarrhaus gewesen.«

»Sag mir endlich, warum du heute in Yew Tree Manor warst!« Sie schlug fest mit der Faust auf den Tisch.

»Ich habe herausgefunden, dass ihr das Pfarrhaus abreißen lasst. Der letzte Ort, an dem ich glücklich war. Ich wollte mich verabschieden, und dann ist Leo durch das Tor an mir vorbeigesaust, die Versuchung war einfach zu groß. Die Auffahrt hatte ich nicht mehr betreten seit der Nacht, in der Alice verschwand. Auch keinen Fuß in euer Haus gesetzt. Es war kinderleicht, ständig liefen Umzugsleute rein und raus. Ich ging durch die Haustür und erblickte sofort Nell. Meine schöne Nell, die ich deinetwegen seit mehr als zehn Jahren nicht mehr gesehen habe.«

»Hör auf, sie Nell zu nennen, ihr Name ist Helen! Sie ist nicht mehr deine kleine unschuldige Schwester. Sie ist eine erwachsene Frau, und ich traue ihr nicht über den Weg. Das habe ich noch nie getan.«

»Nun, du tust gut daran, dich nicht auf sie zu verlassen, denn jetzt wird alles ans Licht kommen, Vanessa. Nell kennt alle deine Geheimnisse. Auch wenn sie seit Jahren kein Wort mit mir gewechselt hat, weil Leo es ihr verbietet, weil er so schreckliche Angst vor der Wahrheit hat. Aber jetzt wird sie alles erzählen. Es ist vorbei, Vanessa.«

»Du bist ein grausamer Mensch, Bobby James.« Vanessa bewegte sich rückwärts Richtung Tür.

Wut flammte in seinen blauen Augen auf. »Sie hat Angst vor Leo, aber aus Liebe zu Sienna wird sie die überwinden. Sie wird alles tun, was in ihrer Macht steht, um ihr Kind zurückzubekommen. Und deshalb wird sie aller Welt mitteilen, was du seit fünfzig Jahren zu verbergen suchst: dass dein Sohn ein zutiefst verdorbener Charakter ist. Für mich würde sie das nicht tun, aber für ihre Tochter zweifellos schon. Mag sein, dass du vieles im Leben kontrollieren kannst, Vanessa, aber die Liebe einer Mutter zu ihrem Kind gehört ganz sicher nicht dazu.«

Vanessa bebte am ganzen Körper, als sie mit beiden Fäusten gegen die Tür hämmerte. Schweigend sah Bobby ihrem kraftlosen Zittern zu, während auf dem Gang behäbige Schritte zu vernehmen waren.

Als die Tür endlich geöffnet wurde, stürzte Vanessa an der Familienbetreuerin vorbei in den Gang und hastete weiter durch den Eingang der Polizeiwache von Lewes nach draußen in die Kälte, wo sie, mit den Händen fest das Treppengeländer umklammernd, verzweifelt nach Luft schnappte, wie ein am Flussufer verendender Fisch.

Kapitel zweiunddreißig

WILLOW

Freitag, 22. Dezember 2017

Willow saß auf dem Badewannenrand und starrte auf die zwei blauen Streifen des Schwangerschaftstests, den sie heute auf dem Rückweg vom ehemaligen Sanatorium im Drogeriemarkt gekauft hatte.

Ihre Periode war seit fast einem Monat überfällig, und seit Tagen quälte sie Übelkeit, aber sie hatte das dem Stress in der Arbeit zugeschrieben, und jetzt drohte die schockierende Wahrheit sie zu überwältigen.

In ihrer Handtasche klingelte ihr Handy, und sie stand auf, um den Anruf entgegenzunehmen.

»Hallo?«

»Willow, ich bin's, Mike. Ich habe tolle Neuigkeiten, bei der Planungsbesprechung heute haben wir grünes Licht bekommen. Es ist alles abgesegnet worden. Meinen herzlichen Glückwunsch, Kleine, das ist alles dein Verdienst.«

Sie bekam Herzrasen, und das Blut pochte in ihren Ohren. »Danke, Mike«, erwiderte sie.

»Mit dem Abriss vom Pfarrhaus wird unverzüglich begonnen. Der Bauträger will so schnell wie möglich loslegen.«

»Wirklich? Trotz all der Schwierigkeiten? Ich meine, Sienna Hilton wird doch vermisst.«

»Ja, aber das haben sie mit der Polizei geklärt. Das Mädchen ist definitiv nicht im Haus, außerdem liegt es weit genug von Yew Tree Manor entfernt, sodass das kein Problem darstellt. Sie wollen es jetzt schon plattmachen, damit sie anfangen können, die Fundamente zu legen. Irgendwelche Verzögerungen können wir uns nicht leisten.«

»Okay«, sagte Willow. »Obwohl dir sicher klar ist, dass noch viele Verzögerungen anstehen, sobald die Bauleute beim Graben auf die dort verbuddelten Leichen stoßen.«

Mike wurde sehr still. Beinahe meinte sie, seine Gedanken am anderen Ende der Verbindung rattern zu hören.

»Ich verstehe einfach nicht, warum du mich angelogen und hinter meinem Rücken agiert hast, um mich reinzulegen, Mike. Meiner Meinung nach ist das kein besonders netter Umgang.«

Das Schweigen, bis er das Wort ergriff, war qualvoll. »Nimm es nicht persönlich, Willow. Manchmal muss man ein paar Regeln brechen, um sein Ziel zu erreichen. Du solltest stolz auf dich sein: Dein Name wird in einem Atemzug mit einem bahnbrechenden Bauprojekt genannt, für das zwei denkmalgeschützte Gebäude auf Ackerland niedergerissen werden. Das hätte keiner für möglich gehalten.«

»Mein Name steht unter einem Dokument, das bescheinigt, es gäbe keine sterblichen Überreste auf einem Stück Land, wo in Wahrheit sehr viele sterbliche Überreste liegen. Das Bauvorhaben wird über Monate, wenn nicht Jahre, hinweg zum Stillstand kommen, was den Bauträger Hunderttausende Pfund kosten wird. Und ganz sicher werden die einen Schuldigen suchen.«

»Warum kommst du nicht ins Büro, und wir besprechen das in Ruhe? Wir könnten zusammen zu Abend essen.«

»Nein danke«, antwortete sie mit zitternder Stimme. »Ich brauche Zeit zum Nachdenken. Aber ich weiß, dass du so was früher schon mit anderen Leuten gemacht hast.«

»Ich glaube, dein Ton gefällt mir nicht, Willow. Du möchtest mich sicher nicht zum Feind haben.«

»Nun, du mich auch nicht.«

Mit wild hämmerndem Herzen beendete sie das Gespräch, ließ den Kopf in die Hände sinken und fing an zu weinen. Sie hatte versucht, stark zu klingen, aber sie war tief getroffen. In der Welt der Architektur war Mike ein einflussreicher Mann, und er würde dafür sorgen, dass sie nie wieder ein Projekt bekam, wenn sie seine Machenschaften ans Licht zerrte. Und was würde die Wahrheit schon ändern? Es würde nur ein schlechtes Licht auf sie werfen, weil sie die Dokumente nicht genau überprüft hatte, bevor sie eingereicht wurden.

Wie sie es auch drehte und wendete, sie stand schlechter da als er.

Aber sie konnte nicht zulassen, dass er sie so behandelte, denn dann wäre ein gefährlicher Präzedenzfall für den Rest ihrer Karriere geschaffen. Nach einem ganzen Jahr harter Arbeit hätte sie überglücklich über die Baugenehmigung sein sollen, aber sie spürte nichts als Ernüchterung.

In den vergangenen vierundzwanzig Stunden war ihr der Boden unter den Füßen weggezogen worden. Sienna Hilton wurde vermisst, und sie konnte es immer noch nicht recht glauben. Ihr Vater wurde wegen Kindesentführung verhört, ihre Karriere stand auf dem Spiel, und jetzt hatte sie auch noch herausgefunden, dass sie schwanger war.

Ihr Blick wanderte wieder zu dem Schwangerschaftstest, und sie grübelte darüber, wann es passiert sein könnte. Sie hatte sich so tief in die Arbeit an dem Yew-Tree-Bauprojekt gestürzt, dass sie vor einigen Wochen eine Magen-Darm-Grippe ignoriert hatte, die die Pille wohl unwirksam gemacht hatte. Allerdings hatten Charlie und sie sich in letzter Zeit kaum gesehen, ganz zu schweigen davon, dass sie miteinander geschlafen hatten. Aber ein einziges Mal genügte …

Sie stieß einen tiefen Seufzer aus. Immer war sie sehr vorsichtig gewesen, denn sie wusste, dass sie erst in ferner Zukunft Kinder bekommen wollte, wenn überhaupt. Sie konnte kaum für sich selbst sorgen, sicher nicht für ein Baby, und sie hatte ihre ganze Kraft in ihren Beruf gesteckt. Den wollte sie ebenso wenig aufgeben, wie sie sich vorstellen konnte, ihr Kind von morgens bis abends in die Krippe zu geben. Sie würde nur Mutter werden, wenn sie die Zeit und Ruhe hätte, sich ihrem Kind zu widmen. Jetzt nicht.

Zweifellos dachte Charlie ganz anders darüber. Er konnte es nicht erwarten, eine eigene Familie zu haben. Sobald er in einem Geschäft oder Café ein Baby erblickte, winkte er ihm freundlich zu. »Kinder fügen sich in deine Pläne ein«, hatte er einmal zu ihr gesagt. »Es muss nicht zwangsläufig bedeuten, dass dein Leben zu Ende ist.« Sie hatten nie ausführlich darüber diskutiert, denn wie bei allem, was schwierig war, tendierte Willow dazu, das Thema zu vermeiden. Dennoch war auch dies ein Grund gewesen, weshalb sie seinen Heiratsantrag in Barcelona abgelehnt hatte.

Auf müden Beinen begab sie sich in die Küche. Ihr Besuch im Sanatorium und die Gedanken an Nells Erlebnisse dort hatten sie aufgewühlt. Auf der Zugfahrt nach Hause hatte sie der Facebookseite des Mayfield Sanatoriums geschrieben, in der Hoffnung, die Eltern von Heather Parks ausfindig zu machen, oder sonst jemanden, der zur gleichen Zeit wie Nell dort gewesen war und sich an sie erinnerte. Und sie hatte ihrem Vater eine Nachricht auf seiner Mailbox hinterlassen, aber als sie zu Hause den Fernseher eingeschaltet hatte, gab es immer noch keine Spur von Sienna, daher würde er sich noch in Polizeigewahrsam befinden.

374

Nachdem sie sich eine Tasse Tee bereitet hatte, setzte sie sich in ihren Lieblingssessel und holte die Zeitungsartikel über Tessa James hervor, die man im Stadtarchiv für sie ausgedruckt hatte. Als sie den Umschlag öffnete, fiel Nells Nachricht heraus. Willow war alles zu viel. Sie war so erschöpft, dass sie meinte, im Stehen einzuschlafen, aber ihr Vater brauchte sie, und deshalb musste sie Nell finden, wie auch immer. Sie hatte gerade angefangen, den ersten Artikel zu lesen, als es an der Tür klingelte. Mit einem resignierten Seufzer erhob sie sich, um zu öffnen.

»Hallo, Süße, ich habe langsam das Gefühl, dass du mir aus dem Weg gehst.« Charlie stand mit einer Schulter an die Wand gelehnt vor ihr.

Bei seinem Anblick schnürte sich ihr das Herz zusammen. Er sah müde aus und biss sich auf die Unterlippe, das tat er immer, wenn er sauer war, es aber nicht sagen wollte.

»Das ist Unsinn, ich geh dir nicht aus dem Weg. Die letzten Tage waren hektisch, mehr nicht.«

»Ich weiß, die Nachrichten haben über deinen Dad berichtet. Es wäre schöner gewesen, es von dir selbst zu hören, anstatt es im Fernsehen zu sehen. Kann ich reinkommen?«

»Natürlich. Es tut mir leid, ich war wirklich völlig durcheinander.«

Sie folgte ihm den Flur entlang in die Küche, und er stellte sich an seinen üblichen Platz in der Ecke, die Arme vor der Brust verschränkt. Nur dass sie sich heute unbehaglich in seiner Gegenwart fühlte, sie wollte ihn nicht hierhaben und wünschte sich, er würde gleich wieder gehen.

»Geht es dir gut?« Er sah besorgt zu ihr hinüber.

»Ich bin sehr erschöpft, dieses Projekt hat mich echt geschlaucht.« Sie goss sich ein Glas Wasser ein.

Charlie schüttelte den Kopf. »Vermutlich machst du dir

große Sorgen um deinen Dad, nicht wahr? Willow, bitte, zieh dich nicht zurück.« Er kaute heftiger auf seiner Unterlippe.

»Ich ziehe mich nicht zurück.« Sie ging von der Küche ins Schlafzimmer und begann, ihre Kleidung auszuziehen, um in den Schlafanzug zu schlüpfen.

»Süße, dein Vater beherrscht seit zwei Tagen sämtliche Nachrichtensendungen, und du hast mich noch nicht einmal angerufen. Wir lieben uns doch und sollten füreinander da sein, aber du hast dich die ganze Zeit nicht bei mir gemeldet.«

»Charlie, ich kann das jetzt nicht gebrauchen.«

»Tut mir leid, aber ich schon. Immer halte ich den Mund, wenn du dich zurückziehst, und versuche, dich in Ruhe zu lassen, in der Hoffnung, dass du dich mir eines Tages anvertraust. Aber das tust du nicht. Meine Eltern fragen ständig, wie es dir geht und wo du bist, und ich weiß nicht mehr, was ich ihnen noch sagen soll.«

Erneut verspürte Willow Übelkeit und stand kurz davor, in Tränen auszubrechen.

»Nun, sag ihnen, du weißt es nicht, weil du mich nicht gesprochen hast.«

»Ich kann nicht mehr, Willow. So kann ich nicht weitermachen. Du lässt keine Nähe zu. Ich liebe dich so sehr, aber du hast eine Mauer um dich gezogen, die kann ich nicht einreißen.«

»Okay«, sagte sie.

Er sah sie an. »Okay?«

»Ja, ich respektiere, was du sagst. Es tut mir leid, dass ich dir nicht geben kann, was du dir wünschst. Am besten gehst du jetzt.« Sie sehnte sich nach ihrem Bett. Nach tiefem Schlaf, damit sie das Bild von ihrem Vater in einer Gefängniszelle, dem sie keine Hilfe war, auslöschen könnte.

»Einfach so?«

»Was willst du von mir?« Ihr Magen zog sich krampfhaft zusammen, so verzweifelt wünschte sie sich, er würde verschwinden.

»Du bist nicht grausam, ich kenne dich, aber die Art und Weise, wie du deine Gefühle abschottest, macht mir Angst«, sagte Charlie leise.

»Das halte ich nicht aus. Egal, was es ist, aber du kannst nicht hier aufkreuzen und irgendetwas einfordern, schon gar nicht heute.« Sie stand in der Schlafzimmertür, bereit, sie ihm vor der Nase zuzuschlagen.

»Das Einzige, was ich von dir einfordere, wie du das nennst, ist, dass ich für dich da sein darf. Mehr will ich gar nicht.« Er streckte die Hand aus, damit sie die Tür nicht schließen könnte.

»Warum? Warum willst du für mich da sein?«, fragte sie kopfschüttelnd.

»Weil ich dich liebe.« Tränen traten ihm in die Augen.

»Nein, du liebst nur eine Vorstellung von mir, deine Wunschvorstellung. So wie du dir ausmalst, dass ich eines Tages sein werde. Aber … ich kann das nicht. Ich kann diese Person nicht sein, denn sie existiert nicht. Du musst mich so nehmen, wie ich bin.« Sie fing an zu weinen. »Du liebst mich nur, weil du mich nicht wirklich kennst.«

»Vielleicht ist mir gar nicht wichtig, wer du wirklich bist, vielleicht geht das nur dich etwas an. So wie es meine Angelegenheit ist, wer ich wirklich bin. Ich will nur, dass du glücklich bist, erfolgreich und zufrieden. Nach dem Motto: Werde, die du bist. Ich liebe dich, Willow, ehrlich gesagt, weiß ich manchmal selbst nicht, warum. Jetzt gerade hätte ich große Probleme, auch nur einen Grund zu nennen, aber Liebe ist kein Geschäft, sie gehorcht keiner Logik, sie ist nur … Energie.«

Willow runzelte die Stirn. »Energie?«

Charlie lächelte. »Ja, sie ist da oder nicht da. Zwischen uns fließt sie, das war immer so.«

Willow schüttelte den Kopf. »Vermutlich wird sich diese Energie zwischen uns in weniger als zehn Sekunden in Luft auflösen.«

»Warum?« Wieder biss Charlie sich heftig auf die Unterlippe.

Aus ihren eisblauen Augen starrte sie ihn an. »Weil ich schwanger bin und das Kind nicht will. Ich will nicht Mutter werden.«

Charlie lehnte sich gegen die Wand und musterte sie eingehend, dann ließ er den Kopf in die Hände sinken.

»Du wirst mich nicht umstimmen können. Versuch es also gar nicht erst«, fügte sie mit bebender Stimme hinzu.

Schweigen fiel auf sie beide herab, dann streckte Charlie langsam den Arm aus und nahm ihre Hand.

»Danke, dass du es mir gesagt hast«, hauchte er.

Ungläubig sah Willow ihn an. »Ich kann nicht Mutter sein, ich will das nicht. Tut mir leid, aber ich habe das einfach nicht in mir, und ich weiß nicht, ob sich das je ändern wird.«

Er nickte. »Okay, okay. Gib mir einen Moment Zeit, das zu verarbeiten.« Er schloss die Augen und wischte sich mit dem Handrücken die Tränen aus dem Gesicht. »Darf ich dich umarmen?«, fragte er.

»Ja, aber ich werde meine Meinung nicht ändern.«

»Ja, das habe ich verstanden.« Er wandte sich ihr zu und schlang die Arme um sie. Zunächst blieb Willow steif, die Handflächen seitlich an die Oberschenkel gepresst, erst allmählich überließ sie sich seiner Umarmung. »Es ist in Ordnung, Süße. Alles wird gut. Ich bin für dich da, okay?«

»Okay«, erwiderte sie leise.

»Erzählst du mir, was mit deinem Dad ist?«, fragte er nach einer Weile. »Ich habe mir solche Sorgen um dich gemacht.«

Willow trocknete die letzten Tränen. »Er war gestern in Yew Tree Manor, zu der Zeit, als Sienna verschwand. Alle Welt glaubt, dass er vor fünfzig Jahren Alice entführt hat und jetzt auch Sienna. Ich weiß, dass er das nicht getan hat, aber er weigert sich, mit mir zu reden. Er redet nie mit mir.«

»Wie der Vater so die Tochter.« Charlie rang sich ein schwaches Lächeln ab.

»Ich habe eine Nachricht an Alice gefunden, die Nell ihr als kleines Mädchen geschrieben hat. Darin steht, wie leid es ihr tue, dass sie alles verdorben habe. Sieh hier.« Willow löste sich aus seiner Umarmung, ging hinüber zu ihrem Lieblingssessel und holte den Umschlag mit den Zeitungsausschnitten.

Charlie nahm Nells Nachricht und begann die verblasste Handschrift eines Kindes zu lesen.

An meine beste Freundin Alice,
es tut mir so leid. Ich wollte nicht alles verderben. Ich vermisse dich schrecklich.
Kuss, Nell

Ein tiefer Seufzer entfuhr Charlie, dann blickte er auf die Zeitungsartikel, die aus dem Umschlag gefallen waren. Er nahm einen auf und las.

»Wer ist Tessa James?«, fragte er.

»Meine Ururgroßmutter. Sie war Hebamme und hat früher im Pfarrhaus gelebt, wo mein Vater aufgewachsen ist. Ich weiß kaum etwas über sie, nur dass sie ins Gefängnis musste, weil bei einer von ihr betreuten Geburt Mutter und Kind gestorben sind.«

Stirnrunzelnd blickte Charlie auf eine Schlagzeile. *Hebamme droht lebenslang Gefängnis wegen Totschlags.* Er griff nach einem anderen Zeitungsartikel. *Hebamme wegen Totschlags schuldig gesprochen.*

Willow beugte sich vor, um den Artikel besser sehen zu können: *Eine Hebamme, die dafür verantwortlich ist, dass eine unschuldige Schwangere bei der Geburt verblutete, wurde heute des Totschlags schuldig befunden. Tessa James, die seit dreißig Jahren in Kingston praktiziert, behandelte Evelyn Hilton mit dem Skalpell, als bei der Geburt des Babys in Steißlage ernste Probleme auftraten.*

Sie überflog die Zeitungsausschnitte, bis sie an einem aus der *Sussex Times* vom Februar 1950 hängen blieb: *War die verurteilte Hebamme unschuldig? Exklusiv von Milly Green.*

Tessa James war eine hoch angesehene Hebamme in Kingston near Lewes, bis das Schicksal zuschlug. Während der Geburt eines lang ersehnten kleinen Mädchens drehte sich das Baby im Mutterleib und blieb stecken. James wurde der tödlichen Verletzungen schuldig befunden, die Mutter und Kind töteten, und nahm sich später im Gefängnis das Leben.

In ihrem Gerichtsprozess lehnte es Tessa James ab, sich zu verteidigen, ein Verhalten, das sie letztlich die Freiheit kostete. Sie plädierte auf nicht schuldig, aber ohne Kreuzverhör fehlte der Jury ihre Version der Ereignisse, und sie wurde verurteilt.

Doch an besagtem Abend war noch eine weitere Person zugegen, das Dienstmädchen Sally White, das Tessa James zufolge eine wichtige Zeugin war. Fünf Jahre später haben wir Sally ausfindig gemacht.

Während sie las, hörte Willow ihr Handy klingeln. Es war eine unbekannte Nummer.

»Hallo?«

»Hallo, spricht dort Willow James?«, fragte eine weibliche Stimme.

Einen Moment lang, noch bevor sie sicher wusste, wer die Anruferin war, setzte Willows Herz aus. Sie hatte an die May-field Sanatorium Facebook-Gruppe geschrieben und nach Emma Parks gefragt und von einem Mitglied eine kurze Antwort erhalten, dass Emma Facebook nicht nutze, man aber Willows Telefonnummer weiterleiten könne. Das war heute Morgen gewesen, und sie hatte geglaubt, dass sie mehrere Tage auf eine Antwort warten müsste, aber die Stimme am Telefon ließ augenblicklich Hoffnung in ihr aufkeimen.

»Ich heiße Emma Parks«, sagte die Frau mit leicht unsicherer Stimme. »Ein Bekannter von mir hat mir heute eine E-Mail geschickt, in der stand, dass Sie nach jemandem suchen, der zur gleichen Zeit im Sanatorium war wie meine Tochter Heather.«

»Ja, das stimmt. Mein herzliches Beileid, Mrs. Parks«, erwiderte Willow schwach.

»Danke vielmals. Die Zeit mildert die Trauer, aber sie löscht sie nicht aus. Das würde ich auch nicht wollen. Also, nach wem suchen Sie?«

»Also, es handelt sich um meine Tante, die Schwester meines Vaters. Ihr Name ist Nell, Nell James. Sie war zur gleichen Zeit in Mayfield wie Ihre Tochter, das ist natürlich sehr lange her, aber …«

»Ich erinnere mich sehr gut an Nell, ihr Bett war direkt neben dem von Heather. Die beiden sind in den gemeinsamen Monaten dort gute Freundinnen geworden. Nell hatte auffallend blaue Augen … richtiggehend eisblau –, die werde ich nie vergessen«, fügte Emma noch hinzu.

»Oh, das ist schön zu hören.« Willow war erleichtert, dass

ihre Fahrt nach Portsmouth nicht vergeblich gewesen war. »Wahrscheinlich wissen Sie nicht, was aus ihr geworden ist?« Sie hielt die Luft an und wartete gespannt.

»Sie wurde adoptiert, glaube ich. Eine Frau kam sie abholen.«

»Aha. Das alles liegt weit zurück, aber können Sie sich an diese Frau erinnern? Wie sie aussah oder gar ihren Namen?«

Emma zögerte. »Ja, natürlich. Sie war gut gekleidet und sprach gewählt. Nell schien sie zu kennen. Ich machte mir damals große Sorgen um sie, denn nie kam jemand sie besuchen. Wir hatten uns schon erkundigt, ob wir sie adoptieren könnten, sie war ein reizendes Kind.«

Während Willow Emma zuhörte, blickte sie zu Charlie, der immer noch in den Zeitungsartikel vertieft war.

»Wie hieß sie noch gleich? Sie hat uns ihre Adresse gegeben, damit Heather Nell schreiben konnte. Warten Sie einen Augenblick, ich glaube, ich habe sie noch irgendwo.«

Ein Adrenalinstoß durchfuhr Willow, während sie auf den Namen der Person wartete, die sie zu Nell führen würde.

»Ihr Name war Dorothy Novell, und sie wohnte in Yew Tree Cottage in Kingston near Lewes.«

Kapitel dreiunddreißig

NELL

November 1970

Der Wecker unter ihrem Kopfkissen klingelte, und Nell schreckte aus dem Schlaf hoch und schaltete ihn schnell aus, denn sie hatte Angst, Dorothy und Peter aufzuwecken. Sie rieb sich die Augen und blickte auf die Anzeige: drei Uhr fünfzig, genau wie Leo es ihr gesagt hatte. Ihr blieben zehn Minuten, um warme Sachen und Gummistiefel anzuziehen und sich anschließend durch die Hintertür aus dem Haus zu schleichen.

Sie schwang die Beine über die Bettkante und hielt den Atem an, denn sie fürchtete, beim leisesten Geräusch entdeckt zu werden. Dann holte sie den kleinen Rucksack unter dem Bett hervor, den sie am Vorabend gepackt hatte: eine Taschenlampe, ihre Ohrenschützer, Handschuhe, das Notizbuch und die Blechdose, die sie kurz vor Ausbruch ihrer Krankheit unter dem Weidenbaum vergraben gefunden hatte. Ein letztes Mal nahm sie das Notizbuch zur Hand. In dem Wunsch, ihrer Freundin etwas mitzuteilen, schrieb sie hastig eine Nachricht, die sie in die Innenklappe des Buchs stecken wollte.

An meine beste Freundin Alice,
es tut mir so leid. Ich wollte nicht alles verderben. Ich vermisse
dich schrecklich.
Kuss, Nell

Lange Minuten starrte sie auf den Schlüssel, der sich in der Dose befunden hatte. Wenn sie ihn nie gefunden hätte, wäre Alice dann noch am Leben? War es wirklich alles ihre Schuld, wie Leo behauptete? Nächtelang hatte dieser Gedanke sie wach gehalten, bis sie erkannt hatte, dass sie die Dose mit dem Schlüssel genau am selben Ort wieder vergraben musste, zusammen mit dem Notizbuch, damit niemand ihr auf die Schliche kam.

Aber irgendetwas hielt sie davon ab.

Sie wollte sich nicht von dem Schlüssel trennen. Er schien ihr lebendig, wie eine Verbindung zur Vergangenheit. Er hatte sie ihrem Dad nähergebracht, als sie den Raum unter der Treppe, sein Geheimversteck, entdeckt hatte. Noch einmal blickte sie zum Wecker. In dieser Sekunde entschied sie sich, den Schlüssel zu behalten. Sie würde ihn, zusammen mit dem Brief, den sie Alice geschrieben hatte, unter der losen Holzdiele in ihrem Schlafzimmer verbergen, dort würde niemand ihn je finden. Vielleicht würde sie ihn eines Tages noch brauchen.

Eilig wickelte sie den Schlüssel in den Brief und verschnürte ihn mit einem Band, dann hob sie die Diele unter ihrem Bett hoch und legte ihn hinein.

Als sie den Kopf wieder hob, blickte sie aus dem Fenster zum Pfarrhaus hinüber. Das kleine Zimmer unter dem Dach gefiel ihr. Peter hatte es für sie ausgebaut, mit einer Falltür und einer Ausziehleiter. Vom Flur aus war die Öffnung kaum zu erkennen. Doch es quälte sie, ständig das Haus vor ihrem Fenster zu sehen, wo Alice lag.

Wenige Tage nach ihrer grauenvollen Entdeckung war Leo zum Haus gekommen und hatte gefragt, ob sie mit ihm im Wald spazieren gehen wollte. Dorothy schien nicht sehr erfreut darüber zu sein und sagte offen, dass sie lieber zu Hause bleiben solle. »Warum will er mit dir spazieren gehen?«

»Weiß ich nicht«, antwortete Nell, nahm ihre Jacke vom Haken und stürzte hinaus, bevor Dorothy sie aufhalten konnte. Dorothy ging zum Fenster, zog die Gardinen beiseite und blickte ihnen nach, bis sie außer Sichtweite waren.

»Mir wäre es lieber, wenn du nicht mit ihm befreundet wärst, Nell«, hatte sie später zu ihr gesagt. »Du solltest Freunde in deinem Alter haben.«

»Das werde ich, Dorothy, ich treffe mich nur hin und wieder gern mit Leo.«

Das stimmte nicht, sie war nicht gern mit Leo zusammen. Tief im Innersten hatte sie ein schlechtes Gefühl, seit ihre größte Angst wahr geworden war: Alice hatte den Schlüssel zur Öffnung des Geheimraums benutzt, dessen Existenz sie der Freundin verraten hatte, und dann hatte sie nicht mehr herauskommen können.

»Sie werden dir die Schuld geben, weil du nichts gesagt hast«, hatte Leo auf ihrem Spaziergang über die Felder der Hiltons zu ihr gesagt. »*Ich* beschuldige dich nicht, aber wenn herauskommt, dass du Alice den Schlüssel gegeben hast, würde meine Mutter dir das nie verzeihen.«

Nell fing an zu weinen. »Sollten wir nicht sagen, wo sie ist? Sie machen sich solche Sorgen, was ihr Schreckliches zugestoßen sein könnte. Wäre das nicht besser?«

»Was ist schrecklicher, als allein in einem winzigen, dunklen Raum eingesperrt zu sein und nicht hinauszukönnen? Und ganz allein zu sterben. Sie muss verhungert sein.«

»Sag das nicht. Dorothy hat erzählt, dass sie am Kopf blutete, als Bobby sie fand, wir wissen nichts Genaues.«

»Wir werden es nie erfahren, oder? Nach der Nacht, in der sie verschwand, ist nie mehr jemand dorthin zurückgekehrt. Sie könnte tagelang nach Hilfe gerufen haben.«

Seit sie Alice oder vielmehr die Überreste ihrer Hand

gesehen hatte, konnte Nell nicht mehr schlafen, und wenn doch, dann hatte sie Albträume, in denen Alice an die Klappe hämmerte, weil sie hinauswollte, und lauthals nach ihr rief.

»Zum Glück hast du mich«, sagte Leo. »Ich verspreche, niemandem ein Wort zu sagen.« Er blickte zu Boden. »Wir müssen zusammenhalten, Nell, verstehst du? Du kannst niemandem außer mir vertrauen.«

»Sie fehlt mir so sehr. Ich wette, deiner Mutter auch.«

»Ja, Alice war ihr Liebling. Doch in dem Zustand würden sie sie nicht sehen wollen. Besser, sie erfahren nichts von alldem. Sie sollen sie so in Erinnerung behalten, wie sie sie kannten.«

»Ach, Leo, das ist so traurig. Ich wünschte, ich könnte etwas tun, ihr ein kleines Begräbnis bereiten. Ich kann das nicht ertragen.«

»Nun, wir beide zusammen schon. Ich meine, wir können sie nicht dort herausholen, aber wir können zu dem Weidenbaum gehen, wo du den Schlüssel gefunden hast. Wir müssen ihn wieder vergraben, Nell, das ist dir doch klar, oder? Das müssen wir nachts tun, wenn alle anderen schlafen. Sonst könnte man uns sehen, und das dürfen wir nicht riskieren. Das ist unser Geheimnis, Nell, niemand darf es je erfahren. Das ist eine sehr ernste Sache, das verstehst du doch, oder? Sollte Dorothy oder sonst irgendjemand herausfinden, was du getan hast, würden sie dich fortschicken. So wie mit Bobby.«

»Okay«, hatte Nell schließlich zugestimmt. »Danke, Leo. Ich glaube, du hast recht, was Dorothy angeht. Sie würde das nicht verstehen. Ich glaube, sie mag mich nicht besonders.«

»Sie weiß nicht, was in Kindern vorgeht, weil sie selbst keine hat. Sie hat Alice geliebt, so wie alle anderen auch, aber mich mag sie nicht. Du darfst nicht auf das hören, was sie über mich erzählt, Nell. Das sind Fantastereien. Sie will sich nur wichtigmachen.«

Jetzt kletterte Nell die Leiter hinunter und ging ins Erdgeschoss. In dem Moment schlug die Standuhr in der Diele vier Uhr. Sie war zu spät, und Leo würde ärgerlich auf sie sein. Ihr Herz schlug wild in ihrer Brust. Er hatte gesagt, sie solle zum Weidenbaum kommen. Dort würden sie den Schlüssel begraben und sich zusammen von Alice verabschieden. Sie würde ihn anlügen müssen, der Schlüssel sei in der Dose. Das würde bestimmt klappen, er vertraute ihr und würde nicht nachsehen.

Etwas an Leos Art veranlasste sie, alles zu tun, was er ihr auftrug. Wenn er mit ihr sprach, blickte er sie die ganze Zeit über eindringlich an. Mehrmals hatte er ihr versichert, dass sie nicht wissen konnte, dass Alice in dem Geheimraum sterben würde, aber andere Menschen könnten ihr Verhalten anders deuten und ihr nicht, wie er, verzeihen.

Er mochte es nicht, wenn sie sich mit anderen anfreundete. Sie müsse vorsichtig sein, ermahnte er sie: Was, wenn ihr etwas über Alice herausrutschte? In der Schule kannte er alle und warnte sie vor Kindern, die ihr seiner Meinung nach gefährlich werden könnten. Sie hatte Glück, dass er für sie da war, wiederholte er häufig. Und sie wusste, dass er recht hatte.

»Hallo, Leo«, begrüßte sie ihn, als sie ihn unter der Weide entdeckte. Er kickte mit der Schuhspitze gegen den Boden, und sie sah, dass er verärgert war. »Tut mir leid, dass ich zu spät bin.«

Das Loch war schon ausgehoben, es war alles bereit für sie. Sie legte die Dose hinein, nahm dann etwas Erde in die Hand und streute sie darauf.

»Jetzt muss niemand mehr von dem Raum erfahren«, sagte

Leo. »Unmöglich, ihn zu finden, wenn man nichts von seiner Existenz weiß.«

»Okay«, willigte Nell ein.

»Jetzt gibt es nur noch dich und mich. Du und ich gemeinsam gegen den Rest der Welt.« Er kniff die Augen zusammen.

»Und Bobby, wenn er nach Hause kommt«, fügte Nell hinzu.

»Nein, Nell, du musst Bobby da raushalten. Wir können nicht riskieren, dass er es herausfindet. Vielleicht würde er es weitererzählen. Von jetzt an gibt es nur noch dich und mich. Wir brauchen niemanden sonst. Begreifst du das?«

»Ja, Leo«, erwiderte sie kleinlaut. Sie wollte nicht, dass er böse wurde.

Er begann, das Loch wieder mit der ausgehobenen Erde vollzuschaufeln.

»Mach's gut, Alice«, sagte Nell, als die Blechdose außer Sicht verschwand.

Kapitel vierunddreißig

ALICE

Silvesterabend 1969

»Bobby, hilf mir!«

Alices Herz machte einen Freudensprung, als sie Bobby durch den Schnee auf sie zulaufen sah.

»Alice, da bist du ja. Alle suchen nach dir. Wo bist du gewesen?« Er sah lächelnd zu ihr herab. »Wir müssen dich zu deiner Mutter zurückbringen, sie macht sich furchtbare Sorgen.«

»Ich habe Snowy gesucht, sie ist nach Hause gelaufen, zum Pfarrhaus.« Er war so anders als Leo, schoss es ihr sogleich durch den Kopf, immer behandelte er sie freundlich. Ihr fehlten die Worte, sie wusste nicht, wie sie es ihm sagen sollte. Sie fühlte sich schwindelig, und etwas Feuchtes tropfte ihr übers Gesicht.

»Alice, meine Güte, du blutest ja. Was ist passiert? Hier.« Er zog sein weißes Taschentuch aus der Hosentasche und drückte es sanft an die Seite ihres Kopfs.

Alice legte ihre Finger darauf, das Taschentuch war schon mit Blut durchtränkt, und ihr Kopf hämmerte vor Schmerz. Sie nahm es fort und rang keuchend nach Luft. Beim Anblick des hellroten Bluts brach sie in Tränen aus.

»Wir müssen dich nach Hause bringen«, sagte Bobby. »Du hast dir ordentlich wehgetan. Das muss sich ein Arzt ansehen.« Er legte seinen Arm um ihre Schulter und führte sie zurück zum Haus.

»Nein, Bobby, dein Dad steckt fest. Ihm musst du zuerst helfen.« Sie blieb stehen.

Erschrocken blickte er sie an. »Was meinst du damit, er steckt fest?«

»Dort drüben, unter der Baggerschaufel. Ich habe versucht, ihm zu helfen, aber Leo hat mich weggezerrt.« Übelkeit befiel Alice. Wieder hielt sie sich das Taschentuch an den Kopf, aber es war schon vollkommen durchfeuchtet, und Blut rann auf ihre Hände.

Nun rannte Bobby in Richtung Pfarrhaus. Alice blieb, wo sie war, während zu ihren Füßen Blutstropfen in den weißen Schnee fielen. Sie fühlte sich sehr schwach und seltsam, und die Welt begann sich um sie herum zu drehen.

»Dad!« Sie hörte Bobby rufen, aber sie konnte sich nicht überwinden, hinzugehen und das Unglück noch einmal anzusehen. Mit all ihrer Kraft hatte sie versucht zu helfen, aber sie war nicht stark genug. Warum hatte Leo nichts getan, warum hatte er nur dagestanden, während Nells Vater gestrampelt, gestemmt und um sich geschlagen hatte, um freizukommen? Wenn sie ihm gleich zu Hilfe gekommen wären, hätten sie ihn unter der Schaufel herausziehen können.

Ihr Leben lang hatte sie seine Partei ergriffen, obwohl er stets gemein zu ihr war, hässliche Dinge sagte, die sie zum Weinen brachten. Sie hatte oft beobachtet, wie Bobby mit Nell umging. Er trug sie auf den Schultern, kitzelte sie liebevoll, ließ sie beim Wettrennen gewinnen und spielte mit Murmeln mit ihr, und Alice war jedes Mal ganz grün vor Neid geworden. Immer hatte sie eine Ausrede für Leos Verhalten gefunden. Aber ihr Vater hatte recht, er war das schwarze Schaf der Familie. Wieso hatte er einfach tatenlos zugesehen, als Nells Vater von der Baggerschaufel zerquetscht wurde? Auch jetzt hörte sie noch Alfies Schreie und das Knirschen des Metalls. Doch sie hatte ihn nicht retten können.

Ihr war schwindelig, so schwindelig, und auch sehr übel. Sie hatte sich den Kopf so heftig angeschlagen, dass alles um sie herum vor ihren Augen verschwamm. Sie musste sich dringend hinlegen.

Wuff! Wuff! Schemenhaft erkannte sie Snowy in der Haustür vom Pfarrhaus. Vielleicht könnte sie sich in Nells Zimmer eine Weile auf ihr Bett legen.

Alles war wie von Nebel getrübt, sie ließ das Taschentuch in den Schnee fallen und ging dann mit unsicheren Schritten auf das Haus zu. Bobbys Hilferufe drangen zu ihr, aber sie konnte nichts für ihn tun. Sie musste Snowy zu fassen kriegen, bevor sie wieder wegrannte. Ihr Gesicht war klebrig vor Blut. Mit den Händen tastete sie ihren Kopf ab. Es war überall, in ihren Haaren, dick wie Sirup tropfte es ihr in die Augen.

Nachdem sie durch die Haustür getreten war, folgte sie Snowy die Treppe hinauf. Das Hündchen hatte angefangen, an der obersten Stufe zu kratzen. Sie blickte zu Alice, und der Schlüssel baumelte an ihrem Halsband. Nells geheimer Raum, natürlich. Alice hatte Nells Brief in ihre Manteltasche gesteckt. Sie trug ihn stets mit sich herum, damit niemand anderes ihn in die Hände bekam. Leo sollte nicht von dem Raum erfahren: Er würde es sofort ihren Eltern erzählen, denn er nutzte jede Gelegenheit zur Niedertracht aus.

Sie löste den Schlüssel von Snowys Halsband. Bis sie sich wieder besser fühlte, würde sie im Geheimraum bleiben. Sie wollte von dem schrecklichen Unfall fortkommen, und auch von Bobby und Leo; der Anblick war ihr unerträglich.

Sobald dort draußen alles vorüber wäre, würde sie aus ihrem Versteck kommen.

Das Schlüsselloch befand sich genau dort, wo Nell es beschrieben hatte, sie steckte den Schlüssel hinein und drehte ihn um, bis es klick machte. Dann hob sie die Stufe hoch und spähte hinein. Drinnen war es warm und dunkel, und sie sehnte sich danach, sich der Länge nach auszustrecken.

Immer noch vernahm sie Bobbys Schreie, und es brach ihr das Herz. Wann würde endlich Hilfe kommen? Sie konnte nicht länger hinhören.

Vorsichtig kletterte sie in den Raum, und Snowy folgte ihr mit einem Satz. Sie zog die Klappe zu, schloss mit dem Schlüssel ab und band ihn dann an Snowys Halsband, damit sie ihn nach dem Aufwachen gleich fände. Dann legte sie sich auf die Matratze und betrachtete die dicken kleinen blauen Glasbausteine, durch die ein wenig Mondlicht fiel. Sie stellte sich vor, dass Nell bei ihr wäre und sie mit ihren Teddybären ein Picknick veranstalten oder Karten spielen würden. Oder sie krochen unter die Decken und erzählten sich Gruselgeschichten. Alice vermisste ihre Freundin schmerzhaft.

Ihr Kopf blutete jetzt auf die Decken. Da sie nichts schmutzig machen wollte, suchte sie nach dem Taschentuch von Bobby – vergeblich. Sie musste es im Schnee verloren haben. Ihr Kopf hämmerte vor Schmerzen, und der Raum drehte sich vor ihren Augen. Sie brauchte nur etwas Schlaf, dann würde sie sich wieder besser fühlen.

Bobbys Hilfeschreie wurden allmählich schwächer, sie fühlte sich in Sicherheit.

Das schöne Gesicht ihrer Mutter kam ihr in den Sinn, ihre Haare mit den Lockenwicklern, die blutrot lackierten Fingernägel. Sie liebte es, sich mit dem Parfüm ihrer Mutter einzusprühen, und sie wählte den Schmuck für sie aus einer Schatulle, die Musik spielte, sobald man den Deckel hob. Während sie im Dunkeln lag, begann sie am ganzen Körper zu zittern.

Sie wickelte sich in die Decke und wünschte sich, dass ihre Mutter neben ihr läge, so wie jeden Abend, wenn sie sie zu Bett brachte und ihr noch eine Gutenachtgeschichte vorlas.

»Alle suchen nach dir. Wir müssen dich zu deiner Mutter zurückbringen.« Bobbys Stimme glich einem weit entfernten Echo in ihrem Kopf.

»Ich komme, Mummy, ich muss mich nur eine Weile ausruhen«, sagte Alice laut, als sie die Augen schloss und träumte, wie sie an einem perfekten Sommertag mit Nell und Snowy unter dem Weidenbaum lag.

Kapitel fünfunddreißig

SIENNA

Freitag, 22. Dezember 2017

Sienna Hilton saß auf ihrem Bett in dem Zimmer unter dem Dach von Dorothys Haus und blickte zu den großen Baggern und dem Kran hinüber, der wie eine riesige Giraffe neben dem Pfarrhaus stand. Das Haus war unbewohnt, so viel wusste sie, und ihre Mutter hatte ihr stets verboten, dorthin zu gehen, aber sie hatte es immer sehr hübsch gefunden. Als könnte es das hübscheste Haus der ganzen Gegend werden, wenn man sich nur liebevoll darum kümmerte.

Ein tiefer Seufzer entfuhr ihr. Es war ihre zweite Nacht hier unterm Dach, seit Dorothy auf der Auffahrt, wo sie einen Schneemann gebaut hatte, zu ihr gekommen war und sie gefragt hatte, ob sie sich bei ihr zu Hause aufwärmen und mit den alten Spielzeugen ihrer Mutter spielen wolle. Freudig hatte sie eingewilligt, doch jetzt wurde ihr allmählich langweilig. Sie wusste nicht, warum sie das Zimmer nicht verlassen durfte, warum Dorothy ihr das Essen heraufbrachte, und ihre Mutter fehlte ihr inzwischen sehr. Und ihre Granny. Zuvor war sie schon lange nicht mehr bei Dorothy gewesen. Ihr Daddy mochte es nicht, wenn sie mit ihrer Mutter herkam, aber es fiel ihr schwer, denn sie hatte immer gern hier gespielt.

Gestern Abend hatte sie versucht, die Bodenklappe zu öffnen, um Dorothy zu sagen, dass sie nicht schlafen konnte, aber sie war von außen abgesperrt. Sie hatte sehr dringend zur Toilette gemusst und laut gerufen und gegen die Klappe geklopft, aber niemand war gekommen. Schließlich hatte sie in einen Blumentopf in der Ecke gepinkelt. Am Morgen hatte Dorothy ihr zwar versichert, dass das nicht schlimm sei, schien aber peinlich berührt.

Mit einem Handgriff öffnete sie das Fenster, das auf das Flachdach hinausging, aber es hatte eine Sperre und ging nur einen Spalt auf. Dennoch war die frische Luft angenehm, im Zimmer wurde es zunehmend stickig.

Dorothy hatte ihr einen eigenen Fernseher hingestellt, ihr ein iPad und Unmengen an Süßigkeiten gegeben, und anfangs hatte sie ihr Glück kaum fassen können, doch als ihre Augen brannten, verging ihr die Lust, auf einen Bildschirm zu starren. Also hatte sie mit ihrem Puppenhaus gespielt und eine Karte für ihre Mummy gebastelt, doch nun keimte der Wunsch in ihr auf, nach Hause zu gehen. Sie wusste, dass ihre Mutter sie vermisste. Wenn sie sonst irgendwo anders übernachtete, telefonierten sie beide immer noch vor dem Zubettgehen. Aber Dorothy hatte gemeint, dass das nicht nötig wäre, sie würde sie ohnehin bald wiedersehen.

Suchend blickte Sienna sich im Raum nach einer Ablenkung um. Dorothy hatte ihr eine Schachtel mit Murmeln gegeben, die öffnete sie jetzt und betrachtete die vielen unterschiedlichen Farben. Sie legte sie auf den Fußboden und wollte mit ihnen spielen, aber sie rollten alle in verschiedene Richtungen. Eine Murmel kullerte unters Bett und fiel in ein Loch, und sie steckte einen Finger hinein. Als sie ihren Finger herauszog, hob sich die Holzdiele an.

Unter dem Fußboden war eine kleine, mit einem Band zusammengebundene Papierrolle verborgen, die sie vorsichtig herausnahm. In dem Gefühl, einen Schatz gefunden zu haben, löste sie das Band. Ein wunderschöner alter Schlüssel mit der Gravur eines Weidenbaums fiel heraus. Dann strich sie das Blatt Papier glatt und begann neugierig, die handgeschriebene Nachricht zu lesen.

Liebe Alice,
ich hoffe, es geht dir gut, und Snowy hat es warm, und du spielst gern mit ihr. Ich vermisse dich so sehr. Ich darf gar nicht daran denken, sonst fange ich an zu weinen. Und ich kann es kaum abwarten, dich wiederzusehen und dir das Geheimversteck unter der Treppe zu zeigen, das ich im Pfarrhaus gefunden habe – dafür ist der Schlüssel an Snowys Halsband.

Man würde nie vermuten, dass da ein Raum ist, es gibt nur ein winziges Schlüsselloch unter der obersten Stufe. Sie hebt sich wie ein Deckel, dahinter betritt man eine geheime Welt mit einem Bett und einer Truhe, einer Kerze und Streichhölzern. Aber ich weiß nicht, wo wir demnächst wohnen werden oder ob wir dieses Versteck je gemeinsam auskundschaften können.

Wenn du Bobby oder meinen Dad siehst, sag ihnen bitte, dass ich sie vermisse und sie mir schreiben sollen. Ich kann es kaum abwarten, wieder mit dir zusammen zu sein. Du bist die beste Freundin auf der ganzen Welt.

Liebste Grüße und Küsse, Nell

Sienna las den Brief noch einmal. Sie konnte es nicht fassen: ein Geheimraum im Pfarrhaus. Einmal hatte sie ihre Eltern darüber sprechen gehört, als sie glaubten, sie würde schlafen. Damals war sie schon fast eingenickt und hatte es für einen Traum gehalten, aber jetzt begriff sie, dass es den Raum wirklich gab. Sie war entschlossen, ihn zu finden, dann konnte sie ihren Eltern beweisen, dass sie davon wusste! Jetzt wollte sie unbedingt raus aus diesem Zimmer.

Den Brief ließ sie neben das Bett fallen und steckte den Schlüssel in die Hosentasche, dann ging sie zum Fenster, aus dem sie in ihrem Abenteuerdrang hinausklettern wollte. Erst drückte sie gegen die Fenstersperre, dann holte sie ein Messer, das Dorothy ihr zum Mittagessen mitgebracht hatte, und zwängte es darunter. Mehrmals bewegte sie es hin und her, bis die Sperre nachgab und das Fenster weit genug offen stand, dass sie hindurchschlüpfen und nach draußen klettern konnte.

Gierig sog sie die frische Luft ein. Am Vortag hatte sie vom Fenster aus beobachtet, wie Peter die Dachrinnen gereinigt und seine Leiter ans Haus gelehnt stehen gelassen hatte. Nun ging Sienna über das Flachdach dorthin und stieg, langsam und vorsichtig, nach unten. Mit wackeligen Beinen trat sie auf die Stufen, vorsichtig eine nach der anderen ertastend. Sobald sie den geheimen Raum gefunden hätte, würde sie nach Hause laufen und ihrer Mutter davon erzählen.

In dem Bemühen, nicht gesehen zu werden, kletterte sie die letzten Stufen hinunter und rannte dann zur Hecke nahe dem Pfarrhaus. Zwei Männer unterhielten sich neben einem der großen Bagger vor dem Haus. Sie wartete, bis sie ihr den Rücken zuwandten, dann lief sie so schnell sie konnte unter dem gelben Absperrband hindurch zu der schweren Haustür.

Drinnen war es dunkel und sehr kalt, und plötzlich überkam sie Angst. Doch sie wollte ihre Mutter stolz machen, daher ging sie über den feuchten Steinboden zu der schmalen Treppe in der Ecke. Von draußen fiel gerade genug Licht herein, dass sie das Schlüsselloch fand, das Nell in ihrem Brief beschrieben hatte. Sie holte den Schlüssel hervor und steckte ihn hinein. Als sie ihn herumdrehte, machte es klick. Sie hob die Treppenstufe an, und für einen Moment setzte ihr Herz aus. Es war so aufregend! Sie hatte den geheimen Raum gefunden, von dem niemand wusste, wo er sich befand! Nachdem sie die Klappe mit beiden Händen weit geöffnet hatte, stieg sie hinein. Die Federn waren rostig, und es kostete sie enorme Kraft, sie so lange offen zu halten, bis sie ganz hindurchgerutscht war. Schließlich hatte sie es geschafft.

Dann, bevor sie sie zu fassen bekam, schlug die schwere Klappe mit einem lauten Knall über ihr zu, und als sie sie wieder aufmachen wollte, war sie verklemmt und ließ sich nicht mehr bewegen.

Kapitel sechsunddreißig

WILLOW

Freitag, 22. Dezember 2017

Willow saß in ihrem Auto am Ende des Steinwegs, der zu dem hübschen Cottage von Dorothy Novell führte, wo der perfekt gepflegte Garten geduldig auf den Frühling wartete.

Vor nicht einmal einer halben Stunde hatte sie den Anruf erhalten, der sie direkt dorthin zurückgebracht hatte, wo sie ihre Suche gestern begonnen hatte. Dorothy Novell hatte Nell damals adoptiert und aus dem Sanatorium abgeholt. Die Frau, mit der sie sich auf der Präsentation im Gemeinschaftshaus unterhalten hatte; eine Frau, die schon ihr ganzes Leben lang in Kingston wohnte. Dorothy hatte ihr von den Gräbern erzählt und damit eine Kette von Ereignissen losgetreten, die sie zu dem Notizbuch geführt hatten.

Sofort hatte sie an eine Unterhaltung mit Charlies Mutter Lydia am Morgen der Präsentation denken müssen. *Helen ist die Adoptivtochter von Dorothy, aber sie haben sich wohl auseinandergelebt. Es ist alles ziemlich kompliziert.*

Jetzt blickte sie auf Dorothys Haustür, als wäre sie das Tor zu einer anderen Welt, während sie Lydias Nummer wählte.

»Lydia, hier ist Willow, wie geht es dir?«

»Ach, hallo, meine Liebe, uns geht's gut, danke. Bei dir alles in Ordnung? Es tut uns sehr leid, dass dein Vater verhaftet wurde. Wir denken an dich. Wenn ich irgendetwas tun …«

Sie war eine reizende Person, dachte Willow. Es wäre schön, sie näher kennenzulernen, ohne dass ihr Ehemann stets das Gespräch an sich riss. »Danke, Lydia. Tatsächlich gibt es da etwas. Darf ich dir eine Frage stellen?«

»Natürlich, meine Liebe. Schieß los.«

»Ich weiß nicht, ob du dich erinnerst, aber am Morgen der Präsentation haben wir kurz über eine Frau aus dem Dorf gesprochen, Dorothy Novell.«

»Doch, ich erinnere mich vage.«

»Nun, du hast erwähnt, dass sie und ihre Tochter sich entfremdet haben. Kennst du zufällig den Grund dafür?« Sie blickte zur Haustür hinauf, die mit einer Lichterkette und einem großen Stechpalmenkranz geschmückt war. Dann sah sie auf ihre Armbanduhr: 15 Uhr 30.

»Eigentlich klatsche ich nicht gern, Willow, aber ich glaube, es hatte mit Helens Ehemann Leo zu tun. Anscheinend sind Dorothy und er nicht gut miteinander ausgekommen. Dorothy behauptet, er wäre sehr herrschsüchtig, aber er ist immer so charmant, dass ich das kaum glauben kann.« Lydia zögerte einen Moment, bevor sie weitersprach. »Und Dorothy kann sehr schwierig sein. Sie konnte keine eigenen Kinder bekommen, das hat sie wohl sehr mitgenommen. Und sie war schockiert, dass die vier Hiltons nach Abschluss des Geschäfts ohne sie nach Frankreich gehen wollten. Insbesondere weil sie dann die kleine Sienna nicht mehr sehen würde.«

In der Ferne vernahm Willow Lärm und Krach, man hatte bereits mit dem Abriss des Hauses begonnen. *Blakers Homes*, der Bauträger, verlor keine Zeit.

»Ja, ich verstehe, dass das sehr hart für sie wäre. Vielen Dank, Lydia, du hast mir sehr geholfen. Hoffentlich sehen wir uns bald wieder.«

Sie öffnete die Fahrertür und stieg aus.

Dorothys Haus war still, es gab kein Lebenszeichen, und Willow blickte sich um.

Als sie am Morgen mit Dorothy über Nell gesprochen hatte, war diese gerade dabei gewesen, den Müll rauszubringen. Plötzlich kam Willow eine Idee. Nachdem sie sicher war, dass niemand sie beobachtete, lief sie zur Mülltonne und holte einen schwarzen Beutel, der obenauf lag, heraus. Dann hockte sie sich außer Sichtweite auf den Boden.

Hastig riss sie den Beutel auf und durchwühlte Dorothys und Peters Abfall – Papierfetzen, Plastikverpackungen und Saftkartons –, bis sie fand, wonach sie suchte: einen Joghurtbecher von Peppa Wutz, Sandwichkrusten und eine leere Dose Buchstabennudeln in Tomatensauce.

Und darunter, mit einigen Spritzern Orangensaft darauf, die Zeichnung von einer Frau und einem Kind, die sich an den Händen hielten. In einer Ecke stand in krakeliger Kinderschrift: *Mummy und ich, von Sienna.*

Ungläubig starrte Willow auf das Bild und dann mit wild pochendem Herzen zum Haus hinauf. Den Abfall ließ sie auf der Straße liegen und lief mit eiligen Schritten zu Dorothys Haustür.

Kapitel siebenunddreißig

VANESSA

Freitag, 22. Dezember 2017

Vanessa ging durch den Wald, die Luft war bitterkalt, und über ihr raunten die Äste der Bäume.

»Leo? Leo?« Sie sah sich um. Die Nacht brach herein, die zweite schon ohne Sienna. Wenn sie die ganze Zeit im Freien geblieben war, wenn sie gestürzt war und sich verletzt hatte, würden sie das Mädchen nicht mehr lebend wiederfinden.

Immer tiefer drang sie in den Wald ein und war zunehmend desorientiert und verwirrt, als sie plötzlich Alice in ihrem roten Kleid auf einer Lichtung entdeckte. »Alice?« Vanessa versuchte, ihren Gang zu beschleunigen, doch immer, wenn sie ihr nahe kam, rannte sie wieder fort, nie schloss sich die Lücke zwischen ihnen so weit, dass sie die Hand auf ihre Schulter hätte legen können. Wieder blieb Alice stehen und bedeutete ihr zu folgen.

Als sie den Waldrand erreichte, kam das Pfarrhaus in Sicht. Sie hielt inne, ihr keuchender Atem dröhnte in ihren Ohren. »Mummy! Komm hierher!« Sie wandte sich in Richtung des großen Weidenbaums, der allein in weiter Landschaft stand, und erkannte eine darunterliegende Gestalt.

Neben dem Baum stand Alice in ihrem Partykleid. Den Zeigefinger an die Lippen gelegt, deutete sie auf den Boden, wo still und leise Helen lag. Vanessa ging hinüber und blickte verwundert auf ihre Schwiegertochter.

»Wo ist Leo, Helen? Ich muss dringend mit ihm über Alice sprechen«, fragte Vanessa in forschem Tonfall.

»Ich weiß es nicht«, antwortete Helen.

»Und wann kommt er dann zurück?«

Helen sah zu ihr auf und schüttelte den Kopf. »Auch das weiß ich nicht, und es ist mir egal. Hoffentlich sehe ich ihn nie wieder.«

»Heute Nachmittag war ich auf der Polizeiwache und habe mit deinem Bruder gesprochen. Er glaubt, dass Leo weiß, was mit Alice passiert ist.«

Helen drückte sich Siennas Teddybären an die Brust, den sie in den Händen hielt. Als sie die Augen schloss, rann eine Träne über ihre Wange.

»Stimmt das, was er sagt, Helen? Weiß Leo, wo mein kleines Mädchen ist?«

»Lass mich einfach in Ruhe, Vanessa. Ich bin dir vollkommen egal, du interessierst dich nur für dein eigen Fleisch und Blut.«

»Helen, bitte, das ist sehr wichtig. Wo ist Leo?«

»Wahrscheinlich ist er weggelaufen, so wie immer, wenn es Probleme gibt. Wie schon in der Nacht, als Alice starb. Weißt du, wie viele Schulden er angehäuft hat? Hunderttausende Pfund, und die Polizei weiß über alles Bescheid, seit sie seine Banküberweisungen überprüft haben, um eine Spur von Sienna zu finden. Er schuldet der Bank mehr Geld als er mit dem Grundstücksverkauf und dem Neubauprojekt verdient hat.«

»Was hat das mit Alice und Sienna zu tun?«, fuhr Vanessa sie an. »Ich gehe zurück zum Haus und rufe ihn an.« Als sie sich umwandte, erfüllte dröhnender Krach die Umgebung.

»Was war das?«, fragte sie atemlos.

»Der Abriss hat begonnen. Der Bauträger will schnell vorankommen«, erwiderte Helen kurz angebunden.

»Konnte Leo sie denn nicht aufhalten? Sie dürfen nicht weitermachen, solange wir Sienna nicht gefunden haben.«

»Das ist nicht unsere Entscheidung, das Land gehört uns nicht mehr. Der Bauantrag wurde genehmigt, und wir haben alle Verträge unterschrieben. Es ist erledigt. Und außerdem ist Leo sehr froh darüber.«

»Worüber ist er froh? Helen?« Vanessa musste schreien, um den Lärm zu übertönen.

»Er ist froh, dass sie das Pfarrhaus niederreißen. Er konnte es kaum abwarten, dass der kleine Friedhof hinter dem Haus endlich beseitigt wird.«

»Warum? Warum sollte er den Friedhof zerstören wollen? Wovon redest du? Um Himmels willen, Helen, sag es mir!« Fest packte sie Helen an den Schultern.

Helen setzte sich auf und starrte zum Haus hinüber. Neue Tränen traten ihr in die Augen, als die Abrissbirne eine Hauswand zertrümmerte. Langsam wandte sie sich wieder zu Vanessa und blickte sie mit ihren eisblauen Augen durchdringend an.

»Weil er dort Alice begraben hat.«

Kapitel achtunddreißig

WILLOW

Freitag, 22. Dezember 2017

Willows Hand zitterte, als sie den Zeigefinger auf den Klingelknopf von Yew Tree Cottage legte.

Sie hatte den weiten Weg zu einem ehemaligen Sanatorium in Portsmouth zurückgelegt, um eine Frau ausfindig zu machen, die sich vor aller Augen unsichtbar gemacht hatte.

Dorothy Novell öffnete ohne ein Lächeln die Haustür, und Willow hielt den Atem an.

»Guten Tag, Dorothy. Entschuldigen Sie, dass ich hier unangemeldet aufkreuze, aber ich würde gern kurz mit Ihnen sprechen.«

»Tut mir leid, jetzt geht es gerade gar nicht. Könnten Sie später noch einmal wiederkommen?«

»Offen gestanden ist es ziemlich wichtig. Es geht um meine Tante, Helen Hilton – Ihre Adoptivtochter, wenn ich recht informiert bin.«

Dorothy stieß einen Seufzer aus. In der Ferne vernahm Willow die donnernden Schläge der Abrissbirne. Wenn das Geräusch aus dieser Distanz schon so laut war, musste es aus nächster Nähe ohrenbetäubend sein.

»Es dauert nicht lang, versprochen.«

»Wer ist da, Liebling?« Peter trat von hinten an Dorothy heran.

»Willow, vom Büro Sussex Architecture. Sie möchte mit mir über Helen sprechen.«

»Helen?«, fragte Peter stirnrunzelnd.

Am Morgen im Gemeinschaftshaus waren beide sehr zuvorkommend gewesen und hatten geholfen, Stühle aufzustellen, doch jetzt strahlten sie etwas ganz anderes aus. Peter blickte sie durch den Türspalt finster an, und Dorothy drückte mit einem Fuß gegen die Tür.

»Jetzt ist es wirklich ungünstig, Willow. Wir sind sehr beunruhigt über Siennas Verschwinden. Könnten wir vielleicht morgen miteinander sprechen?«

»Ich dränge Sie nur ungern«, entgegnete Willow, »aber mein Vater, Bobby James, wird auf der Wache festgehalten. Man wirft ihm vor, Sienna entführt zu haben. Sie müssen mir unbedingt helfen.«

Dorothy machte die Haustür etwas weiter auf. »Nun gut. Gehen wir in den Wintergarten.«

Willow folgte ihr einen Flur entlang auf die andere Seite des Hauses. Sie wusste, warum sie dorthin geführt wurde, weit weg von allen Lebenszeichen von Sienna. Das kleine Mädchen musste sich irgendwo im Haus befinden, sie musste es nur finden.

Dorothy schaltete eine Lampe ein, verschränkte die Arme vor der Brust und blickte sie herausfordernd an. Die Glasscheiben des Wintergartens wirkten dick, doch der Lärm der Abrissarbeiten des Pfarrhauses drang auch bis hierher.

»Sie wissen bereits, dass ich auf der Suche nach meiner Tante Nell bin. Heute habe ich erfahren, dass Sie sie mit sieben Jahren adoptiert haben. Nach ihrem Aufenthalt im Sanatorium.«

»Ja, das stimmt.«

»Außerdem habe ich eine Nachricht von Nell an Alice

gefunden, in der sie sich dafür entschuldigt, alles verdorben zu haben. Wissen Sie eventuell, was sie damit gemeint hat?«

Dorothy blitzte sie mit zornigen Augen an. »Tut mir leid, davon weiß ich nichts. Das kann Ihnen nur Helen selbst sagen.«

»Ja, ich werde mit ihr sprechen, aber im Moment ist das natürlich nicht möglich. Sie und ihre Familie haben gerade andere Sorgen. Ich dachte, dass Sie im Laufe der Jahre vielleicht etwas mitbekommen oder gar einen Verdacht geschöpft hätten. Hat Vanessa jemals mit Ihnen über Helen gesprochen?«

Dorothy entfuhr ein sarkastisches Schnauben. »Persönliche Dinge würde Vanessa meinesgleichen nie anvertrauen. Ich war nicht mehr in ihrem Haus seit der Nacht, als Alice verschwand. Tut mir leid, Willow, aber ich kann Ihnen wohl nicht helfen. Leute wie uns hält man auf Distanz, es sei denn natürlich, die Hiltons haben einen bestimmten Wunsch.«

»Alices Verschwinden muss Sie sehr mitgenommen haben. Sie haben sich von klein auf um sie gekümmert, und plötzlich war sie fort.«

Dorothy nickte. »Vanessa und Alice hatten ein sehr inniges Verhältnis, aber Vanessa war stets beschäftigt, immerzu in Eile, auf der Suche nach etwas Neuem. Stundenlang habe ich damals mit Alice gespielt. Ich hatte sie fest in mein Herz geschlossen, und als sie verschwand, hat mich niemand gefragt, wie es mir geht. Ich wurde einfach beiseitegeschoben. Alles drehte sich nur um Vanessa.« Dorothy blickte Willow an. »Und jetzt geht alles wieder von vorn los: Alle Welt redet davon, wie schwer sie es hat, seit Sienna vermisst wird. Wie sehr die beiden sich lieben. Aber ich bin auch Siennas Großmutter. Niemand denkt an mich. Niemand kommt auf die Idee, sich nach mir zu erkundigen.«

»Helen hat Sie sicher nicht vergessen.« Willow legte ihre Hand auf Dorothys Arm. Sie zerbrach sich den Kopf, wie sie mehr aus ihr herausbekommen könnte. Schließlich fiel ihr wieder eine Bemerkung ein, die Lydia über Leo gemacht hatte. »Nachdem ich die beiden im letzten Jahr häufig zusammen erlebt habe«, fuhr Willow fort, »ist mein Eindruck, dass Leo Helen stark kontrolliert.«

Mit Tränen in den Augen sah Dorothy sie an. »Ich habe mir größte Mühe gegeben, ihn zu akzeptieren, aber er hat es mir unmöglich gemacht. Als Kind gab er häufig die abscheulichsten, gemeinsten Dinge von sich. Dennoch tat er mir leid. Ständig wurde er von seinem Vater geschlagen. Richard nahm ihn mit in den Kuhstall, damit Vanessa sein Schreien und Weinen nicht hörte. Das war auch der Grund, warum er den Stall in Brand gesteckt hat.« Mit dem Handrücken fuhr sie sich übers Gesicht, um die Tränen fortzuwischen.

»Das ist unglaublich traurig«, sagte Willow. »Armer Leo.«

»Ja, und Alice war so ein entzückendes Kind, das war das Problem. Sie war hübsch, liebreizend und robust zugleich. Alle liebten sie, und Richard am allermeisten. Ich hatte schon immer den Verdacht, dass Leo weiß, was mit ihr passiert ist, aber natürlich konnte ich nichts unternehmen. Vanessa war so tief in ihrer Trauer versunken, dass sie mich nicht an sich heranließ.«

Willow nickte, zum Zeichen, dass sie fortfahren solle. Allmählich schien sich Dorothy zu entspannen, erleichtert darüber, sich endlich aussprechen zu können.

»Als Leo anfing, sich für Nell zu interessieren, hatte ich wirklich Angst. Er war besessen von ihr, sie hatte keine Chance, sich dagegen zu wehren. Er ließ nicht zu, dass sie andere Menschen traf oder auch nur mit ihnen redete, und langsam, aber sicher begann ich sie zu verlieren. Als sie mir mitteilte, dass sie heiraten würden, ging ich davon aus, sie nie mehr wiederzusehen – bis ich sie und Sienna eines Tages zufällig traf und wir uns auf Anhieb gut verstanden.« Wieder schossen Dorothy Tränen in die Augen, als sie zu Willow hinüberspähte.

»Sienna war genau wie Alice, so unkompliziert und lustig und voller Leben. Nell hatte sich von Leo jeglichen Mut abkaufen lassen, daher war sie mit einem Treffen im Geheimen einverstanden. Wissen Sie, ich gab mir die Schuld, dass Leo und Nell zusammengekommen waren. Ich wollte nur helfen, aber wenn ich Nell nicht aufgenommen hätte, wäre sie nicht in seine Nähe gekommen. Ich habe alles nur schlimmer gemacht.« Sie fing bitterlich zu schluchzen an.

»Es ist okay, Dorothy, es kommt alles wieder in Ordnung.« Willow legte ihr den Arm um die Schulter.

»Nein, das wird es nicht, denn sie bringen Sienna fort. Alle vier gehen zusammen nach Frankreich und lassen mich hier zurück, ohne einen Gedanken daran zu verschwenden, so wie immer.« Dorothy wurde rot vor Zorn im Gesicht.

Willow atmete tief durch. »Darf ich Nells Zimmer sehen?«

Dorothy musterte sie eindringlich, beide wussten, wohin diese Bitte führte. »Bitte gehen Sie nicht dort hinauf, Willow.«

»Es ist okay, Dorothy.« Willow verließ den Wintergarten, bevor Dorothy sie aufhalten konnte. »Alles wird gut.«

Immer zwei Stufen auf einmal nehmend eilte sie die Treppe hinauf und hastete über den Flur, öffnete alle Türen und blickte in jedes Zimmer, aber nirgends gab es eine Spur von Sienna. Als ihre Augen fieberhaft die Wände auf und ab wanderten, entdeckte sie die Falltür. Sie zog einen Stuhl heran, stieg hinauf, öffnete dann den Riegel und drückte die Klappe auf.

»Sienna, Sienna, bist du da oben?«

Mit einem entschlossenen Griff ließ sie die Leiter herunter, dann kletterte sie die Stufen hinauf. Das Dachzimmer war rosa gestrichen, mit einem Bett in der Ecke und einem Puppenhaus. Überall lagen Spielzeuge verstreut, dazwischen ein Tablett mit einer halb gegessenen Mahlzeit. Am Zimmerende stand ein Fenster offen. Drei große Schritte, dann blickte sie auf das Flachdach.

»Sienna?« Als sie sich hinauslehnte, sah sie die ans Dach gelehnte Leiter. »Sienna, bist du irgendwo da draußen?«

Dorothys Kopf erschien in der Bodenöffnung. »Wo ist sie?«

»Das Fenster war offen. Sie ist fort.«

Willows Blick fiel auf ein beschriebenes Blatt Papier neben dem Bett, und sie erkannte die Handschrift von dem Brief in dem Notizbuch wieder. Nells Handschrift.

Rasch hob Willow das Blatt Papier auf und las es. Panik befiel sie, als sie begriff, wohin Sienna gegangen war. Adrenalin jagte durch ihren Körper, als sie sich mit weit aufgerissenen Augen an Dorothy wandte. »Sienna ist im Pfarrhaus. Rufen Sie die Polizei. Sofort!«

Kapitel neununddreißig

VANESSA

Freitag, 22. Dezember 2017

»Sie dürfen sich hier nicht aufhalten! Das ist gefährlich, gehen Sie weg!«

Vanessa versuchte, die Absperrgitter und gelben Bänder rund um das Gelände des Pfarrhauses zu durchbrechen. Ein Mann mit einem Bauarbeiterhelm schrie sie an, als sie ihn lauthals bat, die Abrissarbeiten anzuhalten. Der Lärm war ohrenbetäubend, tonnenschwere Maschinerie, die seit Wochen auf ihren Einsatz wartete, legte endlich los. Sie sah zu, wie ein Bagger ein Stück weiter große Erdhügel aufschüttete, und Tränen strömten über ihr Gesicht bei dem Gedanken daran, dass Alices sterbliche Überreste in Fetzen zerrissen wurden.

Über das Getöse der in die Hausmauer krachenden Abrissbirne hinweg hörte sie eine Stimme rufen, und als sie sich umdrehte, sah sie eine wild gestikulierende Frau auf sich zukommen. Sie schrie den Arbeiter in der Kabine des Abrissbaggers an und deutete mit beiden Armen hektisch in Richtung Haus. Schließlich hatte der Fahrer sie entdeckt und schaltete den Motor aus.

»Da ist ein kleines Mädchen drin! Sienna Hilton ist im Haus!«

»Was?«, brüllte der Mann und nahm seine Ohrschützer ab, damit er sie hören konnte.

»Ein kleines Mädchen ist im Haus!«, rief die Frau und rannte zu dem halb niedergerissenen Gebäude. Vanessa folgte ihr, blieb aber stehen, als eine Wand aus Staub ihr komplett die Sicht nahm. Einer der Männer kam ihr hinterhergelaufen. »Sie dürfen nicht auf dem Gelände sein!«, bellte er und zog sie unsanft am Arm. »Das Gebäude kann jeden Moment in sich zusammenbrechen. Wir müssen weg von hier. Sofort!« Er hustete unkontrolliert, während Vanessa, der der Ziegelstaub in Mund und Nase klebte, sich hastig umblickte.

Als der Staub sich allmählich auf den Boden herabsenkte, sah Vanessa, wie die Frau die Steinhaufen neben der eingestürzten Treppe Stück für Stück beiseitelegte. Unwillkürlich ging Vanessa hinüber, sank auf die Knie und begann, dicke Brocken zerbrochenen Zements und anderen Schutt wegzuräumen.

»Seid still! Seid alle still!«, rief Willow, als Helen in Tränen aufgelöst heranschoss und sich verzweifelt umblickte.

»Sie müssen dort rauskommen, Sie könnten alle sterben.«

»Seien Sie still!«, fuhr Willow den Mann an, der vor Schreck schwieg.

Über das ächzende Geräusch des einstürzenden Gebäudes hinweg vernahmen sie plötzlich das schwache Weinen eines Kindes.

Helen schrie aus ganzer Seele, als sie begriff, dass ihre kleine Tochter lebendig begraben war. Sie drehte sich zu dem Arbeiter, der in der Tür stand. »Bitte helfen Sie uns! Meine Tochter ist dort unten.«

Die Atmosphäre schlug um, als mit einem Mal alle das Knarren und Knirschen der nachgebenden Hausmauern ausblendeten und sich fieberhaft daranmachten, die Trümmer zu beseitigen, unter denen Sienna begraben war.

Über ihnen stöhnte die Decke von der Anstrengung, nur noch von zwei Wänden getragen zu werden, als der Schuttberg zusehends kleiner wurde. Jedes Paar blutender Hände bewegte sich so schnell es menschenmöglich war.

»Das Gebäude stürzt gleich ein, wir müssen hier raus!«, rief einer der Männer.

»Ruhe!«, wiederholte Willow laut und schneidend, und abermals fiel Schweigen über den Raum.

»Sienna?«, rief Helen.

»Mummy!«, schrie eine Kinderstimme, als das Gebäude kurz vor dem Todessturz erneut laut stöhnte.

»Sie ist hier drüben!«, brüllte Willow. »Kommt her und helft mir, diesen Holzbalken hochzuheben. Sofort!« Eilig liefen die anderen herbei, und auf drei hoben sie zusammen den Balken an, der gleich darauf ein Stück neben ihnen zu Boden krachte.

Plötzlich erkannte Vanessa durch die Staubwolke hindurch eine kleine Hand.

»Sie ist hier!« Willow ergriff Siennas Hand und drückte sie fest. »Halt durch, Sienna!«

Mit beängstigendem Knarzen begann die dritte Hauswand zusammenzubrechen. Einige Arbeiter stürmten aus dem Gebäude, doch zwei blieben dort und schafften hektisch Ziegelbruch und Balken beiseite, um das kleine Mädchen freizubekommen.

Sienna schrie aus voller Kehle und weinte, als man an ihrem eingeklemmten Bein zog, in dem verzweifelten Versuch, sie unter der tonnenschweren Treppe hervorzuziehen, die über ihr zusammengekracht war. Mit vereinten Kräften zerrten Helen und Willow an einem Balken, der auf die Öffnung zum Priesterversteck gefallen war, bis er sich schließlich bewegen ließ. In einer letzten Anstrengung hoben sie ihn an und befreiten das kleine Mädchen, genau in dem Moment, als das Dach einzustürzen begann.

»Sofort weg hier!«, rief einer der Arbeiter, während der andere Sienna auf den Arm nahm und alle fünf hinausstürmten, gerade als die vierte und letzte Wand mit einem tiefen Ächzen in sich zusammenfiel und nur mehr eine Wolke aus Rauch und Staub von dem Haus übrig blieb.

Kapitel vierzig

HELEN

Freitag, 22. Dezember 2017

Helen saß zwischen ihrer Tochter und ihrem Bruder auf dem Krankenhausflur. Man hatte Sienna einen rosafarbenen Gehgips für ihren gebrochenen Knöchel angelegt, den sie jetzt stolz Bobby zeigte.

»Ich bin das tapferste Mädchen, das ihr jemals begegnet ist – das hat die Krankenschwester gesagt.«

Bobby sah freundlich zu ihr hinunter. »Wirklich? Deine Mummy ist auch sehr tapfer. Als sie so alt war wie du, musste sie in ein weit entferntes Krankenhaus, ganz allein.«

Sienna nickte. »Schreibst du deinen Namen auf meinen Verband?«, fragte sie Bobby und holte einen Stift aus ihrer Tasche.

Er lächelte. »Gern.«

»Gibt's was Neues wegen Leo?«, fragte er Helen, während er etwas auf Siennas Gips zeichnete.

»Ja, er wurde erwischt, als er gerade ins Flugzeug steigen wollte. Jetzt wird er auf der Wache verhört. Seit Jahren hat er Haus und Grund beliehen und schuldet diversen Banken viel Geld. Außerdem hat er viele Leute angelogen. Für den Bauantrag haben der Architekt und er mehrere Dokumente gefälscht.«

»Der Architekt? Aber das ist doch Willow, oder?« Bobby runzelte die Stirn.

»Nein, er heißt Mike und ist Willows Chef. Er hat sehr eng mit Leo zusammengearbeitet. Anscheinend haben sie einige krumme Dinger gedreht, damit der Antrag genehmigt wird. Beide werden nun des Betrugs angeklagt.«

»Grundgütiger. Ist Willow darin verstrickt?«, fragte Bobby besorgt.

»Das habe ich die Polizei gefragt. Anscheinend gehen sie davon aus, dass sie nichts von den Machenschaften wusste. Mike und Leo haben sie absichtlich im Dunkeln gelassen. Sie hat eine Aussage gemacht, aber sie hat so viele Fans im Dorf, wahrscheinlich würde ein Tumult ausbrechen, wenn man ihr irgendetwas zur Last legen wollte.« Sie lächelte. »Sie ist ein toller Mensch, Bobby, bestimmt bist du sehr stolz auf sie. Sie hat Sienna das Leben gerettet.«

»Das bin ich.«

»Was ist das?«, fragte Sienna, nachdem Bobby zu Ende gezeichnet hatte.

»Das ist eine Weide, mein Lieblingsbaum«, antwortete Bobby versonnen. »Mein Vater meinte, dass er für die Fähigkeit steht, Trauer und Schmerz loszulassen, um mit neuer Kraft mutig und stark heranzuwachsen.« Er zwinkerte Sienna zu, die zufrieden aufstand und zum Süßigkeitenautomaten humpelte.

»Und was ist mit Alice?«, fragte er leise.

Helen warf einen kurzen Blick zu ihrer Tochter, die aufmerksam die Süßigkeiten und Snacks im Automaten studierte.

»Er hat zugegeben, dass er ihre Leiche fortgeschafft hat. Wie es aussieht, hat er sich der Behinderung der Justiz schuldig gemacht.« Sie senkte den Blick auf ihre Füße.

»Und dazu will die Polizei auch dich befragen?«, hakte Bobby in sanftem Ton nach.

»Ja, das haben sie schon, aber Dorothy hat ihnen erklärt,

wie sehr mich Leo psychisch unterdrückt und misshandelt hat. Das nennt sich Zwangskontrolle.« In ihrer Stimme schwang Unsicherheit mit. »Dorothy steckt in großen Schwierigkeiten, weil sie Sienna versteckt hat. Ich hoffe sehr, dass sie nicht zu hart bestraft wird. Allerdings waren sämtliche Polizeikräfte von Sussex bei der Suche im Einsatz, daher sieht es nicht gut für sie aus. Ich hatte keine Ahnung, dass Sienna bei ihr war, und kann immer noch nicht glauben, dass sie mir das angetan hat.«

Wieder blickte sie zu Boden. »Es quält mich, dass ich der Polizei nie von Alice erzählt habe. Leo hat mich glauben gemacht, ich hätte keine andere Wahl. Er hat gesagt, dass ich ins Gefängnis käme, und später, dass man mir Sienna wegnähme. Das hat er mir seit meinem siebten Lebensjahr eingeredet, und ich habe ihm geglaubt.« Helen fing an zu weinen.

»Ich wünschte, du hättest es mir erzählt«, erwiderte Bobby leise. »Wir hätten einen Ausweg gefunden.«

»Dad wollte nur, dass wir das Pfarrhaus bekommen«, sagte Helen traurig. »Wenn die Hiltons ihm das Haus überlassen hätten, wäre nichts von alldem passiert.«

Bobby nahm ihre Hand. »Nun, mein Anwalt ist der Ansicht, dass wir unseren Anteil an dem Anwesen zurückbekommen könnten. Heutzutage kann man einen DNA-Test machen, um Elis Vaterschaft und damit die Verbindung zur Familie Hilton festzustellen.«

»Und Leo kann keinen Einspruch dagegen erheben?«

Bobby schüttelte den Kopf. »Er kann dir nicht mehr wehtun, Nell. Für uns wird alles gut.«

»Sie können jetzt hineingehen«, sagte eine Krankenschwester, die in der Zimmertür stand.

Helen nahm Sienna, die wieder zu ihnen gehinkt war, an ihre Seite, und zusammen traten sie in das Krankenzimmer, wo Willow aufrecht im Bett saß und lächelte.

»Hey, du hast ja auch einen Gips!«, rief Sienna und beugte sich über das Bett. Willow hatte eine Schlinge über der Schulter, und ihr linker Arm war bis über den Ellbogen eingegipst. »Wie hast du denn lila bekommen? Ich will auch einen lila Gips!«

Willow strahlte sie an. »Hallo, Sienna, wie geht es dir? Das ist Charlie, mein Freund.«

Charlie zwinkerte ihr zu. »Hey, Sienna, ich habe schon viel von dir gehört. Du hast außerordentlichen Mut bewiesen.«

Sienna kicherte. »Werdet ihr beiden bald heiraten?«

»Nein! Sie will mich nicht heiraten«, antwortete er und zog ein langes Gesicht.

»Aber wir bekommen ein Baby«, sagte Willow.

Helens Herz machte einen Sprung, als sie Willows rechte Hand ergriff. »Du bist schwanger? Wusstest du das, als du ins Haus gelaufen bist, um Sienna zu retten?«

Willow nickte. »In genau dem Moment, als die Welt um mich herum zusammenbrach, habe ich erkannt, wie viel mir das bedeutet.« Sie blickte zu Charlie, der ihr liebevoll zulächelte.

»Geht es dem Baby gut?«, fragte Bobby erschrocken.

»Ja, alles in Ordnung, es hat einen kräftigen Herzschlag.«

»Heißt das, ich werde Tante?«, fragte Sienna aufgeregt.

»Na ja, irgendwie schon, sagen wir, du wirst so was wie eine Cousinentante«, antwortete Charlie grinsend.

»Es tut mir schrecklich leid, Willow, ich …«, begann Helen, dann erstarb ihre Stimme.

»Hör auf, es ist nicht dein Fehler. Du trägst keine Schuld. Ich bin einfach froh, dass wir endlich alle zusammen sind.« Willow drückte fest ihre Hand und sah zu ihrem Vater hinüber.

»Wie fühlst du dich?«, fragte Bobby seine Schwester.

»Besser als seit Langem«, erwiderte Helen. »Ich bin sehr stolz auf dich, Willow. Mir ist zu Ohren gekommen, was dein Chef auf dem Kerbholz hat. Furchtbar. Ist dein Job sicher?«

Sie zuckte die Achseln. »Das weiß ich nicht, aber bevor das feststeht, werde ich schon in Mutterschutz sein, und danach kann ich mir das in Ruhe überlegen. Ich würde gern selbstständig arbeiten, obwohl Dad immer wieder eine Erbschaft erwähnt, die er erwartet, vielleicht nehme ich mir also ein oder zwei Jahre frei.«

»Mach mal halblang!« Bobby lachte, als Willow ihn verschmitzt anblinzelte.

»Wie geht es Vanessa? Habt ihr sie gesehen?«, wandte Willow sich an Helen.

»Sienna und ich besuchen sie gleich«, antwortete Helen. »Sie hat ein Privatzimmer. Der Arzt sagt, dass sie sehr verwirrt ist. Sie kann sich nicht an Siennas Rettung erinnern.«

»Es muss furchtbar für dich gewesen sein, all die Jahre mit ihr unter einem Dach zu leben, während du versucht hast, dein Geheimnis zu bewahren.« Willow war voller Mitgefühl. »Soweit ich weiß, hat man Alices sterbliche Überreste gefunden, wir können also ein richtiges Begräbnis für sie arrangieren. Sie befanden sich auf dem Friedhof hinter dem Haus, den Mike und Leo dem Bauträger verschwiegen haben. In Tessas Notizbuch steht, dass dort viele Frauen begraben wurden – Frauen, denen sie zu helfen versuchte und die sich in das Priesterversteck flüchteten.«

»Können wir jetzt zu Granny gehen?« Sienna zog Helen am Arm.

Helen lächelte sie warm an. »Wir sind gleich wieder da«, sagte sie an die anderen gewandt und ließ sich von ihrer Tochter aus dem Zimmer ziehen.

Sienna humpelte mit ihrem Gehgips neben ihr her, während

Helen den Schildern zu der Station folgte, auf der Vanessa untergebracht war.

»Möglicherweise spricht Granny dich wieder mit Alice an, mein Schatz. Im Moment ist sie sehr durcheinander. Stört dich das?«

»Nein, gar nicht«, erwiderte Sienna fröhlich. »Wenn sie das glücklich macht.«

Freudestrahlend betrachtete Helen ihre Tochter. Sie konnte immer noch nicht glauben, dass sie wieder bei ihr war. Jeder gemeinsame Augenblick fühlte sich wie ein Geschenk an. Wie eine Wiedergeburt. Beinahe wäre ihr Leben wie das von Vanessa geworden, zerrissen von Kummer und Schmerz. Der Gedanke war ungemein beängstigend.

Schließlich standen sie vor Vanessas Krankenzimmer und klopften an die Tür.

»Herein!« Vanessas Stimme klang schwach.

Helen öffnete einen Spaltbreit die Tür und spähte in den Raum. Vanessa saß im Bett und sah sehr viel schlechter aus, als Helen es erwartet hatte. Sie trug eine Sauerstoff-Nasensonde und war leichenblass. Helen war besorgt, dass Sienna beim Anblick ihrer Großmutter außer Fassung geraten würde, aber sie setzte sich sofort zu ihr aufs Bett, als wäre alles in bester Ordnung.

»Granny.« Sie schlang die Arme um den Hals ihrer Großmutter. Langsam hob Vanessa einen Arm und legte ihn um ihre Enkelin.

»Sei vorsichtig mit deinem Gips, Liebling.«

Vanessa lehnte sich zurück und betrachtete Sienna. »Ich habe dich vermisst. Wir konnten dich nicht finden.«

»Ich weiß. Ich war im Priesterversteck vom Pfarrhaus eingeschlossen, aber ich wurde gerettet.« Sienna fuhr ihrer Großmutter durchs Haar.

»Ich habe mir solche Sorgen um dich gemacht, Alice, mein Schatz. Wir wussten nicht, wo du warst.« Eine Träne lief ihr über die Wange. Lächelnd zwinkerte Helen Sienna zu. Sie begriff die Situation.

»Jetzt ist alles in Ordnung, Mummy. Mir geht's gut. Du musst dir keine Sorgen mehr um mich machen. Ich bin in Sicherheit.«

Helen wandte sich ab, damit Sienna ihre Tränen nicht sah. Das Einfühlungsvermögen und die Weisheit des kleinen Mädchens waren kaum zu ertragen.

Vanessa begann einzunicken und hielt weiterhin Siennas Hand.

»Schlaf jetzt, Mummy. Ich hab dich lieb.«

»Ich dich auch, Alice. Ich liebe dich sehr.«

Ihre Tränen unterdrückend beobachtete Helen, wie Vanessa in tiefen Schlaf sank, dann hielt sie Sienna ihre Hand hin. Das kleine Mädchen küsste ihre Großmutter und kletterte dann vorsichtig vom Bett.

Helen ergriff die Hand ihrer Tochter und zog sie in ihre Arme. Sie hielt sie so fest, als würde sie sie nie wieder loslassen wollen. Nach einem letzten Blick auf die schlafende Vanessa verließen sie leise das Zimmer.

Epilog

Januar 1946

Meine geliebte Bella,
wenn du diese Zeilen liest, wird man mich sicher des Totschlags
schuldig befunden und zu einer lebenslangen Gefängnisstrafe
verurteilt haben.

Doch schon als ich erfuhr, welches Verbrechen mir zur Last
gelegt wurde, war mir klar, dass ich nicht in den Zeugenstand
treten konnte, auch wenn ich unschuldig war. Für ein Kreuz-
verhör hätte ich einen Eid leisten müssen, ich hätte die Wahr-
heit sagen müssen, die ganze Wahrheit und nichts als die
Wahrheit.

Zweifellos hätte ich Fragen zu den Frauen beantworten müs-
sen, denen ich in meiner Zeit als Hebamme helfen durfte. Frauen,
die mir berichteten, dass ihre Ehemänner sie nur wenige Tage
nach einer Geburt gewaltsam zum Verkehr zwangen. Die mir
gestanden, dass ihnen die körperliche Kraft fehlte, ein weiteres
Kind auszutragen. Darunter waren Mädchen, die von ihren
Brüdern oder Vätern vergewaltigt worden waren und mich an-
flehten, kein Wort über ihre Schande verlautbaren zu lassen.
Ihnen habe ich geholfen, indem ich ihre Babys an Frauen weiter-
gegeben habe, die sich sehnlichst ein Kind wünschten, aber
keines bekommen konnten.

Diesen Frauen und Mädchen habe ich versprochen, ihre

Geheimnisse zu bewahren und sie mit meinem Leben zu behüten.

Einige von ihnen werden mit mir im Gerichtssaal gewesen sein, an der Seite ihrer Ehemänner, die sie geschlagen oder gar getötet hätten, wenn die Wahrheit über sie ans Licht gekommen wäre.

Es erfüllt mich mit tiefem Schmerz, wenn ich daran denke, was das für dich und Alfie bedeutet. Doch ich kann meinen Platz im Zeugenstand nicht einnehmen und der Welt erzählen, dass ich Evelyn Hilton wie eine Schwester liebte. Nie würde ich bei einer Frau mit dem Skalpell einen Dammschnitt vornehmen, wie es Dr. Jenkins getan hat. Diese Nacht hat sich für immer in mein Gedächtnis gebrannt, ganz gleich, wie sehr ich mich auch bemühe, sie zu vergessen. Durch seinen Eingriff mit dem Skalpell hat der Arzt alles verpfuscht. Er hat Evelyns zarten kleinen Körper massakriert, und das Baby litt an Sauerstoffmangel. Als er sich seiner Tat bewusst wurde, hat er Sally beauftragt, mich aus dem Pfarrhaus herüberzuholen. Er überließ es mir allein, Mutter und Kind beim Sterben zuzusehen und die Schuld dafür auf mich zu nehmen.

Das war der schlimmste Tag meines Lebens. Es war auch der Tag, an dem Wilfred mir mitteilte, dass Eli gefallen war, der Tag, an dem du die Liebe deines Lebens verloren hast, und Alfie seinen Vater.

Und es war mein letzter Tag als Hebamme.

Doch ich spüre keine Angst. Ich bin dankbar. Ich liebe das, was ich mein Leben lang getan habe. Und es ist mir eine große Ehre, deine Mutter und Alfies Großmutter zu sein.

Sei nicht traurig, mein Liebling. Du bist eine echte James. Wir sind keine Opfer, wir sind frei. Ich habe Frieden gefunden, weil ich dazu beigetragen habe, eine bessere Welt zu schaffen, auf die wir stolz sein können – und weil ich mein Wort gehalten habe.

Ich habe diesen Frauen versichert, dass ich ihr Geheimnis mit ins Grab nehmen würde.

Und ich habe mein Versprechen gehalten.

Ich küsse dich, mein Schatz, bleib stark, bis wir uns wiedersehen.

In Liebe,
Mama

Anmerkungen der Autorin

Der Beruf der Hebamme fasziniert mich, wie viele andere Menschen auch, schon seit Langem. Seit Frauen anderen Frauen bei der Geburt helfen, spricht man Hebammen in den unterschiedlichsten Kulturen übernatürliches, geheimes Wissen zu. In früherer Zeit sind Hebammen sogar verurteilt und als Hexen verbrannt worden, was von der Macht ihres Wissens um natürliche Heilmittel und weibliche Bedürfnisse zeugt. In der Tat ruft kaum ein Beruf mehr Faszination oder Interesse hervor als der der Hebamme.

Hebammen sind bei der tiefgreifendsten Veränderung im Leben einer Mutter anwesend, während dieser prägenden, emotionalen, traumatischen Stunden, und so ist es schon seit Jahrhunderten. Sie teilen die Begeisterung, wenn ein Neugeborenes das Licht der Welt erblickt, oder trösten eine Mutter, deren Baby nicht überleben wird – sie begleiten jede erdenkliche Situation unter der Geburt.

Während es schon seit Jahrhunderten Hebammen gibt, wurde der Hebammendienst erst 1902 in Großbritannien gesetzlich anerkannt. Auch damals waren viele Hebammen der Meinung, dass Geburten eine Domäne der Frauen seien, und ließen sich nur ungern von Männern belehren. Darüber hinaus konnten viele Frauen damals nicht lesen, was eine geregelte

Ausbildung fast unmöglich machte. Seit Beginn des 19. Jahrhunderts suchten Familien der Mittelklasse für eine Geburt die Unterstützung von Ärzten. Und seit Anfang des 20. Jahrhunderts fanden Entbindungen zunehmend in Krankenhäusern statt. Mitte des 19. Jahrhunderts wandten sich nur noch Frauen an Hebammen, die sich keinen Arzt leisten konnten. Es galt als Unterschichtsphänomen, sich bei der Geburt von einer Hebamme betreuen zu lassen, doch genau hier lag das Problem. Eine Großzahl der Ärzte war nicht ausreichend für die Geburtshilfe ausgebildet. Nur ein Bruchteil ihrer medizinischen Ausbildung befasste sich mit der Geburt eines Kindes, und praktische Erfahrungen wurden kaum gesammelt.

Eine Geburt wurde als Krankheit betrachtet, die behandelt werden musste. Bei der Entbindung lagen Frauen auf dem Rücken im Bett, die Beine hochgelagert. Die Atmosphäre war steril und beängstigend medizinisch, auf die Bedürfnisse der Frauen wurde nicht eingegangen. Die Zahl der Ärzte, die Geburtshilfe leisteten, wuchs schnell an, und Hebammen, im Roman ist es Tessa James, waren tief erbittert über dieses Eindringen in ihr ureigenstes Territorium. Die meisten allgemein praktizierenden Ärzte hatten nur eine vage Vorstellung vom Ablauf einer normalen Geburt, ganz zu schweigen von Geburtskomplikationen. Häufig lernten sie erst durch schwere, bittere Erfahrung dazu, wobei Mütter und Kinder den Tod fanden, die unter anderen Umständen überlebt hätten.

Diese Vorstellung faszinierte mich, denn diese pathologische Auffassung von Geburt klingt bis in unsere heutigen modernen Zeiten nach. Viele junge Mütter berichten nach einer Geburt im Krankenhaus von einem Gefühl des Kontrollverlusts. Sie prangern medizinische Eingriffe an, die nicht ihren Wünschen entsprachen und teils auch nicht notwendig waren. Traurigerweise ist ein Geburtstrauma heutzutage keine Seltenheit, die Vorstellung, dass man als Mutter bei der Geburt des eigenen Kindes den Ärzten vollkommen ausgeliefert ist. Und häufig auch ohne Schmerzlinderung, was als Ehrenauszeichnung betrachtet wird. Manchmal verweigert man Gebärenden gar schmerzlindernde Mittel, mit dem Hinweis, dass diese Pein in der Natur der Sache begründet läge und eine Geburt harte Arbeit wäre. Bei keinem anderen medizinischen Eingriff muss ein Mensch je solch unvorstellbare Schmerzen ertragen.

Unsere Hauptfigur Tessa James ist seit dreißig Jahren Hebamme. Sie hat unzählige Leben gerettet und betreut häufig Frauen, die sie nicht bezahlen können. Doch sie wurde in eine Zeit der Veränderungen hineingeboren, der Roman setzt vor der Schaffung des staatlichen Gesundheitsdiensts NHS ein; entbindende Frauen galten den Ärzten als zahlende Kundinnen, die sie sich nicht entgehen lassen wollten. Der Druck auf Frauen wie Tessa James, das Feld zu räumen, war groß, auch wenn diese Frauen häufig sehr viel mehr über die Geburt eines Babys wussten als studierte Ärzte.

Eine Hebamme hat es einmal mit folgenden Worten ausgedrückt: Ärzte haben ihre Berechtigung, manchmal ist medizinisches Eingreifen absolut erforderlich. Doch in anderen Fällen ist es besser zu warten. Geburtshilfe zählt zu den angstterregendsten und schwierigsten medizinischen Aufgaben, und eine erfolgreiche Entbindung erfordert von der/dem Geburtshelfer*in mehr Fähigkeiten, Fürsorge und Geistesgegenwärtigkeit als jeder andere Bereich der Medizin. Damals wurde dieses Bild von dem Dilemma einer Frau immer deutlicher: ihr Hebammenwissen als unverrückbares Hindernis, auf das die unaufhaltsame Kraft der modernen Medizin unserer Tage trifft. Ich fand den Gedanken unwiderstehlich: eine packende Story, die hoffentlich auch heute noch viele Frauen anspricht.

DANKSAGUNG

Mit interessanten, klugen Menschen zu brainstormen und Ideen zu entwickeln – während man versucht, nicht vom Thema abzukommen –, gehört zu den besten Momenten des Bücherschreibens. Häufig wissen die Menschen, mit denen ich mich bespreche, gar nicht, wie sehr sie mir geholfen haben. In diesem Sinne gilt mein großer Dank Vicky Newman, die mich mit unermüdlicher Geduld an ihrem medizinischen Wissen hat teilhaben lassen, und ebenso Sarah Harris und Alexis Stickland für unsere Gespräche über Hebammen. Ich danke Marion Wilyman für aufschlussreiche Unterhaltungen über die Veränderungen des Hebammenberufs im Laufe der Jahrzehnte und Gefängniswärter Danny, der mir von seinen weitreichenden Erfahrungen im britischen Strafsystem berichtete. Nicht zu vergessen Anna Blowfield, die mir bei meinen Fragen über Gefängnisseelsorger weiterhalf und den Kontakt zu dem außerordentlichen Gefängnisgeistlichen Phil Chadder herstellte, dessen Hilfe mir von großem Wert war.

Mein besonderer Dank geht auch an Marita Bianco, die sorgfältig alle offenen Punkte zur Internet- und Hintergrundrecherche klärte, und an Asia Jedrzejec, die mit sehr viel Zeit eine dringend notwendige weibliche Perspektive auf alle Handlungsstränge warf, die die Architektur betreffen.

Weiterhin danke ich Jeremy Pendlebury und Valeria Swift, die mir mit viel Mühe den Ablauf von Strafprozessen begreiflich machten. Gleiches gilt für Sue Stapely, auch sie war stets eine Quelle des Wissens – und der Kontakte. Sehr verbunden bin ich auch der Pferdekönigin Emma Lucas für ihren großen Sachverstand.

Schließlich möchte ich mich noch bei meiner tollen Lektorin, Sherise Hobbs, bedanken, die immer das Beste aus mir herausholt, und ebenso bei meiner Literaturagentin Kate Baker. Tiefe Dankbarkeit schulde ich Steven Gunnis, der mich aus jedem dunklen, kalten, hoffnungslosen Loch, in das ich bei der Entwicklung des Plots falle, wieder herausholt. Ich danke auch meinen Töchtern Grace und Eleanor für ihre Geduld in all der Zeit, in der ich in Parallelwelten weilte, und meinen guten Freund*innen – Rebecca Cootes, Clodagh Hartley, Harry De Bene, Suzanne Lindfors, Jessica Balkwill, Helen Tullis, Jessica Kelly, Kate Osbaldeston, Sue Kerry, Claudia Vincenzi und Sophie Cornish –, die mir geholfen haben, die Zeit des Lockdowns durchzustehen: Zu arbeiten, während die Kinder zu Hause waren, ist sicher niemandem leichtgefallen.

Auf euch alle!